REVIEW

열일곱 살에, 학교 도서관에서 처음 캐드펠 수사 시리즈를 읽었는데 완전히 푹 빠지고 말았다. 어떻게 21세기 한국의 고등학생이 12세기 영국의 수도사에게 친밀감을 느낄 수 있었을까? 책을 펼치면 캐드펠 수사가 가꾸는 허브밭의 싱그러운 향이 미풍에 실려 오는 것만 같았고, 부지불식간에 이웃처럼 정이 든 마을 사람들이 삶의 우여곡절을 겪을 때는 함께 탄식했다. 그 생생한 경험을 통해 역사와 문학을 동시에 사랑하게 되었는지도 모르겠다.

서른다섯 살이 되어 캐드펠 시리즈를 다시 읽고 싶어졌는데, 혹시 두 번째로 읽었을 때의 감회가 예전만 못할까 걱정했었다. 기우 중의 기우였다. 열일곱 살에 발견하지 못했던 부분들을 잔뜩 발견하며 읽을 수 있었고, 역사추리소설을 추천하는 자리에서 매번 자신 있게 추천하곤 했다. 소박하고 담백하게 시작해 역사의 큰 톱니바퀴와 힘 있게 맞물려 들어가는 이 놀라운 이야기에 대해 말할 때 한없이 행복했다.

엘리스 피터스가 육십대 중반에 이처럼 대단한 시리즈를 시작했다는 것을 떠올리면 마음에 환한 빛이 든다. 먼 길을 다녀와 켜켜이 쌓인 지혜를 품고 유적지를 직접 걸으며 작품을 구상했을 작가를 상상하고 만다. 멋진 일은 언제든 시작될 수 있고, 심혈을 다해 빚은 이야기는 시간과 공간을 뛰어넘는다는 것을 보물 같은 작품들을 통해 믿게 되었다.

정세랑
소설가

REVIEW

엘리스 피터스는
가장 뛰어난 추리소설 작가다.
UMBERTO ECO
움베르토 에코

캐드펠 수사는 한 세기를
완벽하게 구가한 셜록 홈스에
비견되는 창조물이다.
LOS ANGELES TIMES
BOOK REVIEW
LA 타임스 북 리뷰

이보다 더 매력적이고 인상적인 탐정은
찾기 어려울 것이다.
SUNDAY TIMES
선데이 타임스

서스펜스와 역사소설이 혼합된
유쾌하고 독창적인 작품.
LONDON EVENING
STANDARD
런던 이브닝 스탠더드

시리즈가 추가될 때마다 기쁨을 느낀다.
연대기 시리즈가 계속 이어지기를 바란다.
USA TODAY
USA 투데이

캐드펠 수사는 분명 범죄소설의
컬트적 인물이 될 것이다.
FINANCIAL TIMES
파이낸셜 타임스

엘리스 피터스의 미스터리는 역사적 디테일,
마을과 수도원의 중세 생활상, 생생한
캐릭터 묘사, 우아하고 문학적인 문체 등
이야기 그 자체로 즐거움을 선사한다.
THE WASHINGTON POST
워싱턴 포스트

스타일과 격조를 갖춘 미스터리로
멋지게 포장된 뛰어난 역사소설.
THE CINCINNATI POST
신시내티 포스트

엘리스 피터스는 중세인들의 삶을 상세하고
설득력 있게 재현함으로써, 독자들을
강력하게 흡인하여 교묘하게 짜여진
중세의 어두운 미로 속으로 데려간다.
YORKSHIRE POST
요크셔 포스트

고전적인 의미의
선과 악이 격투를 벌이는 역작.
CHICAGO SUN-TIMES
시카고 선 타임스

얼음 속의 여인

THE VIRGIN IN THE ICE

얼음 속의 여인

엘리스 피터스 장편소설
최인석 옮김

북하우스

CADFAEL

중세 웨일스

1 아를레흐웨드

2 아르본

3 홀레인

4 호로스

5 디프린 클루이드

6 마일로르

7 컨홀라이스

8 펜홀린

9 메카인

10 아르수이스틀리

11 마일리에니드

12 엘바일

CADFAEL

슈롭셔와 웨일스 국경지대

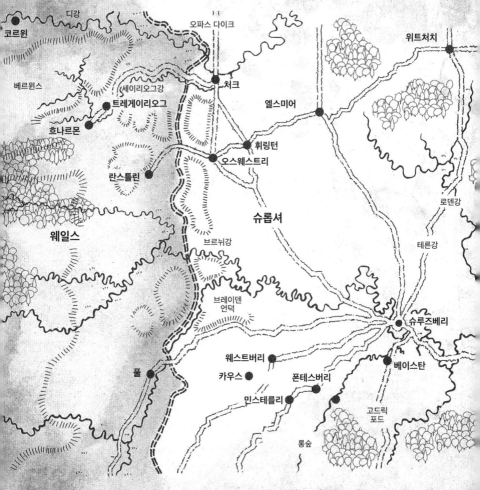

코르윈

디강

오파스 다이크

위트처치

베르윈스

세이리오그강

처크

엘스미어

트레게이리오그

흐나르몬

휘링턴

오스웨스트리

란스틀린

슈롭셔

로덴강

웨일스

브루뉘강

테른강

브레이덴
언덕

슈루즈베리

풀

웨스트버리

베이스탄

카우스

폰테스버리

민스테를리

고드릭
포드

롱숲

CADFAEL

슈롭셔주 슈루즈베리

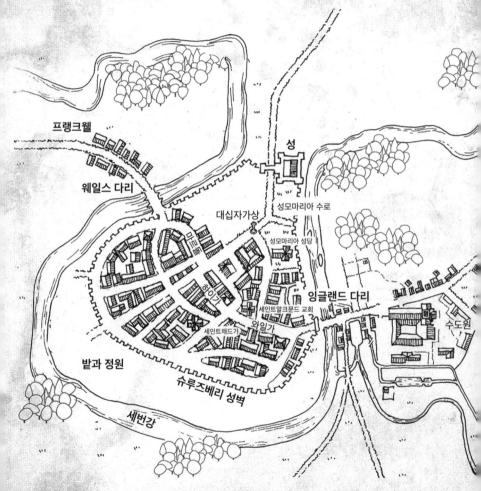

프랭크웰

웨일스 다리

성

성모마리아 수로

대십자가상

성모마리아 성당

잉글랜드 다리

수도원

세인트알크문드 교회

와일가

세인트채드가

밭과 정원

슈루즈베리 성벽

세번강

CADFAEL

슈루즈베리
성 베드로 성 바오로 수도원

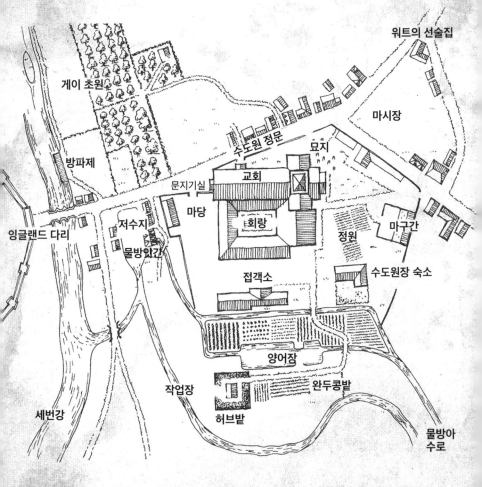

워트의 선술집

게이 초원

마시장

방파제

수도원 정문

묘지

문지기실

교회

마당

회랑

잉글랜드 다리

저수지

물방앗간

마구간

정원

수도원장 숙소

접객소

세번강

양어장

작업장

완두콩밭

허브밭

물방아
수로

일러두기. 주석은 모두 한국어판 주다.

1

1139년 11월 초, 후에는 지지부진해지고 말았으나 처음에는 그토록 갑작스러웠던 내전의 파도는 우스터시를 엄습하여 가축과 재산과 여자들의 절반쯤을 휩쓸어 가버렸다. 때를 놓치지 않아 가까스로 탈출할 수 있었던 도시 거주민들은 약탈자들을 피해 북쪽으로 허겁지겁 도주하여 장원이건 수도원이건 방벽으로 둘러싸인 마을이건 성이건, 은신처로 이용할 수 있는 곳이기만 하면 가리지 않고 들어가 몸을 감췄다. 그리고 그달 중순 무렵, 그 피난자들 가운데 한 무리가 슈루즈베리에 도착하였고, 감사하게도 수도원과 민가의 따뜻한 환대 속에 부상을 치료하고 분노를 가라앉힐 수 있었다.

노인들이나 병자들을 제외한다면, 그들의 처지는 그리 고약하다 할 수 없었다. 겨울이 아직 맹위를 떨치기 전이었으니까. 날씨를 잘 맞히는 사람들은 이미 이번 겨울은 끔찍하게 춥고 길 것이요, 눈도 많이 올 것이라 예견하고 있었다. 그러나, 비록 대지가 얼어붙고 구름으로 뒤덮인 하늘에서 변덕스러운 바람이 몰아치기는 했어도, 아직 얼음이 얼거나 눈이 쏟아지지는 않았다.

"하느님의 은총입니다!" 진료소 담당인 에드먼드 수사는 진심을 담아 부르짖었다. "그게 아니었더라면 우리는 셋 정도가 아니라 훨씬 더 많은 시체를 우리 손으로 묻어야 했을 겁니다. 게다가 이 세 사람 모두 일흔은 넘긴 이들 아닙니까."

그렇긴 해도 진료소로 몰려든 피난민들을 위해 병상을 마련하는 일이 녹록지 않았으니, 이들을 수용하느라 에드먼드 수사는 돌바닥 가득 밀짚을 두껍게 깔아야 했다. 크리스마스 축제 전에는 피난민들 모두 사변을 맞은 고향 도시로 되돌아갈 것이나, 당장은 다들 탈진한 데다 충격으로 넋이 나가 하나부터 열까지 그의 도움을 필요로 하는 상태였다. 대수도원은 순식간에 한계에 이르렀다. 시내에 먼 일가붙이라도 있는 피난민들은 그들의 집으로 인계되어 그곳에서 따뜻한 대접을 받았다. 해산을 앞둔 어느 임부는 남편과 더불어 슈루즈베리 행정 보좌관 휴 베링어의 저택으로 안내되었는데, 이는 보좌관 아내인 얼라인의 자발적인 요청하에 이루어진 일이었다. 얼라인 역시 크리스마스 전에 해산을 할 예정이라, 휴 베링어가 시내의 저택으로 하녀들과 조산원, 의사까지 모두 불러들인 터였다. 그녀는 자신과 비슷한 처지의 피난민을 기꺼이 맞아들였으며, 필요한 모든 것을 기꺼이 베풀어주었다.

"성모님도 그처럼 따뜻한 환영은 받지 못하셨을 게야." 캐드펠 수사는 다소 슬픈 어조로 친구인 휴에게 말했다

"그게 아내의 천성이죠! 할 수만 있다면 얼라인은 길거리에서 마주치는 떠돌이 개 한 마리까지 남김없이 데리고 들어올 겁니다. 우스터에서 온 그 가엾은 여자는 이제 많이 호전되었어요. 잘 쉬면 아무 일 없을 겁니다. 이번 크리스마스 전에는 제 집에서 아이 둘이 태어나겠군요. 그러고도 산후조리가 웬만큼 끝난 다음에야 움직일 수 있겠지만, 수도원의 다른 손님들은 머지않아 공포심을 털어내고 고향으로 돌아갈 겁니다."

"벌써 떠난 사람도 몇 있네." 캐드펠이 대답했다. "며칠 지나면 기운을 차린 사람들이 더 떠날 테고. 어서 집으로 돌아가 망가진 것들을 수리하고 싶은 생각이 드는 것도 당연한 일이지. 소문을 듣자 하니, 왕이 막강한 군대를 이끌고 우스터로 향하고 있다더군. 방어군이 주둔지에 제대로 자리 잡으면 주민들도 안전하게 겨울을 날 수 있을 걸세. 물론 식량을 전부 약탈당한 마당이니 동쪽에서 저장품을 좀 끌어오긴 해야겠지만."

캐드펠은 파괴당한 도시의 몰골과 악취, 그 황폐함을 잘 알고 있었다. 그 역시 젊은 날에는 병사이자 선원으로 머나먼 전장을 떠돌지 않았던가. "식량 문제 외에도, 겨울이 코앞이라는 게 걱정이야. 지금이야 길에서 약탈자를 만나지 않는 한 큰 고생 없이

여행할 수 있겠지만 한 달 뒤, 아니 일주일 뒤에 날씨가 어떻게 될지, 얼마나 가혹한 추위가 몰아닥칠지 누가 알겠나?"

"다른 문제도 있습니다." 베링어가 생각에 잠겨 신중하게 말을 이었다. "이곳 슈롭셔의 방어는 꽤 견고한 편입니다. 적어도 아직까지는요. 그렇지만 동쪽과 북쪽 지방에서는 불길한 소문이 떠돌고 있어요. 국경 지방의 정세도 불안하고요. 왕이 남쪽에만 온 신경을 쏟고 플라망인들의 행보를 살피며 군사적 목표를 수시로 변경하는 사이, 멀리 변경에 있는 야심가들은 호시탐탐 왕권을 넘볼 게 뻔합니다. 그자들은 스스로 왕국을 세우려 할 거예요. 누구라도 먼저 그런 일을 벌이면, 그보다 훨씬 못난 파리들도 전례를 따르려 들겠죠."

캐드펠 역시 동의하지 않을 수 없었다. "내전의 소용돌이에 휘말린 나라에서는 질서가 붕괴되고 야만이 고개를 드는 법이지."

"적어도 이 지역에서는 아닐 겁니다." 휴 베링어는 단호히 말했다. "프레스코트 장관의 통치권은 막강 불변이니까요. 장관의 보좌관으로 있는 한 저 역시 그분과 같은 정책을 고수할 거고요."

스티븐 왕[1]이 임명한 슈롭셔의 행정 장관 길버트 프레스코트는 이 지역 북쪽에 자리 잡은 자신의 커다란 장원에서 크리스마스를 보낼 계획이었고, 따라서 주의 절반에 달하는 남쪽 지역에 대한 수비와 합법적 통치권은 곧 베링어의 손에 맡겨질 터였다. 우스터에 대한 이번 공격은 어쩌면 앞으로 있을 유사한 공세의 서막에 불과할지 몰랐다. 적의 야심뿐 아니라 성주들과 수비대의 흔들리는 충성심을 고려하면, 결국 국경 지방의 모든 마을이 위기에 처해 있는 셈이었다. 이미 적어도 하나 이상의 영주가 충성 서약을 저버렸으며, 앞으로 두 번째, 세 번째 공격이 감행되면 훨씬 많은 이들이 그 뒤를 따를 것이다. 성직자들도 지방 귀족들도 앞다투어 더욱 큰 이익이 보장되리라 여겨지는 곳에 충성을 바치고자 암중모색하고 있었다. 머잖아 그들 가운데 일부는 왕관을 놓고 싸움을 벌이는 양쪽 당사자 모두로부터 충성을 철회하여 그 자신의 왕국을 건설하는 것이야말로 가장 유리한 길이라는 결론을 얻게 될 수도 있었다.

"러들로의 성주는 그다지 신임할 만한 인물이 못 된다는 얘기가 돌던데." 캐드펠은 조용히 말했다. "스티븐 왕이 그를 레이시 가문[2]의 상속인으로 인정하고 러들로라는 성을 주었건만, 그 양반은 황후에게 곁눈질을 하고 있다고…… 듣기로는 국왕이 가까이에서 감시하지 않으면 언제 일촉즉발의 위기가 닥칠지 모른다더군."

휴 역시 그런 소문을 들은 터였다. 최근 들어 영주들은 너나없이 정보 수집에 혈안이 되어 첩자를 사방으로 내보내고 있었다. 러들로에 있는 조세 드 디낭[3]이 배반을 고민하고 있다 해도, 휴는 당분간 행동을 유보한 채 현재의 입장을 지키며 그를 지켜볼 작정이었다. 내전의 시기에 불신이란 그리 불명예스러운 일이 아니라 해도 서글픈 일인 것만은 분명했다. 시련을 함께 겪은 친구들 사이에 여전히 확고한 신뢰가 남아 있다는 게 얼마나 큰 행운인지. 요즘 같은 세상에 등 뒤를 지켜줄 든든하고 믿음직한 아군은 누구에게나 절실한 존재이리라.

"스티븐 왕이 군대를 거느리고 우스터로 오는 길이니 그사이 함부로 움직이거나 얼굴을 내미는 자들은 없을 겁니다. 물론 그렇다 해도 탐문과 관측은 이어가야겠지만요." 휴는 캐드펠의 작업장 벽에 기대어놓은 벤치에서 일어나 말을 이었다. 짧은 은신을 마치고 다시 세상으로 돌아가야 할 시간이었다. "이제 집에 가서 잠자리로 기어들어야겠습니다. 아직 태어나지도 않은 아들 녀석 때문에 금세 침대에서 쫓겨날지도 모르지만요. 이런 말씀 드려봐야, 수사님 같은 헌신적인 성직자께서는 아비의 고난이 어떤 것인지 짐작도 못 하시겠지만요!"

글쎄, 정말 그럴까? "자네는 결혼을 하지 않았나." 캐드펠은 자못 만족스러운 투로 대꾸했다. "그러니 서로에게 흠뻑 빠진 두 부부 사이에 나타나는 제삼자이자 얄미운 불청객도 당연히 감수해야지. 자, 오늘 마지막 기도 시간에는 자네 식구들을 위해 기도를 올리겠네."

그러나 캐드펠은 먼저 진료소에 들러 에드먼드 수사와 함께 상처 회복이 유난히 더딘 피난민들을 돌봐야 했다. 환자들은 노쇠나 가난, 굶주림 때문에 체력이 극도로 약해져 있었다. 쉽사리 낫지 않을 상처 자리를 살피고 붕대를 갈아준 뒤에야 그는 마지막 기도에 참석해 친구와 친구의 아내, 그리고 곧 태어날 예정인 아

이뿐 아니라 올겨울에 태어날 다른 무수한 아이들을 위해 기도를
드렸다.

캐드펠이 보기에 잉글랜드는 이미 몇 년 전부터 긴 겨울을 맞
아 얼어붙은 상태였다. 스티븐이 왕위에 올라 느슨하게나마 잉글
랜드 전역에 대한 통치권을 유지하는 가운데, 그의 경쟁자인 모
드 황후[4]는 서쪽 지역을 장악하여 스티븐과 동일한 권력을 요구
하고 있었다. 조금도 사촌 사이 같지 않은 사촌인 그들은 싸움에
휘말려 서로를, 그리고 잉글랜드를 갈가리 찢어놓았다. 그러나
삶은 계속되어야 하고, 돈을 벌기 위한 연중의 농사, 철이면 철마
다 해야 하는 쟁기질과 써레질, 씨를 뿌리고, 잡초를 뽑고, 수확
하는 일도 계속되어야 하는 법이었다. 영혼의 씨앗을 뿌리고 잡
초를 뽑고 수확하는 이곳 수도원과 교회의 일상도 마찬가지였다.
캐드펠 수사는 인간에 대한 두려움이 전혀 없었다. 고작 인간에
불과한 존재가 얼마나 대단한 일을 벌일 수 있겠는가. 그는 곧 태
어날 휴의 아이를 떠올렸다. 새로운 세대, 새로운 출발, 새로운
약속이요, 한겨울에 들려오는 봄소식이 될 아이를.

*

우스터시 베네딕토회[5] 수도원의 보좌 수사인 허워드 수사가
슈루즈베리 성 베드로 성 바오로 수도원[6]의 미사 시간에 모습을
드러낸 것은 11월 마지막 날이었다. 그는 이미 전날 밤에 도착해

라둘푸스 수도원장[7]의 숙소에 머물면서 환대를 받은 터였다. 그 사실을 모르는 대부분의 수사들은 원장이 정중히 데리고 들어와 자신의 바로 오른쪽 자리에 앉힌 그를 보며 누구인지 궁금해했다. 캐드펠 역시 동료 수사들과 마찬가지로 아무것도 알지 못했다.

원장과 손님은 극과 극처럼 대비를 이루었다. 라둘푸스 수도원장은 키가 크고 꼿꼿한 몸집에 매우 정력적인 사람이었다. 태도는 강인하고 엄격할 뿐 아니라 좌중을 위압할 만큼 침착하고 고요했다. 필요하다면 분노를 터뜨릴 줄도 알았는데, 모든 이들을 떨게 하기에 충분한 그 분노의 불길은 언제나 강한 자제력으로 감추어져 있었다. 반면 그를 따라 들어온 손님은 여윈 몸매에 키가 작고 몸집도 작았다. 머리칼이 하얗게 센 그는 여전히 여행으로 인한 피로에 젖어 있었다. 그러나 늙은 눈빛은 무엇이라도 꿰뚫을 듯했고, 입은 인내력과 집요함을 드러내는 듯 굳게 다물려 있었다.

"우리의 형제이신 우스터의 보좌 수사 허워드 수사를 소개하오." 원장이 말했다. "사명을 지니고 여기까지 오셨는데, 들어보니 나로서는 도와드릴 길이 없는 일이었소. 여러분 가운데 많은 형제가 도시에서 쫓겨 온 저 불운한 피난민들을 헌신적으로 돕고 있으니 그들을 통해 뭔가 도움이 될 만한 소식을 들은 이가 있을지도 모르겠다는 생각이 들어, 손님께서 요구하시는 바를 여러 형제들 앞에서 다시 한번 말씀해주십사 부탁드렸소."

손님은 사람들이 더욱 잘 보고 들을 수 있게끔 자리에서 일어났다.

"내가 여기 온 것은 귀족의 자제인 두 남매를 찾기 위해섭니다. 그들은 우리 도시 소재 베네딕토회의 보호를 받고 있다가 공격이 시작되었을 때 그곳을 떠나 아직 돌아오지 않았습니다. 우리가 자취를 추적했습니다만, 이 지방의 변경에서 그만 놓치고 말았어요. 그들은 슈루즈베리로 올 작정이었고 우리 교단이 안전을 책임지고 있기에, 난 이 남매가 과연 여기 도착하기는 했는지 알아보러 이곳에 왔습니다. 원장님께서는 그들이 이곳에 도착한 바 없다고 하셨지만, 혹시 피난민 중 이리로 오는 길에 그들을 목격했거나 그들에 관한 소식을 들은 사람이 있을지도 모르고, 또 그런 얘기를 여러 형제분들께 한 적이 있지 않을까 하는 생각이 들었습니다. 그들을 안전하게 찾는 데 도움이 될 만한 얘기를 해주신다면 더없이 감사하겠습니다. 그들의 신상은 이렇습니다. 누이는 에르미나 위고냉. 나이는 열여덟이고 우스터에 있는 수녀원에 맡겨져 있었지요. 남동생의 이름은 이브 위고냉. 우리의 보호 아래 있었으며, 나이는 겨우 열셋입니다. 양친은 모두 죽었고요. 그들을 돌봐줄 외숙은 성지의 전장에 나갔다가 이제 막 돌아온 참입니다. 오자마자 그들이 실종되었다는 소식을 듣게 된 거지요." 허워드 수도사는 얼굴을 찡그리며 말을 이었다. "우리가 책임을 다하지 못한 것에 대해 얼마나 큰 죄책감을 느끼는지는 형제들도 짐작할 수 있을 겁니다. 하지만 사실을 말하자면 전적으로 우리 잘못만은 아니었어요. 그 일이 벌어졌을 땐 수도원 측에서도 손쓸 수가 없는 상황이었으니까요."

"그런 혼란과 위험 속에서라면 어느 누구라도 맡겨진 모든 일을 무사히 수행하기란 어려웠을 거요." 원장의 목소리가 연민으로 잦아들었다. "하지만 그렇게 어린 아이들이……."

"그 아이들 둘이서 우스터를 떠났다는 말씀이십니까?" 에드먼드 수사가 물었다. 비난이나 책망의 의도는 조금도 없었으나, 허워드 수사는 마치 공격이라도 받은 양 죄스러운 얼굴로 고개를 숙였다.

"우리가 저지른 잘못에 대해 감히 용서를 구할 생각은 없습니다. 하지만, 사건은 형제들 생각과는 전혀 다른 식으로 벌어졌어요. 공격이 시작된 건 이른 아침이었고 도시의 남쪽에만 국한되어 있었지요. 우린 그 공격이 얼마나 엄청난지, 군대의 규모가 얼마나 되는지 전혀 짐작하지 못하다가, 군대가 북쪽으로 쇄도해 들어왔을 때에야 비로소 알게 됐습니다. 그때 마침 이브는 누이를 만나러 수녀원에 가 있었고, 그러니까 우리들로부터 멀리 떨어져 있었던 셈이지요. 감히 말하건대, 에르미나는 대담한 아이입니다. 상황이 상황인 만큼 수녀원의 자매들은 교회 안에 모여 돌아가는 형편을 지켜보고 있기로 했지요. 아무리 약탈자들이라 해도—물론 다들 이미 술에 곤죽이 되어 미치광이나 다름없었다는 점은 지적하지 않을 수 없겠지만—성직자들에 대한 외경의 마음이야 있을 것이요, 그러니 교회 내의 값비싼 귀중품들을 도둑질하는 것 외에는 별다른 해를 끼치지 않으리라 믿었던 겁니다. 그렇지만 에르미나의 생각은 달랐어요. 그 아이는 다른 수많은 피난민들처럼 도시를 빠져나가 멀리 떨어진 곳에서 안전한 피난처를 구하기로 마음먹었습니다. 누나가 생각을 바꾸려 하지 않고, 어린 남동생은 누나에게서 떨어지려 하지 않았기 때문에, 그녀의 개인 교사로 봉사하던 수녀 한 사람이 그들이 안전한 곳에 거처를 마련할 때까지 같이 있어주겠다며 따라나셨답니다. 침입자들이 사라진 다음, 불을 끄고 시신을 수습하고 부상당한 이들을 돌볼 즈음에야 그들 남매가 도시를 탈출해 슈루즈베리로 떠났다는 소식이 우리 귀에 들어왔지요. 말은 마련할 수 없었지만 다른 준비는 제법 갖추고 있었다고 합니다. 에르미나는 보석과 상당한 액수의 돈을 지니고 있으며, 거리에서 신분이 발각되지 않을 정도의 재치도 갖춘 아이입니다. 또, 이렇게 말씀드리게 된 것이 정말 유감스럽습니다만, 어쨌든 그들이 떠난 건 잘한 일이었습니다. 글로스터에서 온 불한당들은 자매들의 기대나 믿음과 달리 전혀 외경의 마음을 품어주지 않았거든요. 그자들은 약탈하고 불을 질렀을 뿐 아니라, 수련 수녀 중 가장 어리고 외모가 뛰어난 자매들을 끌고 갔어요. 게다가 그런 행동을 막으려 한 수녀원장에게 가혹 행위까지 했다고 합니다. 그러니 달아나길 잘한 셈이지요. 난 지금 이 순간에도 그 두 남매, 그리고 그들과 함께 떠난 힐라리아 자매가 어디 안전한 곳에 숨어 있기만을 간곡히 바라고 있습니다. 하지만, 아아, 정말 그들을 어디에서 찾을지 알 길이 없군요."

"안타깝지만 이곳에는 오지 않은 것 같습니다." 구호를 담당하는 데니스 수사가 우울한 표정으로 입을 열었다. 그는 정문을 통해 수도원 경내로 들어오는 모든 이들을 알고 있었다. "그런 사람들은 못 봤거든요. 그래도 저와 함께 가서서 이곳 접객소에 임시로 머물고 있는 피난민들을 직접 만나보시지요. 진료소에도 피난민이 몇 있으니 그들에게도 물어보시고요. 어쩌면 그 사람들 얘기 중 쓸모 있는 것이 나올지도 모릅니다. 저희로서는 귀족 남매에 대한 이야기를 이제야 처음 들었고, 그동안 그들의 행방에 대해 물어본 적도 없으니까요."

"어쩌면……" 식품 저장실을 담당하는 매슈 수사였다. "그 남매가 아는 친척이나 소작인이나 옛 하인 중 이곳에 사는 사람이 있을지도 모르겠군요. 그랬다면 굳이 우리의 도움을 받지 않고 곧장 그 사람의 집에 숨어들었을 겁니다."

그 말에 허워드 수사의 얼굴이 조금 밝아졌다. "그럴 수도 있겠군요. 하지만 힐라리아 수녀라면 아마 그들을 이곳으로 데려오려 했을 거라는 생각이 듭니다. 우리 교단의 수도원이야말로 보호받기에 가장 적합한 곳이리라 생각했을 테니까요."

"도움이 될 만한 사람을 발견하지 못할 경우," 수도원장이 신속하게 이야기를 진행시켰다. "다음 조처는 행정 장관을 찾아가 상의하는 거요. 장관은 슈루즈베리에 어떤 이들이 도착했는지 잘 알 테니까. 형제, 조금 전에 그들 남매의 외숙이 팔레스타인에서 이제 막 도착했다고 했지요? 그 사람 역시 어떤 경로를 통해서든 이곳 당국자들과 접촉하고 있을 거요. 조카들을 찾기 위한 조사를 벌이지 않을 리가 없지 않소? 그 사람이 모든 책임을 수도원에 지운다는 건 앞뒤가 맞지 않는 일이지."

허워드 수사는 꼿꼿한 몸을 절망스럽게 늘어뜨리며 길게 한숨을 내쉬었다. "그 외숙이라는 사람은 앙주 혈통의 기사로, 이름은 로랑스 당제라 합니다. 아이들은 그 기사 누이의 자녀죠. 그는 십자군에서 귀환한 지 얼마 되지 않아 글로스터로 떠나 황후의 군대로 들어갔어요. 이는 우리 도시에 대한 공격이 벌어진 이후의 일이니, 그 약탈 행위를 두고 그를 비난할 수는 없겠지요. 그 사람과는 전혀 상관없이 벌어진 일이에요. 하지만 글로스터에서 온 자라면 그 누구라 해도 우리 도시에서는 감히 얼굴을 들고 다닐 수가 없게 된 형편입니다. 스티븐 왕이 막강한 군대를 이끌고 와 있는 데다, 그분 또한 폐허가 된 도시의 시민들과 마찬가지로 몹시 분노한 상태니까요. 그래서 그 아이들을 찾는 일이 전적으로 우리에게 맡겨진 겁니다. 게다가 이 임무는 이번 공격과는 전혀 무관한 사람이 완수해야 할 일이기도 하고요. 좋습니다, 장관을 찾아가 이 문제를 상의하겠습니다."

"나도 장관에게 청을 넣도록 하겠소." 라둘푸스 원장이 말했다. "하지만 먼저 확인부터 해봅시다. 여기 있는 형제들 가운데 다른 할 말이 있는 형제가 있는지……?"

대회의실에 모여 있던 모두가 고개를 가로저었다.

"좋소, 그렇다면 이곳 손님들을 먼저 만나보기로 합시다. 그 남매의 이름, 나이, 수녀와 동행하고 있었다는 점, 그 정도만 얘기해도 어쩌면 유용한 정보를 얻을 수 있을 거요."

아니, 그런 식의 조사로는 유용한 정보를 얻어낼 수 없어. 수사들과 함께 대회의실을 나서며 캐드펠은 생각했다. 최근 그는 에드먼드 수사를 도와 탈진한 피난민들에게 거처를 마련해주고 그들을 치료하며 거의 모든 시간을 보내고 있었으나, 이곳으로 오는 길에 그런 여행자 셋을 목격했다는 얘기는 들어본 적이 없었다. 피난민들에 관한 이야기는 수도 없이 많았고, 그들은 온갖 것들에 대해 늘어놓았다. 하지만 베네딕토회의 수녀와 귀족의 자제 둘이 보호자도 없이 길 위에 나와 있는 것을 보았다는 말은 전혀 없었다.

길버트 프레스코트가 왕의 편에 섰듯이, 그들의 외숙은 황후 편에 선 모양이었다. 서로에 대한 두 파벌의 증오는 짚더미에 놓인 불처럼 우스터를 배경으로 활활 타오르기 시작한 참이었다. 징조가 좋지 않았다. 라둘푸스 원장이 장관에게 자초지종을 알린다 해도, 로랑스 당제의 두 조카가 이곳에서 어떤 대접을 받게 될지는 도무지 알 수 없는 일이었다.

*

장관은 성안 거처에서 정중하게 손님들을 맞아들여 무표정한 얼굴로 허워드의 이야기를 들었다. 검은 눈썹에 검은 턱수염을 기른 우울한 남자. 대개의 경우 그의 표정은 남을 안심시키기보다 위압감을 주곤 했다. 그러나 그 역시 자기 나름의 엄격성과 공정성을 갖추었으며, 약속은 반드시 지키는 사람이기도 했다. 자신이 요구하는 기준을 준수하는 한 휘하의 부하들에 대해서도 언제나 신의를 지켰다.

"그들이 실종되었다니 유감스럽군요." 허워드 수사의 이야기가 끝나자 장관이 말했다. "더하여, 수사께서 슈루즈베리에서 그들을 아무리 찾아봐야 헛수고에 불과하리라는 말씀을 드려야 한다는 점도 유감스럽습니다. 그 공격 이후 우스터에서 우리 시로 들어온 모든 사람들에 대한 소식을 하나도 빠짐없이 듣고 있습니다만, 그런 젊은 남매와 수녀 얘긴 없었어요. 많은 피난민이 이미 집으로 돌아갔고, 국왕 폐하께서는 우스터의 수비대를 강화하셨지요. 말씀대로 그 아이들의 외숙이 잉글랜드로 돌아왔다면, 그리고 그가 대의명분을 아는 사람이라면, 어째서 직접 아이들을 찾아 나서지 않는 겁니까?"

그때껏 허워드는 차마 그 귀족의 정체를 입 밖에 내지 못한 터였다. 최악의 순간을 지연시켜보자는 심산이었다. 그가 십자군으로 참전하여 성지에서 비교적 안정적인 평화를 확보한 뒤 귀환한 지 얼마 지나지 않았다고 밝힐 때까지는 무사히 지나가는 듯했는데, 이제 마침내 진실을 밝혀야 하는 순간이 다가온 것이다.

허워드는 크게 숨을 내쉬고 입을 열었다. "장관님, 그 사람도 물론 기꺼이, 그리고 열렬히 조카와 조카딸을 찾고자 합니다. 하지만 그러자면 장관님의 허락이나 국왕 폐하의 특별한 사면이 필요한 상황입니다. 왜냐하면…… 그는 양주 혈통이고, 그래서 귀국한 뒤 수하들을 이끌고 글로스터의 황후 군대에 들어갔거든요." 순간 장관의 눈 위에 고요히 자리 잡고 있던 눈썹이 뻣뻣이 곤두서 한데 모이고 두 눈이 날카롭게 번득이기 시작했다. 허워드는 진술이 허용되는 동안 이야기를 마치기 위해 서둘러 말을 이었다. "그 사람이 글로스터에 도착한 건 공격이 있고 일주일이 지난 뒤였습니다. 그 일과 전혀 무관했을뿐더러, 공격에 대해 알지도 못했어요. 그에 대해서는 어떠한 책임도 없는 셈이지요. 그곳에 도착한 뒤에야 친척 아이들이 사라져버렸다는 사실을 알게되었고요. 그는 아이들이 어디 있는지, 안전한지 아닌지 알고 싶어 안달하고 있습니다. 하지만 국왕 폐하의 사면이 없는 한 글로스터 측 사람인 그가 우스터에 접근하기란 이제 불가능한 일이 되고 말았습니다."

"그러니까……" 프레스코트 장관은 한동안 위압적인 침묵을 지키다가 천천히 입을 열었다. "수사께서는 지금 그자, 즉 국왕 폐하의 적을 대신하여 여기 오셨군요."

"장관님, 전 아직 아이에 불과한 소녀와 소년을 대신하여 여기온 겁니다. 그 아이들은 국왕 폐하에게나 황후에게나 적으로 취급당할 만한 어떤 행위도 저지른 바 없습니다. 전 파벌에는 관여하지 않습니다. 다만 이 끔찍한 일이 벌어지기 전까지 우리 교단에 맡겨졌던 두 아이의 운명에 관여하고자 할 따름이지요. 우리가 그 아이들에 대해 책임을 느끼고, 따라서 그 아이들을 찾아내기 위해 최선을 다하는 건 지극히 당연한 일 아니겠습니까?"

"그건 그렇지요." 장관이 무뚝뚝하게 대꾸했다. "또한 수사 자신이 우스터 출신이니, 국왕 폐하의 적에 대해 동정을 품거나 그들에게 도움을 베풀고자 할 리는 없다는 생각이 드는데요."

"우스터의 다른 주민들과 마찬가지로 우리 역시 그들 때문에 큰 고통을 겪었습니다, 장관님. 스티븐 국왕 폐하는 우리의 군주시고, 우리 모두 그 사실을 받아들이고 있어요. 지금 제가 느끼는 유일한 의무는 아이들에 대한 겁니다. 아이들의 보호자가 얼마나 당황하고 초조해할지 생각해주십시오! 그 사람이 요청하는 것은—그러니까, 우리가 그를 대신해 요청하는 것은—그저 무장을 해제한 채 국왕의 영토에 들어와 아무 방해도 받지 않고 조카들을 찾을 수 있게 해달라는 것뿐입니다. 비록 이번 습격은 물론이요 국왕 폐하께 위해를 끼치는 어떠한 행위나 음모에도 전혀 관여하지 않았다고는 하지만, 그가 우리 영역, 즉 장관님의 영역에서 아무런 위협도 받지 않으리라 장담할 수 없는 상황입니다. 그는 기꺼이 그 위험을 감수하고자 합니다. 만일 장관님께서 안전을 보장해주신다면 그는 자신의 목적만을 수행할 뿐 다른 어떤 일도 도모하지 않겠다 서약할 것이며, 무장을 완전히 해제한 채그저 수행원 한두 사람만 데리고 아이들을 찾아다닐 겁니다. 장관님, 제가 아이들을 대신하여 간곡히 청원드립니다."

라둘푸스 수도원장도 지극히 조심스러운 태도로 간청했다.

"성지 전쟁을 통해 오점 없이 명예를 지켜낸 사람인 만큼, 그러한 청원이라면 더 이상의 의심 없이 받아들여져야 하리라 봅니다."

장관은 입을 다문 채 음울한 얼굴로 생각에 잠겨 있다가, 몇 분이 지나서야 냉정한 태도로 입을 열었다. "아니, 난 안전을 보장해줄 수 없습니다. 설령 국왕 폐하가 여기 계셔서 그렇게 해주시려 한다 해도 반대할 거고요. 일단 사태가 이 지경이 된 이상, 저쪽 파벌에 속하는 사람은 그 누구라 할지라도 이곳에서 첩자 혹은 전쟁 포로로 간주될 수밖에 없습니다. 최악의 경우 생명을 잃을지도 모르고, 그게 아니더라도 최소한 자유는 박탈되겠지요. 이는 의도가 무엇이었는지와는 별개의 문젭니다. 설령 그 사람이 서약을 한다 해도, 또 그 서약을 충실히 지킨다 해도, 그는 이곳을 떠날 때 성이나 수비대에 관한 지식을 가지고 돌아갈 것이고, 그 내용은 후에 적들에게 이용될 수 있을 테니까요. 나아가, 기회가 닿는 한 폐하의 적과 싸우고 그들의 전투력을 약화시키는 건 내 의무이기도 합니다. 적들에게서 훌륭한 기사를 제거할 수 있다면 난 기꺼이 그렇게 할 겁니다. 물론 로랑스 당제 경을 모욕하려는 생각은 아닙니다. 그의 명성을 익히 들었으며, 그가 영예로운 사람이라는 사실도 알고 있지요. 그러나, 그의 안전을 보장해줄 수는 없습니다. 그러한 보장 없이 이곳으로 들어오면 그의 머리는 베이고 말겠지요. 당제 경도 감옥에서 죽기 위해 성지에서 돌아오지는 않았을 터, 그런 위험을 무릅쓸 것인지는 그 스스로가 선택할 일입니다."

허워드는 낙심에 빠져 다시 애처롭게 말했다. "하지만 에르미나라는 소녀와 그 동생은 그저 아이들일 뿐입니다. 그들을 내버려둬야 한다는 말씀입니까?"

"그런 말을 한 적은 없습니다. 물론 난 그 아이들을 찾는 일에 최선을 다할 겁니다. 내 부하들을 시켜서요. 아이들을 찾게 되면 안전하게 외숙에게 보내주지요. 내 관할 지역의 모든 성주들과 관리들에게 그 세 사람을 찾아보라는 명령을 내일 내리겠소이다. 그러나 내가 지키고 있는 국왕 폐하의 영토에 황후의 기사를 들여놓는 일은 허락할 수 없어요."

거기까지가 장관으로부터 얻어낼 수 있는 최선이었다. 그의 단호한 어조와 표정을 보며, 그들은 이제 그것만으로 최선을 다해보는 수밖에 없다고 생각했다.

"허워드 형제가 그 세 사람의 인상착의를 장관께 말씀드리면 도움이 될 겁니다." 라둘푸스 원장이 부드럽게 말했다. "그러나 형제가 그 소녀나 수녀에 대해 얼마나 소상히 알고 있을지는 모르겠군요."

"소녀와 수녀가 소년을 만나러 몇 번이나 우리 수도원으로 찾아왔던 터라 그들 세 사람 모두 정확히 묘사할 수 있습니다." 허워드가 대답했다. "장관님의 관리들이 찾아야 할 세 사람에 대해 말씀드리지요. 이브 위고냉, 열세 살의 사내아이로, 부친에게서 상당한 재산을 상속받게 되어 있습니다. 또래보다 키가 큰 편은 아니지만 몸집은 제법 튼튼하고 단단해요. 장밋빛이 도는 둥

근 얼굴에 눈도 머리칼도 짙은 갈색입니다. 그 혼란이 벌어지던
날 아침에 보았을 땐 연푸른색 셔츠에 망토를 걸치고 회색 반바
지를 입고 있었습니다. 머리엔 두건을 썼고요. 힐라리아 수녀야
복장을 보면 바로 알아볼 수 있겠지요. 그분은 스물다섯이 채 안
된 젊은 여잡니다. 수수한 외모에 날씬하고 우아하지요. 그리고
에르미나라는 소녀는…….." 허워드 수사는 장관의 어깨 너머를
바라보며, 자신이 몇 번 보지 못한, 하지만 강렬한 인상을 남긴
누군가를 조금이라도 정확하게 기억해내려는 듯 잠시 망설였다.
"정확한 날짜는 모릅니다만, 곧 열여덟이 됩니다. 동생보다 피부
가 거무스레합니다. 머리칼도 눈도 거의 검은색이고요. 키가 크
고, 생기발랄하고…… 듣기로는 영리하고 꾀가 많다 합니다. 의
지력도 굉장히 강하고요."

이는 소녀의 인상착의와는 거리가 멀었으나, 동시에 놀라우리
만치 명료한 묘사이기도 했다. 허워드 수사는 거의 넋을 잃은 듯
한 어조로 마지막 말을 덧붙였다. "그리고 그 소녀는 대단히 아
름답습니다."

*

캐드펠 수사는 여러 성과 장원으로 파발꾼들이 급파되고, 시내
에서 정식으로 그 내용이 공표된 뒤에야 휴 베링어를 통해 그 얘
기를 들었다. 프레스코트가 가족들과 평화롭게 크리스마스를 보

내러 자신의 장원으로 떠나기 전에 허워드 수사와의 약속을 충실히 이행했던 것이다. 장관이 직접 사라진 남매에 대한 관심을 나타내었으니, 이 지방의 어디에 있건 그들에게는 보호의 그림자가 드리워진 것이나 마찬가지였다. 그 무렵 허워드 수사는 부분적으로나마 임무를 성취하고서 우스터로 떠난 뒤였다.

"굉장한 미인이랍니다!" 휴는 거듭 말하며 미소를 지었으나, 그 안에는 근심과 연민이 담겨 있었다. 그렇게 아름답고 사랑스럽고 강한 의지를 지닌 소녀가 분란에 휩쓸려 겨울이 다가오는 외딴 시골 마을에서 길을 잃고 헤매고 있다니, 안타까움을 불러일으키기에 족한 상황이었다.

"수사도 아름다움을 볼 줄은 아니까." 캐드펠은 작업장 화로에서 거품을 내며 부글거리는 기침약을 휘저으며 대꾸했다. "하지만 그 나이의 소녀라면 외모와 상관없이 위험한 상황이고말고. 글쎄, 지금쯤 다들 안전한 피신처에 아늑하게 숨어 있으면 좋으련만. 그 아이들의 외숙이 수색에 나설 수 없다는 게 참으로 안타깝군."

"예루살렘에서 이제야 돌아왔다⋯⋯." 휴가 혼잣말처럼 중얼거렸다. "그러니 그쪽 파벌이 우스터에서 벌인 일에 대해서는 그 사람을 비난할 수 없지 않겠습니까? 설마 수사님이 종군할 때 알고 지내던 사람은 아니겠죠?"

"세대가 다르지, 이 사람아. 내가 성지를 떠난 게 벌써 26년 전이야." 캐드펠은 화로에서 주전자를 내려 밤새 식도록 땅바닥에 비스듬히 기울여놓고는 조심스럽게 허리를 폈다. 벌써 예순을 바라보는 나이였으나, 그의 외모는 쉰 살 남짓으로 보였다. "아마 그곳도 지금쯤은 완전히 바뀌었겠지. 광채는 퇴색하기 마련이니까. 그 기사가 어디서 출항했는지에 대한 이야기는 없었나?"

"허워드 수사 말에 따르면 트리폴리였답니다. 수사님도 저 돌아갈 수 없는 젊은 시절에 잘 알던 도시 아닙니까? 한창때 거의 모든 해안 지방을 돌아보셨잖아요."

"내가 가장 좋아했던 곳은 세인트시메온이었지. 그곳 조선소에 훌륭한 기술자들이 많았어. 항구도 훌륭했고. 거기서 강을 따라 몇 킬로미터만 올라가면 안티오크였고."

그가 안티오크를 잊지 못하는 이유가 있었다. 그가 십자군으로 첫발을 내디딘 곳이요, 퇴역하여 물러난 곳. 또한 어느 팔레스타인 여자와 사랑에 빠진 곳……. 황금과 모래와 갈증의 땅, 사랑스럽고 불편하고 잔인한 땅. 그가 최종적으로 닻을 내리기로 작정한 이곳, 조용하면서도 분주한 수도원이라는 곳에서는 젊은 날의 기억을 돌아볼 짬이 거의 없었다. 실로 오랜만에 그는 안티오크의 생생한 모습을 떠올려보았다. 계곡을 흘러가던 청정한 녹색 물결, 작지만 고마운 그늘, 저잣거리의 왁자지껄한 소음. 그리고 마리암. 그녀는 돛을 수선하는 장인들이 모여 있는 거리에서 과일과 채소를 팔았다. 내리쬐는 햇빛 속에서 금빛 은빛으로 물들던 그 젊고 아름다운 얼굴, 베일 속에서 반짝이던 검은 머리칼. 열여덟의 소년으로 동방에 내려 서른세 살의 백전노장이자 뱃사람으로 그곳을 떠날 때까지, 그에게 그녀는 최고의 축복이었다. 젊고 열정적이며 외로운 토착민. 사람들이 흔히 좋아할 만한 여자는 아니었다. 그녀는 너무 여위고, 너무 강하고, 너무 냉소적이었다. 죽은 남편이 남긴 견딜 수 없는 공허가 그만큼 고통스러웠던 탓이다. 그리고 이 낯선 젊은이의 가슴과 영혼이 그녀의 삶 속으로 스며들어 공허를 채워주었다. 십자군 부대가 예루살렘을 포위하러 떠나는 날까지 그는 1년 내내 그녀를 만났다.

그녀 이전에도 이후에도, 캐드펠에게는 여자들이 있었다. 그들을 생각할 때마다 그는 감사를 느꼈다. 죄의식은 전혀 없었다. 그는 그들과 쾌락과 호의를 주고받았으며, 그중 어느 누구도 그를 원망하지 않았다. 설령 실상을 제대로 파악하지 못한 자의 흔하디흔한 변명에 불과하다 할지라도, 그로써 그는 안도와 위안을 얻을 수 있었다. 마리암 같은 여자를 사랑했던 것을 후회한다면 그것은 차라리 모욕이 되리라.

"그들은 결국 서로 평화를 보장받을 수 있는 동맹을 맺게 될걸세." 캐드펠은 생각에 잠겨 말했다. "비록 일시적인 평화일지언정…… 하지만 만일 앙주 혈통의 그 귀족이 그쪽보다는 이쪽에서 더 중요한 위치를 점할 수 있겠다 생각한다 해도 당장은 황후를 배반하기 힘들겠지. 듣자 하니 그 기사는 아주 명예로운 인물이라더군. 증오가 최고조에 달했을 때에 돌아왔다는 게 그 사람에게는 참 안된 일이지."

휴가 얼굴을 찡그렸다. "훌륭한 사람들 사이에도 증오의 이유가 있다는 게 안타까울 뿐이죠. 난 국왕의 신민이요, 두 눈 똑바로 뜨고 그분을 내 국왕으로 받아들였습니다. 난 스티븐 왕이 마음에 들어요. 어떤 유혹이 있어도 그분을 저버리지 않을 겁니다. 하지만 저들이 왜 내가 스티븐 국왕께 바치는 충성과 조금도 다름없는 충성을 황후에게 바치기 위해 이 나라로 몰려드는지, 그 이유 또한 분명히 알지요. 수사님, 우리의 가치관들이란 정말 광기나 다름없어요. 결국 이런 내전이라니!"

"다 그런 건 아니지." 캐드펠은 완고하게 대꾸했다. "내 경험하기로, 산다는 게 편하고 평화스러웠던 적은 단 한 번도 없었네. 자네의 아이는 보다 정돈된 세상에서 자라게 되겠지. 자, 그 얘기는 이쯤에서 그만두세. 곧 종이 칠 때가 된 듯하니."

그들은 나란히 춥고 어두운 정원으로 나갔다. 그해 겨울의 첫 눈이 얼굴 위로 차갑게 떨어졌다. 불안감으로 가득한 대기 속에서 눈송이는 더없이 가볍게 흩날렸다. 눈이 북서풍을 타고 멀리 남쪽으로 날아가며, 밤은 하얗게 소용돌이치는 장막으로 뒤덮여 갔다. 눈은 수의처럼 모든 것을 뒤덮었다. 길들이 묻히고, 산은 파도처럼 굽이진 윤곽만을 남겼다. 바람이 불고 눈보라가 칠 때마다 파도의 곡면은 모습을 바꾸었다. 계곡도 언덕도, 눈으로 덮여 평평해졌다. 현명한 이들은 덧창이며 문을 굳게 닫아걸고, 그 사이사이 눈보라의 가늘고 긴 손가락이 파고들 만한 틈까지 전부 막아놓은 채 집 안에 틀어박혔다. 첫눈, 첫 얼음. 캐드펠은 마지막 기도를 알리는 종소리를 들으며 감사의 말을 중얼거렸다. 허워드 수사와 그의 동료들은 멀리 떨어진 고향을 향해 출발한 지 이미 오래였으니, 아주 잠시만 이런 날씨를 견디면 될 것이었다.

그러나 이곳과 우스터 사이 어딘가에서 길을 잃은 채 헤매고 있을 에르미나 위고냉과 이브 위고냉, 그리고 아무것도 모르면서 용감하게 보호자를 자처하여 길을 따라나선 젊은 베네딕토회의 수녀에게는 과연 무슨 일이 벌어지고 있을까?

2

12월 5일 정오 무렵, 남쪽에서 출발해 슈루즈베리에서 35킬로 미터쯤 떨어진 브롬필드 수도원에 이르러 밤을 보내고 운 좋게도 사람이 다닐 수 있는 만한 길을 찾아낸 한 여행객이 마침내 슈루 즈베리 수도원에 도착하여 긴급한 소식을 전했다. 브롬필드의 레 너드 수도원장은 영전하기 전까지 슈루즈베리의 수사였으며, 캐 드펠의 오랜 친구이기도 했다. 또한, 그는 캐드펠의 능력을 잘 알 고 있는 사람이었다.

"밤에 선량한 사람 몇이 부상당한 한 남자를 수도원으로 데리 고 왔습니다." 그의 전언은 이러했다. "길가에서 옷이 벗겨진 채 로 부상을 입고 쓰러져 있는 걸 발견했다더군요. 그 짓을 저지른 범죄자들은 남자가 거기서 곧 죽으리라 생각했던 모양입니다. 실제로 그 사람은 반쯤 죽은 상태였어요. 부상이 몹시 심했거든요.
밤새도록 그 추위 속에 내던져져 있었다면 아침이 올 때쯤엔 온
몸이 뻣뻣하게 얼어버렸을 겁니다. 레너드 원장님이 제게 슈루즈
베리로 가서 캐드펠 수사께 말씀을 전하고 치료법을 알아 오라
하셨어요. 이런 문제는 원장님 능력 밖의 일이라고요. 수사께서
전쟁을 겪으셔서 이런 문제에 경험이 많으니 그 남자를 구할 수
있을지 모른다고 하시더군요. 부탁하건대, 수사님께서 저와 같이
그곳으로 가실 수 있다면, 그리고 그 사람이 그때까지 버텨준다
면—어쩌면 그 불쌍한 이는 이미 절명했을지도 모릅니다!—진
심으로 감사하겠다고 말씀하셨습니다."

"이곳 원장님과 부원장님이 허락하신다면 기꺼이 가겠소." 캐
드펠은 근심에 잠긴 얼굴로 대답했다. "러들로 성과 그렇게 가까
운 대로에서 노상강도들이 설치다니 충격적인 일이군요! 그 남
자는 어떤 사람이오?"

"삭발한 머리로 보아 수도자 같습니다."

"나와 같이 로버트 부원장께 가보십시다."

로버트 페넌트 부수도원장[8]은 깊은 동정심을 나타내며 귀를
기울였고, 그의 청에 아무런 이의도 제기하지 않았다. 황급히 떠
나 이 매서운 겨울 날씨를 뚫고 그 먼 곳까지 가야 할 이가 그 자
신이 아니었기 때문이리라. 부수도원장은 직접 원장을 찾아가 허
락을 받아왔다.

"원장님께서 형제더러 훌륭한 말을 가져가 쓰라고 하셨소. 필

요한 만큼 오래도록 거기 머물러도 괜찮소. 당분간은 세인트자일
스에 있는 마크 형제를 불러들이도록 해야겠군. 오스윈 형제는
아직 캐드펠 형제의 일을 대신할 만큼 솜씨가 숙달된 것 같지 않
으니 말이오."

캐드펠은 열심히 고개를 주억거리면서도 한편으로는 씁쓸한
마음을 감출 수 없었다. 말마따나, 오스윈 수사는 헌신적이고
적극적인 조수이지만 겨울에 발생할 수 있는 온갖 질병을 스승
없이 혼자서 처리할 만큼 능란하지 못했다. 그러니 마크는 내키
지 않는 마음으로 시 외곽에 자리 잡은 나환자 구호소를 떠나와
야 할 터였다. 그래도 하느님의 가호가 있다면 그 기간은 길지
않으리라.

"길은 어떻소?" 캐드펠이 여행객에게 물었다. "여기까지 오느
라 시간이 꽤 걸렸을 텐데. 아마 가는 길도 마찬가지리라 봐야겠
지요?"

캐드펠이 마구간의 말을 살피는 동안 자기 말을 돌보고 있던
사자가 대답했다. "가장 고약한 건 바람입니다, 수사님. 하지만
그 바람 덕에 큰길은 대체로 말끔하게 드러나 있지요. 몇 군데 형
편이 나쁜 곳이 있긴 합니다만…… 샛길은 완전히 눈에 뒤덮였
거든요. 그래도 지금 떠나시면 그리 고생스럽지 않을 겁니다. 북
쪽이 아니라 남쪽으로 가는 것만도 다행이지요. 바람이 등 뒤에
서 불어오니 맞바람은 맞지 않을 겁니다."

캐드펠은 곰곰 생각하며 짐을 꾸렸다. 그는 다른 진료실의 약

장이나 브롬필드처럼 평범한 수도원에서는 쉽게 구하거나 만들 수 없는 약품과 연고, 해열제 등을 보관하고 있었다. 그러나 짐이 적을수록 여정이 단축되리라. 그는 튼튼한 장화를 신고 수도복 위에 두꺼운 여행용 망토를 걸친 뒤 허리띠를 단단히 묶었다. 그처럼 안타까운 일 때문에 나서는 것만 아니었어도 여행을 떠나 바깥세상으로 나가게 된 상황이 무척이나 반가웠을 텐데. 게다가 마구간에서 마음대로 말을 골라 탈 수 있다는 건 좀처럼 얻기 힘든 기회였다. 물론 폭설을 우습게 여겨서는 안 되며 당연히 신중을 기해야 한다는 것은 알고 있었지만, 종군하는 동안 뜨거운 폭염과 무시무시한 추위를 수없이 겪은 그에게 눈보라는 별로 두려운 대상이 아니었다.

첫눈이 내린 이후 나흘 동안은 비슷한 양상의 날씨가 되풀이되었다. 정오 무렵 잠깐 햇빛이 나다가 먹구름이 모여들고, 저녁부터는 다시 눈이 쏟아지기 시작해 밤사이 꽁꽁 얼어붙었다. 슈루즈베리 인근에 내리는 눈송이는 가루처럼 가늘어, 바람이 불면 흰 눈송이와 검은 흙이 만들어낸 무늬가 끊임없이 모양을 바꾸었다. 그러나 이제 남쪽을 향해 들판을 질러 말을 타고 달려가자 세상은 차츰 흰빛으로 변해갔다. 구덩이란 구덩이는 모두 눈으로 뒤덮여 있었다. 나뭇가지들은 눈의 무게에 짓눌려 땅을 향해 축 늘어져 있었고, 하늘에는 검푸른 먹구름이 가득했다. 이런 날씨가 계속되다가는 곧 굶주린 늑대들이 먹이를 찾아 산에서 내려와 인가까지 헤매고 다니게 될 것이다. 산울타리 관목숲 밑에서 잠을 자며 겨울을 나는 고슴도치나 엄청난 먹이를 쌓아놓고 구멍 속에 틀어박혀 한가하게 지내는 다람쥐가 훨씬 나은 팔자였다. 더욱이 지난가을에는 호두와 도토리가 넘쳐났으니까.

엄혹한 날씨 속에서 혼자라 해도, 캐드펠에게 말을 타는 것은 늘 즐거운 일이었다. 이젠 이런 기회를 좀처럼 얻을 수 없었다. 조용한 은둔 생활을 선택하고 그곳에 진정한 휴식이 있음을 느끼면서 그러한 즐거움은 포기한 터였다. 어떠한 결정에도 아쉬움은 있는 법이다. 그는 길을 떠난 뒤 처음으로 흩날리는 눈발을 맞으며 악의에 찬 바람에 맞서 몸을 깊숙이 숙였다. 먼지처럼 미세한 눈발이 몸을 휩싸고 돌았지만 두꺼운 옷과 망토 덕분에 별다른 느낌은 없었다. 그는 여행의 목적지에서 그를 기다리고 있을 사람에 대해 생각해보았다.

여행객의 말로는 수도자 같다고 했지. 브롬필드에서 수도 생활을 하는 사람일까? 물론 아닐 것이다. 만일 그렇다면 틀림없이 이름을 알려주었을 테니까. 수도자가 한밤중에 혼자서 길을 나서 헤매고 다닌다? 무슨 일로? 무언가로부터 달아나던 중 강도를 만난 것일까? 그래, 우스터에서 탈출했던 많은 사람들이 시골 여기저기를 헤매고 다녔을 거야. 다들 지금 어디 있을까? 수도복을 입은 그 방랑자도 아마 우스터의 도륙질에서 빠져나와 고통스럽게 길을 재촉하던 중이었으리라고, 그는 생각했다.

눈보라는 점점 심해졌다. 미세한 눈송이들이 그의 탄탄한 몸 앞에서 마치 엷은 망사로 짠 스카프처럼 둥글게 돌아치다가 두 갈래로 갈라져 지나갔다. 말을 타고 가는 동안 그는 네 번쯤 다른 사람들과 마주쳤다. 모두 근처에서 막 길을 나선 이들이었다. 이런 날씨에 여행을 떠난다니, 아마 화급한 이유가 있는 모양이었다.

오니강의 지류 위에 놓인 인도교를 건너 브롬필드 수도원의 정문에 이르렀을 땐 이미 날이 어두워진 뒤였다. 말은 지칠 대로 지쳐 있었다. 살을 에는 듯 휘몰아치는 찬바람 속에서 말의 어깨와 옆구리가 더는 못 견디겠다는 듯 경련을 일으켰다. 캐드펠은 정문 앞 양쪽에 걸린 횃불 사이에서 더없이 기꺼운 마음으로 말에서 내려 미리 기다리고 있던 수사에게 고삐를 넘겨주었다. 눈앞에 펼쳐진 정원은 친숙한 슈루즈베리의 정원보다 한층 곧게 뻗어 있었다. 여기저기 밝혀진 횃불 빛을 받아 수도원 건물들이 모습을 드러냈다. 희미하게 보이는 성모 예배당은 소박한 정원이나 다른 건물들에 견주어 유독 장대하고 위풍당당했다. 누군가 정원 건너편의 어둠 속에서 이쪽으로 급히 다가오고 있었다. 큰 키에 왜가리처럼 긴 다리. 이곳의 수도원장 레너드였다. 그는 두 팔을 날개처럼 휘젓고 연신 무어라 중얼거리면서 휘적휘적 걸어왔다. 이미 낮에 몇 번이나 쓸어냈을 텐데 그의 발밑은 눈과 얼음으로 뒤덮인 채였다. 바람이 휩쓸어가지 않는다면 다음 날 아침 무렵에는 단단하고 두껍게 얼어붙어 있을 것이다.

"캐드펠 형제?" 수도원장은 지독한 근시라 한낮에도 눈을 가늘게 뜨고 다녔지만, 캐드펠을 얼른 알아보았는지 반갑게 손을 내밀었다. "형제가 오다니 정말 다행이오! 아, 하느님, 감사합니다! 난 그 사람에게 무슨 일이 생기는 게 아닌지 걱정이 되어서…… 이런 날 말을 타고 여기까지 와주다니 정말 고맙소. 자, 어서 들어오시오, 어서. 형제를 맞을 준비를 미리 해뒀소. 음식도 준비해뒀고. 지금 무척 지치고 시장하겠구려!"

"먼저 환자부터 좀 보지요." 그는 시원스레 말한 뒤 정원의 경사진 쪽으로 발을 옮겼다. 발을 디딜 때마다 새로이 쌓인 눈 위에 장화 자국이 선명히 남았다. 레너드 원장도 그의 곁에 붙어 걸어갔다. 그 긴 다리는 캐드펠의 좁은 보폭과 보조를 맞추느라 어색하게 느려졌으나, 입만은 여전히 부지런히 움직이고 있었다.

"환자는 외따로 떨어진 방에 눕혀두었소. 주위가 조용해야 할 것 같아서. 그동안 지속적으로 환자를 관찰했소. 숨은 쉬는데, 꼭 어디 구멍이라도 뚫린 것처럼 소리가 요란하더군. 여기로 실려 온 이래 입 한 번 연 적 없고, 눈도 한 번 뜬 적이 없소. 온몸이 멍투성이지만 그거야 곧 괜찮아지겠지. 다만 칼을 맞은 자리에서 피가 너무 많이 나왔소. 상처가 아물기 시작한 것 같기는 한데…… 아, 이쪽으로. 그나마 덜 추운 곳이오."

진료소는 건물들로 바람이 차단되는 외딴곳에 마련되어 있었다. 그들은 안으로 들어섰다. 묵직한 문이 닫히자 적의로 가득한 바람도 그쳤다. 레너드 원장은 아무 장식 없는 작은 방으로 앞장서서 들어갔다. 작은 기름등잔이 침대 옆에서 타고 있었다. 그들이 들어서자 무릎을 꿇고 앉아 있던 젊은 수사 한 사람이 얼른 일어나 자리를 내주고는 환자의 침대 저편으로 물러났다.

환자는 겹겹이 쌓은 이불 속에서, 마치 관에 든 시신처럼 똑바로 누워 있었다. 숨을 쉬기는 했는데 무척이나 고통스러운 호흡이었다. 그가 숨을 들이쉴 때마다 가슴에 덮인 이불들이 조금씩 들썩였다. 베개 위에 똑바로 얹힌 머리는 꼼짝도 하지 않았다. 눈은 감겨 있고, 뺨은 움푹 꺼져 있으며, 광대뼈 부위에 푸르게 멍이 들어 있었다. 머리에 붕대가 감겨 삭발한 정수리는 보이지 않았다. 붕대 밑 부어오른 이마에 상처가 있었다. 중상이었다. 뭉개진 살점 속에 한쪽 눈이 움푹 파묻힌 형상으로, 부상당하기 전에는 어떤 모습이었을지 짐작조차 할 수 없었다. 그러나 캐드펠의 판단으로는 인물이 꽤 좋은 사람이었을 것 같았다. 나이는 서른다섯이나 되었을까.

"다행히도 뼈는 전혀 다치지 않은 듯하오." 원장이 속삭였다. "그야말로 기적이지. 그래도 혹시 모르니 이 사람 두개골을 잘 살펴야 할 거요. 나중에 형제가 철저히 진찰해보면 알겠지만……."

"지금보다 더 좋은 때는 없습니다." 캐드펠은 가져온 짐을 돌바닥에 내려놓고 망토를 벗은 뒤 작업을 시작했다. 구석에서 작은 화로만 하나 타고 있을 뿐 방은 냉골이었다. 캐드펠은 이불 밑으로 손을 넣어 환자의 옆구리와 넓적다리, 발을 만져보았다. 환자의 몸은 아무런 반응도 보이지 않았다. 그저 시체처럼 차가울 따름이었다. 두꺼운 이불만으로는 충분치 않았던 것이다.

"조리실 화덕에 돌을 넣어두었다가 뜨거워지면 꺼내서 천으로 꽁꽁 싸 가져오십시오. 그걸로 환자를 따뜻하게 녹여줘야 할 것 같습니다. 돌이 식으면 다시 뜨거운 돌로 갈아주시고요. 환자의 몸이 이렇게까지 찬 건 겨울의 추위 때문만이 아닙니다. 환자를 잘못 다룬 탓이지요. 이 찬 기운을 없애야 합니다. 그러지 않으면 다시는 환자의 체온을 회복시킬 수 없을 거예요. 전 공포나 잔혹 행위로 정신을 잃었을 뿐 치명상 하나 입지 않은 사람이 그냥 세상을 등진 채 죽어가는 걸 몇 번이나 보았습니다. 환자에게 음식이나 마실 것은 줬습니까?"

"떠서 입에 넣어줘도 도무지 삼키지를 못하더군. 포도주도 그냥 입술 밖으로 흘러내렸고."

주먹이나 곤봉에 맞아 입술이 찢어진 것이다. 치아도 상했을지 몰랐다. 캐드펠은 조심스럽게 손가락을 들어 환자의 윗입술을 올려보았다. 굳게 맞물린 건강한 치열이 드러났다.

젊은 수사는 어느새 소리 없이 빠져나가 돌과 벽돌을 챙겨 조리실로 간 뒤였다. 캐드펠은 환자의 몸에 덮인 이불을 걷어내고 벌거벗은 남자의 몸뚱이를 머리끝부터 발끝까지 살펴보았다. 몸에 난 수많은 상처들이 오염되지 않게끔 이곳 형제들이 옷을 모두 벗겨 깨끗한 새 시트 위에 눕혀둔 상태였다. 심장 아래쪽, 칼에 찔린 상처에 붕대가 단단히 감겨 있었다. 캐드펠은 붕대를 풀지 않았다. 틀림없이 모든 상처를 깨끗이 씻고 소독했으리라. 그는 손가락으로 붕대를 쓰다듬으며 그 밑의 뼈를 촉진했다.

"이 사람을 죽일 작정이었군요. 하지만 칼날이 갈비뼈에 막혔습니다. 그래서 끝장을 내지 못했지요. 건강한 상태였다면 놈들로서도 상대하기 힘들었을 겁니다. 잘 발달된 몸을 보세요. 아마 서너 사람이 덤벼들어야 했을 테죠."

그는 곪기 시작하는 상처들에 이미 오랜 세월의 경험을 통해 그 효과가 입증된 연고를 바르고, 그 밖의 찰과상에는 물약을 발라주었다. 젊은 수사 두셋이 뜨겁게 달군 돌을 가지고 들어와 천으로 돌을 싼 뒤 환자의 몸 가까이 조심스레 늘어놓고는 더 많은 돌을 달구기 위해 조용히 물러갔다. 캐드펠은 차가워진 발을 그대로 방치하면 절대로 몸을 덥힐 수 없다고 말하며, 길고 앙상한 다리 근처에 가장 뜨거운 벽돌을 놓게 했다. 그다음은 몽둥이질당한 머리를 볼 차례였다. 원장이 환자의 어깨를 붙잡고 있는 동안 캐드펠이 붕대를 풀었다. 정수리의 삭발한 부분이 선명히 드러났다. 숱 많고 억센 머리칼이 돋아나기 시작한 정수리에 두어 개의 상처가 나 있었다. 상처는 여전히 부풀어 있었다. 가장자리의 뻣뻣한 머리칼은 왕성한 생명력을 뽐내듯 무성하게 자라고 있었는데, 그 억센 머리칼 덕분에 두개골이 깨어지지 않은 것인지도 몰랐다. 캐드펠은 두개골 전체를 세밀하게 촉진했다. 적어도 촉진으로는 함몰된 부분이 발견되지 않았다. 그는 조심스럽게 희망을 품으며 한숨을 내쉬었다.

"충격 때문에 이 지경이 되었지만 두개골은 무사합니다. 그래도 붕대는 다시 감아두어야겠어요. 그래야 머리가 따뜻해질 겁니다. 어쨌든 깨진 곳은 없는 것 같군요."

그들은 일을 마친 뒤 환자의 몸을 전과 마찬가지로 눕혀놓았다. 환자는 여전히 꼼짝도 않았다. 그를 처음 발견한 이들로부터 넘겨받은 직후와 거의 아무것도 달라진 게 없는 듯했다. 그러나 뜨거운 돌들이 곧 효력을 발휘하기 시작했다. 환자의 살갗이 점점 부드러워졌다. 손으로 만지자 피부에서 기운이 느껴졌다. 치료될 가능성이 있다는 뜻이었다.

"원장님은 그만 가보셔도 괜찮을 것 같습니다." 캐드펠이 가만히 입을 열었다. "제가 밤을 새워 환자를 지켜보지요. 잠은 내일 낮에, 환자가 나아지는 기미가 보이면 그때 자면 됩니다. 제 생각에, 이 사람은 살아날 것 같습니다. 아, 그리고 원장님, 아까 제안하신 그 저녁을 먹을 준비가 되었다는 말씀을 드려야겠군요. 그전에 우선 이 장화를 벗겨줄 젊은이가 필요합니다. 온몸이 굳어버려서 혼자 벗길 수 있을 것 같지가 않네요."

*

캐드펠이 저녁을 먹는 내내 레너드 원장은 그의 곁에 앉아 있었다. 수많은 일을 경험한 탁월한 의사가 가까이 있다는 사실에 그는 안도를 감추지 못하는 기색이었다.

"내게 형제 같은 지식이 있는 것도 아니고, 그런 지식을 구할 사람도 곁에 없고…… 문 앞에 죽어가는 생명이 놓여 있는데 이다지도 무력하니, 정말 얼마나 노심초사했는지 모르오. 환자를 여기 맞아들여 출혈을 막고 이불을 덮어주기 전에는 당연히 저 사람이 죽었나 보다 생각했다오. 도대체 어떤 일로 이곳까지 오게 된 건지……."

"누가 저 사람을 데려왔습니까?" 캐드펠이 물었다.

"헨리 근처에 사는 레이너 더턴이라고, 우리 교구의 선한 농부요. 눈보라가 치고 기온이 뚝 떨어지기 시작한 날 밤이었소. 그날 레이너는 암송아지 한 마리를 잃어버렸다더군. 모험심이 강해 저 혼자 아무 데나 돌아다니다가 길을 잃는 그런 녀석이었겠지. 그래서 레이너가 친구들 몇을 데리고 송아지를 찾으러 길을 나섰다가 그 불쌍한 사람이 길가에 쓰러져 있는 걸 발견한 거요. 만사 제쳐둔 채 그를 떠메고 최대한 빨리 이리로 왔다더구먼. 정말 끔찍한 밤이었소. 그들이 도착했을 땐 돌풍이 몰아치고 우박까지 쏟아져 앞을 볼 수 없을 지경이었거든. 길가에 오래 쓰러져 있었던 것 같지는 않소. 그랬다면 이미 죽었을 테니까. 날씨가 워낙 찼으니 말이오."

"환자를 데려온 사람은 그 근처에서 노상강도를 보지 못했답니까? 여기까지 오는 동안 누가 길을 막거나 하지도 않았고요?"

"그런 건 없었다던데. 하지만 열 발자국 너머는 아예 볼 수가 없었으니…… 그런 밤에는 누가 바로 옆을 스쳐 가도 모르잖소. 그들 역시 비슷한 불행을 겪지 않은 것만도 다행이오. 하기야, 세 사람이었으니 어떻게 대적해볼 수 있었겠지만. 다들 이곳 지리를 자기 손바닥처럼 잘 알기도 하고. 하지만 초행인 사람이야 어딘가 숨어 엎드려 길이 분명히 보일 때까지 기다려야 했겠지. 그런 눈보라와 거친 돌풍 속에서는 하루에도 몇 번씩이나 길이 나타났다가 사라져버리니 말이오. 표지가 될 만한 것들을 모두 머릿속에 넣어놔도, 돌아가는 길에는 표지고 뭐고 아무것도 눈에 띄지 않게 되지."

"저 환자 말입니다, 이곳 사람 중에 저 환자가 누구인지 아는 이는 아무도 없습니까?"

"당연히 다들 알고말고!" 원장은 황당하다는 듯 대꾸했다. "그 얘기를 못 들은 거요? 하기야, 서둘러 심부름꾼을 찾아 슈루즈베리로 보내느라 긴 얘기는 나누지 못했지…… 저 환자는 우리와 마찬가지로 베네딕토 교단의 형제요. 퍼쇼어 수도원장의 심부름으로 여기 들렀었지. 그쪽에서 보유하고 있는 에드부르가 성인 유골의 손가락뼈 문제로 우리와 협상 중이거든. 그곳 원장은 자신이 신임하는 저 형제에게 그 뼈를 맡겨 우리에게 전달하라고 지시했소. 바로 이번 달 초하루에 저 형제가 그걸 가져와, 증인으로서 우리가 그 유골을 안치하는 것을 지켜보았지."

"그러고서 하필 그렇게 눈보라 치는 날 길을 떠났다가 겨우 하루 이틀 뒤에 정신을 잃고 벌거벗은 채 다시 이곳으로 돌아왔다는 겁니까?" 캐드펠이 물었다. "손님 접대를 너무 소홀히 하신 것 같은데요."

"하지만 저 사람이 그날 떠나야겠다고 고집을 부렸는걸! 그 전

날부터 다음 날 해가 뜨는 대로 떠나야겠다고 몇 번이나 말하더군. 꼭 가야 할 곳이 있다면서 말이오. 그러더니 그날 아침 식사를 마치자마자 바로 떠났지. 내 단언하는데, 출발할 땐 분명 여행 준비를 단단히 갖추고 있었소. 그런 다음 다시 이곳으로 실려 온 경위에 대해서는 나도 별로 아는 게 없고. 형제도 알다시피 저 사람이 지금 말을 못 하고 있으니 말이오. 새벽부터 그 밤중까지 어디에서 뭘 했는지 누가 알겠소? 하지만 처음 발견된 바로 그 지점에 줄곧 있지 않았으리라는 것만은 명백하지. 안 그랬으면 우린 치료를 하는 대신 장사를 치러야 했을 테니까."

"저 사람에 대해 얼마나 아십니까? 이름이 뭐죠?"

원장은 어깨를 으쓱였다. 이름만으로 한 사람에 대해 얼마나 알 수 있다는 말인가? "엘리어스. 직접 들은 건 아니지만, 보아하니 수도 생활을 시작한 지 얼마 되지 않은 것 같소. 별로 말이 없는 사람이었지. 특히 자기 자신에 대해서는 거의 입을 열지 않았고. 그리고 어째선지 아주 초조하게 날씨를 살피더군. 다시 돌아가야 할 테니 그땐 당연한 일이라 여겼지만, 지금 돌이켜보면 그 이상의 이유가 있지 않았을까 하는 생각도 드오. 여기 오던 중 폭스우드에서 만난 우스터 피난민들에 대해 얘기했었거든. 이곳으로 피하는 게 안전할 테니 같이 가자고 했는데, 그 사람들은 슈루즈베리를 향해 급히 산을 넘어갔다더군. 일행 중 한 소녀의 의지가 아주 결연했다고 했소. 그 소녀가 제 뜻을 굽히지 않고 다른 사람들에게 지시를 내리는 것 같았다고 말이오."

"소녀라고 하셨습니까?" 캐드펠은 몸을 곧추세우며 귀를 쫑긋 세웠다. "그 소녀가 그들을 지휘했다고요?"

"그래 보였다고 했소." 원장은 캐드펠의 태도에 깜짝 놀라 눈을 끔벅거렸다.

"소녀의 동행에 대한 얘기는 없었습니까? 어떤 소년 이야기는 하지 않던가요? 그들을 보호하는 수녀에 대해서는요?" 그렇게 말하면서도 캐드펠은 전혀 앞뒤가 맞지 않는 표현이라고 생각했다. 일행을 지휘하는 사람은 그 소녀였다고 하지 않았는가!

"아니, 그 이상의 얘기는 없었소. 하지만 난 저 사람이 그들을 몹시 걱정하고 있다는 느낌을 받았소. 형제도 알다시피 저 사람이 도착하자마자 눈이 쏟아지고 돌풍이 불었으니……."

"저 사람이 그 일행을 찾기 위해 떠났다는 생각은 안 해보셨습니까? 그들이 눈보라와 돌풍을 뚫고 무사히 슈루즈베리에 도착했는지, 그걸 알아보러 떠났던 게 아닐까요? 게다가 슈루즈베리는 저 사람이 가려던 길에서도 별로 멀지 않으니까요."

"그럴 수도 있겠지." 그러고서 원장은 입을 다문 채 걱정과 호기심이 어린 표정으로 캐드펠의 얼굴을 살폈다.

"저 사람이 그들을 찾아냈다면…… 그들을 데리고 안전한 피신처인 이곳으로 오는 도중에 그런 일을 당한 거라면……." 원장이 참을성 있게 그를 지켜보는 사이, 캐드펠은 생각에 빠져들었다. 만일 저 사람이 소녀 일행을 데려오던 중이었다면 그들은 도대체 어떻게 된 걸까? 의지할 만한 유일한 구원자요 보호자가 부상을 당하여 의식을 잃은 채 길바닥에 쓰러져버렸다면 그들 일행 세 사람은……? 그러나 엘리어스가 만난 이들이 저 불운한 위고냉 남매와 젊은 수녀라는 증거는 없었다. 소녀를 포함한 수많은 이들이 도륙당한 우스터로부터 탈출하지 않았던가.

의지가 강한 소녀가 지휘를 했다…… 캐드펠은 그런 여자들이 성에서도 농촌에서도, 가난한 집안에서도 부유한 집안에서도, 하다못해 최하층의 가장 비천한 집안에서도 태어날 수 있다는 사실을 알고 있었다. 여자들 역시 남자들 못지않게 다양한 법이니까.

"원장님," 마침내 그가 식탁 너머로 몸을 기울이며 진지하게 입을 열었다. "우스터에서 탈출한 두 아이와 그들을 보호하는 젊은 수녀 한 사람을 찾는다는 장관의 공문을 받지 못하셨습니까?"

원장은 영문을 알 수 없다는 얼굴로 애매하게 고개를 저었다. "그런 공문을 받은 기억은 없는데…… 그렇다면 그 사람들이 바로…… 그래, 엘리어스 형제가 몹시 초조해 보였던 건 사실이오. 엘리어스 형제가 만났다는 소녀 일행이 바로 장관이 찾는 그들이었으리라 생각하는 거요?"

캐드펠은 그에게 모든 사정을 들려주었다. 우스터로부터의 탈출, 그들을 찾아내려는 노력, 그들 외숙부의 맹세, 그러나 만일 국왕의 땅에 발을 들일 경우에는 그를 사로잡아 감금하겠다는 장관의 위협…… 이야기가 이어지는 동안 수도원장은 점점 더 놀라움에 휩싸였다.

"정말 그럴지도 모르겠군! 저 정신을 잃은 형제가 입을 열 수만 있다면 얼마나 좋을까!"

"아뇨, 저 형제는 이미 말을 했습니다. 폭스우드에서 일행과 헤어졌으며, 그들은 슈루즈베리를 향해 산을 넘을 작정이었다고요. 그렇다면 그 사람들은 클레의 변경을 돌아 고드스토크로 가야 했을 테고, 그곳부터는 웬로크 수도원의 영역이니 아마 선량한 이들의 보호를 받을 수 있었겠지요."

"하지만 그 밤에, 그 끔찍스러운 눈보라 속에서 산을 넘어갔다니……." 원장이 서글픈 어조로 말했다.

"확실한 건 아무것도 없습니다." 캐드펠은 조심스럽게 말을 이었다. "그저 그랬을지도 모른다는 추측에 불과하지요. 우스터 시민의 4분의 1가량이 학살을 피해 이 길로 도주했습니다. 불확실한 추정을 이어가며 시간을 낭비하기보다 우선은 환자를 지켜보며 치료에 최선을 다하는 게 좋을 듯합니다. 저 사람만이 우리에게 확실한 정황을 들려줄 수 있으니까요. 적어도 우리가 저 사람을 데리고 있는 게 다행입니다. 우리 침상에 아직 살아 있는 상태로 뉘어놓고 있다는 것도요. 저 사람을 반드시 살려내야 합니다. 가셔서 마지막 기도를 올리십시오, 원장님. 저 사람을 위해 기도해주세요. 전 침상 곁에서 최선을 다하겠습니다. 너무 걱정하지 마십시오. 제가 눈을 부릅뜨고 저 사람을 지키면서, 혼미한 와중에 튀어나오는 헛소리 한 마디도 놓치지 않고 기억해두겠습니다."

*

밤사이 갑작스러운, 그러나 미세한 첫 변화가 일어났다. 캐드펠 수사는 오래전부터 한 눈을 뜨고 두 귀를 열어둔 채 잠을 자는 것에 익숙해 있었다. 그는 침대 옆 야트막한 의자에 앉아 팔짱을 끼고서, 일정 정도 이상 몸이 기울지 않도록 한쪽 팔꿈치는 침대 틀에 걸치고 고개를 숙인 채로 잠에 빠져들었다. 그를 깨운 것은 갑자기 귀에 들려온 어떤 소리였다. 캐드펠은 긴장하여 숨을 죽였다. 엘리어스 수사가 이제 막 처음으로 깊은 숨을 길게, 그리고 한층 편안하게 들이쉰 참이었다. 목구멍에서 시작된 호흡은 한동안 쓰임 없이 방치되어 있던 온몸을 지나 발끝까지 퍼져나갔고, 이와 동시에 그는 피가 엉겨 붙은 온몸의 상처로 인한 통증에 고통스러운 신음을 내뱉기 시작했다. 목에서 끔찍하게 끓어오르던 소리는 어느새 잦아들고, 이제 그는 마치 굶주린 사람이 음식을 탐하듯 열렬히 숨을 들이쉬었다. 캐드펠은 뭉개진 얼굴과 부어오른 입술을 따라 경련이 스치는 것을 보았다. 바싹 마른 혀끝이 물기를 찾아 움직이는가 싶더니 통증에 경련하며 멈추었다. 벌어진 입술 사이로 건강한 치아가 열리며 한숨처럼 긴 신음이 새어 나왔다.

캐드펠은 따뜻하게 데우느라 화로 옆에 두었던 달콤한 포도주 항아리를 들어 환자의 부어오른 입술 사이로 몇 방울 떨어뜨렸다. 환자는 의식을 잃은 채 얼굴을 찡그렸으나, 목울대가 포도주를 넘기며 꾸물거리는 것이 보였다. 캐드펠은 적이 만족스러웠다. 그가 환자의 닫힌 입술에 손가락을 갖다 대자 입술은 이내 갈증을 호소하듯 다시 벌어졌다. 캐드펠은 더 이상의 반응을 보이지 않을 때까지 그 입술 사이로 포도주를 한 방울 한 방울 끈질기게 흘려 넣었다. 아무것도 의식하지 못한 채 차디차게 굳어 있던 몸이 안팎으로 공급된 온기 덕에 조금씩 풀려나면서, 환자는 잠속으로 빠져들었다. 온전한 의식을 되찾기까지 며칠은 이렇게 꼼짝없이 누워 지내야 하겠지만, 결국은 의식을 회복해 산 자들 곁으로 돌아올 것이었다. 그러나 그가 자신에게 일어났던 일들을 얼마나 기억하느냐는 또 다른 문제였다. 그처럼 머리에 부상을 입은 사람들이 어린 시절이나 몇 년 전 일은 세밀한 것까지도 기억하면서, 최근 벌어진 일에 대해서는 까맣게 잊는 경우를 캐드펠은 몇 번이나 본 적이 있었다.

캐드펠은 환자의 발치에서 식은 벽돌을 꺼내 조리실에서 막 가져온 것으로 바꿔놓은 뒤 다시 의자에 앉아 철야를 이어갔다. 이제 환자는 혼수상태에서 벗어나 잠을 자고 있었다. 하지만 기묘한 비명과 신음, 그리고 갑자기 온몸을 훑는 경련으로 끝없이 중단되고 마는, 너무나 불편한 잠이었다. 한두 번 목과 입술과 혀를 고통스럽게 꿈틀거리며 무슨 말인가를 내뱉으려 안간힘을 썼으나, 정작 입 밖으로 새어 나온 것은 아무것도 없거나 전혀 알아들을 수 없는 고통스러운 소리뿐이었다. 캐드펠은 무언가 의미를 지니고 있을 법한 단어 하나라도 낚아채기 위해 그의 입 가까이에 고개를 댄 채 기다렸다. 하지만 그날 밤은 그렇게 지나가버렸고, 철야를 통해 얻은 것은 아무것도 없었다.

수도원의 일상을 알리는 소리, 그 소리가 만신창이가 되어 의식을 잃은 이의 내면 깊은 곳에 묵묵히 자리 잡은 존재의 핵심에 이른 것일까. 아침기도를 알리는 종소리가 돌연 정적을 깨뜨리자 환자의 눈꺼풀이 경련을 일으키며 번쩍 열렸다가 쨍한 빛에 찔끔하여 다시 닫혔다. 이어 목구멍이 꿈틀거리는가 싶더니, 입술이 무언가 말을 하려는 듯 움직이기 시작했다. 캐드펠은 고개를 숙여 안간힘을 쓰는 환자의 입술 가까이 귀를 갖다 대었다.

"……미친 짓……."

엘리어스는 그렇게 말했다. 아니, 적어도 캐드펠이 듣기로는 그랬다. 환자는 계속해서 고통스럽게 중얼거렸다.

"클레를 넘다니, 이런 눈 속에서……." 그는 베개 위에서 고개를 이리저리 돌리며 고통스러운 신음을 내뱉었다. "너무 어리고…… 고집스럽고……."

그는 다시 잠들었다. 이번에는 불안이 누그러진, 한결 편안한 잠이었다. 그러다 잠시 후, 엘리어스 수사의 입에서 너무나 또렷한 음성이 흘러나왔다. "그 아이는 날 따라오려 했는데."

그것이 다였다. 환자는 다시 꼼짝 않고 누운 채 입을 다물었다. 아침기도를 마치자마자 레너드 원장이 밤사이의 경과를 알아보기 위해 찾아왔다.

"환자는 이제 생명을 향해 움직였습니다. 회복은 더디겠지만요." 철야를 한 캐드펠의 역할을 이어받기 위해 조용히 기다리고 선 젊은 수사에게로 시선을 돌리며 캐드펠은 말을 이었다. "환자가 몸을 꿈틀거리면 포도주와 꿀을 주시오. 이제 받아먹을 수 있으니. 환자 가까이 앉아 있다가 무슨 말이든 하면 즉시 내게 알려주고. 내가 눈을 붙이는 사이 형제가 환자에게 해줄 일은 거의 없을 테지만, 혹시 필요로 할지 몰라서 저기 물병도 놓아두었소. 환자가 땀을 흘리기 시작하면 몸을 잘 덮어주고, 얼굴은 자주 닦아주시오. 그래야 편안해지니까. 하느님의 가호로 그의 잠이 편안하기를. 잠이야말로 어떤 의사보다도 훌륭한 치료자니까."

캐드펠은 원장과 나란히 밖으로 걸어 나왔다.

"그래, 이제 안심해도 되는 거요?" 원장이 초조한 목소리로 물었다. "환자가 살아나겠소?"

"시간과 평온만 있으면 건강을 회복할 겁니다." 캐드펠은 하품을 하며 대답했다. 아침을 먹은 뒤 오전 내내 잘 생각이었다. 그런 다음엔 환자의 머리와 복부의 붕대를 확인하고 화농의 우려가 있는 크고 작은 상처들을 확인해야 할 터였다. 그 일이 끝나면 엘리어스를 치료하는 일에 대해서도, 실종된 아이들을 찾는 일에 대해서도 더 좋은 생각을 떠올릴 수 있을 것 같았다.

"환자가 무슨 말을 하지는 않았소?" 원장이 물었다. "알아들을 수 있는 말 말이오."

"어떤 아이에 대해 말하더군요. 이런 눈보라 속에서 산을 넘는다는 것이 미친 짓이라는 말도요. 그래요, 제 생각에 엘리어스 형제는 위고냉 남매와 그 수녀를 만났던 것 같습니다. 형제는 그들을 이곳으로 데려오려고 노력했지요. 하지만 소녀가 자기 목적지를 향해 가겠다고 고집한 겁니다." 눈보라와 돌풍 속에서도 산을 넘어야겠다고 고집하는, 얼굴 한번 본 적 없는 젊은 여자를 생각하며 그는 덧붙였다. "어리고 고집스러운 아가씨지요."

그러나 아무리 정신 나간 짓을 했대도, 또 아무리 골치 아픈 일을 벌였대도, 무고한 그들을 그냥 버려둘 수는 없었다.

"우선 좀 먹어야겠습니다." 캐드펠은 가장 근본적인 욕구로 되돌아갔다. "그리고 침대도 하나 부탁드립니다. 다른 문제는 나중으로 미뤄야겠어요. 전 엘리어스 형제가 필요로 하는 한 이곳을 떠나지 않을 생각입니다만, 원장님, 여기 방문자들 가운데 혹시 슈루즈베리로 갈 예정인 사람이 있다면 그에게 한 가지 부탁할 것이 있습니다. 휴 베링어에게 가서 실종된 아이들에 관한 최초의 단서가 이곳에서 포착되었다는 사실을 전하라고 좀 얘기해주십시오."

"그렇게 하다마다. 마침 크리스마스 성찬에 참석하기 위해 집으로 돌아가는 옷감 상인이 있소. 식사를 마치자마자 출발할 거요. 최대한 일찍 떠나야 시간을 벌 수 있을 테니. 지금 당장 그 사람에게 가서 소식을 전해달라 부탁하겠소. 형제는 어서 가서 푹 쉬시오."

*

밤이 오기 전에 엘리어스는 두 번째로 눈을 떴다. 빛 때문에 몇 번 깜빡이기는 했지만 이번에는 다시 감지 않았다. 한동안 그는 영문을 알 수 없다는 표정으로 이쪽저쪽을 둘러보았다. 캐드펠 곁에 서 있던 원장이 고개를 끄덕여 보이자 환자의 눈에 비로소 반가움이 떠올랐다. 아는 얼굴을 보고 안도하는 기색이었다.

"원장님⋯⋯?" 그가 입을 열자 쉰 음성이 새어 나왔다. 그 한 마디에는 희망 또한 섞여 있었다.

"그렇소, 형제." 수도원장이 대답했다. "형제는 우리와 함께 있소. 여긴 브롬필드요. 이젠 걱정 말고 쉬면서 기운을 회복하시오. 형제는 심한 부상을 당했지만 지금은 친구들과 함께 안전한 곳에 누워 있소. 아무 문제도 없고⋯⋯ 필요한 게 있으면 뭐든 말만 하시오."

"브롬필드라고요⋯⋯?" 엘리어스가 얼굴을 찡그리며 중얼거렸다. "제가 여기로 심부름을 왔었는데⋯⋯." 그는 안간힘을 다해 머리를 들어 올리려 했다. "성물을 모시고⋯⋯ 아, 혹시 제가 그걸 잃어버렸나요?"

"아니, 아니오." 원장이 서둘러 말을 받았다. "형제가 우리에게 무사히 전달해주어, 성물은 이제 이곳 교회 제대에 잘 모셔져 있소. 성물을 안치한 다음 형제는 우리와 함께 철야 기도까지 올렸는데, 기억 안 나시오? 형제의 임무는 완전무결하게 수행되었소. 해야 할 모든 일을 착오 없이 해냈지."

"하지만…… 머리가 왜 이리 아픈지……." 신음이 새어 나왔다. 불안과 통증으로 그는 눈썹을 찡그렸다. "이게…… 왜 이리 마음이 무거울까요? 제가 어쩌다 이렇게 된 거죠?"

그들은 그동안 벌어진 일들을 조심스레 들려주었다. 그가 자신이 소속된 퍼쇼어의 수도원을 향해 길을 떠났다는 것, 그러나 온몸에 부상을 당하고 정신을 잃은 채 길가에 버려져 있다가 근처 주민들에게 발견되어 이곳으로 실려 왔다는 것…… 퍼쇼어라는 지명이 나오자 그는 반가워하며 자신이 에드부르가 성인의 손가락 성골을 전하기 위해 떠나왔으며 우스터를 질러가는 위태로운 길을 피해 이곳 브롬필드에 도착했음을 떠올렸다. 브롬필드에서 있었던 일 역시 조금씩 기억해내기 시작했지만, 이곳을 떠난 뒤 벌어진 일에 대해서는 아무것도 머릿속에 남지 않은 듯했다. 그를 그처럼 잔인하게 죽이려 한 자들이 누구인지는 몰라도, 이 순간 그들은 엘리어스의 혼란스러운 정신으로부터 완전히 빠져나가고 없었다.

"그 사람들은 다시 만나지 못했소?" 캐드펠이 그를 향해 몸을 기울이고 부드럽게 물었다. "소년과 소녀, 산을 넘어 고드스토크로 가겠다고 고집하던 남매 말이오. 소녀는 어리석게도 계속 가겠다고 고집을 부렸지. 소년은 그 소녀의 고집을 꺾을 수 없었고……."

"소년과 소녀라니, 누구를 말씀하시는지요?" 엘리어스는 아무것도 모르겠다는 얼굴로 눈만 끔벅였다. 그의 이마가 더욱 고통스럽게 일그러졌다.

"수녀 한 사람도 있었는데. 그 남매와 함께 여행 중이던 수녀가 기억나지 않소?"

그는 기억해내지 못했다. 기억을 되살리려 애쓸수록 공포와 불안과 좌절만이 되살아날 뿐이었다. 그가 느끼는 좌절감에는 죄의식이 짙게 드리워 있었다. 완수하지 못한 모종의 의무와 책임이 겁에 질린 눈동자 너머에 감추어져 있었으니, 그 정체를 포착해내기란 불가능했다. 그의 이마에 진땀이 배어 나왔다. 캐드펠은 그 땀을 부드럽게 닦아주었다.

"초조해할 것 없소. 형제가 할 일은 끝났으니 하느님께, 그리고 우리에게 모든 걸 맡기고 이젠 편안히 쉬시오."

그들은 환자의 육체적 필요를 해소해주고, 크고 작은 상처에 약을 발라주고, 진료소의 작은 저장실에서 가져온 음식으로 묽은 수프를 만들어 약초와 오트밀과 함께 먹이고, 침대 앞에 서서 기도문을 낭송했다. 그러는 동안에도 엘리어스 수사의 찌푸려진 이맛살은 좀처럼 펴질 줄 몰랐다. 그는 줄곧 달아나버린 기억을 추적했으나, 기억은 좀처럼 그의 의식의 덫에 걸려들지 않았다. 이윽고 밤이 되어 정신이 이 세계의 문지방을 넘어가 저만치 뒷걸음질하자, 수사는 기억과 꿈에 시달리기 시작했다. 하지만 그가 내뱉는 말들은 파편적이거나 그저 입안에서 우물거리는 소리에 불과했으며, 그 와중에도 그의 육체는 크나큰 고통에 시달리고 있었다. 사소한 말 한마디조차 놓치지 않으려고 곁에서 지켜보던 캐드펠은 그 고문과도 같은 고통을 몰아내고 그가 다시 편안한 잠에 들 수 있도록 하느라 온갖 힘을 기울여야 했다. 새벽녘이 되어 엘리어스 수사가 잠 속으로 빠져든 뒤에야 그는 한시름 놓았다. 환자의 몸은 기력을 회복하고 치유되는 중이었으나, 그의 정신은 기억하기를 거부한 채 여전히 사방을 떠돌고 있었다.

*

캐드펠이 잠들었다가 정오 무렵 깨어보니, 환자는 이제 완전히 의식을 되찾아 휴식을 취하는 중이었다. 환자를 간호하는 일에 오랜 경험을 가진 나이 든 수도사가 그를 보살피고 있었다. 날씨가 청명하고 빛도 오래 지속될 듯했다. 여전히 얼음은 녹지 않은 채였고 밤이 오면 또다시 눈이 쏟아질 테지만, 이 순간만큼은 더없이 따사로운 햇빛이 쏟아지고 있었다.

"환자는 훌륭한 간호를 받고 있습니다." 캐드펠은 레너드 원장에게 말했다. "몇 시간은 걱정 없이 자리를 비워도 무방할 듯싶군요. 제 말도 충분히 쉬었고 또다시 눈이 내리거나 바람이 불기 전까지는 길도 괜찮을 것 같으니, 고드스토크에 가서 그 남매와 수녀 일행이 왔었는지 알아볼 생각입니다. 그들이 그곳에 들렀다 떠났다면 어느 길로 갔는지도 확인해야겠지요. 엘리어스 형제가 폭스우드에서 그들과 헤어진 건 엿새 전일 겁니다. 만일 그들 일행이 웬로크 수도원 경계까지 안전하게 갔다면 지금쯤이면 웬로크나 슈루즈베리에 도착해 있겠지요. 그것만 확인된다면 그들과 관련된 모든 혼란은 정리되는 셈이고, 우린 모두 안심하고 평온 속으로 돌아갈 수 있을 겁니다."

3

숲이 우거진 골짜기 깊숙이 자리 잡은 고드스토크는 웬로크 수
도원 소유의 교구로, 장원의 3분의 1가량은 수도원 측에서 직접
경작했고, 나머지는 그곳에 사는 교구민들에게 맡겨져 있었다.
수확량이 좋아 견실히 자리 잡아가는 그곳 거주지에는 겨울철을
무사히 지낼 수 있도록 모든 시설들이 잘 갖춰져 있었으며, 연료
도 부족함이 없었다. 거센 바람을 막아주는 산을 넘어 일단 가옥
들이 모인 곳으로 들어서면 피난민 몇 정도야 편안히 휴식을 취
할 수 있고, 서두를 것도 쫓길 것도 없이 수도원이 소유한 드넓
은 땅 곳곳에 있는 장원으로 조용히 이동할 수도 있는 그런 곳이
었다.

그러나 그가 찾는 피난민들은 고드스토크에 도착한 적이 없

었다.

"그런 사람들을 찾는다는 소식은 우리도 들었습니다." 수도원장의 보좌 수사는 확신에 찬 어조로 말했다. "하지만 그들이 이곳으로 향했던 것 같지는 않아요. 아마 러들로나 다른 곳을 택했나 봅니다. 우리도 사방을 수색해봤습니다만, 그들은 이곳에 오지 않았어요."

"일행이 마지막으로 목격된 곳은 폭스우드였습니다." 캐드펠이 설명했다. "그들은 클레오버리까지 우리 교단의 한 수사와 동행했지요. 그 형제가 자기와 같이 브롬필드로 가자고 권했지만 그들은 산을 향해 북쪽으로 여행을 계속했답니다. 제 생각엔 틀림없이 이곳에 도착했어야 하는데요."

"그랬군요. 하지만 이곳에는 오지 않았습니다."

캐드펠은 생각에 잠겼다. 그는 이곳 지리에 능통하지 않았는데, 그럼에도 어려움 없이 길을 찾아올 수 있었다. 만일 그들이 이곳을 지나지 않았다면, 이는 오히려 앞으로의 수색과 관련한 단서로 작용하지 않을까? 그들이 이곳에 닿기 위해 걸었을 길들을 거꾸로 되짚어 수색하며 자취를 추적해보면 좋을 성싶었다. 하지만 일단은 모두 이튿날로 미뤄야 했다. 날이 이미 저물기 시작해 사방에 어스름이 깔리고 있었다. 캐드펠은 우선 지름길을 택해 브롬필드로 돌아가는 것이 현명하겠다고 생각했다.

"무슨 소문이 없는지 주의를 기울여주십시오. 전 다시 브롬필드로 돌아가겠습니다." 이곳에 올 땐 사람들이 많이 다니는 길을 이용했으나, 그 길은 우회로에 가까웠다. 시골 지형을 살피는 일이라면 캐드펠은 웬만큼 자신이 있었다. "여기서 곧장 남서쪽으로 가는 것이 브롬필드로 가는 가장 빠른 길일 듯싶은데요. 그쪽 길은 괜찮습니까?"

"그리로 가시려면 클레 삼림을 관통해야 합니다. 그래도 해가 지는 방향을 오른편에 둔 채 쭉 앞으로 나아가기만 하면 되니 길을 잘못 들 염려는 없지요. 개울은 함부로 건너지 마십시오. 얼음이 얼기 시작한 뒤에는 무척 위험하니까요."

보좌 수사는 길을 일러준 뒤 캐드펠의 뒷모습을 한참이나 바라보았다. 그는 벌채된 숲의 빈터를 지나 완만한 언덕 사이 좁고 곧은 길을 따라가다가 브라운 클레의 거대한 봉우리를 등진 채 방향을 틀어 웅장하고 험준한 티터스톤 클레를 왼쪽에 끼고 멀어져 갔다. 햇살이 약해진 지 이미 오래였으나 완전히 어두워지려면 아직 시간이 좀 남아 있었다. 엷은 회색 구름 너머 희미한 붉은 공처럼 떠 있는 태양이 보였다. 틀림없이 눈이 내릴 테지만, 아마 한두 시간쯤 지난 뒤에야 쏟아지기 시작할 것이다. 차디찬 대기에는 바람 한 점 없었다.

1킬로미터쯤 가서 캐드펠은 숲으로 들어섰다. 나뭇가지에는 아직도 눈이 얼어붙어 있었고, 낮 동안 햇살이 파고들었던 가지 밑에는 고드름이 기다랗게 매달려 있었다. 발밑의 땅에는 낙엽과 침엽이 두텁게 깔려 말을 타고 가기에 어려움이 없었다. 심지어 나무들이 어느 정도의 온기를 뿜어주기까지 했다. 클레는 왕실 소유의 삼림이었으나 이제 잉글랜드 전역의 다른 삼림지대나 마찬가지로 방치된 상태였다. 국왕과 황후가 왕권을 장악하기 위해 싸움을 벌이는 사이 기회주의적인 지방 토호들이 제 맘대로 착복하거나 전유할 수 있는 땅이 되어버린 것이다. 사방 15킬로미터 안에 성도 마을도 없는 외롭고 황량한 시골. 개간지는 거의 보이지 않았고, 그나마 드문드문 눈에 들어오는 것들도 서로 막막하리만치 떨어져 있었다. 들짐승들이 쫓고 쫓기며 그곳을 지배하고 있었으나, 이런 혹독한 겨울에는 사슴마저도 인간의 보살핌 없이는 굶어 죽고 말 터였다. 농부들에게야 사료는 너무나도 귀중한 것일 테니, 아마 가장 끔찍한 계절에도 사냥을 즐기려는 귀족들이 짐승들을 위해 먹을 것을 마련해주리라. 캐드펠은 바로 그런 사료 더미 옆을 지나쳤다. 굶주린 짐승들이 뒤적인 탓에 사료는 사방으로 흩어져 있었고, 근방의 눈밭에는 짐승의 발자국들이 가득했다. 왕권을 놓고 경쟁하는 두 지배자 중 누가 이곳의 소유권을 차지하든, 세습직인 삼림 감독관은 어쨌든 여전히 제 의무를 다하는 셈이었다.

나무 사이로 이따금씩 모습을 드러내던 해는 이제 무척이나 낮은 곳으로 내려와 있었다. 낮게 깔린 구름과 함께 저녁이 서서히 다가오는 중이었으나 지면에는 아직 빛이 충분했다. 눈앞에서 나무들이 갈라지더니, 저무는 빛을 한 시간쯤 더 붙잡아둘 법한 빈터가 나타났다. 누군가 숲을 개간한 모양이었다. 작은 뜰과 밭, 야트막한 움막 한 채가 시야에 들어왔다. 한 남자가 울을 두른 조그마한 땅뙈기 안으로 염소 두어 마리를 몰아넣는 중이었다. 얼어붙은 눈과 낙엽을 걷어차는 말발굽 소리에 남자는 화들짝 놀라 고개를 들었다. 단단하고 땅딸막한 몸집의 농사꾼으로 마흔이 채 안 되어 보였다. 질 좋고 수수한 갈색 수제 상의와 집에서 무두질한 가죽 바지를 입고 있었다. 혼자서 농사일을 거뜬히 해내는, 솜씨 좋은 농부 같았다. 그는 염소를 울 안에 들인 뒤 몸을 일으켜 다가오는 여행자를 마주했다. 그의 가늘게 뜬 눈이 이내 수사복과 크고 기운 좋은 말, 그리고 두건 밑에서 이쪽을 넘겨다보는 넓적하고 늙은 얼굴을 천천히 살폈다.

"하느님께서 이 집과 이 집의 주인을 축복하시기를." 캐드펠은 울타리 앞에서 고삐를 당기며 말했다.

"하느님께서 수사님과 함께하시기를!" 깊고 평온한 음성이었으나, 그의 눈에는 불안감이 감돌고 있었다. 그가 다시 물었다. "어디로 가시는 길입니까?"

"브롬필드로 가는 길이오. 이 길이 맞소?"

"맞고말고요. 이대로 1킬로미터쯤 가면 홉턴 시내가 나옵니다. 시내를 건넌 뒤 그보다 훨씬 작은 지류 두 곳을 또 건너면 세 갈래 길이 나오는데, 그때 오른쪽 길로 들어서시면 됩니다. 언덕을 따라 난 길이에요. 그 길을 따라가다 보면 러들로에 이르고, 거기에서부터 수도원까지는 1킬로미터 거리밖에 안 됩니다요."

남자는 베네딕토회 수사가 왜 이런 시간에 말안장에 올라 이처럼 한적한 길을 다니고 있는지 묻지 않았다. 그 어떤 질문도 없었다. 그저 어디까지나 공손한 표정과 겸손한 태도로 울타리 사이에 난 문 앞에, 마치 성의 격자문처럼 떡 버티고 서 있을 뿐이었다. 캐드펠이 그에게서 무엇인가 감추려는 기색을 눈치챈 것은 그의 눈빛 때문이었다. 누가 어디에서 무슨 말을 해도 자신은 오직 진실만을 얘기한다는 듯한 그 어조 역시 수상쩍었다. 그럼에도, 이 삼림지대에서 이와 같은 밭과 집을 일구어낸 이라면 틀림없이 근면하고 정직한 사람일 터였다.

"알려줘서 고맙소." 캐드펠이 마침내 입을 열었다. "한 가지만 더 도와주시오. 나는 슈루즈베리 소속의 수사요. 지금은 퍼쇼어에서 온 우리 형제를 간호하기 위해 브롬필드 수도원의 진료소에 와 있지요. 그 부상당한 형제는 우스터 습격 당시 그곳에서 피신하여 슈루즈베리로 가려는 한 일행을 만난 적이 있답니다. 우리 형제가 서쪽으로 방향을 틀어 브롬필드로 함께 가자고 청했으나 그들은 제안을 뿌리치고 계속해서 북쪽으로 나아갔다는군요. 혹시 그런 사람들을 보았거나 소문을 들은 적이 있거든 좀 알려주시오."

캐드펠은 자신의 육감을 반신반의하며 그들의 인상착의를 설명해주었다. 농부는 어깨 너머로 오두막 쪽을 힐끗 돌아보더니 눈도 깜빡이지 않은 채 다시 캐드펠을 마주 보았다.

"그런 사람들은 본 적 없습니다." 지극히 태연한 어조였다. "누가, 왜 이런 산 속으로 들어오겠습니까? 여긴 무척이나 외진 곳이에요."

"낯선 땅에서 눈보라에 휩쓸리다 보면 외진 곳에도 들어서게 되는 법이지. 게다가 이곳은 고드스토크에서 그다지 멀지도 않고. 내가 이미 그곳을 살펴보고 오는 길인데…… 좋소, 이들 세 사람, 혹은 그중 한 사람이라도 만나게 되면 우스터와 슈루즈베리 근처의 모든 수도원에서 그들을 찾아 헤매는 중이며, 수도원 사람들의 눈에 띄면 그들의 안전은 확실히 보장될 거라는 말을 꼭 좀 전해주시오. 우스터에는 이제 새로운 수비대가 배치되어 다들 혼란을 수습하느라 열심이라는 말도."

농부는 신중한 눈길로 생각에 잠겨 캐드펠을 바라보다가 고개를 끄덕였다. "그렇게 전하겠습니다. 만약 그런 사람들을 만나게 되면요."

그는 여전히 문을 막아선 채 한 발짝도 움직이지 않았다. 캐드펠은 고삐를 당겨 길을 따라 나아가기 시작했다. 나무들이 우거진 곳에 이르러 뒤를 슬쩍 돌아보니 농부는 미룰 수 없는 화급한 일이라도 있는 양 재빨리 돌아서서 집 안으로 들어가고 있었다. 캐드펠은 계속해서 말을 몰았지만 이제는 앞이 아니라 옆으로 느릿느릿 움직이다가, 곧 말을 멈추고 안장에 앉아 꼼짝도 않고 귀를 기울였다. 뒤쪽에서 작은 소리가 들려왔다. 몸이 가벼운 누군가가 서두르는 걸음으로, 그러나 들키지 않도록 살금살금 그를 뒤따르고 있었다. 캐드펠은 조심스럽게 뒤를 돌아보았다. 푸른색 망토를 입은 사람이 은폐물 뒤로 얼른 몸을 감추는 것이 보였다. 그는 다시 앞을 보고 꼼짝 않은 채 기다리다가 기척이 가까이 느껴지자 돌연 고삐를 틀어쥐어 뒤쪽으로 돌아섰다. 기척은 금세 사라졌지만 너도밤나무 가지 하나가 흔들리며 하얀 눈발을 흩뿌렸다.

"이리 나와도 괜찮아." 그가 상냥한 어조로 말했다. "난 슈루즈베리 소속의 수사야. 네게도, 그 누구에게도 해를 끼칠 사람이 아니지. 그 선량한 농부가 네게 한 말은 사실 그대로야."

한 소년이 숨어 있던 곳에서 모습을 드러냈다. 위협을 받으면 당장이라도 달아날 듯 두 다리를 벌려 땅바닥을 단단히 디딘 모습이었다. 작고 땅딸막한 소년이었다. 갈색 머리칼, 당당하고 구김살 없는 갈색 눈, 고집스럽게 다물린 입. 그러나 통통한 뺨에는 아이다운 기미가 어려 있었다. 옷을 입은 채로 들판에서 노숙이라도 했는지 연푸른색 윗도리와 망토가 온통 구겨지고 흙투성이였다. 회색 반바지도 찢긴 채였으나 소년의 태도에서는 귀족 출신의 당당함과 자신감이 엿보였다. 허리띠에는 단검을 차고 있었다. 칼집의 은장식만 보아도 적지 않은 이들이 그 소년을 탐냈을 성싶었다. 그때까지 무슨 일을 겪었는지 몰라도, 결국 이 소년은 선량한 농부의 호의로 피난처를 마련할 수 있었던 것이다.

"저 아저씨 얘기로는……." 소년은 한두 걸음 앞으로 나서더니 용기를 내어 입을 열었다. "저 아저씨 이름은 서스턴이에요. 아저씨와 아주머니는 제게 아주 친절하게 대해주셨죠. 아저씨가 그러는데, 어떤 분이 절 찾고 있다고…… 베네딕토 교단의 수사님이신데, 믿을 만한 분인 것 같다고 하셨어요."

"그 사람 말대로다. 네가 이브 위고냉이구나."

"네, 맞아요. 수사님과 함께 브롬필드로 가도 되나요?"

"물론이지, 이브. 수많은 사람들에게서 따뜻한 환영을 받을 게야. 너희가 우스터를 탈출한 이후에 외숙이신 당제 경이 성지에서 돌아와 글로스터에 도착하셨어. 거기서 너희가 사라졌다는 소식을 듣고 놀라 슈루즈베리로 사람을 보내셨지. 너희가 안전히 돌아간다면 경은 더없이 기뻐하실 게다."

"당제 외숙께서요?" 소년의 얼굴은 반가움과 의구심 사이를 오락가락했다. "글로스터에 계신다고요? 하지만…… 바로 글로스터에서 온 사람들이 우리를……."

"그래, 글로스터에서 온 사람들이 우스터를 습격했지. 하지만 너희 외숙은 그런 짓을 하지 않으셨다. 외숙이 직접 이곳으로 올수 없었던 이유 같은 걸 생각하느라 골머리를 앓을 필요 없어. 그래봐야 너도 나도 어쩔 수 없는 일이니. 어쨌든 네 외숙이 너희들을 안전히 데려다달라고 우리에게 부탁하셨으니 내 말 믿어라. 그나저나, 우리가 찾는 사람은 모두 해서 셋인데 지금 여기엔 너하나뿐이구나. 누이와 수녀는 어디 있느냐?"

"저도 몰라요!" 소년은 울음을 터뜨리듯 부르짖었다. 줄곧 의연하던 얼굴이 일그러지며 양 볼이 파르르 떨렸다. 그러나 아이는 곧 당당한 모습을 되찾고 말을 이었다. "클레턴을 떠날 때까지 힐라리아 수녀님은 무사했어요. 지금도 거기서 무사히 지내고 계셔야 할 텐데. 하지만 혼자 남겨졌다는 걸 깨닫고 수녀님이 어찌하셨을지…… 그리고 누나…… 누나가 문제를 일으킨 장본인 이에요! 누나는 애인이랑 같이 한밤중에 떠나버렸어요. 애인이 누나를 찾아왔거든요. 틀림없이 누나가 애인에게 소식을 보내 자기를 데리러 오라고 했을 거예요. 저도 누나를 따라가려 했는데, 눈보라가 쏟아지는 바람에……."

캐드펠은 의아함, 실망 그리고 안도가 뒤얽힌 심정으로 숨을 크게 내쉬었다. 그들 가운데 적어도 한 사람은 안전하게 숨어 있었던 것이 확인된 셈이다. 또 한 사람 역시, 아직 클레턴에 머물러 있기만 하다면 큰일은 없을 것이다. 그리고 마지막 세 번째 사람은 아마도 사랑하는 사람, 그녀에게 오직 선의만을 품고 있을 누군가의 품 안에 숨어 있는 듯했다. 어쩌면 이 사건이 모두에게 행복한 방향으로 마무리될지도…… 하지만 그렇게 되기까지는 아직 길고 복잡한 과정이 남아 있을 터였다. 이제 태양의 끝자락이 산의 능선 밑으로 모습을 감추었고, 갈 길은 아직 몇 킬로미터나 남아 있었다. 지금 그가 할 수 있는 최선의 일은 이 소년만이라도 브롬필드로 데려가는 것, 그리하여 소년이 더 이상 낯선 땅을 헤매고 다니다가 실종되는 일이 없게끔 조처하는 것뿐이었다.

"가자, 밤이 되기 전에 안전한 곳으로 데려다주마. 이쪽, 내 앞에 올라타라. 네 몸무게를 더해봐야 말은 끄떡없을 게야. 여기 발을 올려놓고……."

소년은 기다렸다는 듯 두 손을 높이 들어 캐드펠의 손을 잡았다. 아귀힘이 꽤나 강했다. 공이 튀듯 순식간에 뛰어올라 편안히 말 등에 앉은 아이의 몸은 긴장으로 몹시 굳어 있었으나, 곧 긴 한숨과 더불어 평온해졌다.

"서스턴 아저씨에게는 이미 감사 인사를 드리고 작별 인사도 나누었어요." 소년이 쉰 목소리로 나직하게 말을 이었다. "얼마 안 되지만 제 지갑에 남은 돈 가운데 절반을 드렸죠. 아저씨는 필요 없다며 거절하려고 하시더라고요. 하지만 그냥 떠날 수는 없잖아요. 제겐 드릴 게 그것뿐인데 말예요."

"언젠가 다시 찾아뵐 수 있는 날이 올 게야." 캐드펠이 소년을 안심시켰다. 아이는 훌륭한 교육을 받았는지 제 지위와 그에 걸맞은 의무를 잘 알고 있었다. 수도원에서 지내는 동안 그곳의 가르침도 성실히 익혔으리라.

"이 단검도 드리고 싶었어요." 소년이 몸을 움직여 캐드펠의 어깨 사이로 따뜻하게 몸을 밀착해왔다. "하지만 아마 제게 더 필요할 거라고 하시더라고요. 자기 같은 사람은 이런 단검으로 할 일이 별로 없다면서요. 이런 걸 가지고 있어봤자 도둑맞을 염려 때문에 남들에게 보여줄 수도 없을 거라나요."

소년은 비로소 마음이 놓이는 모양이었다. 그 안도감이 얼마나 큰지, 눈 속에서 헤어진 두 여자에 대한 걱정마저 잠시 잊은 듯했다. 이제 겨우 열세 살이 된 아이였다. 자신을 지켜줄 사람을 만나 기뻐하는 것도 당연하지 않겠는가.

"그들과는 얼마나 같이 지냈지?"

"나흘요. 서스턴 아저씨는 누군가 믿을 만한 사람이 나타날 때까지 기다리는 게 최선이라고 했어요. 이 산과 숲, 게다가 이런 눈보라 속에서는 강도들이 더욱 날뛴다고요. 제가 다시 혼자서 길을 나섰다가는 또 길을 잃을 거랬어요. 전 이틀 내내 길을 잃고 헤맸거든요." 이브의 눈에 그 공포스러웠던 기억이 고스란히 떠올랐다. "늑대가 무서워서 나무에 올라가 잠을 잤어요." 불평 섞인 말투는 아니었다. 소년은 오히려 자랑스러운 기색을 내비치지 않기 위해 애를 쓰고 있었다. 계속해서 저 하고 싶은 얘기를 하도록 내버려두는 편이 좋을 듯했다. 위험한 여행을 마친 사람이 따뜻한 불가에 다리를 쭉 펴고 앉듯이, 아이는 외로움과 두려움과 긴장으로 가득 차 있던 가슴을 이제 마음껏 풀어놓으려는 것이다. 캐드펠이 듣고 싶은 이야기는 나중에, 그 외로움과 두려움이 충분한 보상을 받은 뒤에 들어도 늦지 않았다. 일이 제대로 흘러가기만 하면 소년이 사라진 두 여자의 향방을 알려주리라. 어쨌든 당장은 캄캄해지기 전에 브롬필드로 돌아가는 것이 중요했다.

그들은 빽빽한 숲이 성기어지면서 아직 남아 있는 빛이 길을 비추는 곳을 향해 서둘러 말을 몰았다. 홉턴 시내에 닿을 즈음 첫 눈발이 날리기 시작했다. 캐드펠은 말을 조금이나마 편하게 해주고자 땅에 내린 뒤 얼음이 덮인 시내를 건넜다. 시내를 건너자 왼쪽으로 완만히 구부러진 길이 이어졌다. 머지않아 첫 번째 지류가 나타났고, 오른쪽으로 비탈진 언덕이 보였다. 지류의 물은 벌써 며칠째 꽁꽁 얼어 있던 듯했다. 이제 해가 넘어가 서쪽 하늘에는 붉은 석양만이 머물렀고, 금세 잿빛 어스름이 밀려들기 시작했다. 바람이 불면서 눈보라가 그들의 얼굴을 때리기 시작했다. 삼림 사이로 보이는 농토와 밭, 그리고 이따금씩 나타나는 양 우리까지, 모든 것이 거친 바람에 뒤흔들렸다. 사물의 형태가 희미한 어둠 속에 녹아들고 있었으나, 바닥을 뒤덮은 얼음의 표면과 눈 쌓인 언덕이 발하는 희미한 푸른 광선 덕에 간신히 길을 알아볼 수는 있었다.

두 번째 지류가 나타났다. 가느다란 물줄기가 갈대와 뒤엉킨 채 뱀처럼 구불구불한 모습으로 얼어 있었다. 캐드펠은 개울을 건너기 전 다시 말에서 내렸다. 사방이 허옇게 번쩍이는 얼음과 눈보라로 뒤덮여 있어 어느 쪽도 제대로 보이지 않았다. 온 신경을 집중하고 한참이나 들여다보아야 겨우 사물의 형태를 희미하게 확인할 수 있을 정도였다. 캐드펠은 장화가 미끄러질까 싶어 발끝만 내려다보며 조심조심 앞으로 나아갔다. 그러던 중, 말이 잠시 비틀거리다가 균형을 되찾은 순간, 그의 시선이 왼쪽 발밑 얼음 너머에 있는 유령처럼 창백한 무엇인가를 포착했다. 말은 기우뚱기우뚱 얼음 위를 걸어 건너편으로 계속 움직여갔다.

캐드펠은 자신이 본 것이 무엇이었는지 서서히 깨닫기 시작했다. 믿을 수가 없었다. 30분만 늦었으면 아마 전혀 알아볼 수 없었으리라. 쉰 발짝쯤 더 걸어가자 비로소 잡목숲이 나타났다. 거기서 캐드펠은 발을 멈췄다. 그러나 이브의 예상과 달리, 그는 다시 말에 올라 고삐를 넘겨받지 않았다.

"여기서 잠깐만 기다려라." 캐드펠은 침착한 어조를 유지하려 애썼다. "아니, 아직 길을 틀 필요는 없다. 갈림길은 좀 더 가야 나올 거야. 내가…… 저기서 뭔가를 본 것 같구나. 기다려라!"

이브는 궁금했으나 얌전히 기다리기로 했다. 캐드펠은 돌아서서 얼어붙은 개울을 향해 걸어갔다. 그 창백한 물체는 환상이 아니었다. 그는 얼음 위에 무릎을 꿇고 앉아 저 너머에서 꼼짝 않는 그것을 들여다보았다.

목덜미의 솜털이 쭈뻣 곤두섰다. 잠시 그것이 새끼 양이라 생각했지만, 아니었다. 양보다 길고, 매끈하고, 늘씬하고, 희었다. 유리처럼 번쩍이는 얼음 너머, 창백하고 갸름한 얼굴의 커다랗게 뜬 두 눈이 똑바로 그를 보고 있었다. 작고 섬세한 손은 마치 항의라도 하듯 옆구리 위쪽으로 약간 올라가 있었다. 몸 전체가 희었고, 유일하게 걸치고 있는 속옷 역시 희었다. 속옷은 찢겨 있었다. 그녀의 가슴 부근에서 흙빛 얼룩을 언뜻 본 듯했지만, 열심히 들여다볼수록 그 얼룩은 차츰 형태를 바꾸더니 마침내 뿌옇게 흐려지고 말았다. 얼굴은 연약하고 섬세하고 어렸다.

양은 양이군. 옷이 벗겨진 채 폭행당하고 살해당한 하느님의 어린 양…… 그녀는 열여덟 살쯤 되어 보였다.

이렇게 그는 에르미나 위고냉을 찾았으나 곧 다시 잃고 말았다.

4

이런 시각에, 이런 장소에, 더구나 혼자였으니 캐드펠로서도 할 수 있는 일이 없었다. 시간을 지체했다가는 소년이 이쪽으로 올지도 몰랐다. 캐드펠은 서둘러 무릎을 펴고 일어나 말이 발굽을 차며 안달하는 곳으로 돌아갔다. 소년은 걱정보다는 호기심 가득한 얼굴로 캐드펠을 찬찬히 살펴보았다.

"무슨 일이에요? 뭐가 잘못되었나요?"

"네가 두려워할 일은 아니다." 꼭 알아야 할 때가 오기 전까지는. 그는 가슴이 에이는 듯한 슬픔을 느끼며 마음속으로 덧붙였다. 적어도 소년이 음식을 먹고 몸을 덥힐 때까지는, 자신의 생명이 틀림없이 안전하다는 확신을 얻기까지는 이런 일에 대해 알 필요가 없었다. "얼음 속에 양이 갇혀 있는 줄 알았어. 하지만 내가 잘못 본 거였지." 그는 말에 올라 소년의 몸을 감싸 안고 두 손을 뻗어 고삐를 넘겨받았다. "서둘러야겠다. 이러다 브룸필드에 닿기도 전에 캄캄해지겠구나."

길이 갈라지는 곳에 이르자 그들은 들은 대로 오른쪽으로 접어들어 곧장 언덕을 넘어갔다. 다니기에 어렵지 않은 길이었다. 캐드펠의 품에 뻣뻣하게 안겨 있던 소년의 몸이 차츰 부드러워지며 무게가 실렸다. 졸음이 쏟아지는지 아이는 갈색 머리를 캐드펠의 어깨에 기대었다. 분노와 슬픔 속에서 캐드펠은 생각했다. 비록 네 누이를 구해낼 수는 없었지만, 적어도 너만은 안전히 지켜주마.

"성함을 아직 알려주지 않으셨어요. 전 수사님을 어떻게 불러야 하는지도 모르고 있네요." 이브가 하품을 하며 중얼거렸다.

"내 이름은 캐드펠, 트레브리우 출신이지. 웨일스 사람이지만 지금은 슈루즈베리 수도원에서 지내고 있단다. 너희들이 목적지로 삼았던 곳도 그곳이라고 들었는데."

"맞아요, 슈루즈베리 수도원이었어요. 하지만 에르미나―이게 누나 이름이에요―는 늘 자기 마음대로만 하려고 해요. 누나보다 제가 훨씬 더 판단력이 좋은데 말예요! 누나가 제 말을 들었으면 우린 헤어지지 않고 지금쯤 슈루즈베리 수도원에서 안전하게 쉬고 있었을 거예요. 혹시 수사님도 엘리어스 수사님을 아세요? 전 그분과 함께 브룸필드로 가고 싶었어요. 힐라리아 수녀님 생각도 마찬가지였고요. 하지만 누나가 자기 멋대로 계획을 세웠어요. 이렇게 된 건 다 누나 잘못이에요!"

자신의 품에 따뜻하고 편안하게 안긴 채 천진난만하게 누나를 비난하는 소년의 말을 들으며 캐드펠은 서글픈 생각에 잠겼다. 사소한 실수가 그처럼 크나큰 비극을 불러오다니. 생각하거나 뉘우칠 시간도, 잘못을 바로잡을 틈도 없이 그녀는 엄청난 대가를 치르고 말았다. 젊음이란 성숙과 분별에 이르는 과정에서 어리석은 행동을 저지르기 마련이거늘.

러들로와 브롬필드 사이의 잘 다져진 길로 들어선 순간 캐드펠이 탄성을 질렀다. "하느님을 찬송할지어다!" 수도원 누대의 가느다란 횃불 빛이 억센 눈보라 사이로 머나먼 별처럼 노랗게 빛나고 있었다. "마침내 도착했구나!"

그들은 문 안으로 들어섰다. 커다란 정원은 뜻밖에도 수많은 사람들의 움직임으로 분주했다. 정원에 깔린 눈 위에 말 두어 마리의 발굽 자국이 뒤엉켜 있고, 외부에서 온 하인 두엇이 갈기를 빗질하며 말들을 마구간으로 데리고 들어가는 중이었다. 레너드 수도원장은 접객소 문가에 우뚝 서서 중키에 호리호리한 몸집의 젊은이와 진지하게 얘기를 나누고 있었다. 망토를 걸치고 두건을 쓴 젊은이는 이쪽을 등진 채였으나, 캐드펠은 그 낯익은 뒷모습을 알아보았다. 휴 베링어였다. 실종된 위고냉 남매에 관한 최초의 소식을 접하곤 직접 사실을 알아보고자 이곳으로 달려온 것이었다. 아마도 관리 두엇을 대동하고 온 모양이었다.

그의 청각은 언제나 그렇듯 예민했다. 휴는 막 들어선 이들을 향해 돌아서더니 말이 멈춰 서기도 전에 이쪽으로 똑바로 걸어왔다. 원장이 그 뒤를 따랐다. 한 사람이 갔다가 두 사람이 되어 돌아오는 것을 보아서인지 희망과 흥분으로 들뜬 기색이었다.

캐드펠은 말에서 내렸다. 젊은 귀족의 출현으로 제 안전이 더욱 확실해졌다는 것을 깨닫자 이브도 기대에 차 졸음에서 깨어났다. 소년은 포동포동한 두 발로 안장 끝을 딛고 서더니, 짧은 신장에는 제법 높게 느껴질 텐데도 마치 곡예사처럼 몸을 날려 꼿꼿이 선 베링어의 앞에 우뚝 내려섰다. 베링어는 흥미롭다는 눈길로 소년을 지켜보았다.

"이브, 슈루즈베리 행정 장관의 보좌관이신 휴 베링어께 예를 갖춰라." 캐드펠이 말했다. "이곳 브롬필드 수도원의 레너드 원장님께도 인사를 올리고."

소년이 황급히 예를 갖추는 사이, 캐드펠은 이번에는 휴를 향해 서둘러 말했다. "아직은 아무것도 묻지 않았으면 하네. 우선 아이를 안으로 들이세!"

그들은 긴 얘기 없이도 서로의 마음을 아는 사이였다. 레너드 수도원장이 앙상하지만 인자한 손을 소년의 어깨에 얹어 따뜻한 곳으로 들이곤 음식과 잠자리를 마련해주었다. 아직 어리니 오늘 밤은 푹 잘 수 있을 터였다. 수도원에서 교육을 받은 터라 아침이면 종소리를 듣고 습관적으로 깨어나겠지만, 아마 자신이 안전한 곳에 있다는 사실을 새삼 확인하고 즉시 다시 잠에 떨어지리라.

소년이 시야에서 사라지자 캐드펠은 길게 한숨을 내쉬었다.

"아, 하느님이 도와주셨어. 어서 안으로 들어가세. 어디 조용한 곳으로 가서 얘기 좀 하지. 자네가 여기 직접 나타나리라고는 상상도 못했네. 더구나 집에 그런 경사가 기다리고 있는 이 시기에……."

베링어는 다정한 벗답게 캐드펠을 팔로 감싸 안고서 원장의 거처로 서둘러 걸음을 옮겼다. 장화와 망토에 덮인 눈을 털어내느라 팔을 떼는 동안에도 그의 시선은 줄곧 캐드펠에게 붙박여 있었다.

"우리가 찾던 이들에 관한 최초의 소식을 들었으니 정말 감사한 일이야." 캐드펠이 말을 이었다. "그나저나, 자네 정말 그곳을 떠나와도 괜찮은 건가?"

"모든 일을 잘 정비해두고 왔죠." 그는 좋은 소식을 듣게 되리라는 기대를 품고서 친구를 만나기 위해 이곳까지 찾아왔으나, 왠지 불안한 예감을 느끼고 있었다. "슈루즈베리의 상황에 마음이 무거우시다면, 적어도 한 가지에 대해서만은 마음을 놓으셔도 좋습니다. 수사님이 이리로 떠나신 바로 그날 우리 아들이 태어났어요. 제 어미처럼 금발을 지닌, 아주 튼튼하고 잘생긴 아들이죠. 지금 어미와 함께 건강하게 잘 있습니다. 그리고 또 하나 좋은 소식이 있어요. 바로 그다음 날 우스터에서 온 그 여자도 아들을 낳았거든요. 지금 제 집은 해산의 기쁨으로 가득해요. 앞으로 며칠간 날 그리워할 사람은 없을 겁니다."

"아, 휴! 정말 좋은 소식이네! 나도 정말 기쁘구먼." 그야말로 훌륭하고 합당한 일이었다. 하나의 죽음 뒤에 하나의 탄생이 이어졌으니 말이다. "그래, 부인이 고생을 겪지는 않았고? 순산이었나?"

"얼라인은 축복받은 사람이에요. 출산이라는 기쁜 일에 통증이 있을 수 있다는 걸 도무지 이해하지 못할 정도로 순진한 사람이기도 하죠. 실제로도 진통이 심하지 않았고요. 내가 먼저 이곳으로 달려오지 않았다면 얼라인이 날 팔꿈치로 밀어내 집에서 내쫓았을걸요. 원장님께서 마침 적절한 때 소식을 전해주신 셈이죠. 여기엔 세 사람을 데리고 왔습니다. 만일의 경우를 대비해 러들로 성의 조세 드 디낭 곁에는 스물두 명을 대기시켜놨고요. 혹시라도 그 사람이 두 마음을 품고 있다가 진영을 바꿀 생각을 하면 즉시 손을 봐줄 생각입니다. 그자도 이젠 내가 자길 지켜보고 있다는 걸 확실히 깨달았을 거예요." 수도원장의 거처에 들어서자 휴는 의자를 벽난로 앞으로 끌어다 놓고서 말을 이었다. "자, 이제 수사님 이야기를 들려주실 차롑니다. 도대체 무슨 소식을 듣게 될지 상상도 안 가는군요. 우리가 그토록 찾아다니던 아이를 직접 안장에 앉혀 데리고 돌아오시다니, 대체 어찌 된 일입니까? 얼굴 가득 환히 웃고 있어야 할 분이 찌푸린 하늘 같은 표정인 것도 이상하고요. 게다가 아이가 곁에 있을 땐 한마디도 꺼내지 않으려 하시고…… 그래, 그 아이는 어디서 찾아내셨습니까?"

오랫동안 추위 속을 달려온 탓에 캐드펠은 온몸이 뻣뻣이 굳은 데다 짙은 피로를 느끼고 있었다. 그는 의자에 기대앉으며 끙 신음 소리를 냈다. 당장 서둘러 행동에 나설 필요는 없었다. 어차피 날이 어두워서 정확한 장소를 찾아낼 수도 없었다. 더구나 바람과 눈발이 이미 사방의 지형을 바꿔놓았을 것이다. 이쪽 눈 언덕은 휩쓸려 사라지고, 저쪽 구덩이는 메워져 평지가 되었으리라. 내일 날이 밝기까지 할 수 있는 일은 없으니, 지금은 다리에 따뜻한 불을 쬐며 편안히 앉아 천천히 이야기를 이어가도 될 터였다.

"클레 삼림 속에 있는 깨끗한 오두막에서 찾았네. 선한 농부가 아내와 함께 사는 곳인데, 아마 그는 믿을 만한 여행자가 나타날 때까지 아이를 데리고 있으려 했던 모양이야. 그러다 나라면 그 일을 맡길 만하다 판단했고, 아이도 기꺼이 나를 따라나섰지."

"저 아이 혼자 거기 있었답니까?" 휴는 얼굴을 찌푸리며 중얼거렸다. "유감스럽네요. 이번 여행에서 그 소년의 누이는 발견하지 못하신 거군요?"

"함부로 말할 일이 아닌지도 모르겠지만……" 따뜻한 온기에 눈꺼풀이 차츰 무거워지는 것을 느끼며 캐드펠이 입을 열었다. "아이의 누이를 찾긴 찾은 것 같네."

짧은 침묵이 무척이나 길게만 느껴졌다. 이 마지막 말의 의미를, 휴 베링어는 착각할 수 없었다.

"죽어 있었습니까?" 불쑥 침묵을 깨고 휴가 물었다.

"그래, 차디차게."

소녀는 얼음 속에서, 얼음처럼 찬 시체가 되어 있었다. 얼음이 그 소녀의 관이 되었고, 그렇게 그녀의 육신은 살인을 고발하기 위해, 티 한 점 없이, 죽었을 때의 모습 그대로 남아 있었다.

휴는 정신을 차리고 캐드펠을 바라보며 재촉했다. "어서 더 말씀해보세요."

캐드펠은 자기가 본 것을 들려주었다. 조금 뒤에 레너드 원장이 오면 이 모든 내용을 다시금 반복해야 하리라. 원장 역시 누이의 죽음을 전해 듣고 소년이 느낄 충격을 완화시키도록 도와야 할 테니 말이다. 어쨌든, 적어도 무거운 마음의 짐을 남과 나눌 수 있다는 것이, 더하여 다른 누구도 아닌 휴와 함께 이 문제를 해결할 수 있다는 점 또한 캐드펠에게는 크나큰 위안이었다.

"그 장소를 다시 찾아가실 수 있겠습니까?"

"밝을 때면 가능할 거야. 하지만 이런 어둠 속에서야 나서봤자 헛일이겠지. 참 끔찍하군…… 해빙이 되지 않는 한, 그 소녀를 얼음에서 꺼내려면 도끼를 써야 할 걸세."

"일이 닥친 이상 맞닥뜨리는 수밖에요." 휴는 침울한 어조로 말했다. "먼저 아이가 기억하는 모든 내용을 듣고 그 소녀가 수사님이 말씀하신 지점에 이르게 된 경위를 추적해봐야겠습니다. 그건 그렇고, 그들과 함께 우스터를 떠난 수녀는 도대체 어떻게 됐을까요?"

"이브 말에 따르면, 자기가 클레턴을 떠날 당시에는 전적으로 안전한 상태였다더군. 그리고, 그 소녀는 — 불쌍한 것 같으니! — 연인을 따라갔다고 했어. 아이에게서 더 이상의 얘기를 끌어내지는 못했네. 날이 어두워지는 참이었고, 그때 가장 긴급했던 건 최소한의 안전이 확보되는 곳으로 어서 이동하는 일이었으니까."

"그렇죠. 잘하셨습니다. 원장님이 오시면 더 이야기를 나눠보죠. 아이가 음식을 먹고 몸을 녹이고 평온을 되찾을 때까지는 그저 기다리는 수밖에요. 그다음엔 아는 걸 모두 이야기하게끔 애써보고요. 아이가 스스로 안다고 여기는 것보다 더 많은 걸 털어내게끔 해야 할 겁니다. 그리고 누이가 죽었다는 사실은 최대한 감추는 편이 낫겠어요. 어차피 결국은 알리는 수밖에 없겠지만……." 휴는 내키지 않는 어조로 덧붙였다. "그 불행한 소녀의 얼굴을 아는 사람이 아이 말고는 없잖습니까?"

"오늘 밤은 말고." 캐드펠은 무거운 마음으로 말했다. "오늘만큼은 아이가 평화롭게 잘 수 있도록 내버려두세. 시간은 충분하니까. 시신을 이리로 옮겨 오고 우리가 거기 적당한 조처를 취한 다음 아이에게 제 누이를 보여줘도 무방할 거야."

*

저녁 식사와 평화로운 분위기, 그리고 무엇보다 아이 특유의 놀라운 회복력 덕에 이브는 곧 기력을 되찾아, 저녁기도가 시작되기 전에는 이미 원장의 거처에 앉아 있었다. 휴 베링어, 레너드 원장, 캐드펠의 주의 깊은 시선을 받으며 소년은 침착하고 명료하게 제가 겪은 일들을 털어놓았다.

"누나는 굉장히 용감해요." 이브는 제법 냉정한 태도로 제 누이를 평했다. "하지만 너무 고집스럽죠. 도무지 자기 뜻을 굽힐 줄 모른다니까. 우스터에서 도망쳐 여행하는 내내, 전 누나가 뭔가 숨기고 있다는 느낌을 지울 수 없었어요. 자기 혼자 달아나려고 궁리하는 게 아닐까 싶더라고요. 처음에 저희는 우회로를 골라 천천히 이동해야 했어요. 도시에서 몇 킬로미터나 떨어진 곳에도 벌써 병사들이 출몰하고 있었거든요. 시간을 엄청나게 들여서야 클레오버리에 도착할 수 있었죠. 그날 밤 엘리어스 수사님을 만났고요. 그분이 저희랑 같이 폭스우드까지 가셨는데, 거기서 안전한 브롬필드로 가자고 권하시더라고요. 저랑 힐라리아 수녀님은 그렇게 하고 싶었어요. 브롬필드에 가면 저희를 안전하게 슈루즈베리까지 데려다줄 사람을 찾을 수 있을 테고, 또 거기서부터는 그리 먼 길도 아니니까요. 하지만 에르미나 누나가 싫다고 했어요! 평소처럼 고집을 피우면서 산을 넘어 고드스토크로 가겠다는 거예요. 제가 아무리 말려도 소용없었죠. 누나는 자기가 나보다 훨씬 더 현명하다고 믿거든요. 아마 저랑 힐라리아 수녀님이 엘리어스 수사님과 함께 떠난다 해도 자기 혼자서 산을 넘어가려 했을 거예요. 그러니 어떻게 하겠어요? 그냥 따라가는 수밖에 없었죠." 소년은 생각만 해도 넌더리가 난다는 듯 숨을 몰아쉬었다.

"그래, 누이 곁을 떠날 수 없었겠지." 휴 베링어가 달래듯 고개를 끄덕이고는 물었다. "그래서, 그렇게 산을 넘어가 다음 날 밤을 클레턴에서 보낸 거냐?"

"클레턴 근처였어요. 아는 사람의 집이었죠. 누나의 유모였던 분이 그쪽 장원의 소작인이랑 결혼했거든요. 그러니 거기로 가면 잠자리를 얻을 수 있겠다 생각했던 거죠. 집주인 이름은 존 드루얼이에요. 저희는 오후에 그곳에 도착했어요. 누나는 그 사람 아들이랑 뭔가 얘기를 나눴고, 그러자 그 아이가 어디론가 가서는 저녁때까지 보이지 않더라고요. 그땐 별 신경을 안 썼는데, 지금 다시 생각해보니 누나가 그 아이를 통해 자기 애인한테 소식을 전했던 것 아닌가 싶어요. 그날 밤에 어떤 남자가 말을 가지고 나타나 누나를 태우고 가버렸거든요…… 말은 두 마리였어요. 그 남자가 누나를 도와 말에 태우고……."

"남자라고?" 휴가 물었다. "네가 아는 사람이었니?"

"모르지만 본 적 있는 사람이었어요. 아버지가 살아 계실 때 가끔 우리 집에 찾아왔거든요. 사냥이 있는 날이나 크리스마스, 부활절 같은 날에요. 그럴 때면 손님들이 많이 왔었죠. 우리 가족은 언제나 친구들에 둘러싸여 지냈어요. 그 남잔 아마 아버지 친구분의 아들인가 조카인가 그랬을 거예요. 그땐 그 사람이 누구인지 신경 쓰지 않았어요. 그 남자도 아마 그랬을 거고요. 제가 너무 어렸으니까…… 하지만 얼굴은 기억나요. 아마…… 이건 제 생각인데, 그 사람이 우스터로 이따금씩 찾아와 에르미나 누나랑 만났던 모양이에요."

그게 사실이라면 그들의 만남은 아주 엄격한 예의와 격식 속에서 이루어졌을 것이다. 에르미나를 보호하는 수녀가 늘 곁에서 지켜보고 있었을 테니까.

"네 누이가 그 남자한테 자기를 데려가달라는 말을 전한 게 확실하니?" 휴가 다시 물었다. "혹시 납치된 건 아니었을까? 누이가 자발적으로 따라나선 게 맞아?"

"누난 기뻐 날뛰며 따라나섰어요!" 이브는 치욕스럽다는 듯 대답했다. "웃어대는 소리까지 들리던데요. 그래요, 누나가 소식을 보냈고, 그래서 그 남자가 온 거예요. 누나가 그 길로 가야겠다고 고집한 것도 바로 그래서였고요. 남자가 바로 그 근처 장원에 있으니까. 자기가 소식을 전하면 곧장 달려오리라 믿은 거죠. 누나는 엄청난 유산을 물려받게 되어 있거든요." 자못 침통한 말투였다. 아이다운 둥근 뺨은 분노로 붉게 타오르고 있었다. "그리고 누나는 자기가 원하지 않으면 집에서 정해준 누구와도 순순히 결혼하지 않을 거예요. 규칙이란 규칙은 죄다 깨버리는 사람이죠. 도대체가 부끄러운 줄도 모르고……."

소년의 턱이 떨리기 시작했다. 나약한 모습을 보이지 않으려 안간힘을 쓰는 듯했다. 앙주와 잉글랜드 봉건 귀족 가문의 드높은 자존심이 이 작은 몸뚱이에 담겨 있었다. 소년은 누이를 증오하는 만큼이나, 아니 어쩌면 그 이상으로 사랑하고 있었다. 이런 아이에게 폭행을 당하고 이제 결코 입을 열 수 없게 된 벌거벗은 누이를 보일 수는 없는 노릇이었다.

휴가 아주 사려 깊고 침착한 어조로 입을 열었다. "그래서 너와 다른 사람들은 어떻게 했지?"

갑자기 던져진 실제적인 질문 앞에서 이브는 얼른 침착함을 되찾았다. "저 말고는 아무도 두 사람이 떠나는 소리를 못 들었어요." 소년이 빠르게 말을 이었다. "누나 심부름으로 소식을 전한 아이는 봤을지도 모르지만요. 하지만 그 아이야 아무것도 못 들은 척해야 한다는 지시를 받았을 게 뻔하잖아요. 전 그때 옷을 다 갖춰 입은 상태였어요. 방은 침대가 하나뿐이라 여자들이 썼거든요. 그래서 누나와 남자를 막으려고 그대로 밖으로 뛰쳐나갔죠. 누나가 저보다 나이는 많지만 전 아버지의 상속자이고 장남이니까요! 제가 집안의 가장인 셈이죠."

"하지만 도보로는 두 사람을 따라잡기 어려웠을 텐데." 휴가 다시금 안타까운 실제적 상황으로 이야기를 돌려놓았다. "네가 고함도 질러보기 전에 벌써 멀리 달아났을 것 아니냐?"

"예, 따라잡을 수 없었죠. 하지만 따라갈 수는 있었어요. 눈이 내리기 시작해서 땅에 발굽 자국이 남았거든요. 전 두 사람이 멀리 가지 못하리라 생각했어요. 어떻게든 찾아낼 수 있을 것 같았죠." 소년은 입술을 깨물며 얘기를 이어갔다. "꽤 멀리까지 두 사람의 자취를 따라갔어요. 발굽 자국이 산으로 이어져 있더라고요. 그런데 바람이 심하게 부는 데다 눈이 너무 많이 쏟아져 곧 자취가 사라지고 말았어요. 앞으로도 뒤로도 보이지 않았죠. 제가 어느 정도나 걸어왔는지, 어디로 가는지도 도무지 알 수가 없었고요. 길을 잃고 만 거예요. 그렇게 밤새도록 숲속을 헤맸어요.

이튿날 밤에야 서스턴 아저씨가 절 찾아내 집으로 데리고 갔죠. 그다음은 캐드펠 수사님이 아실 거예요. 서스턴 아저씨는 범법자들이 주변을 돌아다니니 믿을 만한 여행자가 지나갈 때까지는 자기 집에 머물러 있으라고 했어요. 전 아저씨가 시키는 대로 했고요." 이브는 갑자기 어린아이다운 모습으로 돌아가 슬픈 어조로 얘기를 이어나갔다. "에르미나 누나가 자기 애인이랑 어디로 갔는지, 힐라리아 수녀님이 어떻게 되었는지 지금은 아무것도 모르겠어요. 수녀님은 아침에 우리가 떠난 걸 알고 많이 놀라셨겠죠…… 하지만 존 아저씨네 부부가 그분께 위험한 일이 생기지 않도록 해주었을 거예요."

"네 누이를 데리고 간 그 남자 말인데," 베링어가 다시 질문을 이어갔다. "이름은 모른다고? 하지만 그 남자가 네 부친 집에 손님으로 왔었다는 건 기억난다고 했지? 만일 그 남자가 산속 어딘가에 장원을 가지고 있고 그 장원이 클레턴에서 가깝다면, 우리가 그를 찾아낼 수 있을 거야. 혹시 네 부친께서 생전에 그 남자를 사윗감으로 생각하셨을 가능성은 없니?"

"아, 그래요." 소년은 진지하게 대답했다. "그랬을 수도 있어요. 집에는 젊은 남자들이 많이 드나들었죠. 에르미나 누나는 열네다섯 살 때부터 그중 제일 멋진 남자들과 말을 타러 나가기도 하고 사냥을 다니기도 했어요. 하나같이 재산가나 거대한 토지의 상속자들이었죠. 누나가 누굴 가장 좋아했는지는 전혀 눈치채지 못했지만요." 그 무렵 소년은 장난감 병정을 가지고 놀거나 자신의 첫 조랑말에서 떨어지곤 하는, 그 정도 나이였을 것이다. 제 누이나 누이를 연모하는 사람들에 대해 관심이 있었을 리 없었다. 소년은 감탄 섞인 목소리로 말을 이었다. "아주 멋있는 남자였어요. 저보다 훨씬 잘생겼어요. 키는 보좌관님보다도 크고요." 그런 사람이야 드물다고 할 수 없을 것이다. 베링어는 강철같이 견고한 근육으로 덮인 육체를 지니고 있었으나 신장은 작은 편에 속했다. "제 생각에 나이는 스물대여섯쯤 되었을 거예요. 이름은 정말 기억이 안 나네요. 집에 찾아오는 사람이 한둘이 아니었거든요."

"이브, 네가 도와줄 일이 하나 있다." 캐드펠이 입을 열고는 휴를 바라보았다. "먼저 엘리어스 형제를 침상에서 잠시 일으켜 앉혔으면 싶은데…… 이브, 아까 엘리어스 형제 얘기를 했지? 폭스우드에서 너희들과 헤어진 그 사람 말이야."

이브는 호기심을 느끼는 듯 열심히 고개를 끄덕거렸다.

"엘리어스 형제는 지금 이곳 진료소에 있어. 할 일을 마친 뒤 출발했는데, 한밤중에 강도들에게 습격을 당해 목숨을 빼앗길 뻔했지. 마침 이 지방 농부들이 발견해 이리로 데려와, 지금은 치료를 받고 있어. 이제 차츰 건강을 회복하는 중이란다. 하지만 그 형제는 자기에게 무슨 일이 벌어졌는지 전혀 기억하지 못해. 최근 며칠의 기억을 잃은 거지. 잠든 상태에서는 희미하게 그날 일이 떠오르는지 알아들을 수 없는 소리를 중얼거리지만, 깨어나면 정신이 텅 비어버리는 것 같더구나. 엘리어스 형제가 자다가 네 얘기를 한 적이 있단다. 이름을 말한 건 아니지만 말이야. '그 아이는 나를 따라오려 했는데……' 하고 중얼거렸지. 만약 형제가 널 보고 네가 아무 탈 없이 살아 있는 걸 확인하면, 그 덕에 기억을 되찾게 될지도 모르겠다는 생각이 드는구나. 나와 함께 형제를 한번 만나보겠느냐?"

이브는 질문을 다 마쳤는지 확인하듯 베링어를 바라보고는 얼른 자리에서 일어났다. "그 수사님이 다치셨다니 안타깝네요. 정말 친절한 분이었는데…… 예, 그분을 위해 할 수 있는 일이 있다면 뭐든 할게요."

진료소로 가는 사이 소년은 겁에 질린 아이처럼 캐드펠의 크고 따뜻한 손 안에 제 조그만 손을 살짝 밀어 넣었다.

"엘리어스 형제가 상처투성이에 몰골이 형편없다 해도 겁을 먹을 필요는 없다. 내 단언하는데, 형제는 곧 건강을 회복할 게야."

엘리어스 수사는 조용히 누워 있었고, 그 곁에 젊은 수사 한 사람이 앉아 레미기우스 성인의 생애를 읽어주고 있었다. 상처와 부상이 이미 가라앉기 시작해 그는 더 이상 큰 통증을 느끼지 않는 듯했다. 낮에는 음식도 잘 먹었으며, 수도원의 종무를 알리는 종이 울릴 때면 비록 소리는 내지 않았으나 조용히 기도문을 따라 암송하기도 했다. 소년이 들어서자 그의 두 눈은 소년에게 무심히 머물렀다가 이내 방의 어두운 구석으로 미끄러졌다. 이브는 두 눈을 커다랗게 뜨고서 발꿈치를 든 채 소리 없이 침상으로 다가갔다.

"엘리어스 형제, 여기 이브가 형제를 보러 왔소." 캐드펠이 말했다. "이브를 기억하시오? 형제가 클레오버리에서 만났다가 폭스우드에서 헤어졌다는 바로 그 아이요."

엘리어스는 아무런 반응도 보이지 않았다. 그 인내심 강한 얼굴에 안타까운 초조감과 고통이 얼핏 스칠 뿐이었다. 이브는 침상 가까이 다가가 시트 위에 얹힌 엘리어스의 길고 부드러운 손에 제 작은 손을 가만히 올려놓았다. 그러나 엘리어스의 손은 반응 없이 차가웠다.

"수사님이 다치셨다니 정말 안타까워요. 우리는 몇 킬로미터쯤 같이 여행을 했잖아요. 전 수사님이 계속 우리와 동행해주시길 바랐는데……."

엘리어스는 소년을 똑바로 쳐다보려 애썼으나 그 시선은 눈에 띄게 흔들리고 있었다. 그가 이내 고개를 저었다.

"아니, 그냥 내버려두는 편이 낫겠구나." 캐드펠은 한숨을 내쉬며 말했다. "우리가 강요하면 더 고통스러워질 거다. 괜찮아, 시간은 충분하니. 우선 형제가 회복되도록 최선을 다하자꾸나. 기억이야 차츰 돌아오겠지. 기대할 만한 징조는 충분하니까. 하지만 당장은 우리에게 아무런 도움도 줄 준비가 되어 있지 않은 듯하니 너도 가서 쉬어라. 내가 침대까지 데려다주마."

*

캐드펠 수사와 휴 베링어, 그리고 그의 부하들은 날이 밝기 무섭게 밤새 모습을 바꾼 세계로 나섰다. 야트막한 언덕은 평평해지고 그 사이의 골도 눈으로 메워져 있었다. 차츰 바람이 잦아드는 중이었으나 언덕 꼭대기에서는 여전히 눈가루가 깃털처럼 끊임없이 휘날렸다. 그들은 도끼와 가죽 들것과 시체를 덮을 리넨을 들고 걸음을 재촉했다. 아무도 말이 없었다. 지금 그들에게 필요한 말이라야 곧 처리해야 할 우울한 일에 관한 것이 전부였으니 누가 입을 열고 싶겠는가. 아침 햇살이 비치기 시작하면서 눈이 멎었다. 날씨는 이브가 엉뚱한 생각에 사로잡힌 누나의 뒤를 쫓아 어둠 속을 헤매었던 날 이래 줄곧 한결같았다. 바로 그 이튿날부터 개울이 강철처럼 단단한 얼음으로 뒤덮이기 시작했다. 이제 그들은 소녀를 찾아 얼음에서 끌어내고, 소녀에게 그런 만행을 저지른 자들을 찾아내야 했다. 지금 캐드펠이 확신할 수 있는 것이라곤 단 하나, 살인자가 막 얼어붙기 시작한 냇물 속에 에르미나의 시체를 던져 넣었으리라는 사실뿐이었다.

새로 덮인 눈 때문에 여기저기 기웃거리고 한참을 탐색한 뒤에야 비로소 소녀를 찾아낼 수 있었다. 얼음 위에 덮인 눈을 치우고서, 그들은 저 너머의 소녀, 흡사 유리로 빚어진 듯한 소녀를 내려다보았다.

"아, 하느님!" 휴가 안타까운 목소리로 부르짖었다. "이렇게 어린데!"

아직 완전히 가시지 않은 어둠 속에서 소녀는 너무나 조그맣고 너무나 어려 보였다. 그녀를 감금한 저 매끄러운 얼음을 깨부

수는 것이 마치 휴식을 방해하는 더없이 파괴적인 행동처럼 여겨졌지만, 기독교인에게 합당한 장례식을 치러주기 위해서라도 소녀를 꺼내야 했다. 얼음에 갇힌 섬세한 피부에 손상이 가지 않도록 조심스럽게 작업을 이어가기란 몹시도 힘들었다. 물어뜯을 듯 덤벼드는 추위 속에 소녀의 몸뚱이가 감금된 무거운 얼음덩이를 떼어내 들어 올렸을 때 그들 모두의 몸은 진땀으로 흥건히 젖어 있었다. 그들은 소녀의 몸을 가죽으로 된 들것에 올리고 그 위에 리넨을 덮은 뒤 천천히 브롬필드로 걸음을 옮기기 시작했다. 수도원의 싸늘한 시체 안치소에 들것을 내릴 때까지 얼음 관으로부터는 물 한 방울 떨어지지 않았다. 안치소에 도착한 뒤에야 비로소 모서리가 녹기 시작하면서 배수로로 물방울이 흘러들기 시작했다.

소녀는 꼼짝도 않고 누워 있었다. 투명한 수의 속에 감춰진 창백하기 짝이 없는 그녀의 육신이 차츰 고통과 연민과 폭력 앞에 연약하기 이를 데 없는 존재, 죽음이라는 운명을 타고난 다른 모든 인간의 모습과 닮아가기 시작했다. 캐드펠은 차마 그 자리를 떠날 수 없었다. 호기심이 왕성해 무엇에 대해서든 꼬치꼬치 캐묻는 이브가 이미 잠에서 깨어나 돌아다닐 시간이었다. 아이가 언제 어디에 고개를 들이밀지 누가 알겠는가. 좋은 교육을 받아 훌륭한 예절을 갖춘 것은 사실이나, 머릿속에 뿌리박힌 귀족 의식과 열세 살짜리 소년에게는 지극히 당연한 활동력에 떠밀려 갑자기 어떤 일을 저지를지 알 수 없는 노릇이었다.

10시가 지나 대미사가 진행될 즈음 커다란 얼음 조각 하나가 떨어져 나가면서 마침내 소녀의 몸이 드러나기 시작했다. 가늘고 창백한 손가락과 발가락, 작은 진주 같은 코, 굽이진 머리칼, 이어 이마 양쪽을 가린 섬세한 레이스가 얼음덩이 속에서 빠져나왔다. 처음 캐드펠의 시선을 끈 것은 그 머리칼이었다. 머리칼이 너무 짧았다. 그는 머리칼 몇 올을 손가락에 감아보았다. 한 바퀴 반이나 감길까 싶었다. 머리칼은 담황색을 띠었는데, 물기가 마르면 그보다 더 옅어질 것이었다. 캐드펠은 허리를 굽혀, 훤히 열린 채 여전히 얇은 얼음으로 덮여 있는 소녀의 두 눈을 자세히 들여다보았다. 눈동자가 붓꽃 같은 보랏빛과 라벤더 같은 진회색으로 빛났다.

미사가 끝날 무렵에야 얼굴이 온전히 드러났다. 공기와 접촉하자 소녀의 얼굴과 입술에 난 상처들이 점점 짙은 색으로 변해갔다. 작은 젖가슴에 솟은 유두도 선명하게 드러났다. 몸에 덮인 리넨 시트에도 불구하고 캐드펠은 소녀의 살갗에 나타난 얼룩을 알아볼 수 있었다. 오른쪽 어깨부터 가슴께까지 붉은 흔적이 희미하게 나 있었다. 피가 남긴 자국이었다. 물이 그 흔적을 씻어내기도 전에 얼음이 그녀의 몸을 고스란히 가둔 것이다. 이제 남은 얼음이 녹기 시작하면 그마저 같이 씻겨갈 터였다. 그러나 캐드펠은 그것이 어떻게 해서 그 자리에 남게 되었는지, 피의 원천이 된 상처를 찾기 위해 어디를 살펴봐야 할지 짐작할 수 있었다.

정오가 되기 전에 소녀의 몸은 얼음 관에서 완전히 벗어났다.

젊고 가냘픈 몸이었다. 짧게 자른 구불구불한 담황색 머리칼이 작고 아름다운 두상을 후광처럼 둘러싼 것이, 마치 수태고지를 받은 성모 같은 모습이었다. 캐드펠은 레너드 원장을 데려왔다. 휴 베링어가 확인할 때까지는 시신을 씻어주지 못하지만, 이 영원한 평온에 최소한의 품위를 갖춰줄 필요가 있었다. 두 사람은 그녀의 목까지 리넨 시트를 끌어올린 뒤 참관인을 맞이할 준비를 갖추었다.

시체 안치소로 들어선 휴는 말없이 소녀 곁에 멈춰 섰다. 열여덟 살, 너무도 희고 너무도 연약하고 너무도 섬세한 소녀가 그들을 훨씬 앞질러 가버렸다. 허워드 수사의 말대로 눈부시게 아름다운가? 그랬다, 그녀는 무척 아름다웠다. 그러나 이 여인이 정말 아름다운 귀족의 따님이자 잔꾀 많고 고집스럽고 제멋대로인 그 소녀, 겨울의 추위와 전쟁과 그 밖의 온갖 악조건 속에서도 제 고집을 굽히지 않고 산을 넘으려 했던 그녀일까?

"보게!" 캐드펠이 시트를 들어 마침내 얼음이 모두 사라진 상태의 몸을 드러냈다. 그녀의 오른쪽 어깨에 있는 붉은 흔적이 보였다. 팔 끝에도, 오른쪽 젖가슴의 융기가 시작되는 부분에도 흔적은 남아 있었다.

"칼에 찔린 건가요?" 휴가 캐드펠을 바라보며 물었다.

"상처는 없어. 더 보게!" 캐드펠은 수의를 걷어 내려 몸의 아랫부분까지 드러냈다. 소녀의 창백한 피부에는 그저 한두 군데 얼룩만 져 있을 뿐이었다. 캐드펠이 얼룩을 닦아내자 오점 하나

없는 깨끗한 피부가 드러났다. "칼에 찔린 건 아니야. 밤이 되고 기온이 떨어지자 순식간에 얼음이 얼어 이 소녀의 몸을 결박했네. 그래서 이런 것들이 희미하게나마 그대로 남았지. 하지만 분명 피를 흘린 건 아니네." 캐드펠은 담담하게 말을 이었다. "피를 흘렸다 해도 칼에 찔려서 그런 건 아니지. 그보다는 살인자에게 저항하다 생긴 흔적일 걸세. 아니, 살인자들일지도 모르지. 그런 늑대들은 무리 지어 사냥하기를 좋아하니까. 이 소녀는 손톱으로 살인자를 할퀴었을 테고, 살인자를 뿌리치기 위해 사지를 휘둘러댔을 거야."

캐드펠은 다시 경건하게 소녀의 시신에 수의를 덮었다. 석고처럼 흰 얼굴은 꼼짝도 없이 공허한 시선으로 아치 천장만 멍하니 올려다보고 있었다. 물기가 사라지면서 그녀의 머리칼은 더욱 환하게 빛을 발하기 시작했다.

"시신에 멍이 나타나는군요." 휴가 손가락으로 소녀의 뺨과 입술 주위, 희미하게 변색이 시작된 부분을 쓰다듬었다. "목에는 아무런 자취도 없어요. 목이 졸린 건 아닙니다."

"강간당하는 사이 질식한 게지."

그들은 죽은 소녀의 몸을 살피는 데 열중한 나머지 닫힌 문 너머에서 다가오는 발소리를 알아채지 못했다. 아니, 설사 주의를 기울였다 해도 들리지 않았을 터였다. 기척을 감출 의도가 없음에도 그 발소리는 너무나 작았다. 그들이 소년의 존재를 알아차린 건 문이 활짝 열리며 바깥의 흰 눈에 반사된 빛이 안치소 안으로 환히 쏟아져 들어온 순간이었다. 이브는 귀족 자제 특유의 당당하고 자신 있는 걸음걸이로 이곳에 들어섰다. 조심하는 기색은 아니었으나, 그렇다고 무례한 태도도 아니었다. 그저 별 생각 없이 들어온 듯했다. 돌연 굳어버린 분위기와 세 사람의 대경실색한 얼굴 앞에 소년은 무안한지 곧 발을 멈추었다. 휴와 레너드 원장이 동시에 아이를 막아섰다.

"넌 여기 들어오면 안 된다." 원장이 당황한 목소리로 말했다.

"왜요, 원장님? 들어가지 말라고 한 사람은 없었는데…… 전 캐드펠 수사님을 찾고 있어요."

"캐드펠 형제가 잠시 뒤에 널 만나러 갈 거다. 그러니 어서 방으로 돌아가 거기서 기다리도록 해라."

그러나 이브를 쫓아 보내기에는 이미 늦었다. 뒤편 가로대의 모습이 아이의 시야에 이미 잡힌 터였다. 어른들이 리넨 시트를 얼른 다시 덮어둔 채였지만, 그 윤곽만으로도 아이는 그게 무엇인지 짐작할 수 있었다. 게다가 황급히 씌워진 시트 자락 한쪽 끝으로 짧은 담황색 머리칼이 비어져 나와 있지 않은가. 아이의 얼굴은 차츰 뻣뻣이 굳어갔고, 눈은 휘둥그렇게 커졌으며, 혀는 말을 잃었다.

원장이 조용히 손을 뻗어 소년의 어깨를 잡고는 몸을 돌려세우려 했다. "자, 나랑 같이 나가자꾸나. 네게는 나중에 이야기하마. 지금은 안 되겠다. 우선은 나가자."

하지만 이브는 꼼짝도 않고 그 자리에 서 있었다.

"아닙니다." 캐드펠이 불쑥 입을 열었다. "아이를 데리고 이리 오세요." 그는 시신이 놓인 가로대 뒤에서 나와 소년을 향해 한두 걸음 나아갔다. "이브, 너도 이제 분별력을 지닌 사내야. 그처럼 위험한 여행을 하고, 폭력과 위험과 잔인한 일도 겪었지. 그러니 네게 거짓으로 꾸밀 필요는 없겠구나. 여기 시신이 한 구 있다. 우리는 모르는 사람이야. 네가 원한다면 시신을 보여줄 테니 혹시 아는 사람인지 알려다오. 보게 될 모습이 끔찍할까 두려워할 필요는 없다."

소년은 긴장한 얼굴로 천천히 다가왔다. 시트로 덮인 시신을 향한 그 시선은 오직 외경으로 가득했다. 이 시체가 어쩌면 제 누이일지도 모른다는 생각, 아니, 여자의 시신이라는 생각조차 하지 않는 듯했다. 아이의 휘둥그레 뜬 눈동자가 시신의 머리칼에 고정되었다. 아마도 어떤 젊은 남자의 것이라 여기는 것 같았다. 아이를 지켜보며 캐드펠은 조금 전 움트기 시작한 믿음, 즉 이 시신이 누구의 것인지는 몰라도 이브의 누이 에르미나 위고냉은 아니리라는 막연한 확신이 점점 더 굳어지는 것을 느꼈다. 어쨌든 이브가 곧 사실을 알려주리라.

캐드펠은 시트를 벗겨 죽은 소녀의 얼굴을 드러냈다. 아이는 두 손을 앞으로 모아 꽉 움켜쥐고는 깊이 한숨을 들이쉴 뿐 꼼짝도 않은 채 우뚝 서 있었다. 약간 몸이 떨리는가 싶었으나 그것도 오래 지속되지는 않았다. 이브는 여전히 휘둥그레 뜬 눈을 들어 캐드펠의 묻는 듯한 시선을 마주했다. 그 얼굴에는 믿을 수 없다는, 영문을 알 수 없다는 표정이 떠올라 있었다.

"어떻게…… 어떻게 이런 일이 있을 수 있죠? 저는…… 도저히 이해가 안 돼요! 이 사람은……." 아이는 격렬하게 고개를 저어대다가 이내 충격과 연민이 가득한 얼굴로 다시 죽은 여자의 얼굴을 한참이나 내려다보았다. "제가 아는 사람이에요. 알고말고요. 하지만 어떻게 여기 와 있죠? 왜 죽었을까요? 이분은 힐라리아 수녀님이에요. 저희와 함께 우스터를 탈출한 바로 그분요."

5

그들은 소년을 달래고 위로하며 눈 덮인 정원으로 데려갔다.
이브는 좀처럼 충격에서 벗어나지 못했다. 몇 킬로미터나 떨어진
곳에서 헤어진 힐라리아 수녀가 시체가 되어 이곳에 나타났다는
충격적인 사실을 도대체 어떻게 이해해야 할지, 그저 얼굴을 찡
그린 채 멍하니 생각을 거듭할 뿐이었다. 너무도 놀라 자기가 본
것이 무엇을 의미하는지조차 제대로 받아들이지 못한 채 방으로
가던 아이는 문득 머리를 강타하는 듯한 충격에 우뚝 발을 멈추
더니, 쏟아져 나오는 울음을 삼키려는 듯 몇 차례 숨을 들이마시
다가 이내 눈물을 쏟기 시작했다. 레너드 원장이 기겁한 암탉처
럼 화들짝 놀라 얼른 아이를 끌어안으려 했지만, 캐드펠은 먼저
그의 어깨를 두드리며 조용히 말했다.

"견뎌내야 한다. 우리에겐 네가 필요해. 그래야 그 악당을 찾아내 죗값을 치르게 할 수 있지 않겠니. 힐라리아 자매와 헤어진 곳으로 우리를 안내할 사람은 너밖에 없다. 바로 그곳에서 시작해야 해."

울음은 시작되었을 때처럼 갑자기 멈추었다. 이브는 허겁지겁 옷소매로 통통한 뺨을 문질러 눈물을 닦고는 뭔가 읽어내려는 듯한 시선으로 휴 베링어의 얼굴을 살폈다. 그가 모든 일의 주도권을 쥐고 있다는 걸 눈치챈 것이다. 수도원의 역할은 피난처와 조언을 제공하고 기도를 올려주는 것뿐, 정의를 수호하고 법을 집행하는 일은 베링어에게 달려 있었다. 남작의 상속자라는 지위는 그저 허울만이 아니었다. 아이는 위계질서에 대해 이미 속속들이 이해하고 있었다.

"수사님 말씀이 맞아요. 제가 여러분을 폭스우드에서 존 드루얼 아저씨네 집까지 안내할게요. 그 집은 클레턴 마을보다 더 위쪽, 고지대에 자리 잡고 있어요." 이어 소년은 간절한 몸짓으로 휴의 옷소매를 붙잡더니, 영리하게도 요구가 아닌 청원의 투로 입을 열었다. "괜찮죠? 제가 같이 가도 되는 거죠?"

"그래, 같이 가도 좋다. 우리 곁을 떠나지 않고 내 말을 따르겠다고 약속한다면 말이다." 휴는 물론 허락했다. 이곳에 혼자 앉아 시간을 보내는 것보다야 어른들과 함께 밖으로 나가는 편이 아이에게도 훨씬 나을 터였다. "네가 타기에 적당한 조랑말을 찾아보마. 그러니 어서 달려가 옷을 챙겨서 마구간으로 오너라."

이브는 무언가 의미 있는 일을 하게 되었다는 생각에 기운을 되찾아 맹렬히 달려갔다. 휴는 생각에 잠겨 소년의 뒷모습을 물 끄러미 바라보다가 입을 열었다. "원장님, 괜찮으시다면 저 아이를 따라가보시지요. 오늘 시간이 꽤 걸릴 테니 아이가 식사를 얼마나 많이 했든 먹을 것도 좀 챙겨주시고요. 저녁이 되면 아마 몹시 배가 고플 겁니다." 그러곤 마구간을 향해 걸어가면서 캐드펠에게 말했다. "수사님은 마음이 동하면 어떤 일이든 기어이 해내시는 분이죠. 수도원에서 허락하는 한, 저도 수사님과 함께하는 편이 좋습니다. 하지만 지난 며칠 말을 타고 힘든 여행을 하신 마당이라……."

"늙은이로서는 제법 힘들었지."

"그런 뜻은 아니에요! 물론 세월의 무게가 있으니 수사님이 절 잘 따라오실 수 있을지 의문이긴 하지만요. 그건 그렇고, 엘리어스 수사 상태는 좀 어떻습니까?"

"그 형제에게 이제 나는 필요 없는 사람이나 마찬가지야. 하루에 한두 번 가서 들여다보고 악화되지는 않았는지, 뭔가 잘못된 곳은 없는지 살피기만 하면 되지. 형제의 육신은 무사히 회복 중이네. 정신이 아직 온전치 않지만, 그거야 내가 여기 머물러 있는다고 큰 도움이 되겠나? 머지않아 제 힘으로 정신도 되찾겠지. 훌륭한 보살핌을 받고 있으니…… 반면에 저 여자는 아무 보호도 받지 못했으니……!" 캐드펠은 서글픈 어조로 말을 맺었다.

"그 여자가 저 아이의 누이가 아니라는 건 어떻게 아신 겁니까?"

"우선 시신의 짧은 머리를 보고 짐작했지. 그들이 우스터를 떠난 지 한 달이나 되었으니 머리칼이 딱 그 정도 자랄 만하지. 이브의 누이야 머리칼을 그렇게 짧게 자를 이유가 없잖나. 또 하나, 머리의 색깔이 다르더군. 허워드 형제 말로는 에르미나는 눈도 머리칼도 아주 짙다고, 이브보다도 훨씬 더 짙다고 했는데, 저 여자의 머리칼은 옅은 색이었지. 또 같이 떠난 그 자매가 젊다는 얘기도 들었고. 스물다섯, 적게 보면 스무 살 정도밖에 안 되어 보인다더군. 그래서 이브에게 시신을 보여줘도 최악의 상황으로 치닫지는 않겠구나 생각했지." 캐드펠은 냉정하게 얘기를 이어갔다. "이제 우리는 에르미나를 찾아야 해. 이브가 또다시 시신을 보고서 얼굴과 이름을 확인하는 일은 없어야 하잖나. 나 역시 자네와 똑같은 의무를 지니고 있네. 그러니 당연히 동행해야지."

"그럼 어서 가서 장화를 신고 준비를 갖추세요." 휴는 그럴 줄 알았다는 표정이었다. "수사님께는 우리 쪽 말을 한 마리 내어드리죠. 수사님이 날 어떤 곤경에 빠뜨릴지 알 수가 없어 미리 준비를 철저히 해왔거든요. 우리가 워낙 오래전부터 알아온 사이잖아요."

*

폭스우드까지는 큰길로 이어져 있었기에 여정이 제법 편안했다. 그러나 그 이후부터는 중간중간 경로가 끊긴 데다 경사도 급한 산길을 올라야 했다. 그들의 왼쪽, 고지대 초원 너머로 거대한 티터스톤 클레의 측면이 높다랗게 솟아 있었다. 오후가 저물어가면서 고지대 부근은 구름으로 뒤덮이기 시작했다. 이브는 휴 베링어 곁에 바짝 붙어 조금은 우쭐한 기분으로 열심히 조랑말을 몰았다.

"오른쪽에 보이는 마을을 지나야 해요." 아이가 말했다. "그 집은 더 높은 곳에 있거든요. 이제 이 봉우리만 넘어가면 존 아저씨의 밭이 나타날 거고, 산 너머로 양 우리도 보일 거예요."

휴가 갑자기 말고삐를 잡아당기더니 허리를 곧추세우고 콧구멍을 벌름거리며 냄새를 맡았다. "이 냄새, 이건 뭐지? 이런 계절에 뭘 태운 걸까?"

희미하지만 불길한 악취가 대기를 떠돌고 있었다. 무장한 채 베링어의 뒤를 따르던 부하 한 사람이 자신 있게 말했다. "태운 지 사나흘 됐을 겁니다. 지금은 눈에 덮였겠지만, 나무를 태운 냄새가 분명해요."

휴가 재빨리 경사진 오솔길을 달려 올라가 눈으로 뒤덮인 관목 숲과 땅이 푹 꺼져 들어간 언덕배기 사이에 멈추었다. 우묵하게 꺼진 땅에서 자라는 나무들이 방풍림 구실을 하여 외양간과 헛간과 집을 보호하고, 어느 정도는 사람들의 시야도 차단해주고 있었다. 나무가 무성한 작은 숲을 거지반 지난 뒤에야 존 드루얼이 소작하는 농토와 그 건너편 땅에 자리 잡은 양 우리가 나타났다.

순간, 그들은 모두 기겁하여 그 자리에 멈춰 섰다. 이브가 비명을 내지르며 캐드펠의 팔을 붙잡았다.

시커멓게 타버린 건물들의 뼈대가 눈벌판 한가운데 쓸쓸히 서 있었다. 지붕과 헛간의 목재는 온데간데없고, 겨우 남은 것들은 그 자리에 고스란히 내려앉아 마구 뒤엉켜 있었다. 움직이는 것이라곤 전혀 없었다. 무엇도 살아남지 못한 폐허였다. 근처의 나무들까지 색이 변해 있었다. 드루얼의 집과 토지는 물론 가축도, 먹을 것도, 사람도, 그 자취조차 남김없이 철저히 불타 사라진 듯했다.

그들은 음산한 침묵 속에 쓸쓸한 폐허를 이리저리 거닐었다. 휴는 날카로운 눈매로 세세한 것까지 놓치지 않고 살펴보았다. 강철같이 단단한 얼음이 탄내보다 한층 역겨운 냄새를 막아주고 있었다. 어지럽혀진 뜰 한쪽에서 난도질된 개 두 마리의 시신이 발견되었는데도 악취가 그리 심하지 않았다. 그러나 살육이 벌어진 이후 새로 내린 눈도 현장의 모습을 완전히 감출 수는 없었다. 아마도 열두엇쯤 되는 무도한 침입자들이 이곳에 나타나 양들과 소들을 끌어내고 곡물 헛간은 물론 집 안까지 말끔히 비워낸 모양이었다. 가금들까지 다리를 묶어 모조리 끌고 간 흔적이 뚜렷했다. 깃털들이 시커멓게 탄 들보에 달라붙어 있거나 바람에 흩날리고 있었다.

휴가 말에서 내려 집과 헛간의 잔해 사이로 들어갔다. 그의 부하들은 담장 안팎을 드나들며 폐허를 살피고 있었다.

"그놈들이 이곳 사람들을 죽였나 봐요." 이브가 겁에 질린 음성으로 나직하게 속삭였다. "존 아저씨랑 아줌마, 피터와 목동까지 모두 죽인 거예요. 아니면 힐라리아 수녀님한테 그랬던 것처럼 다른 곳으로 끌고 가버렸거나요."

"자세히 알아보기 전에 서둘러 최악의 결론을 내려버리지는 말자꾸나." 캐드펠이 말했다. "우리 일행이 지금 무엇을 찾고 있는지 알겠니?" 수색하는 이들은 서로 시선을 교환하고 어깨를 으쓱이며 뜰 이곳저곳을 둘러보고 있었다. "시신들을 찾고 있어! 하지만 절대 찾지 못할 거다. 불쌍한 개들의 시신만 빼고 말이야. 그 정도가 적절한 경고였겠지. 우리로서는 그 경고가 너무 늦게 가닿지 않았기만을 바랄 뿐이야."

휴가 더러워진 손을 문지르며 헛간에서 나왔다. "시체는 어디에도 없습니다. 다들 도주했거나 침입자들에게 끌려간 모양이에요. 하지만 그런 놈들이 이런 소작인들을 데리고 멀리 갈 리는 없어요. 아마도 죽이지 않을까 싶습니다. 그자들은 어느 길로 왔을까요? 그걸 모르겠군요. 우리가 온 길로 왔을까요, 아니면 저 위쪽 산을 넘어 다른 길로 왔을까요? 일당은 여남은 명쯤 되었을 겁니다. 그 이상이면 통솔하기가 힘들고, 그보다 적으면 클레턴 마을 사람들이 몰려올 경우 당해낼 수 없었을 테니까요."

"양 우리에 죽은 양 한 마리가 있습니다." 휴의 부하 하나가 산비탈에서 돌아와 보고했다. "그리고 저쪽 경사면 너머에 오솔길이 나 있던데요. 클레턴 마을을 피해 방어가 약한 집을 강탈하려

했다면 그 길을 이용했을 것 같습니다."

"그렇다면 존 드루얼은 가족들을 데리고 마을 쪽으로 피신했을지도 모르겠군." 휴는 얼굴을 찌푸린 채 생각에 잠겼다가 사람과 짐승들의 발자취를 모조리 지워버리는 눈보라를 침울하게 바라보며 말을 이었다. "만일 개들이 짖어댈 틈이라도 있었다면 제때 피신했겠지. 마을로 가서 혹시 뭔가 아는 사람이 있는지 확인해봐야겠군. 어쩌면 살아 있는 그들을 찾을 수도 있고." 이어 그가 이브의 어깨를 격려하듯 두드리며 덧붙였다. "집과 세간을 다 잃긴 했지만 목숨은 부지하고 있을지 모르잖니."

"하지만 힐라리아 수녀님은 목숨마저 잃었잖아요." 이브는 따지듯 대꾸했지만 아무도 반박하지 않자 이내 의기소침해져 씁쓰레한 말투로 중얼거렸다. "만약에 그 사람들이 달아날 수 있었다면, 어째서 힐라리아 수녀님을 구해주지 않았을까요?"

"하느님의 은총으로 그들을 찾아내게 되면 네가 직접 물어보려무나." 휴가 대답했다. "나도 힐라리아 수녀를 잊은 건 아냐. 가자. 여기에서 확인해야 할 건 다 확인했어."

"한 가지 사소한 문제가 있네." 캐드펠이 입을 열었다. "이브, 네가 한밤중에 뛰쳐나가 누이를 쫓아갔을 때 누이는 어느 길로 갔지?"

이브는 고개를 돌려 황량한 잔해를 돌아보았다. "오른쪽이었어요. 저기, 집 뒤쪽요. 개울을 따라갔는데, 그때까지만 해도 아직 얼기 전이었죠. 누나랑 남자는 그 옆의 비탈길로 올라갔어요.

산꼭대기를 향해서가 아니라 산 측면을 돌아가려는 것 같았어요."

"좋아! 우리도 나중에 그 길을 수색해보기로 하자. 다 됐네, 휴. 이제 가도 좋네."

그들은 폐허가 되어버린 분지에서 조금 전 올라왔던 길을 되짚어, 나무가 우거진 숲 너머 클레턴 촌락을 향해 오솔길을 내려가기 시작했다. 척박한 땅, 농사를 짓기에는 너무나 황량해 애써 경작해봐야 보잘것없는 소출이나 얻을 만한 곳이지만, 양을 치기에는 좋은 땅이었다. 고원에서 방목한 양은 고기로 별 쓸모가 없어도 긴 양모를 얻게 해주었다. 마을과 경계를 이루고 있는 산을 넘어가자 견고한 방책이 나타났다. 누군가 낯선 이들이 다가오는 것을 지켜보고 있었던 듯, 일행이 집들이 늘어선 곳으로 다가서기도 전에 귀를 찢을 듯 날카로운 휘파람 소리가 들려왔다. 인가에 다다랐을 땐 몸집이 단단한 사내 서넛이 그들을 맞을 만반의 준비를 갖춘 채 기다리고 서 있었다. 휴는 미소를 지었다. 그 약탈자들도 머릿수가 부족하고 무기도 충분치 않은 상태에서 클레턴의 주민들에 맞서 싸움을 벌일 만큼 어리석지는 않았던 모양이다.

휴는 그들에게 인사를 건네고 자신의 신분을 밝혔다. 외딴곳에 사는 이들로서는 왕이나 황후의 보호에 기대하는 바가 별로 없을 테지만, 자신들의 생사가 걸린 싸움에서 지역의 높은 관리가 같은 편에 서주리라는 희망은 또 다른 문제였다. 그들은 마을의 행정 책임자를 데리고 와 일행의 질문에 열심히 응했다. 그랬다, 그들은 존 드루얼의 집이 약탈당하는 것을 알고 있었다. 그리고 존 드루얼은 무사히 마을로 피신해 주민들에게서 거처와 음식을 제공받고 있었다. 그는 모든 것을 잃었으나 목숨만은 잃지 않았다. 아내와 아들도 함께였고, 그의 집에서 일하던 목동들도 모두 살아 있었다. 다리가 긴 아이 하나가 존 드루얼을 데려오겠다며 신나게 달려갔다. 이제는 드루얼이 직접 질문에 답변할 차례였다.

호리호리하지만 단단한 몸집의 농부가 다가오는 것을 보더니 이브가 당장 조랑말에서 뛰어내려 그에게 달려갔다. 농부도 소년에게 달려와 두 팔로 그의 어깨를 감싸 안았다.

"보좌관님, 제 집이 있던 곳까지 올라가보셨다고요. 제가 이 마을의 마음씨 좋은 분들에게 얼마나 고마워하는지 하느님은 아실 겁니다. 식량도 세간살이도 다 잃은 저희를 이곳 분들이 돌봐주고 계세요. 하지만 평생 일해 모은 재산이 하룻밤 사이에 불타버렸으니 이제 우린 어떻게 살아야 합니까? 그렇잖아도 산속에서 외따로 사는 게 여간 고생스럽지 않은데, 범법자들은 우리 같은 사람들을 좋아하는 모양입니다."

"나 역시 안타깝소." 휴 베링어가 입을 열었다. "당신이 잃은 모든 것을 돌려주지는 못하겠지만, 신속히 그 약탈자들을 추적한다면 그중 일부는 되찾을 수 있을 거요. 이 아이와 그 누이, 그러니까 며칠 전 당신네 집으로 왔던ㅡ"

"그랬다가 한밤중에 감쪽같이 사라져버렸죠." 존이 말을 가로

채며 찌푸린 얼굴로 이브를 돌아보았다.

"우리도 이 아이에게 사정을 들었소. 왜 그랬는지도 알고. 이 아이는 그 후 엄청난 일을 겪어야 했지…… 어쨌든 우리가 지금 듣고 싶은 얘기는 이번 습격에 관한 것이오. 언제 그 일이 벌어진 거요?"

"아가씨와 이 꼬마 도련님이 왔다가 감쪽같이 사라진 다음다음 날, 그러니까 4일 밤이었습니다. 새벽이 다가올 무렵이었어요. 개들이 미친 듯 짖어대는 소리에 잠에서 깨어났죠. 처음엔 늑대가 나타난 줄 알고 그 날씨에 대뜸 밖으로 달려 나갔습니다. 개들이 줄에 묶여 있었거든요. 정말이지, 늑대는 늑대더군요. 하지만 두 다리로 걸어 다니는 늑대였지요! 밖으로 나가자 양들이 비탈 위로 달려가고 있더라고요. 그곳에서는 횃불이 타오르고 있었고요. 잠시 후 놈들이 내려왔습니다. 저희가 개 짖는 소리를 듣고 깨어난 걸 알았던 모양이에요. 전부 해서 몇 명이나 되었는지는 모르겠습니다. 아마 열두엇…… 아니, 그보다 더 많았던 것 같기도 하네요. 저희는 그저 기다리고 서 있을 수 없어서 무작정 달아나기 시작했죠. 저 능선에 이를 무렵 헛간이 불타기 시작하더군요. 그렇게 이 꼴이 된 겁니다. 아무것도 없이 빈손으로 다시 시작해야 할 텐데, 정말 어찌하면 좋을지 모르겠습니다. 어떤 영주님에게서든 소작지라도 좀 얻을 수 있으면 좋으련만! 아, 하느님!"

"그러니까 놈들이 처음에는 양 우리를 습격했다, 이 말이오?"

휴가 물었다. "언덕 어느 쪽에서 나타났소?"

"남쪽에서요. 하지만 길 쪽에서 나타난 건 아니었어요. 비탈 위에서 집을 향해 달려 내려왔습니다."

"어떤 놈들인지 전혀 모르겠소? 어디 출신인지도 짐작 가는 바가 없고? 근처에 범법자들의 은거지가 있다는 소문 같은 건 없었소?"

그때까지 강도들에 관한 소문은 전혀 없었다. 4일 밤과 5일 새벽 사이에 벌어진 이 사건은 그야말로 맑은 하늘의 날벼락과도 같았다.

"한 가지 더 물어야겠소." 휴가 다시 입을 열었다. "그날 가족들과 함께 목숨을 구해 이곳까지 왔다고 했지. 그렇다면 남매와 함께 우스터를 떠나 당신 집으로 찾아들었던 수녀는 어떻게 되었소? 이 아이와 누이가 2일 밤에 그곳을 떠났다는 건 우리도 알고 있소. 하지만 그 수녀는 어떻게 되었지?"

존 드루얼의 얼굴에 반가운 기색이 떠올랐다. "그 수녀님은 아무 일도 없이 저희 집을 떠났습니다. 놈들이 쳐들어온 날 밤엔 그분 걱정을 할 필요가 없었어요. 수녀님은 그 전에 떠났으니까요. 한낮이요. 그다지 멀리 가지는 못했겠지만 든든한 동행이 있으니 아마 무사하겠거니 생각했습니다. 사실 수녀님은 혼자 남겨지고서 굉장히 서글퍼했죠. 어디서 도련님과 아가씨를 찾아야 할지 짐작조차 할 수 없었으니까요. 그건 저희도 마찬가지였고요."

"그 수녀에게 동행이 있었다고?" 휴가 물었다.

"베네딕토 교단의 수사 한 분이 오셨습니다. 수녀님도 아는 분이었죠. 직전에 수녀님 일행과 얼마간 동행하셨다고 들었어요. 그분들께 브롬필드로 가자고 권했던 분이라더군요. 그날도 그 수사님이 수녀님에게 같이 떠나자고 권했어요. 수녀님이 혼자 남겨진 걸 알고는, 수녀님 자신은 물론이요 수녀님이 맡은 책임도 일단은 다른 사람 손에 넘겨야 한다고 설득하더라고요. 수녀님을 대신해 도련님과 아가씨를 찾아낼 사람이 있을 테니 우선 안전한 곳으로 피신해서 기다리는 게 좋을 거라면서요. 그분은 수녀님을 찾느라 묻고 또 물어가며 폭스우드에서 저희 집까지 왔다고 했어요. 그때 수녀님이 얼마나 고마워했는지 모릅니다. 결국 두 분이 함께 떠났지요. 이미 무사히 브롬필드에 도착했을 겁니다."

이브는 할 말을 잃고 멍하니 서 있었다.

"브롬필드에 도착하기는 했지." 휴가 혼잣말처럼 중얼거렸다. 무사히? 넓은 의미에서 보자면 수녀가 무사하다는 말도 틀리진 않은 셈이다. 이 순간 아무 죄 없이, 순결한 양심을 지니고 용감하게 하느님 품으로 나아간 힐라리아 수녀보다 더 무사한 사람이 어디 있으랴.

"그런데 그 뒤에 좀 이상한 일이 있긴 했어요." 드루얼의 이야기는 계속되었다. "변을 당한 다음 날 저희 식솔들이 모여 전날의 그 끔찍한 일에 대해 이야기하고 있을 때였지요. 이곳의 친절한 분들이 저희끼리 거처할 만한 방을 마련해줬거든요. 참으로 선한 기독교인들이지요. 아무튼 그때 어떤 젊은 사람 하나가 저 위쪽에 난 길을 통해 이곳으로 걸어오더니, 바로 이 꼬마 도련님 일행으로 여겨지는 사람들에 관해 묻더군요. '여기 있는 분들 중 우스터에서 슈루즈베리로 가는 수녀 한 사람과 귀족 출신의 어린 오누이 일행을 본 사람 없습니까?' 하고요. 저희는 저희 문제만으로도 머리가 복잡했지만 그 사람에게 아는 대로 알려줬죠. 일행이 어떻게 사라졌는지, 그 뒤에 어떤 일이 닥쳤는지 전부요. 그 사람은 저희 얘길 다 듣고 떠났습니다. 처음엔 불타버린 제 집 쪽으로 가는 것 같았는데, 그 뒤로는 어디로 향했는지 저로서는 알 수 없는 노릇입니다."

휴가 주위에 둘러선 사람들을 돌아보며 물었다. "이곳에서 그 사람을 아는 분은 없소?" 그즈음에는 클레턴의 모든 주민들, 아낙들이며 아이들까지 전부 나와 그들을 둥글게 에워싸고 서 있었다.

"한 번도 본 적 없는 사람이었습니다." 마을의 행정 책임자가 대답했다.

"그 사람의 태도는 어땠소?"

"옷차림으로 봐서는 우리네들과 마찬가지로 농부나 양치기 같았습니다. 수작업으로 만든 갈색 옷을 입고 있었죠. 나이는 서른, 아니, 기껏해야 스물다섯이나 여섯쯤 되었을 겁니다. 키는 보좌관님보다 크고, 보좌관님처럼 단단하면서도 호리호리하고 길쭉한 체격이었죠. 매의 눈처럼 짙은 눈매에 눈동자에는 노란 광채가 돌았습니다. 검은 머리칼에 두건을 쓰고 있었고요."

여자들이 호기심으로 눈을 빛내며 가만히 다가섰다. 보아하니 마을 여자들은 그 낯선 이에게 깊은 관심을 지니고 있는 모양이었다. 입 밖으로 그런 말은 낸 것은 아니고 그 남자에 관해 자세한 말을 늘어놓은 것도 아니지만, 누구인지 모를 그 남자가 클레턴 촌락의 여자들에게 깊은 인상을 남긴 것만은 틀림없었다. 다들 그에 대한 것이라면 아무리 사소한 것이라도 놓치지 않겠다는, 아니, 이미 알고 있는 것조차 결코 흘려듣지 않겠다는 태도였다.

"피부는 거무스레했습니다." 존 드루얼이 덧붙였다. "매부리코를 가진, 아주 잘생긴 남자였어요." 주의 깊게 그들을 지켜보는 여자들의 눈 역시 같은 이야기를 하고 있었다. "그리고 지금 생각해보니, 아주 곰곰이 생각을 하면서 말을 하는 것 같았습니다."

그 말에 휴 베링어의 눈이 빛났다. "마치 이곳 잉글랜드 출신이 아닌 것처럼 말이오?"

거기까지는 미처 생각해보지 않았는지 존 드루얼은 잠시 망설이다가 대답했다. "아…… 그럴지도 모르겠네요. 아니면 원래 말이 좀 느린 사람인지도 모르고요……."

잉글랜드어에 서툴다면 원래는 어떤 말을 쓰는 사람일까? 국경이 가까운 이곳에서는 흔한 경우였다. 그러나 웨일스 사람이 무슨 이유로 우스터에서 도망 나온 이들을 찾아다닌단 말인가? 어쩌면 그는 앙주에서 온 사람이 아닐까? 그렇다면 문제는 전혀 달라진다.

휴 베링어가 다시 입을 열었다. "누구든 그 남자를 다시 보거나 그에 관한 얘기를 듣거든 즉시 내게 알리도록 하시오. 난 러들로나 브롬필드에 있을 거요. 그리고 당신, 사실대로 얘기하자면 당신이 잃은 것들을 되찾을 가능성은 지극히 희박하오. 하지만 그 범법자들이 은신한 곳을 찾아내기만 한다면 그중 일부라도 되찾을 수 있겠지. 우리는 끝까지 최선을 다할 테고, 그 점에 대해서는 걱정하지 않아도 좋을 거요."

휴 베링어는 말을 몰아 오솔길 아래쪽으로 움직이기 시작했다. 캐드펠과 이브도 그 뒤를 따랐다. 그러나 휴는 서두르지 않았다. 젊은 여자 하나가 슬그머니 사람들 무리에서 빠져나와 그에게 의미심장한 눈길을 던지고 있었던 것이다. 휴 베링어가 곁을 스치는 순간 그녀는 다가서서 그의 말안장에 손을 얹었다. 자신이 하려는 말이 얼마나 중요한지 잘 아는 듯, 그녀는 목소리가 마을 사람들의 귀에 들리지 않을 정도로 거리가 떨어져 있다는 것을 확인한 다음에야 입을 열었다.

"보좌관님……" 의식적으로 소리를 낮춘 음성이었다. 그녀의 푸른 눈동자는 예리하게 휴를 올려다보고 있었다. "그 검은 피부의 남자에 대해 한 가지 더 말씀드릴 게 있습니다. 저 말고는 아무도 보지 못한 거예요. 전 마을 사람들이 알면 그 사람을 해칠까 걱정이 되어 입을 다물고 있었죠. 그 남자는 정말 잘생겼거든요. 전 그 사람을 믿어요. 설령 실상은 그 외모와 딴판인 사람이라 할지라도 전……."

"할 말이란 게 무엇이오?" 휴가 조용히 되물었다.

"그 사람은 망토로 몸을 꼭 여미고 있었습니다. 이런 추위에는 이상할 것 없는 일이죠. 하지만 이곳을 떠날 때 전 그 사람을 조금 따라가다가 왼쪽 옆구리에 뭔가 매달려 있는 걸 보았죠. 시골 농부인지 아닌지는 모르겠지만, 어쨌든 그 사람은 검을 차고 있었어요."

*

"엘리어스 수사님이랑 힐라리아 수녀님도 이 길로 가셨겠죠." 해가 지기 전까지 얼마 남지 않은 시간을 제대로 이용하느라 부지런히 큰길을 향해 내려가던 중, 그때까지 아무 말도 않던 이브가 처음으로 입을 열었다. 새로운 사실이 밝혀질 때마다 더욱 기묘해지기만 하는 이 사건에 대해 생각하느라 마음이 복잡한 모양이었다. "엘리어스 수사님은 우리 모두를 구하기 위해 이곳으로 돌아왔던 거예요. 하지만 존 아저씨 집에는 힐라리아 수녀님만 남아 있었죠. 두 분은 함께 길을 가다가 어둠과 눈보라 속에 고립되셨을 거예요. 그때 존 아저씨네 집을 습격하고 약탈한 강도들, 그 살인자들이 엘리어스 수사님과 힐라리아 수녀를 공격한 게 틀림없어요. 그런 다음 그분들이 죽었다고 생각하고 그대로 내버려둔 거죠."

"그런 것 같구나." 휴가 우울한 어조로 말했다. "역병이나 다름없는 놈들이야. 그 역병이 창궐하기 전에 우리가 싹을 불태워 없애버려야겠지. 그나저나, 망토 속에 검을 차고 있었다는 그 농부 같은 남자에 대해서는 어떻게 생각해야 좋을지……."

"그 사람은 우리를 찾고 있었던 게 분명해요!" 이브가 새삼스레 목소리를 높였다. "하지만 대체 누구인지 전 도무지 짐작도 안 가요. 얘기를 들어서는 전혀 모르는 사람 같아요."

"네 누이를 데려간 그 젊은 귀족은 어떻게 생겼지?"

"피부가 검지도 않고 매부리코도 아네요. 하얀 피부에 금발이죠. 그리고 누나를 데려간 뒤 뒤늦게 우리 두 사람을 찾으러 왔다면 산 위쪽에서 나타났을 리가 없어요. 그날 밤 제가 뒤쫓았던 그 길로 왔겠죠. 혼자서 농부 같은 차림으로 올 리는 더더욱 없고요."

모두 일리 있는 얘기야, 캐드펠은 생각했다. 게다가 다른 가능성도 있었다. 혹시 글로스터 측에서 변장한 첩자를 이 지역으로 들여보낸 것은 아닐까? 어쩌면 그 남자는 이 지역의 취약 지점을 확인하고, 더하여 우스터 습격 당시 달아난 로랑스 당제의 외조카 오누이를 찾으라는 임무를 부여받아 이곳으로 파견된 첩자일지도 몰랐다.

"좀 더 두고 보기로 하자꾸나." 베링어는 반쯤 불안한 마음으로, 그러나 앞으로 다가올 흥미로운 일을 예견한 듯 반쯤은 기대에 차 말을 이었다. "클레턴에 나타난 거무스레한 피부의 낯선 사내에 관해서는 틀림없이 더 많은 얘기를 듣게 될 거다. 우린 그

사내의 모습을 머릿속에 똑똑히 새겨두고 그저 기다리기만 하면
돼."

*

러들로까지 3킬로미터쯤 남겨두었을 때 예상했던 대로 눈이
쏟아지기 시작했다. 그들은 망토로 몸을 꼭 여미고 고개를 숙인
채 끈질기게 말을 달렸다. 다행히 목적지가 가까웠기 때문에 길
을 잃을 걱정은 하지 않아도 되었다. 휴 베링어는 러들로의 성벽
아래서 두 사람과 헤어져 그곳에 배치된 이들에게 가봐야 했다.
브롬필드까지는 금방이었지만 휴는 캐드펠과 소년을 보호하기
위해 부하 두 사람을 붙여주었다.

이브는 내내 말이 없었다. 차디찬 공기와 힘든 여정에 지칠 대
로 지친 데다 점점 더 심해지는 허기로 반쯤 정신을 잃은 상태였
다. 그날 아이가 먹은 것이라곤 이미 소화된 지 오래인 빵 한 덩
이와 딱딱한 베이컨 한 조각이 전부였다. 어깨를 잔뜩 웅크린 채
조랑말 위에 앉아 말이 발을 옮길 때마다 둔감하게 이리저리 흔
들리던 아이는, 마침내 수도원의 너른 정원으로 들어선 뒤에야
두건 밑으로 사과처럼 발개진 얼굴을 내밀었다. 저녁기도가 끝난
지 오래였다. 이제 갓 깃털이 돋은 새끼 새를 날려 보낸 양 안절
부절못하고 바깥 동정에만 신경을 쏟고 있던 레너드 원장이 그들
을 보자마자 눈보라가 쏟아지는 정원으로 뛰쳐나오더니 얼른 저

녁을 먹일 요량으로 이브를 끌어안다시피 하여 안으로 데려갔다.

베링어가 돌아온 것은 마지막 기도가 끝났을 때였다. 그는 피로에 지친 말을 마구간으로 보낸 뒤 곧장 캐드펠을 찾았다. 캐드펠은 이미 저 은밀하고 황량하고 고통스러운 잠 속에 빠져든 엘리어스 수사의 침상 옆에 앉아 있었다. 피로에 지친 휴의 얼굴을 보자 그는 얼른 손가락을 입술에 올려 보인 뒤 조용히 일어나 옆방으로 갔다. 그곳에서라면 잠든 사람을 방해하지 않고 이야기를 나눌 수 있을 터였다.

"클레턴의 그 사람 말고도 약탈자들의 습격을 받은 이들이 더 있더군요." 휴가 판자벽에 기대앉아 긴 한숨과 함께 말문을 열었다. "수사님, 우리 바로 곁에서 악마들이 활약하고 있습니다. 러들로는 오늘 밤 난리법석이에요. 디낭의 궁수 중 한 명의 아버지가 헨리 남쪽의 작은 촌락에 사는, 모티머 출신의 자영농이에요. 오늘 그 궁수가 이 혹독한 날씨에 어떻게 지내는지 안부가 궁금해 아버지를 찾아갔더랍니다. 벽촌이라고는 해도 러들로에서 겨우 3킬로미터밖에 떨어지지 않은 곳인데, 우리가 드루얼의 집에서 본 것과 별반 다르지 않은 꼴을 보았답니다. 아, 방화는 없었다더군요. 연기나 불꽃이 일었다면 러들로에서도 보였을 테고, 디낭이 전투력을 총동원해 성난 벌떼처럼 그곳으로 쳐들어갔겠죠. 그렇지만 모든 살아 있는 것이며 물건이며 장비 할 것 없이 죄다 약탈당했대요. 궁수의 아버지는 달아나지도 못했답니다. 그 집 사람들 모두 학살당했어요. 지능이 좀 떨어지는 친척 하나만 겨우 살아남아 이 집 저 집 기웃거리며 먹을 것을 찾아다니다가 그 궁수에게 발견되었답니다."

캐드펠은 충격을 받아 한참이나 입을 다물지 못하다가 겨우 말을 꺼냈다. "감히 그처럼 강한 수비대가 버티고 있는 곳 근처까지 침입했다는 건가?"

"강한 수비대가 있는 곳이니 자기들의 침투력이 어느 정도인지 시험해볼 만하겠다고 생각한 모양이에요. 살아남은 그 친척은 침입자들이 떠날 때까지 내내 숲속에 숨어 있었답니다. 온전한 정신은 아니지만 모든 걸 보았고, 진술 내용도 충분히 납득할 만했어요. 제 생각엔 믿을 만한 목격자 같습니다. 그 사람 말에 따르면 침입자들은 스무 명 가량이었고, 제각각 단검이나 도끼, 검 따위를 지니고 있었답니다. 말을 탄 사람은 셋이었고요. 그놈들은 자정 무렵에 나타나 단 두 시간 사이에 모든 재산을 약탈해 어둠 속으로 사라져버렸답니다. 그 사람은 자기가 얼마나 오랫동안 숲속에 숨어 굶주린 채 지냈는지 정확히 기억하지 못하더군요. 하지만 날씨의 변화 같은 것에는 지극히 민감한 사람이었어요. 사건이 벌어진 건 개울이 모두 얼어붙은 날 밤, 그러니까 강한 한파가 몰아친 첫날이었답니다."

"무슨 뜻인지 알겠네." 캐드펠은 깊은 생각에 잠겨 무심결에 손가락 마디를 잘근잘근 깨물며 말을 이었다. "그러니까 똑같은 놈들, 다리 둘 달린 예의 늑대들이 저지른 짓이군. 물론 같은 날 밤이었을 테고. 한파 첫날 한밤중에 학살을 벌이고 헨리를 약탈했다…… 마치 디낭의 얼굴에 재라도 끼얹었듯이!"

"아니면 제 얼굴에요." 휴가 우울하게 중얼거렸다.

"아니면 스티븐 왕의 얼굴에! 흠…… 자정에 나타나 두 시간 만에 전리품을 가지고 깨끗이 사라졌다…… 가축과 음식과 식량들을 날라야 했으니 아마 재빨리 움직일 수는 없었겠지. 그러다 이른 새벽에 클레턴 근처 산속에 있는 존 드루얼의 거처를 방화하고 약탈했고. 바로 그사이에—자네도 같은 생각을 했을 텐데— 엘리어스 형제와 힐라리아 자매를 마주쳤겠군. 잔혹하게 자기들 욕구를 채운 다음 죽어버린, 또는 죽어가는 그들을 내던진 채 떠나버린 거야. 같은 날 밤 서로 다른 두 강도 무리가 똑같은 짓을 벌였다고 생각할 수는 없네. 혹독한 밤, 얼어붙은 밤, 그런 밤이면 웬만한 도둑들이나 방랑벽이 있는 사람도 그저 집 안에 처박혀 지내기 마련이니까. 이 지역을 제 손바닥처럼 잘 아는 놈들이 분명해. 눈도 얼음도 그들의 습격을 막을 수 없었지."

휴 베링어는 음울하게 입을 열었다. "예, 약탈자 무리가 둘이었을 가능성은 생각해볼 여지도 없습니다. 놈들이 이동한 궤적만 봐도 그래요. 그날 밤 놈들은 바로 우리들 코밑에서 움직이기 시작했습니다. 놈들이 침입할 수 있는 가장 먼 곳이었죠. 그런 뒤 동쪽으로 움직여 근거지로 돌아가던 중 엘리어스 수사 일행과 마주쳤고, 이른 새벽에는 티터스톤 클레에 올라가 존 드루얼의 집을 불태웠죠. 어쩌면 계획에는 없었던 일이었는지도 몰라요. 성공에 도취되어 근거지로 가다가 그 길목에 자리 잡은 집을 보고

난장판을 벌여본 거죠. 엘리어스 수사와 수녀를 죽이려 한 건 새벽에 자기들을 목격한 사람들이 나오는 걸 원하지 않아서였고요. 어떻게 생각하십니까?"

"나도 동의하네. 휴, 혹시 지금 자네도 나와 같은 생각을 하고 있지 않나? 자, 이브는 누이의 엉뚱한 짓을 막으려고 산 위에 있는 드루얼의 집에서 뛰쳐나와 누이를 뒤쫓아 달렸지. 고도야 다를지 몰라도 그 방향은 이틀 뒤 약탈자들이 근거지로 돌아가느라 택했던 방향과 동일했을 걸세. 저 고원지대 어딘가에 이브의 누이가 연인과 더불어 도피한 장원이 있다는 뜻이지. 에르미나의 연인이 그녀를 그 악마들의 근거지와 너무 가까운 곳으로 데려간 것 같지 않나? 그녀는 물론 그 자신에게도 결코 안전하다고는 하기 힘든 곳으로 말이야."

"그 점을 염두에 두고 이미 병사들을 파견해놓았습니다." 심각한 상황이긴 했으나 그래도 두 사람의 생각이 일치했다는 사실에 모종의 만족감을 느끼며 휴가 말을 이었다. "그 고원지대에는 꽹장히 넓은 빈터가 있어요. 숲과 바위로 둘러싸인 데다 죽음처럼 황량해 양들한테도 불모지나 다름없는 곳이죠. 근처에 경작이 가능한 땅은 드루얼의 집이 있던 곳 부근, 그중에서도 일부에 불과합니다. 내일 아침 날이 밝자마자 제가 디낭과 함께 이브가 갔던 길을 따라 움직여보겠습니다. 이브가 찾으려 했던 곳, 그러니까 정체불명의 연인이 이브의 누이를 데리고 간 그 장원을 찾아볼 생각이에요. 장원을 찾아내면 에르미나를 안전하게 구출한 뒤 법의 면전에 침을 뱉어대는 그 무리를 추적할 거고요. 물론 인질이라도 있으면 다치는 일이 없도록 신중해야겠지요."

"이브는 여기 남겨두고 가야 하네!"

"저 아이가 눈을 뜨기도 전에 우린 멀리 떠나 있을 겁니다." 캐드펠의 다급한 외침에 휴는 쓴웃음을 지어 보였다. "제가 설마 아이에게 그런 경험을 또 안겨주겠습니까? 사랑하는 사람이 시체가 되어 있는 꼴을 목격하게 될지도 모르는데, 그런 위험을 감수하게 둘 수는 없죠. 저 아이가 처참한 표정으로 날 돌아보는 상황…… 저로선 상상만으로도 견딜 수 없습니다. 행운이 따라주면 우리는 저 아이의 누이를 데리고 올 수 있겠죠. 떠날 때 그대로일지, 아니면 이미 그 남자의 아내가 되어 있을지는 모르지만요. 뭐, 그랬다간 저 아이와 누이와 그 연인 사이에 한바탕 싸움이 벌어질 테고, 그땐 수사님 도움이 절실할 겁니다. 하지만 일단 그 문제를 제외하면 이 일은 전적으로 제게 달려 있어요. 수사님은 환자를 보살피면서 편히 앉아 기다리십시오."

*

그날 캐드펠은 엘리어스 수사 곁에서 밤을 꼬박 새웠지만 이미 알고 있는 것 말고는 무엇도 더 얻어낼 수 없었다. 그야말로 꿈쩍도 않는 장벽 앞에 앉은 기분이었다. 책임감 강한 다른 수사가 찾아와 교대해준 뒤에야 그는 비로소 잠자리에 들어 곧바로 곯아떨어졌다. 이것도 그의 재주 중 하나였다. 어떤 고민이 있건 잠들지 못하고 엎치락뒤치락하며 밤을 새워봐야 득 될 게 없다는 걸 그는 알고 있었으며, 그 무의미하고 무익한 습관을 버린 지 이미 오래였다. 그것이야말로 복잡한 일을 앞둔 사람에게서 너무나 많은 것을 앗아가는 습관 아닌가.

캐드펠은 레너드 원장이 깨우러 와서야 눈을 떴다. 일어나려고 마음먹었던 시각에서 두 시간이나 지나 이미 오후로 접어들고 있었다. 휴 베링어는 벌써 산속 수색을 마치고 돌아와 그 결과를 이야기하기 위해 지치고 우울한 얼굴로 그를 기다리는 중이었다.

"드루얼의 집이 있는 곳에서 클레의 산허리를 4분의 1쯤 돌아가자 캘롤리스라는 장원이 나오더군요. 고도는 거의 비슷해요." 휴는 말을 고르느라 잠시 멈추었다가 계속했다. "아니, 이제는 '있었다'고 하는 게 옳겠군요. 깨끗이 사라져버렸거든요. 완전히 파괴되었죠. 살을 발라내고 남은 생선 가시처럼 말입니다. 드루얼의 집과 다를 바 없는 상태였어요. 하지만 그 규모가…… 그 장원은 엄청나게 넓고 번성한 곳이었는데, 이젠 눈보라만 휘날리는 황무지 꼴입니다. 묻혀 있거나 꽁꽁 얼어 있는 시체 몇 구만 빼고 아무것도 보이지 않았죠. 살아 있는 건 하나도 없었어요. 제가 처음 발견한 시체 한 구를 러들로로 운구해왔습니다. 버려진 시체들을 수습하라고 거기 몇 명쯤 남겨두었고요. 시체를 몇 구나 더 찾아내게 될지 아직은 알 수 없어요. 눈이 쌓인 상태로 보건대 그곳이 습격을 받은 건 한파가 몰아닥쳐 얼음이 얼기 전이었던 것 같습니다."

캐드펠은 깜짝 놀라 물었다. "그게 사실인가? 우리가 이미 아
는 습격과 약탈이 있기도 전에, 우리의 어린 자매가 피살되기도
전에, 엘리어스 형제가 공격을 받아 지금의 참담한 몰골이 되기
도 전에 그곳이 이미 약탈당했다고? 휴, 자넨 공격받은 지점을
정확히 알고 있지. 혹시 그곳과 관련된 사람들의 이름이나 지주
에 대해서는 아는 바가 없나? 아, 디낭이라면 그곳에 속한 모든
소작인들을 알겠군. 그 장원은 오랫동안 레이시 가문의 문서에
의해 운영되었으니 말이야."

"맞습니다. 캘롤리스 장원을 운영한 사람은 디낭에게서 권한
을 위임받은 한 젊은이였죠. 그 사람이 디낭 부친의 밑으로 들어
온 지는 겨우 2년밖에 안 되었답니다. 예, 운도 좋고, 사람도 좋
고, 나이도 적당했던 셈이죠. 그 사람 이름은 에브러드 보터레이
입니다. 대단치는 않지만 그런대로 존경받는 가문 출신이에요.
정황으로 보아, 바로 그가 우리가 찾는 그 남자인 듯합니다."

"그 장원의 위치는? 에르미나가 연인과 함께 달아난 방향이
확실한가?"

무서운 상상이 일었다. 그러나 휴는 고개를 강하게 내저으며
입을 열었다. "아직 그런 생각은 마십시오. 확인된 건 아무것도
없으니까요. 이브는 그 사람 이름을 기억하지 못하죠. 그렇지만
설령 그가 에르미나를 데리고 간 그 남자였다 해도—제 생각엔
분명한 것 같지만요—아직 에르미나가 죽었다고 속단하기엔 이

룹니다. 디낭이 그러는데, 보터레이는 레드위크에도 장원을 가지고 있다더군요. 도그디치 개울이 흐르는 계곡 근첩입니다. 캘롤리스에서 그곳까지는 잘 다져진 길도 있어요. 그 길로 가다가 울창한 숲을 통과하면 나오는데, 두 장원 사이의 거리는 5킬로미더 남짓 된답니다. 장원에서 일하던 사람들 가운데 몇이 그 길로 탈출했다 해도 무슨 자취가 남아 있으리라는 기대는 안 했지만, 어쨌든 저도 길을 따라 내려가봤습니다. 기대했던 것보다는 행운이 따랐죠. 아니면 우리 노고에 대한 응답이었거나요. 자, 보세요. 이걸 찾아냈습니다!"

휴는 상의 안주머니에서 뭔가를 꺼내 손 위에 올려놓았다. 수가 놓이고 금세공 장식이 달린 리본으로, 망을 둘러 머리칼을 한데 모은 뒤 빙 둘러 이마 위에 고정할 때 쓰는 물건이었다. 리본은 세공 장식 바로 옆에서 잘려 있었으며, 장식을 고정하는 핀은 한쪽으로 비스듬히 구부러진 채였으나 풀려 있지는 않았다.

"그 무성한 숲속에서 찾아낸 물건입니다. 누구인지는 몰라도, 지름길로 언덕을 내려간 뒤 빽빽한 숲을 통과하며 몹시 서둘렀던 모양이에요. 여기저기 부러진 나뭇가지들도 그 정황을 증언해주더군요. 두 사람이 말 한 필을 같이 타고 있었던 것 같습니다. 낮게 뻗은 나뭇가지 하나가 여자의 머리에 걸렸고, 그래서 이게 떨어진 거죠. 그러니 이 물건을 머리에 달고 있던 사람은 안전하게 탈출했으리라는 희망을 품어도 될 겁니다. 이걸 이브에게 보여주고 어떻게 찾아냈는지 설명해줘야겠어요. 이브가 이 물건이 에르

미나의 것이라고 확인해주면, 전 레드위크로 가서 행운의 여신이
우리 편인지 알아볼 생각입니다."

*

한순간의 망설임도 없었다. 이브는 그 금세공 장식을 보자마자
눈을 휘둥그레 뜨고 희망으로 얼굴을 붉히며 외쳤다.
"누나 거예요! 여행을 할 땐 어울리지 않는 물건이죠. 하지만
누나는 분명 이걸 챙겨서 떠났어요. 틀림없이 그 남자를 만날 때
둘렀을 거예요! 어디서 찾아내셨어요?"

6

휴 베링어 일행은 이번에는 이브를 데리고 떠났다. 만일 동행
을 허락하지 않았다면, 이브가 그 지시를 고분고분 받아들인다
해도 기다리는 내내 잠시도 마음을 놓지 못한 채 초조해할 터였
다. 게다가 이브는 에르미나의 연인을 알아볼 수 있는 유일한 사
람일 뿐 아니라 현재 이곳에서 위고냉 가문을 대표하는 유일한
사람이기도 했으니, 실종된 누이를 수색하는 일에 참여할 당연한
권리를 지닌 셈이었다. 이제 그들은 에르미나의 생존 가능성에
대해 매우 긍정적으로 판단하고 있었다.

"여긴…… 우리가 서스턴 아저씨네 집에서 내려왔던 그 길 맞
죠?" 코브강 다리 옆 큰길로 접어들 즈음 이브가 물었다. "이 길
로 계속 가는 건가요?"

"그래, 당분간은 이 길로 가야 해." 이어 캐드펠은 소년의 불편한 마음을 짐작하고 덧붙였다. "우리가 만났던 그 지점만 지나면 곧 다른 길로 접어들게 될 게다. 애써 외면할 필요는 없어. 그곳에 사악한 것은 존재하지 않으니까. 그곳의 땅도 물도 대기도, 인간의 악한 행동과는 아무 상관 없단다." 소년은 여전히 두려운 표정이었다. 캐드펠은 그 얼굴을 찬찬히 들여다보며 조심스레 말을 이었다. "마음이 좋지 않겠지. 하지만 힐라리아 자매의 죽음 자체를 너무 원통하게 여겨서는 안 돼. 자매는 천국에서 환영받았을 게야."

"누구보다도 좋은 분이었어요." 이브가 불쑥 열변을 토했다. "수사님은 모르실 거예요! 결코 화내는 법 없이 늘 참고 인내하는 분이었다고요! 친절하고, 착하고, 너무나 용감하고…… 에르미나 누나보다도 훨씬 아름다웠어요!"

이제 열세 살밖에 안 되었지만, 훌륭한 교육과 타고난 천성 덕분에 이브는 나이에 견주어 생각이 깊은 아이였다. 힐라리아 수녀와 며칠씩 함께 여행하면서 그는 그녀의 용감한 태도와 선한 마음씨를 가까이에서 지켜보았을 것이다. 소년이 힐라리아 수녀를 통해 성숙한 사랑이라는 것이 무엇인지 어렴풋하게나마 느꼈다면, 이는 아마도 가장 순결하고 가장 아름다운 종류의 감정이었으리라. 사랑의 대상이 무참히 피살당했다 해도 소년의 가슴에는 그 순간의 감정이 고스란히 남아 있을 터였다. 지난 이틀 사이 소년은 훌쩍 자라 어린 시절에서 멀찌감치 나아간 듯한 모습이었다.

개울가에 도착해서도 이브는 시선을 피하지 않았지만, 두 번째 개울을 건너갈 때까지 내내 입을 굳게 다물고 있었다. 이제 그들은 오른쪽으로 방향을 틀어 탁 트인 삼림지대로 들어섰고, 새로운 풍경이 나타나자 그제야 이브는 다시 밝은 눈으로 주변의 세상을 둘러보기 시작했다. 처마와 나뭇가지에 고드름을 드리운 짧은 겨울날의 햇살은 이미 움츠러들기 시작했으나 빛은 여전히 맑았고 바람도 아직 잠잠했다. 흰 눈과 검은 흙, 짙은 푸른색이 빚어내는 무늬와 색깔이 제 나름의 아름다움으로 보는 이들의 눈을 현혹했다.

그들은 여전히 얼어붙어 있는 홉턴 시내를 따라 1킬로미터쯤 내려와 고드스토크에 닿았다.

"정말 가까운 곳에 있었군요." 그 운명의 날, 그들이 손 닿을 듯 가까운 곳을 스쳐 가면서도 그 사실을 전혀 알지 못했다는 것을 깨닫고 이브는 놀라움을 감추지 못했다.

"아직 1킬로미터쯤 더 가야 해."

"누나가 거기 있으면 좋겠어요!"

"우리 모두 그러기를 바라고 있지." 휴가 말했다.

일행은 곧 작은 능선을 넘어 레드위크 장원에 이르렀다. 일행은 이제 삼림지대를 빠져나와 레드위크 개울을 향해 완만하고 부드러운 경사를 이룬 땅을 내려다보았다. 수많은 지류에서 흘러나오는 물을 받아낸 저 개울은 남쪽으로 몇 킬로미터를 쉬지 않고 흘러가 마침내 테메강과 합류할 터였다. 물이 흐르는 계곡 너머에서는 땅이 다시 구릉을 이루었고, 일행의 바로 맞은편 저 멀리에는 꼭대기에 구름이 걸린 티터스톤 클레의 거대한 봉우리가 우뚝 솟아 있었다. 그 사이에 자리 잡은 계곡은 사방에서 불어오는 차디찬 바람으로부터 안전하게 차단된 지형이었다. 농작물과 가축들을 보호하기 위한 방풍림을 제외하고 장원 주위의 나무들은 말끔히 벌목되어 있었다. 일행은 저 아래 줄지어 선 건물들을 내려다보았다. 가파른 지붕을 인 기다란 저택이 낮게 웅크린 저장실 너머에 자리 잡고 있었다. 시야에 들어오는 토지 전체가 헛간이며 외양간이며 창고로 가득 들어찬 것이, 한눈에 보아도 풍요로운 장원이었다. 물론 쉽사리 약탈하기에는 너무도 많은 사람들이 거주하고 있을 테지만, 요즘 같은 무법천지에 굶주린 이들이나 탐욕스러운 이들은 충분히 유혹을 느끼고도 남으리라.

장원의 주인은 꽤나 철저한 성격인 듯했다. 장원을 향해 다가가던 일행은 그 앞을 흐르는 작은 개울에 걸쳐진 좁은 나무 교량 위에서 통나무를 쌓고 있는 사내들을 보았다. 오래되어 거무스레해진 방책 위쪽에는 쌓은 지 얼마 안 된 새 방책이 빛을 받아 번쩍였는데, 특히 동쪽을 따라 매우 견고하게 올라가 있었다. 장원의 주인이 울타리를 높이고 있는 모양이었다.

"그들은 틀림없이 여기 있을 겁니다." 휴 베링어가 건물들을 바라보며 말했다. "이곳 사람은 경고를 받아들일 줄 아는군요. 같은 일로 두 번 놀라지는 않을 작정이에요."

그들은 점점 더 커지는 기대를 안고 방책 사이로 열린 문을 향해 말을 몰았다. 그들이 접근하는 서쪽 방책은 가슴 높이에 불과했지만, 어깨에 화살통을 멘 궁수 한 사람이 시위에 화살을 건 채 우뚝 서 있었다.

궁수는 꽤 영리한 자였다. 휴 베링어와 그를 뒤따르는 이들이 갖춘 무기를 재빨리 살피더니 이내 걱정스러운 표정을 지우며 얼굴에 미소를 떠올리고는, 베링어가 자신의 성명과 직위를 밝히기도 전에 얼른 외쳤다.

"어서 오십시오. 장관님의 보좌관께서 왕림해주시다니 더없이 기쁩니다. 여기 오실 줄 알았다면 제 주인께서 마중할 사람을 내보내셨을 텐데요. 지금은 형편이 좋지 않아 직접 마중하시기 힘들어서…… 어쨌든 어서 들어오십시오, 보좌관님. 여기 제 자식 놈이 얼른 달려가 집사를 불러올 겁니다."

소년은 이미 눈밭을 가로질러 날아갈 듯 달리고 있었다. 그들이 방책 너머 거대한 문으로 이어지는 돌계단을 향해 다가설 무렵, 풍채 좋고 나이 지긋한 집사가 황급히 나와 일행을 맞았다. 민머리에 황갈색 수염을 기른 사람이었다.

"에브러드 보터레이를 만나러 왔소. 안에 계시오?" 휴 베링어가 뒤축에 묻은 눈을 털어내며 물었다.

"계십니다, 보좌관님. 하지만 그분 건강이 온전치 않습니다. 고열에 시달리고 계시지요. 그래도 차츰 나아가는 중이니 곧 뵐 수 있으실 겁니다."

집사가 앞장서서 가파른 계단을 올랐고, 그 뒤로 휴 베링어와 캐드펠, 이브가 따라갔다. 널따란 응접실에 어둠이 무겁게 내려앉아 있었다. 그곳을 사용하는 사람이 아무도 없는지 횃불 하나 걸려 있지 않았고, 그저 벽난로만 희미한 열기를 내며 타오를 뿐이었다. 장원의 모든 남자들은 방책 쌓는 일에 매달려 있었다. 한 중년 부인이 응접실 밖 휘장 너머에서 열쇠를 절그럭거리며 복도를 걸어갔고, 부엌 쪽에서는 하녀 두엇이 일행을 건너다보며 귀엣말을 속삭였다.

집사는 짐짓 화려한 몸놀림을 보이며 응접실과 맞닿은 작은 방으로 일행을 안내했다. 한 남자가 쿠션이 놓인 거대한 의자에 노곤한 듯 앉아 있었다. 의자 옆 탁자 위에는 포도주 병과 연기가 모락모락 피어오르는 램프가 놓여 있었다. 작은 창문의 덧창 하나가 열린 채였지만 그리로 흘러드는 빛은 희미하기만 했고, 램프의 노란 불꽃은 방에 드리운 그림자를 더욱 짙게 만들었다. 일행이 문을 열고 들어서자 남자는 고개를 돌려 그들을 향했으나, 그들이 볼 수 있는 것이라곤 어슴푸레한 윤곽뿐이었다.

"주인님, 러들로에 오신 장관님의 관리분들이 이곳까지 찾아주셨습니다." 집사의 근엄한 어조는 이제 어린아이나 몹시 아픈 사람을 대할 때 나올 법한 부드러운 말투로 바뀌어 있었다. "휴 베링어 님께서 주인님을 뵙고자 몸소 여기 오셨습니다. 우리에게 필요한 도움을 주실 테니, 주인님께서는 이제 안심하셔도 됩니다."

길고 강인한, 그러나 가늘게 떨리는 손이 어둠 속에서 뻗어 나오더니 램프를 가까이 끌어다 놓았다. 손님들의 얼굴이 분명히 드러나자 환자는 가쁜 숨을 내쉬며 낮은 음성으로 입을 열었다. "정말 잘 와주셨습니다. 우리에게 보좌관님이 얼마나 필요했는지 모릅니다." 이어 그가 집사를 향해 말했다. "불을 더 가져오게. 다과도 내오고." 그는 의자에 앉은 채 힘겹게 자세를 바꾸어 앞쪽으로 몸을 약간 기울였다. "제 꼴이 이래서 죄송합니다. 며칠 동안 고열에 시달린 터라…… 이제 고열에서는 벗어났습니다만 기운을 온전히 회복하지 못했습니다."

"예, 그래 보이는군요. 유감입니다." 휴가 말했다. "다른 것보다 우선 이 말씀을 먼저 드려야겠습니다. 난 이곳으로 병사들을 데리고 왔습니다. 우연히 캘롤리스에 들렀다가 그곳에서 무슨 일이 벌어졌는지 알게 되었지요. 당신과 그곳 식구들 일부나마 그 학살에서 살아남은 것이 정말이지 다행입니다. 난 그렇게 엄청난 짓을 저지른 극악무도한 자들의 근거지를 찾아내 뿌리를 뽑을 생각입니다. 그나저나, 장원을 방어하느라 애를 많이 쓰셨더군요."

"최선을 다하고 있습니다."

한 여자가 불붙인 초를 가지고 들어와 벽에 설치된 촛대에 꽂고는 물러갔다. 방 안이 밝아지면서 모든 사물들이 생생히 모습을 드러냈다. 일행은 눈을 커다랗게 뜨고 방을 둘러보았다. 누이를 데려간 자와 대적할 만반의 준비를 갖추고 캐드펠 곁에 뿌리박힌 듯 꼼짝도 않고 서 있던 꼬마 귀족 이브는, 갑자기 자신이 없어졌는지 캐드펠의 옷소매를 거머쥐며 주춤거렸다.

커다란 의자에 앉아 있는 남자는 스물넷, 많아야 스물다섯쯤
으로밖에 보이지 않았다. 남자가 몸을 앞쪽으로 기울이는 바람에
등받이 앞에 덧대여 있던 쿠션은 바닥에 떨어졌다. 환한 불빛 아
래 드러난 남자의 얼굴은 창백했다. 움푹 꺼진 뺨과 상처처럼 깊
게 파인 눈두덩 속 크고 검은 눈동자에는 여전히 고열의 자취가
역력했다. 머리를 받친 베개에는 숱 많은 금발이 헝클어진 채 늘
어져 있었다. 그러나 남자가 아주 잘생기고 매력적인 젊은이라는
점에는 의심의 여지가 없었다. 건강을 회복하면 건장하고 단단한
몸집의 젊은이로 되살아날 것이 분명했다. 옷을 제대로 차려입고
장화가 축축이 젖어 있는 것으로 보아, 주위의 만류를 무시하고
낮 동안 일꾼들과 함께 밖에 나가 방책을 정비한 모양이었다. 눈
살을 찌푸린 채 세 방문객을 주의 깊게 살피던 그는 소년에게 시
선이 닿자 한동안 그를 뚫어져라 쳐다보았다. 무언가 확신이 서
지 않는 듯한 표정이었다. 그가 고개를 갸우뚱하더니 다시금 이
브를 쳐다보며 찌푸린 얼굴로 생각에 잠겼다.

"이 아이를 압니까?" 휴가 부드럽게 물었다. "이 아이는 이브
위고냉입니다. 잃어버린 누이를 찾기 위해 이곳에 왔지요. 당신
이 우리를 도와준다면 우리, 그러니까 이 아이와 나는 마음을 놓
을 수 있을 겁니다. 짐작건대, 당신은 캘롤리스에서 혼자 피신해
오지 않았을 겁니다. 이곳에 이르는 숲길에서 이걸 발견했거든
요." 그가 작은 금세공 장식을 꺼내 보였다. "알아보겠습니까?"

"아, 알아보고말고요!" 에브러드 보터레이는 쉰 음성으로 대답하더니 눈을 감아버렸다. 크고 밝은 두 눈이 두터운 눈꺼풀에 완전히 가려졌다. 다시 눈을 떴을 때 그의 시선은 이브를 똑바로 향하고 있었다. "에르미나의 동생이구나? 알아보지 못해 미안하다. 네가 아주 어릴 때 본 게 전부라…… 그래, 저건 네 누이 것이 맞아."

"당신이 그녀를 이리로 데려왔겠군요." 휴가 말했다. 질문이라기보다는 선언에 가까운 말투였다. "그 습격에서 안전하게 보호하려고 말입니다."

"안전하게…… 그렇죠, 맞습니다. 내가 그녀를 이곳으로 데려왔습니다." 에브러드의 넓은 이마에 굵은 땀방울이 맺혔지만 커다란 눈은 이제 매우 또렷했다.

"우리는 에르미나와 그 동행을 찾기 위해 이곳까지 왔습니다. 우스터의 수도원에서 보낸 사람이 슈루즈베리로 찾아와 우스터를 탈출한 이래 그들의 종적이 묘연하다며 행방을 물었지요. 그 여인이 여기 있다면 지금 불러주었으면 합니다."

"에르미나는 여기 없습니다." 에브러드는 무겁게 입을 열었다. "그녀가 지금 어디에 있는지는 나도 몰라요. 지난 며칠간 나는 물론이요 내 종복들까지 모두 그녀를 찾기 위해 사방을 수색하고 있습니다." 그가 기다란 손으로 의자 팔걸이를 붙잡아 떨리는 몸을 간신히 일으켜 세우며 덧붙였다. "그간의 경위를 말씀드리지요."

*

　그는 불안한 열정으로 가득 찬, 그러나 며칠 동안의 고열로 기력을 잃은 수척한 몸을 이끌고 방 안을 서성이며 말했다.

　"나는 그녀 부친의 집을 자주 방문했습니다. 그분들은 나를 환영해주셨지요. 그건 이 소년도 알 겁니다. 에르미나는 아름다운 여인으로 성장했고, 난 그녀를 사랑했습니다. 지금도 그렇고요! 그녀가 양친을 잃은 뒤 나는 세 차례 우스터로 가서 그녀를 만났습니다. 물론 그때마다 수녀원에서 요구하는 모든 의무에 따랐죠. 난 그녀에게 어떤 이기적인 의도도 품은 적이 없습니다. 다만…… 기회가 오면 그녀의 손을 잡게 해달라고 요청한 게 전부예요. 이제 그녀의 합법적인 보호자는 외숙이었는데, 그분은 성지에 계셨지요. 우리가 할 수 있는 일이란 그분이 돌아오시기를 기다리는 것뿐이었습니다. 우스터가 약탈당했다는 소식을 들었을 때 나는 오직 그녀가 무사히 그곳에서 탈출할 수 있기만을 기도했습니다. 내가 그 일로 뭔가를 얻게 되리라는 기대를 품은 적도 없고, 그녀가 탈출해 이쪽으로 오리라고 생각하지도 않았어요. 그런데 그녀가 클레턴에서 어떤 아이를 보내 소식을 전해온 겁니다……."

　"그게 언제였습니까?" 휴가 날카롭게 물었다.

　"이달 2일이었어요. 그녀는 밤에 와서 자기를 데리고 가달라고, 지금 날 기다리고 있다고 했습니다. 누구랑 같이 있다는 말은 전혀 없었죠. 나는 에르미나가 요청한 대로 말을 한 필 끌고 가 그녀와 함께 캘롤리스로 이동했습니다. 그야말로 갑자기 벌어진 일이었죠." 그는 무기력하게 고개를 저으며 말을 이었다. "내가 원하는 건 결혼이었습니다. 그녀의 생각도 마찬가지였고요. 나는 그녀에게 최상의 경의를 바쳤고, 마침내 그녀의 동의를 얻어 우리는 결혼하기로 결정했습니다. 난 의식을 주관할 사제를 데려오라고 사람을 보냈죠. 그런데 바로 이튿날 밤, 사제가 도착하기도 전에 습격을 받은 겁니다."

"그 자취는 나도 봤습니다." 휴가 말했다. "그자들은 어느 쪽에서 나타났습니까? 몇이나 되던가요?"

"우리가 대적하기에는 너무 많았어요! 무슨 일이 벌어지는지 미처 깨닫기도 전에 벌써 성의 외벽을 넘어 집 안까지 들어와 있더군요. 어느 쪽으로 넘어왔는지도 모르겠습니다. 그자들이 방책을 이미 절반 가까이 파괴하고 여기저기서 우리를 둘러싼 상태였으니까요. 아마 내가 에르미나에게 너무나 열중한 나머지 주의를 게을리한 모양입니다. 하지만 그 전에는 어떤 경고도 받은 적이 없었고, 약탈자들이 횡행한다는 소문도 들은 적이 없었습니다. 습격은 그야말로 전광석화 같았어요. 그자들이 정확히 몇이나 되는지조차 짐작하기 어려울 정도였습니다. 모르긴 몰라도 서른 명은 되었을 겁니다. 무장도 잘 갖추고 있었고요. 우리는 수적으로 그들의 절반 수준에 불과했습니다. 게다가 저녁 식사를 마친 뒤 편안하게 쉬고 있다가 습격을 당한 터라…… 그래도 최선을 다했습니다. 나도 부상을 당했고……." 캐드펠도 이미 그의 왼쪽 팔과 어깨가 온전치 않다는 것을 눈치챈 터였다. 오른손잡이인 상대가 그의 심장을 향해 공격해왔던 듯했다. "나는 에르미나를 보호해야 했습니다. 그 이상은 무엇도 생각나지 않았어요. 일단 에르미나를 찾아 말을 타고 달리기 시작했지요. 언덕 아래쪽 길은 아직 포위당하지 않은 상태였고, 그자들은 약탈하느라 바빠 우리를 쫓아오지 않더군요." 그의 입술이 고통스러운 기억으로 뒤틀렸다. "그래서 안전하게 달아날 수 있었습니다."

"그다음에는요? 어쩌다가 그녀가 사라진 겁니까?"

"당신이 날 어떻게 비난한다 해도, 나 자신이 내게 가했던 비난보다 더 심할 수는 없을 겁니다." 에브러드는 지친 어조로 말을 이었다. "솔직히 여기 있는 이 소년을 보기도 부끄러울 지경이에요. 어쩌다가 그녀가 내 손에서 빠져나가도록 방치했는지 기가 막힐 뿐입니다. 사실대로 말씀드려봐야 변명도 안 될 테지만…… 나는 피를 너무 많이 흘려 움직일 수도 없을 지경이었습니다. 그 상태로 곧장 침대에 쓰러졌죠. 의사가 당장 치료를 받아야 한다고 했지만 난 듣지 않았어요. 그런데 이튿날 어깨 부상이 악화되면서 열이 펄펄 끓어오르기 시작한 겁니다. 저녁 무렵 정신이 조금 들었을 때야 에르미나의 안부를 물었죠. 그런데 사람들이 대답하기를, 그녀가 눈물을 흘리며 남동생을 찾아야 한다고 미친 듯 부르짖더니 집에서 뛰쳐나가버렸다는 겁니다. 근방에 살인마들이 날뛰고 있다는 것을 안 이상 남동생의 안위를 확인하기 전에는 도무지 안심할 수 없었던 거죠. 그날 오후 클레턴으로 가서 남동생의 안부를 알아보겠다는 말을 남긴 채 말을 타고 떠났다더군요. 그 이후로 에르미나는 돌아오지 않았어요."

"그런데 당신은 누나를 찾아보지도 않았군요!" 캐드펠 곁에서 있던 이브가 창처럼 꼿꼿해져서는 부들부들 떨며 외쳤다. "누나가 혼자 떠나도록 내버려둔 채 자기 다친 곳만 치료하기 바빴던 거예요!"

"그런 게 아니야." 에브러드 보터레이는 슬픔에 잠겨 작은 소리로 대답했다. "난 에르미나가 떠나는 걸 알지도 못했어. 그리고 네 누이가 사라졌다는 걸 알았을 땐 병상에서 일어나 수색에 나섰지. 내 종복들도 똑같은 얘길 할 거다. 침대에 누워 지내기 시작한 건 그날 이후야. 상처가 옷에 쓸려 덧난 데다 밤의 추위 속에서 오랫동안 말을 타는 바람에 수색 도중 정신을 잃고 말에서 떨어지고 말았지. 내가 데려간 사람들이 나를 집까지 데려와야 했어. 클레턴에는 도착해보지도 못하고 정신을 잃은 채 다시 돌아온 거야."

"당신에게는 다행스러운 일이었군요." 휴가 냉정하게 말했다. "바로 그날 밤 그녀가 목적지로 삼았던 그 집이 약탈당하고 고스란히 불타버렸으니까요. 가족들은 모조리 도망갔고요."

"그 얘기는 나도 들었습니다. 상황이 그 지경이 되었는데 내가 에르미나를 찾으려는 노력을 포기했을 것 같습니까? 그 집이 습격당할 때 에르미나는 거기 없었습니다. 그녀에게 피난처를 제공했던 그곳 가족들을 만나보셨다면 보좌관님도 아실 거예요. 비록 여기 무력하게 누워 불안에 떨고 있었지만, 나는 내내 사람들을 보내 에르미나를 찾았습니다. 앞으로도 그녀를 찾을 때까지 수색을 멈추지 않을 거고요!" 그는 격렬히 부르짖더니 이를 악물며 말을 멈추었다.

그게 전부였다. 이곳에서 더 이상 알아낼 만한 것도, 비난할 것도 없었다. 무작정 연인의 품에 뛰어들어 이 모든 재앙에 불을 댕긴 에르미나가, 연인이 부상을 입자 그제야 첫 실수를 바로잡기 위해 혼자서 나선 것이다.

"그녀에 관해 무슨 소식이라도 듣게 되면 브롬필드로 사람을 보내주십시오." 휴가 말했다. "나는 지금 그곳에 기거하고 있어요. 아, 러들로에도 부하들이 있으니 그곳에 알려도 됩니다."

"그러겠습니다. 약속드리지요." 에브러드는 고통스러운 듯 얼굴을 찡그리며 베개에 다시 머리를 기대었다.

"떠나기 전에," 캐드펠이 입을 열었다. "그 상처에 내가 다시 붕대를 감아도 되겠소? 보아하니 무척 괴로운 듯한데, 어쩌면 처치가 미숙해 통증이 더 클지도 모른다는 생각이 들어서 말이오. 이 집에 의사는 있는 거요?"

친절한 관심에 젊은 주인의 눈이 커다래졌다. "제가 주치의라 부르는 사람이 있기는 합니다. 사실 의사는 아니고, 의술 경험이 약간 있는 정도지만요. 그 사람이 제법 훌륭하게 보살펴주고 있지요. 수사님께서는 의술을 잘 아십니까?"

"당신 주치의처럼 오랜 경험으로 지식을 좀 쌓은 정도요. 종종 악화되어가는 부상을 깨끗이 치료한 적은 있지. 그 의사가 상처에 어떤 처치를 했소?" 캐드펠은 다른 사람의 처방에 관심이 많았다. 상처에는 깨끗한 면 붕대가 감겨 있었고, 벽의 선반에는 연고가 담긴 유리 항아리도 보였다. 캐드펠은 항아리의 뚜껑을 열어 안에 담긴 갈색 약의 냄새를 맡아보았다. "수레국화 연고인 것 같군. 쐐기풀도 섞었고. 둘 다 좋은 치료제지. 약초를 잘 아는 사람인 모양이오. 이보다 좋은 약은 찾기 힘들 테니 말이오. 하지만 지금은 그 사람이 여기 없으니 내가 한번 살펴봐도 되겠소?"

에브러드가 고분고분 한쪽으로 돌아눕자 캐드펠은 상의 단추를 풀고 셔츠를 내려 젊은 지주의 왼쪽 어깨를 드러냈다.

"붕대가 젖었다가 말라붙어 주름이 생긴 걸 보니 오늘 밖에 나가서 움직인 모양이구먼. 그러니 통증이 오는 거야 당연한 일이지. 아직 하루나 이틀 정도는 가만 누워 휴식을 취해야 하오." 이는 캐드펠의 내부에 살고 있는 의사의 음성이었다. 현실적이고, 자신감이 충만하며, 신중한 그 목소리에 환자는 가만히 귀를 기울였다. 캐드펠은 상처에 감긴 붕대를 풀기 시작했다. 심장 위쪽에서부터 팔 아랫부분까지 이어진 긴 상처에서 흐른 피로 붕대 끝자락이 더럽혀져 있었다. 핏자국은 바깥쪽으로 퍼져나가며 차츰 희미한 형상을 띠었다. 캐드펠은 조심스럽게 손을 움직여 상처에 들러붙은 붕대를 가만가만 떼어냈다. 마침내 붕대가 완전히 풀렸다.

길게 베인 상처는 목숨을 위협할 정도로 심장과 가까웠지만, 다행히 바깥으로 빗나가 팔 쪽으로 길게 이어져 있었다. 칼자국도 그리 깊지 않았다. 그러나 지혈을 하기까지 상당히 많은 양의 피를 흘렸을 터였다. 더구나 환자는 그날 밤 오랫동안 말을 달리지 않았던가. 양끝은 이제 회복되어가는 듯했지만 불결한 물질이 들어가 감염된 것인지, 아니면 상처가 도진 것인지 고약하게 곪았던 흔적이 남아 있었고, 상처 중앙 부위의 살도 여전히 붉은색을 띤 채 악화될 조짐을 보이고 있었다. 캐드펠은 붕대 조각으로 상처를 깨끗이 닦아낸 뒤 고약을 새로 발랐다. 그동안 젊은이는 눈 한 번 깜빡 않고 입만 꾹 다문 채 얼굴로 캐드펠을 바라보고 있었다.

"다른 부상은 없소?" 캐드펠이 상처에 새 붕대를 감으며 물었다. "하루나 이틀쯤은 이대로 푹 쉬어요. 불안하더라도 최대한 평온한 마음을 유지하고. 한낮에 해가 들면 바깥 공기를 마셔도 좋지만 추위는 피해야 하오. 몸에도 휴식할 틈을 줘야지. 자, 여기 소매에 팔을…… 그래, 그렇게…… 장화는 벗는 게 좋겠군. 이제 편한 가운을 걸치고 쉬도록 하시오."

젊은 지주는 퀭한 눈으로 지시를 받아들였다. 할 말을 잊은 채 찬탄이 담긴 눈길로 캐드펠을 바라보던 그는 일행이 떠날 때가 되어서야 비로소 입을 열어 감사의 인사를 전했다.

"수사님의 손길은 꼭 축복 같군요. 벌써 상처 자리가 한결 편해진 느낌이에요. 하느님께서 여러분과 함께하시기를 빕니다!"

그들은 밖으로 나가 말에 오른 뒤 차츰 희미해지는 빛 속으로 나섰다. 이브는 줄곧 말이 없었다. 적의를 품고 이곳에 왔으나 제 의지에 반해 에브러드에 대한 연민이 솟아난 모양이었다. 소년은 부상이나 고통, 질병에 대해 잘 알지 못했다. 우스터의 충격 이전까지는 온갖 보호 아래 저 하고 싶은 대로 살아온 터였다. 하지만 이 순간 아이는 누이를 생각하며 깊은 절망과 불안에 사로잡혀 있었고, 어느 누구에게서도, 심지어 격려의 말조차 듣고 싶은 기분이 아니었다.

"저 젊은 지주가 거짓말을 하는 것 같지는 않구먼." 산등성이에 올라 삼림을 향해 들어설 즈음 캐드펠이 입을 열었다. "습격 때 입은 부상이 꽤나 심각했을 걸세. 그다음에는 미숙한 치료를 받아 감염이 생겼고. 고열에 시달리고 통풍痛風 때문에 고통을 겪었던 것도 당연한 일이지. 내 듣기에, 저 사람의 말은 모두 사실이야."

"하지만 그 소녀를 찾아내는 일에는 전혀 진전이 없었죠." 휴가 말했다.

어스름과 함께 구름이 몰려왔다. 머리 위 하늘이 꾸물거리는가 싶더니 불길한 바람이 불어오기 시작했다. 그들은 길을 서둘렀다. 눈이 쏟아지기 전에 브롬필드에 도착해야 했다.

7

　그날 밤 저녁기도가 끝날 무렵부터 바람이 더욱 거칠게 휘몰아
치기 시작했다. 허공에서 사방팔방으로 어지럽게 흩날리던 눈송
이가 가느다란 채찍처럼 날카롭게 변해 벽에 부딪치고 지나는 길
목마다 하얀 층을 새로이 쌓았다. 저녁 식사를 마친 뒤, 캐드펠은
환자를 보기 위해 정원을 가로질러 진료소로 갔다. 암흑 속에서
눈보라는 시간이 갈수록 더욱 거세지고 있었다. 폭설이 될 것 같
았다. 이런 밤이라면 그 늑대 무리가 다시금 출몰할지도 몰랐다.
누구나 겁낼 만한 날씨라 해도 이곳 지리를 제 손바닥처럼 아는
그들에게는 전혀 두려움의 대상이 되지 않을 터였다.
　엘리어스 수사는 처음으로 침대에서 나와도 좋다는 허락을 받
고 베개에 기대어 앉아 있었다. 뼈만 앙상한 몸에 헐렁한 수도복

을 걸친 모습이 너무도 초라해 보였다. 머리의 부상은 완치되었고 몸 역시 기력을 회복하는 중이었지만, 그의 정신은 여전히 온전치 못한 상태였다. 침묵이 흐르는 가운데 그는 고분고분 몸을 맡겼고, 종종 입을 열어 작고 초조한 음성으로 모든 이들에게 감사하다는 말을 거듭했다. 자신에게서 박탈되어 결코 되돌아오지 않는 기억을 멀리서 지켜보는 듯, 혹은 상상하는 듯, 이따금 이마를 잔뜩 찌푸린 채 움푹 패어 퀭한 눈으로 병실 벽 너머를 멍하니 바라보기도 했다. 그러다 잠이 들면, 특히 잠에 빠져드는 순간이나 깨어나기 직전에는 격렬한 흥분으로 몸을 부들부들 떨며 알아들을 수 없는 소리를 늘어놓았다. 죽음과 유사한 수면의 상태와 깨어 있는 삶이 엇갈리는 지극히 짧은 순간마다 그의 기억을 차단하고 있는 장막이 얇아지는 것 같았다. 하지만 그 장막은 얇아지기만 할 뿐 결코 완전히 걷히지 않았다.

이브는 초조하고 불안한 마음으로 캐드펠을 뒤따라 정원을 가로질러 갔다. 캐드펠이 밖으로 나와보니 아이는 문 앞에서 안절부절 서성거리고 있었다.

"지금 자야 할 시간이 아니냐, 이브? 게다가 오늘은 무척이나 길고 힘든 날이었는데!"

"잠이 안 와요. 피곤하지도 않고요." 소년은 애처롭게 말을 이었다. "마지막 기도가 끝날 때까지만 수사님 대신 제가 엘리어스 수사님 곁에 머물게 해주세요. 뭔가 할 일이 있는 편이 제게도 좋을 것 같아요." 아닌 게 아니라, 다른 사람을 위해 무언가를 하는 것이 아이에겐 도움이 될 터였다. 엘리어스 수사를 돌보고 그에게 약을 떠먹이면서 자신의 절망감을 조금이나마 가라앉힐 수 있으리라. "뭔가 새로운 얘기는 없었나요? 엘리어스 수사님은 아직 우리를 기억해내지 못하세요?"

"아직은 그렇단다. 잠들어 있는 동안 누군가의 이름을 부르기는 하는데, 우리가 아는 이름이 아니야." 엘리어스는 크나큰 상실감 속에서 그 이름을 불렀고, 그때마다 결코 돌이킬 수 없는 슬픔에 빠져드는 것 같았다. 아마 그 이름을 가진 이는 이제 어떤 고통이나 위험도 미치지 못하는 곳에 존재하는 듯싶었다. "히니드라는 이름이야. 형제는 아주 깊은 잠에 빠질 때면 히니드라는 이름을 부르지."

"특이한 이름이네요." 이브는 의아한 표정으로 말했다. "남자일까요, 여자일까요?"

"여자 이름이란다. 웨일스식 이름이지. 잘 모르기는 해도 아마 엘리어스 형제의 아내였던 사람이 아닐까 싶구나. 조용히 그녀를 떠나보내기에는 형제가 아내를 너무나도 사랑했던 모양이야. 짐작건대 세상을 떠난 지 얼마 되지 않은 것 같다. 레너드 원장님 말씀으로는 엘리어스 형제가 최근에야 수도원에 들어왔다니까. 혼자서는 감당하기 힘든 짐을 내려놓고자 수사가 되었을 텐데…… 하지만 아무리 많은 동료들에게 둘러싸여 있어도 그런 일을 이겨내기란 결코 쉽지 않다는 걸 깨달았겠지."

이브는 어른 못지않게 강하고 진지한 눈으로 그를 쳐다보았다.

여전히 슬픔에 사로잡혀 있었으나 캐드펠의 말을 온전히 이해하는 눈치였다. 캐드펠은 다정하게 아이의 어깨를 다독거렸다. "그래, 원한다면 환자를 지켜봐도 좋아. 마지막 기도가 끝나면 다른 사람을 보내 교대해주마. 혹시 무슨 일이 생기면 날 찾도록 해라. 멀리 있지 않을 테니까."

엘리어스는 잠에 빠졌다가 눈을 떴다가 다시 잠에 빠지곤 했다. 이브는 침대 곁에 꼼짝 않고 앉아 수척하지만 강인하며 고요한 그의 얼굴에 나타나는 지극히 작은 변화까지 낱낱이 지켜보았고, 환자가 물을 청하거나 부축해달라고 하거나 편안히 눕혀주기를 원할 때마다 기꺼이 도움을 베풀었다. 그러다 엘리어스가 정신을 차리면, 자신에게만큼은 아직 완전히 닫히지 않은 듯한 환자의 마음 깊은 곳에 접근하기 위해 조심스럽게 말을 걸곤 했다. 겨울 날씨라든가, 수도원 담장 안에서 이루어지는 일상에 대한 얘기였다. 환자는 퀭한 눈으로 머나먼 물체를 바라보듯, 그러나 주의 깊게 소년을 지켜보았다.

"참 이상하구나." 엘리어스 수사가 갑자기 입을 열었다. 무척이나 낮고 탁한 음성이었다. "넌 꼭 내가 아는 사람 같아. 이 수도원의 수사는 아닌 듯한데."

"수사님은 절 아세요." 이브는 희망에 차 열심히 말했다. "잠깐 동안이긴 했지만 우리는 여행길에서 동행이었어요. 기억 안 나세요? 클레오버리에서 함께 왔잖아요. 폭스우드까지요. 제 이름은 이브 위고냉이에요."

그 이름은 엘리어스 수사에게 아무 의미도 없었다. 그러나 소년의 얼굴, 그것이 차단된 기억의 뒤엉킨 갈래 하나를 자극하는 것 같았다. "눈이 엄청나게 내렸어. 나는 여기에 전달할 물건을 가지고 있었지. 이곳 형제들이 그러는데, 내가 그 물건을 무사히 전달했다더구나. 그래, 내가 아는 거라곤 그 형제들이 들려준 내용뿐이야."

"하지만 곧 전부 기억날 거예요." 이브는 진지하게 말했다. "틀림없이 선명히 기억하게 될 거예요. 그분들이 하시는 말씀을 모두 믿으시죠? 수사님을 속일 사람은 아무도 없으니까요. 저도 몇 가지 더 알려드릴까요? 사실 그대로, 제가 아는 일들을요."

환자는 의구심에 사로잡힌 얼굴로 소년을 바라보았지만 그의 제안을 거부하지 않았다. 이브는 가까이 다가앉아 심각하고 진지하게 지난 일들을 설명하기 시작했다.

"수사님은 퍼쇼어에서 오셨어요. 하지만 우스터를 피해 우회로로 오셨죠. 우리는 우스터에서 탈출해 슈루즈베리로 갈 예정이었고요. 클레오버리에서 수사님과 우리는 하룻밤을 같이 지냈어요. 수사님은 우리더러 브롬필드로 가자고 권하셨어요. 그곳이 근처에서 가장 안전한 곳이라면서요. 전 수사님과 같이 가고 싶었는데, 우리 누나가 반대했어요. 산을 넘어가야 한다고 우겼죠. 그렇게 우리는 폭스우드에서 헤어졌어요."

베개에 얹힌 엘리어스 수사의 얼굴에 이렇다 할 반응은 나타나지 않았지만, 그래도 희미한 희망을 품고 기다리는 기색이었다.

바람이 견고한 덧창을 뒤흔드는가 싶더니, 미세한 눈발이 방 안으로 스며들었다가 이내 녹아 사라졌다. 촛불이 흔들렸다. 밖에서 돌풍이 몰아치는 소리가 날카롭고 황량하게 울려 퍼졌다.

"하지만 지금 넌 슈루즈베리에서 멀리 떨어진 이곳에 와 있구나." 엘라이스가 말했다. "게다가 혼자서! 어쩌다 그렇게 되었니? 왜 혼자 떨어졌지?"

"우리는 헤어지고 말았어요." 이브는 마음이 편치 않았다. 그러나 환자가 질문을 한다는 건 아마 사라진 기억의 씨줄을 찾아내기 시작했다는 의미일 터이고, 이로써 곧 모든 기억을 되살려 낼 수 있을지도 모를 일이었다. 좋은 일과 나쁜 일 모두를 알리는 편이 나았다. 엘리어스가 죄의식을 느낄 필요는 없었다. 그 역시 비난받을 일 없는 피해자니까. 어쨌든 있는 그대로의 사실을 알리는 것이 기억의 회복에 도움을 줄 것이었다. "어떤 시골 사람들이 우리에게 피난처를 제공해주었죠. 하지만 누나는…… 우린 지금 누나를 찾는 중이에요. 누나가 제멋대로 우리 곁을 떠났거든요!" 소리를 치지 않고는 도무지 견딜 수가 없었다. 그러나 이브는 더 이상 누이를 비난하지 않기로 마음먹고 얼른 침착함을 되찾아 말을 맺었다. "난 우리가 누나를 무사히 찾아내리라 믿어요."

그 순간 엘리어스 수사가, 마치 자기 마음속 깊은 곳을 들여다보는 듯 혼잣말처럼 조용히 중얼거렸다. "하지만 세 사람이었는데…… 수녀가 하나 있었고……." 그는 이제 커다랗게 뜬 눈으로 천장을 올려다보며 입술을 움직이고 있었다.

"그분은 힐라리아 수녀님이에요." 이브의 목소리가 떨려 나왔다.

"우리 교단의 수녀였지……." 엘리어스는 두 손을 내밀어 침대 모서리를 붙잡고 일어나 앉았다. 망령에 사로잡힌 듯한 그의 눈 깊은 곳에서 무엇인가가 번쩍거렸다. 촛불에 반사된 것이라 하기엔 너무도 생생한 노란 빛줄기였다. "힐라리아 자매……." 엘리어스는 마침내 그 이름을, 그것이 자신에게 의미하는 끔찍한 무언가를 깨달은 참이었다. 이브가 두 손을 뻗어 그의 어깨를 붙잡고 다시 자리에 눕혔다.

"마음을 편히 가지세요. 실은 수녀님도 여기 계세요. 가장 경건한 보살핌을 받으며 관에 안치되셨죠. 그분이 돌아오기를 바라는 건 불경한 일이에요. 이제 하느님과 함께니까요." 분명 엘리어스도 이미 힐라리아 수녀의 소식을 들었을 터였다. 다만 지금까지는 그게 누구인지 이해하지 못했을 뿐. 그녀의 죽음을 감출 수는 없는 노릇이었다. 물론 그는 슬퍼하겠지만, 캐드펠이 말하지 않았던가. 힐라리아는 하느님 곁으로 갔으니 원통해할 필요 없다고.

순간 엘리어스 수사가 끔찍하고 무시무시한 소리를 내질렀다. 그러나 그 소리는 여전히 작아 덧창을 뒤흔드는 바람 소리에 이내 묻혀버렸다. 그는 뼈만 남은 두 손을 움켜쥐더니 주먹으로 자신의 가슴을 내리쳤다.

"죽었다고? 그분이 죽었다고? 그 젊은 나이에, 그렇게 아름다운 사람이…… 나를 믿었는데! 죽었다니! 아아, 이 집의 돌이여, 내 위로 무너져 나를 덮어다오! 이럴 수는 없어! 사람들이 나를 보지 못하도록 제발 나를 묻어다오!"

반도 채 알아들을 수 없을 만큼 엘리어스의 말은 마구 뒤엉킨 채 격렬히 쏟아져 나왔다. 이브는 깜짝 놀라 잠시 어찌 할 바를 모르고 서 있다가, 자기가 악의 없이 불러일으킨 그 격정을 진정시키기 위해 전력을 다하기 시작했다. 아이는 한 팔로 엘리어스의 가슴을 안고 미친 듯한 격정으로 몸부림치는 이 젊은 수사를 다시 베개에 눕히려 애썼다.

"자, 자, 진정하세요. 수사님 잘못이 아네요. 어서 누우세요. 수사님은 아직 너무나 약한 상태예요…… 아아, 제발요. 수사님이 그러시니까 겁이 나잖아요! 어서 누우세요!"

그러나 엘리어스 수사는 꼿꼿이 앉은 채 불끈 쥔 두 주먹으로 가슴을 두드리고 벽 너머를 바라보며 기도인지, 책망인지, 되살아난 기억에 대한 소리인지 알 수 없는 말을 중얼거릴 뿐이었다. 이브가 아무리 애를 써도 효과가 없었다. 엘리어스는 이제는 이브를 의식하지도 못했다. 그의 입에서 나오는 말은 천상의 존재, 보이지 않는 무언가를 향한 것이었다.

결국 이브는 도움을 청하기 위해 밖으로 나섰다. 병실을 나와 문을 꼭 닫고 눈보라와 바람이 휘날리는 정원과 회랑을 지나 교회로 달렸다. 이 시간이면 분명 사람들이 있을 것이었다. 있는 힘

을 다해 내달리던 아이는 그만 바닥에 넘어지고 말았다. 그는 부
르르 떨면서 일어나 두 눈을 비볐다. 하늘 가득 눈보라가 휘날리
고 있었다. 추위와 바람이 날카로운 칼날처럼 얼굴로 덤벼들었
다. 아이는 교회 문 앞에 멈추어 안에서 들려오는 찬미가에 귀를
기울였다. 생각보다 훨씬 늦은 시각이었다. 이미 마지막 기도가
시작된 참이었다.

아이는 수도원에서 엄격한 예절 교육을 받은 터였다. 어떤 이
유에서든 미사 도중에 대뜸 안으로 들어가 고함을 질러 도움을
청할 수는 없었다. 이브는 그곳에 선 채 잠시 가쁜 숨을 몰아쉬며
머리칼과 옷에 묻은 눈을 털어냈다. 마지막 기도는 그리 길지 않
으니, 다시 돌아가 저 넋 없는 환자를 돌보며 기다리는 편이 나을
지도 몰랐다. 도와줄 사람은 수도 없이 많았다. 그저 15분 정도
조용히 지키기만 하면 될 일이었다.

마침내 이브는 돌아섰다. 정원으로 나서자 아무것도 보이지 않
았다. 아이는 투우처럼 고개를 숙인 채로 밀어닥치는 바람에 맞
서 짧고 탄탄한 다리를 재게 놀렸다.

진료소의 현관문은 활짝 열려 있었다. 이브는 아까 서두르느라
문을 열어놓은 채 나왔나 보다 생각하면서 얼굴에 들러붙은 눈발
을 털어내곤 휘청휘청 통로를 따라 걸어갔다. 그러나 방문 역시
활짝 열려 있었다. 그는 기겁해서 재빨리 안으로 들어갔다.

병실은 텅 비어 있었다. 침대 시트는 바닥에 늘어져 있고, 머리
맡에 가지런히 놓여 있던 샌들은 온데간데없었다. 엘리어스 수사

의 모습도 보이지 않았다. 침대에서 일어난 그대로, 망토나 외투도 없이 속옷과 수도복만 걸친 채, 자신이 부상을 입고 죽음에 이르기 직전 이곳으로 실려 왔던 그날 밤, 그의 은밀한 기억을 환기하는 유일한 사람인 힐라리아 수녀가 죽음으로 휩쓸려 간 그 밤처럼 돌풍과 눈보라가 휘몰아치는 12월 9일의 밤 속으로 사라지고 말았다.

이브는 다시 문을 향해 달려가 돌풍 속으로 들어섰다. 조금 전 아무것도 모른 채 들어올 땐 미처 보이지 않았으나 사람이 걸어간 자취가 남아 있었다. 곧 바람과 눈에 묻힐 테지만 어쨌든 아직은 그 흔적이 보였다. 커다란 발자국은 교회 쪽이 아니라 수도원 입구를 향해 정원을 가로질러 나 있었다. 문지기 수사 역시 마지막 기도에 참석하느라 자리를 비웠을 터였다.

교회에서는 여전히 찬미가가 울려 퍼지고 있었다. 엘리어스는 아직 멀리 가지 못했을 것이다. 이브는 접객소로 달려가 제 망토를 찾아 들고는 겁먹은 산토끼처럼 본능적으로 수도원 입구를 향해 내달리기 시작했다. 발자국은 벌써 사라져가고 있었다. 몇 개의 횃불 빛으로 흰 눈벌판 위의 어렴풋한 흔적을 간신히 분간할 수 있을 정도였다. 그러나 발자국이 입구로 이어져 있다는 것은 분명했다. 흰 눈이 깊이 쌓여 걸음을 옮기기 힘들 정도였다. 그러나 아이는 끈질기게 발길을 재촉했다. 발자국도, 이브의 모습도 점점 희미해졌다.

길을 따라 얼마간 더듬더듬 나아가다 보니 이젠 어디가 어딘지

분간할 수도 없게 되었다. 어느 쪽으로 고개를 돌리건 똑같이 눈보라가 몰아치고 있었다. 그러나 발밑에는 아직 희미하게나마 발자국이 남아 있었다. 변덕스러운 눈발이 숨을 돌리는 잠깐의 순간, 저 앞에서 실룩이는 검은 그림자가 눈에 들어왔다. 아이는 그 그림자에 시선을 고정한 채 있는 힘을 다해 그 뒤를 쫓았다.

그를 따라잡기까지 꽤 오랜 시간이 걸렸다. 엘리어스의 걸음은 놀랄 만큼 빨랐다. 그는 긴 다리를 거침없이 떼어놓으며 앞으로 나아가고 있었다. 이젠 눈벌판 위에 남겨진 고랑 같은 자취가 소년을 이끌어주었다. 샌들을 신고 머리에는 아무것도 쓰지 않은 병든 사람이 오직 알 수 없는 열정과 절망감만으로 저렇게 엄청난 힘을 발휘할 수 있다니. 무엇보다 이브를 두렵게 한 것은, 엘리어스가 자신이 어디로 가야 하는지 알고 있는 것 같다는, 아니 정확히는 자기 생각이나 의지와 전혀 상관없이 절박하게 어떤 장소로 이끌리고 있는 것 같다는 점이었다. 그가 눈벌판 위에 남긴 자취는 화살처럼 똑바로 이어져 있었다.

이브는 발버둥 치다시피 한 걸음 한 걸음 나아가 마침내 엘리어스를 따라잡았다. 아이는 두 손을 뻗어 검은 수도복의 커다란 소매를 움켜쥐었다. 엘리어스는 자기 소매에 매달린 이브를 전혀 의식하지 못한 듯 열심히 두 팔을 휘두르며 앞으로 나아갈 뿐이었다. 이브는 소매를 놓지 않은 채 수사 앞으로 돌아가 힘을 다해 앞을 막아선 뒤 두 팔로 그의 허리를 꽉 붙들었다. 얼굴로 덤벼드는 눈보라 때문에 그의 얼굴은 데스마스크처럼 차갑게 굳어 있었다.

"엘리어스 수사님, 저랑 같이 돌아가요! 돌아가야 해요! 이러다가는 여기서 죽어요!"

엘리어스 수사는 전혀 동요하지 않고 자신의 앞길을 방해하는 아이를 밀치며 똑바로 나아갔다. 이브는 그에게 매달리다시피 한 채 계속해서 애걸했다. "수사님은 환자예요! 침대로 돌아가야 해요. 저랑 같이 돌아가요! 도대체 어디로 가시려는 거예요? 제발요, 수사님, 제가 모셔다 드릴게요……."

아니, 그는 어디론가 가려는 것이 아니었다. 그보다는 어딘가로부터, 누군가로부터, 혹은 그 자신으로부터 벗어나려 안간힘을 쓰는 것 같았다. 번개처럼 돌연 그에게 나타난 것으로부터 벗어나기 위해, 그를 미치게 만드는 무언가로부터 벗어나기 위해 발버둥 치고 있는 것이었다. 이브가 숨 가쁘게 애원하며 돌아가자는 말을 반복했으나 아무 소용 없었다. 엘리어스를 돌려세우는 것도, 그를 설득하는 것도 불가능했다. 이제 그를 따라가는 수밖에 다른 도리가 없었다. 아이는 검은 수도복 소매를 꽉 움켜쥐고 엘리어스의 빠른 보폭을 따라가려 애썼다. 혹시 운이 좋아 오두막이라도 나타나거나 이런 날 여행을 하는 사람이라도 만나면 도움을 구할 수 있으리라. 엘리어스 수사도 결국은 기운이 다하여 도움을 받아들이는 수밖에 없을 것이다. 하지만…… 미쳐버린 사람과 그를 지켜야 하는 불쌍한 소년이 아니면 누가 이런 밤에 밖을 나돌아 다니겠는가? 그래도 소년은 포기할 수 없었다. 엘리어스 수사를 돌보겠다고 자청한 사람은 바로 그 자신이었다. 만일 그를 보호하지 못한다면, 적어도 그가 받을 형벌을 나누어 받을 수는 있을 것이다. 한동안 그들은 한 몸이 된 듯 나란히 나아갔다. 엘리어스 수사의 얼굴은 여전히 무언가에 사로잡힌 듯 뻣뻣이 굳은 채 수수께끼 같은 표정을 띠었으나, 그의 한 팔은 이브의 어깨를 감싸 바싹 끌어안고 있었다. 두 사람 사이에 자리 잡은 작지만 따뜻한 친밀감이 서로의 추위와 고통과 고독을 위무했다.

더 이상 어디로 가고 있는지 짐작조차 할 수 없었다. 아이가 아는 거라곤 이미 한참 전에 그들이 큰길을 벗어났다는 사실뿐이었다. 다리를 건넌 것 같기도 했다. 아마도 그 아래로는 코브강이 흐르고 있었을 테고, 그렇다면 그들은 지금 고원의 비탈 어딘가에 와 있는 게 분명했다. 이런 곳에서 오두막을 찾는다는 건, 설사 눈이 그쳐 길을 분간할 수 있게 된다 하더라도 거의 기대할 수 없는 일이었다.

그러나 엘리어스 수사는 길을 아는 모양이었다. 아니면 엘리어스 자신만이 느낄 수 있는 끔찍한 무언가가 그를 이끌고 있는 게 틀림없었다. 눈으로 뒤덮인 가시덤불이 그들의 옷자락을 잡아끌었다. 이브는 딱딱하고 검은 물체에 부딪쳐 쓰러지면서 거친 나무 표면에 손을 긁혔다. 고개를 드니 야트막하고 견고한 움막이 눈앞에 서 있었다. 양을 돌보는 일꾼이 머물거나 사료 따위를 저장해두는 곳이었다. 문은 커다란 통나무로 막혀 있었지만 엘리어스 수사가 손쉽게 나무를 치워버리고 문을 열었다. 그들은 축복

같은 집 안의 어둠 속으로 뛰어들었다. 엘리어스는 들보에 닿지 않도록 고개를 숙여야 했다. 문이 바람에 떠밀려 요란한 소리와 함께 닫혀버리자, 그들은 돌연 캄캄한 어둠과 추위와 정적 속에 갇혔다. 눈보라가 없는 곳에 들어선 것만으로도 몸이 따뜻해지는 느낌이었다. 발밑에서 오래된 건초 냄새가 피어올랐다. 두 사람이 깔고 덮기에 충분한 양이었다. 이곳에서라면 엘리어스 수사님도 죽지 않고 살 수 있어, 이브는 눈을 털어내며 희망적인 마음으로 생각했다. 수사님이 잠들면 몰래 빠져나가 문을 다시 통나무로 막은 다음 도와줄 사람을 찾아야지. 적어도 나 대신 소식을 전해줄 사람을 만날 수 있을 거야. 이렇게 멀리까지 쫓아온 이상 절대로 수사님을 놓치지 않겠어.

엘리어스 수사의 몸이 아이에게서 떨어지는가 싶더니, 곧 묵직한 무언가가 건초 위로 쓰러지는 소리가 들렸다. 바깥에서는 바람이 황량한 신음을 내고 있었다. 이브는 두 손을 내민 채 조심조심 한두 걸음 나아갔다. 눈으로 뒤덮인 웅크린 어깨가 만져졌다. 순례자는 이 기이한 사원에 도착해 이제 무릎을 꿇고 앉아 있었다. 이브는 검은 수도복 위에 두텁게 쌓인 눈을 털어주고 엘리어스의 떨리는 몸을 어루만졌다. 깊고 쓰라린 흐느낌을 억누르는 듯 엘리어스의 온몸이 부들부들 떨렸다. 이 완전한 어둠이 그들 사이에 묶인 보이지 않는 끈을 더욱 단단하게 만드는 것 같았다. 무릎을 꿇고 앉은 이는 거의 들리지 않는 소리로 무언가 중얼거리기 시작했다. 아이는 한 마디도 알아듣지 못했으나, 그 절박함

만은 분명히 느낄 수 있었다.

앞쪽에 커다란 건초 더미가 있었다. 아이는 팔에 힘을 주어 엘리어스를 그 위에 눕히려 했지만 그가 도무지 뜻대로 움직여주지 않았다. 한참 시간이 지난 뒤에야 삐쩍 마른 몸뚱이에서 힘이 빠져나가며 마침내 희미한 신음과 함께 그가 앞으로 쓰러졌다. 아이의 뜻을 받아들인 걸까? 아니면 기운이 다한 걸까? 어쨌든 엘리어스는 이제 두 팔에 얼굴을 묻은 채 엎드려 있었다. 이브는 체온을 잃지 않도록 양쪽에 건초를 쌓아 올린 뒤 그의 옆에 누웠다.

곧 깊고 규칙적인 숨소리가 들려왔다. 마침내 그가 잠든 모양이었다.

이브는 엘리어스 수사 곁에 바싹 붙어 그를 껴안고 있었다. 절대로 잠들지 않을 작정이었다. 그러나 날이 너무 춥고 몸은 지칠 대로 지친 상태였다. 이제 어떻게 해야 할까? 정신이 마비되고 의지도 점점 사라져가는 듯했다. 소년은 엘리어스 수사가 한 말을 기억하고 싶지 않았다. 그 의미를 캐내는 것은 더욱더 싫었다. 무슨 의미든 간에 끔찍한 말들이었다. 심신이 산산조각 나버린 남자, 책임감만이 아니라 이젠 묘한 애정마저 느껴지는 이 남자를 위해 아이가 할 수 있는 일이라곤, 그가 또다시 밖으로 나가 떠돌다가 길을 잃는 일이 없도록 잘 지키고 있다가 날이 밝은 뒤 도와줄 사람을 찾는 것뿐이었다. 그래, 어떻게든 그때까지는 깨어 있어야 했다.

그러나 저도 모르게 스르르 잠에 빠져든 모양이었다. 아이는 곁에 누운 남자의 목소리를 듣고 화들짝 놀라 깨어났다. 엘리어스의 목소리는 더 이상 미약한 속삭임이 아니었다. 그는 두 팔에 얼굴을 묻은 채 중얼거리고 있었다.

"수녀님…… 나의 수녀님…… 나의 나약함을 용서해줘요. 나의 대죄를 용서해줘요…… 내가…… 당신의 죽음이었군요!" 그러고는 침묵이 내려앉았다가, 다시 목소리가 이어졌다. "히니드…… 히니드도 그랬어요. 내 팔에 안으면 그토록 따뜻하고 편안했는데…… 그녀가 떠나버린 지 여섯 달이나 되어서…… 갑자기 그런 욕망에 사로잡히는 바람에…… 아, 불타오르는 몸과 영혼을 나로서는 도저히 감당할 수가 없었어요!"

이브는 엘리어스를 꼭 안은 채 꼼짝도 않았다. 움직일 수도, 귀를 막아 그 소리를 듣지 않을 수도 없었다.

"아뇨, 날 용서하지 마세요! 어떻게 내가 감히 용서를 빌겠습니까? 흙이 내 몸을 덮어버리도록, 내가 정신을 잃을 수 있도록 제발 놔두세요…… 이 비겁하고 신의 없고 무가치한 자를……."

이번에는 훨씬 긴 침묵이 이어졌다. 엘리어스 수사는 여전히 잠에 빠진 채였다. 육신이 잠든 사이 그의 번민이 목소리를 얻어 밖으로 비어져 나온 것이었다. 무참하게 되살아난 기억에 그는 잠을 자면서도 몸부림쳤다. 참혹한 연민과 함께 이 남자에 대한 책임감이 이브의 마음을 채웠다. 크나큰 공포가 덮쳐왔지만, 한편으로 그는 자신이 커졌다는 기분을 이토록 느껴본 적이 없었다.

"아, 그렇게 날 의지했는데……." 엘리어스가 고통스럽게 울부짖었다. "내게 아무 두려움도 느끼지 않았는데! 은총의 하느님이시여, 저는 인간입니다. 피로 가득 찬, 남자의 몸과 남자의 욕정을 가진 인간입니다! 그녀는 죽었어요. 날 믿은 그녀는……."

8

마지막 기도를 마친 뒤 캐드펠 수사는 이브와 교대할 젊은 수사 한 사람을 데리고 진료소로 향했다. 진료소 문이 활짝 열려 있었다. 급히 엘리어스의 방으로 들어갔지만 눈에 들어온 것이라곤 텅 빈 방과 엉망이 된 침대뿐이었다.

이보다 최악의 상황이 있을까! 그러나 캐드펠은 곧장 밖으로 나가, 들어올 때 보지 못했던 자취가 남아 있지 않은지 침착하게 확인하기 시작했다. 마지막 기도가 끝난 뒤 정원 여기저기에는 새로운 발자국들이 남겨진 채였고, 그마저 휘몰아치는 눈보라에 신속하게 사라져가는 중이었다. 그러나 곧장 정문으로 걸어간 누군가의 자취를 그는 분명히 구분해낼 수 있었다. 흰 눈벌판 위에 얕게 파인 희미한 흔적에 불과했으나 작은 발자국이 틀림없었다. 소년까지 사라져버린 것이다! 도대체 그 병실에서 무슨 일이 일어난 걸까? 며칠 동안 무엇에도 별다른 반응을 보이지 않고 그저 고분고분하게만 굴던 엘리어스가 이렇게 비이성적이고 위험한 짓을 벌였다니. 그가 온전치 않은 정신으로 무언가를 하겠다고 마음먹고 나섰다면 아직 덜 자란 소년으로서는 어떻게 해도 그를 막을 수 없었을 것이다. 그리고 소년의 자존심으로 보아, 아무리 짧은 동안이라 해도 제게 보호의 임무가 맡겨진 사람에 대한 책임을 저버린다는 것은 있을 수 없는 일이었으리라. 이제 캐드펠은 이브에 대해 꽤 잘 알고 있었다.

"형제는 곧장 접객소로 가게." 캐드펠은 즉시 젊은 수사에게 지시했다. "휴 베링어에게 이들이 사라졌다는 사실을 알려야 해. 혹시 이들이 접객소에 있을지도 모르니 잘 확인해보고. 난 레너드 원장께 가서 다들 함께 찾아보도록 조처하겠네."

레너드 원장은 그 소식을 듣고 무척이나 낙심하고 괴로워하며 모든 수사들에게 경내며 수도원에 딸린 농장의 앞뜰과 헛간까지 샅샅이 살펴보라는 지시를 내렸다. 휴 베링어는 이미 최악의 상황을 예상한 듯 앞길을 막는 사람들에게 큰 소리로 호통을 쳐가며 장화를 신고 망토까지 걸친 차림으로 부랴부랴 나타났다. 행정 당국과 수도원이 함께 나선 덕에 수색은 빠르게 진행되었으나 아무런 소득도 얻을 수 없었다.

"다 내 책임이야." 캐드펠은 쓰디쓰게 자책했다. "제정신이 아닌 환자를 그 어리고 취약한 아이에게 맡겼으니…… 왜 그렇게 지각이 없었을까. 그들 두 사람 사이에 무슨 일이 있었는지 짐작도 못 하겠군. 그들 중 어느 쪽에게든 안전하지 않을 만한 일은 하지 말았어야 했는데. 내 어리석음 때문에 이곳에서 가장 불안정한 두 사람, 잠시도 보호의 눈길을 떼지 말았어야 할 두 사람을 모두 잃은 셈이야."

휴는 당장 부릴 수 있는 병사들을 이곳저곳에 배치하느라 분주했다. "한 사람은 러들로로 가서 성문을 지키게. 만일 그들이 거기 도착하면 안전하게 보호하고. 아, 자네도 같이 성으로 가서 병사 열 명쯤 지원받아 데리고 오게. 디낭도 깨우도록 해. 그 친구도 땀 좀 흘려야지. 그 아이 아버지가 디낭의 지인이기도 하고, 또 나중에 아이의 외삼촌과 모종의 거래를 하게 될지도 모르니까. 날씨가 이러하니 두 사람씩 짝을 지어 수색을 시작하고, 1킬로미터 밖으로는 벗어나지 말도록 하게. 어차피 우리가 찾아야 할 두 실종자도 그리 멀리 가지는 못했을 거야." 이어 휴는 캐드펠을 붙잡아 강한 힘으로 돌려세우더니 그의 어깨를 후려쳤다. "수사님, 내 친구 양반, 오만하고 어리석기 짝이 없는 소리 좀 그만하세요! 그 남자는 내내 고분고분했어요. 아이도 차츰 상황에 적응하는 듯했고요. 그러니 그들을 믿는 건 당연한 일이죠. 수사님도 잘 아시잖습니까! 설사 그들이 잘못을 저질렀다 해도, 그건 수사님 책임이 아닙니다. 비난이나 찬사를 배분하는 건 하느님만이 하실 일이에요. 그분의 역할을 대신하려 하다니, 얼마나 오만한 생각입니까? 자, 이제 우린 저놈의 연옥에서 어떻게 하면 그두 사람을 구출해 데려올 수 있을지나 알아봅시다. 우선 저는 러들로에 있는 동료들에게도 이렇게 일러둘 생각입니다. 외부 수색은 한 시간 이상 이어지지 않도록 할 것. 어떻게든 서로 연락을 취할 것. 각자의 판단에 따라 최대한 빨리 돌아와 교대할 것. 오늘 밤 저 눈보라 속에서 더 이상의 사람을 잃고 싶지는 않습니다. 새벽까지 아무 성과도 없으면, 그때부터 더욱 본격적으로 수색을 벌이도록 하지요."

지시를 받은 병사들은 한 쌍의 실종자를 찾아 눈보라 속으로 나아갔다. 캐드펠은 실종자가 하나가 아닌 둘이라는 점을 상기하며 다소 위안을 얻었다. 혼자라면 쉽사리 포기하고 추위 속에 죽음을 받아들일 가능성이 높겠지만 두 사람이라면 달랐다. 서로 껴안고 격려하며, 설득하고 의지하며, 체온과 의지를 나누며 버틸 수 있을 터였다. 극단의 상황에 처할 땐 혼자가 아니라는 사실이야말로 생존에 가장 큰 힘이 되는 법이다.

캐드펠은 휴의 질책 역시 가슴 깊이 받아들였다. 그 말이 그에게 깨달음을 주었다. 사랑하는 사람에 대한 염려를 보호자로서 자신의 책임과 의무를 드높이는 근거로, 하느님의 지위를 찬탈하는 방식으로 바꾸는 것은 얼마나 쉬운가. 자신이 무오류의 존재가 되지 못했다며 스스로를 책망하는 일은 스스로를 신으로 사칭하는 것과 다를 바 없었다. 캐드펠은 배울 것은 언제라도 기꺼이 받아들일 준비가 되어 있었다. 언젠가는 자신이 누군가에게 그런 충고를 건네야 할 때가 올지도 모르니 잘 기억해두어야겠다고 그는 마음 깊이 다짐했다.

캐드펠은 뚱뚱한 수련 수사와 짝을 이루어 비틀비틀 북쪽으로 걸어가 코브강을 건넜다. 눈앞은 온통 새하얀 눈보라뿐이었다. 캐드펠은 이것이 시간낭비에 불과하다는 것을 알고 있었다. 눈보라 속을 탐색하는 일이야 얼마든지 할 수 있을 테지만, 날씨는 그들을 비웃으며 세상의 모든 사물에 똑같은 옷을 몇 번이고 다시 입힐 터였다.

시간이 흐르자 그들은 이것이 불가능한 임무임을 깨닫고 하나둘씩 다시 브롬필드로 걸음을 돌렸다. 문지기 수사가 피로에 지친 수색자들이 길을 잃지 않게끔 수도원 입구의 아치 통행로에 횃불을 새로 내걸고 틈틈이 종을 울려 수도원의 위치를 알렸다. 다들 눈으로 뒤범벅이 되어 지친 몸으로 돌아왔다. 소득은 없었다. 캐드펠은 새벽기도와 찬양을 마친 뒤에야 비로소 잠자리에 들었다. 무고한 사람들을 살리기 위한 수색이 벌어지는 와중에도 성무일도는 착오 없이 진행되어야 했다. 이제 날이 밝기까지 사람이 할 수 있는 일은 아무것도 없었다. 그러나 신은 실종된 사람들이 어디에 있는지 알고 있을 것이니, 인간의 무력함을 인정하며 기도로 이 모든 염려와 기원을 낱낱이 고하는 것이 해가 될 리 없었다.

*

캐드펠은 아침기도를 알리는 종소리에 잠에서 깨어나 다른 수사들과 함께 한겨울의 어둠이 덮인 차디찬 예배당으로 걸어갔다. 지난 며칠간 그랬듯 눈보라는 새벽 무렵 그쳤고, 이제 땅에 쌓인 눈이 미세한 빛 하나까지 반사하며 순결하고 섬뜩한 광채를 뿜어 내고 있었다. 아침기도가 끝난 뒤 캐드펠은 혼자서 눈을 헤치고 정문 앞으로 나갔다. 드문드문 보이는 벽과 건물의 그림자를 제외하고는 사방 모든 세계가 새하얬다. 문지기 수사가 한 줄기 희망을 품고 걸어둔 횃불만이 돌벽에 붉은 광채를 드리워 그 너머의 풍경을 붉게 물들이고 있을 뿐이었다. 횃불이 꺼지지 않도록 연료를 넣어주려면 정문 한쪽에 달린 협문을 열고 밖으로 걸어가야 했다. 캐드펠이 그곳에 다가갔을 땐 마침 문지기 수사가 다시 협문을 통해 수도원 안으로 들어서려는 참이었다. 수사는 문 앞에 잠시 멈추어 신발에 묻은 눈을 턴 뒤 안으로 들어왔다.

따라서 그 광경을 목격한 사람은 이때 바깥쪽을 바라보고 서 있던 캐드펠뿐이었다. 협문은 말을 타고 지나기 편리하도록 높게 만들어져 있었다. 키가 작고 호리호리한 문지기 수사가 상체를 굽힌 채 옷자락의 눈을 탁탁 털어낼 때, 그 뒤쪽으로 겨우 몇 걸음 떨어진 곳에서 돌연 두 사람의 얼굴이 나타나 횃불 빛이 희미하게 비추고 있는 곳으로 들어섰다. 그 갑작스러움과 그들의 아름다움에 캐드펠은 한순간 숨을 쉴 수 없었다. 마치 기적의 광경을 본 듯했다. 이들이 천국의 사자일 리는 없었다. 두 사람의 모습은 너무도 선명하고 생생했다.

여자의 두건은 벗겨져 목덜미 쪽으로 내려와 있었다. 붉은 광

채가 그녀의 뒤엉킨 머리채와 넓고 맑은 이마, 부드러운 호를 그
리는 오만한 눈썹, 단순히 검다고 하기에는 너무도 크고 또렷한
눈동자를 비추었다. 눈동자는 불빛을 받아 한층 어두운 적갈색의
영상으로 떠올라 있었다. 누더기 같은 옷을 걸쳤음에도 불구하고
꼿꼿이 치켜든 고개나 화살처럼 곧은 시선에서 여왕의 당당함이
풍겼고, 뺨에서 시작되어 단단히 닫힌 풍염한 입술로 흐르다가
단호한 턱으로 이어지는 선은 우아하고 귀족적인 품위로 빛났다.
그 모습이 어찌나 매혹적인지, 캐드펠은 오래전에 잊은 줄만 알
았던 감정으로 몸을 떨며 자신도 모르는 새 상상의 손을 내밀어
그 이마에서 목까지 부드럽게 쓰다듬어 내렸다.

또 하나의 얼굴은 여자의 왼쪽 어깨 너머에서 나타났다. 뺨이
여자의 이마에 닿을 듯 가까운 거리였다. 여자도 키가 컸으나 뒤
에 선 남자는 더욱 컸다. 그는 엄호를 하듯 여자 쪽으로 상체를
기울이고 있었다. 길고 여윈 얼굴, 넓은 이마, 섬세한 콧날, 부드
러운 입술의 선. 두려움을 모르는 황금빛 눈은 마치 매의 것 같았
다. 아무것도 쓰지 않아 그대로 드러난 검푸르고 빽빽한 머리 타
래가 당당한 광대뼈 언저리에 아무렇게나 흩어져 있었다. 그 턱
과 길고 예민한 입술 주위가 짧고 날카로운 턱수염과 콧수염으로
덮여 있는 듯 보였으나 이는 캐드펠의 환상이었다. 그는 저와 같
은 얼굴을 수도 없이 보았다. 공격 준비를 마치고 안티오크 외곽
에 포진한 시리아인들의 자부심에 찬 얼굴. 지금 저 얼굴 역시 그
와 같은 거무스레한 피부와 조각상처럼 선명한 선을 지녔지만 노

르만식으로 깨끗이 면도되어 있었고, 그 풍염한 머리칼은 이 지방 농부들이 입는 거친 암갈색 천으로 묶인 채였다.

그래, 그런 일이 생긴다. 신의 손짓 한 번에 축복과 불운이 갈린다. 자신과 어울리지 않는 곳에 태어난 이들. 인정받지 못한 채 자란 성인과 학자는 결국 너도밤나무 숲속에서 돼지를 치며 살아가야 하는 법이다. 타고난 전사요 왕자의 품격을 지닌 이라 할지라도 농노로 태어나거나 굶주려 사라져가는 부족의 일원으로 태어나면 밭고랑을 뛰어다니고 까마귀를 쫓으며 어린 시절을 보내고, 어리석은 자라 할지라도 왕궁의 요람에서 태어나면 자기보다 수천 갑절 가치 있는 이들을 지배하게 되는 것이다.

그러나 이 남자는 운명을 순순히 받아들일 사람이 아니었다. 저 검은 속눈썹 아래 황금빛으로 번쩍이는 눈만 보아도 알 수 있었다. 그가 가고자 하는 곳이 어디든, 그 두 눈은 앞을 가로막는 모든 것을 불태우며 길을 만들어내고야 말 것이었다.

이 모든 생각이 문지기 수사가 옷자락의 눈을 털어내는 잠깐 사이에 캐드펠의 머릿속을 스쳐 지나갔다. 다음 순간 문지기 수사는 안으로 들어서서 협문을 닫았고, 그리하여 문 앞으로 성큼 나서는 품으로 보아 안으로 들어오려는 것이 분명한 그들 두 젊은이를 시야에서 가려버렸다.

캐드펠은 눈을 감았다가 모종의 기대감에 다시 눈을 떴고, 이내 자신이 보았던 그 눈부신 광경을 떠올리며 다시 감았다. 혹시 환상이었을까? 새벽 어스름 속, 매서운 겨울 날씨에 횃불의 아늑하고 따뜻한 불빛 아래에서라면 어떤 꿈인들 꿀 수 없으랴!

문지기가 앞으로 세 발짝을 내디뎠다. 그가 문지기실 앞에 이르기 직전 정문의 종이 울렸다.

문지기는 놀라 돌아섰다. 높이 걸린 횃불을 손보는 일에 열중하느라 밖에서 다른 무엇도 보지 못한 터였다. 두 사람이―그들이 진정 현실에 살아 있는 이들일까!―빛의 영역에 모습을 드러낸 것은 그가 이미 고개를 돌린 뒤였다. 문지기는 웅크렸던 어깨를 펴고 밖에 누가 서 있는지 확인하기 위해 작은 격자창을 열었다. 밖을 내다본 그는 다시금 화들짝 놀랐지만 이내 커다란 빗장을 풀고 높다란 협문을 활짝 열어젖혔다.

거기에 여자가 서 있었다. 수직으로 만든 낡고 커다란 겉옷을 걸친 장신의 여자가 유순한 눈빛으로 이쪽을 보고 있었다. 거칠고 짧은 망토와 낡아 해진 두건은 뒤쪽으로 늘어져 검은 머리칼이 어깨 위에서 넘실거렸다. 평소였다면 우유처럼 희고 상아처럼 부드러웠을 여자의 뺨은 차디찬 날씨로 붉게 얼어붙어 있었다.

"안으로 들어가 며칠 머무를 수 있을까요?" 부드럽고 겸손한 음성이었으나 절로 우러나는 품위와 자긍심은 감춰지지 않았다. "추위와 재난과 전쟁의 고통 속에 혼자가 되었는데, 마침 수사님들이 저를 찾으신다는 이야기를 들었습니다. 제 이름은 에르미나 위고냉입니다."

흥분한 문지기가 여자를 문지기실로 들이고는 서둘러 달려가 레너드 원장과 휴 베링어에게 이 사실을 알리는 사이, 캐드펠은 재빨리 문 밖으로 나가서는 날카로운 눈길로 주위를 둘러보았다. 탁 트인 들판 여기저기, 젊고 민첩한 젊은이를 감춰주기에 충분한 모퉁이며 잡목숲이며 덤불 따위가 보였다. 그녀와 동행했던 사람은 몸을 숨기로 한 것일까? 아니면 이제 진정 날개를 펴고 날아오르려는 것일까? 눈 위에 남은 자취만으로는 그의 행적을 짐작할 수 없었다. 부지런한 이들이 벌써 양을 몰고 가거나 짐승에게 먹이를 주느라 오간 탓에 문 앞에는 여러 발자국들이 마구 뒤엉켜 있었다. 그중에서 한 남자의 발자국을 무슨 수로 찾아낼 수 있을까? 다소 기만적이라 할 수 있겠지만 어쨌든 에르미나의 말은 사실이었다. 그녀는 혼자 안으로 들어섰으니까. 그러나 종을 울려 안으로 들여보내주기를 청한 이는 하나였을지언정, 문으로 다가섰던 것은 분명 두 사람이었다.

캐드펠은 깊은 생각에 잠겨 문지기실로 들어갔다. 문지기 수사가 황급히 불을 피운 난로 곁에 여자는 조용하고 침착하게 앉아 있었다. 그녀의 젖은 구두와 치마에서 서서히 김이 오르기 시작했다.

"수사님도 이 수도원 소속이신가요?" 그녀가 검은 눈을 들어 캐드펠을 빤히 바라보며 물었다.

"아니, 난 슈루즈베리 소속이오. 이곳에는 앓아누운 형제를 치료하러 왔소." 캐드펠은 엘리어스 수사에게 벌어진 불행한 일에 관해 그녀가 이미 들었을지도 모른다는 생각에 그렇게 대답했다. 그러나 에르미나는 부상당한 수사에 대해 아무것도 모르는 눈치였다. 그는 그 수사가 누구인지 밝히지 않기로 마음먹었다. 그보다는 휴 베링어와 레너드 원장과 함께 그녀의 말을 들어보는 게 먼저였다. 그러면 어떤 입장을 취하는 게 좋을지도 알게 되리라. "당신이 우스터에서 탈출한 이후 사람들이 얼마나 애타게 찾아다녔는지 아시오? 이 지방 행정 장관의 보좌관인 휴 베링어까지 이곳 브롬필드에 와 있소."

"그 얘기는 들었습니다. 제게 거처를 제공해준 사람들이 말해주더군요. 제 남동생도 여기에 와 있었다고요. 전 그 아이를 찾으러 왔어요. 이곳에 거의 다 이르러서야 동생이 다시 실종되었다는 걸 알게 되었죠. 한밤중에 그 아이를 찾아 수색을 벌였다는 소식도 들었고요. 이 근방의 모든 사람들이 그 일을 알고 있더군요." 그녀의 어조가 갑자기 날카롭고 신랄해졌다. "이브를 잃고 저를 찾다니, 정말이지 형편없는 대가네요. 저야말로 모두에게 폐를 끼치고 시간을 낭비하게 만든 장본인인데요."

"당신 남동생은 무사했고 아주 건강했소." 캐드펠은 가만히 말을 이었다. "적어도 지난 밤 마지막으로 보았을 때까지는 그랬지. 그 아이를 찾지 못하리라 생각할 하등의 이유가 없소. 이브는 멀리 가지 못했을 테고, 러들로에 파견된 보좌관의 부하들도 지금쯤은 수색을 시작했을 거요. 휴 베링어 역시 당신이 무사한지 확인하고 들어야 할 얘기를 듣는 즉시 수색에 나설 테고."

그때 휴 베링어가 문가에 나타났다. 이제 에르미나는 접객소로 안내되었다. 그사이 수사들이 정원에 쌓인 눈을 황급히 치워 통로를 만들어둔 터였다. 원장이 친히 그녀를 따뜻한 방으로 안내하여 음식과 난로가의 편안한 자리를 권했다. 그는 손님의 시중을 들어 옷을 갈아입힐 여자가 없다는 점 때문에 난감해하고 있었다.

"그거야 걱정하지 않으셔도 겁니다." 베링어가 짧게 말했다. "조세 드 디닝에게는 하녀가 셀 수도 없이 많으니까요. 그들 중 쓸 만한 사람을 데려오게 하지요. 일단은 저 젖은 치마만 어떻게 좀 해봅시다. 여긴 수도복과 샌들밖에 없을 텐데……." 그는 에르미나에게 물었다. "지금 입은 것 말고 갈아입을 옷은 없소?"

"지금 입고 있는 것을 얻을 때 전부 내주었습니다." 그녀가 담담하게 말을 이었다. "다들 보상을 바라지 않고 저를 도우려 했지만, 저로서도 성의를 표하지 않을 수 없었죠. 그래도 아직 약간의 돈이 남아 있으니, 만일 옷을 내주신다면 돈을 지불하겠습니다."

그들은 그녀에게 수련사의 수도복과 샌들을 내어주고 옷을 갈아입을 수 있도록 자리를 비켜주었다. 이내 문을 열어 그들을 맞아들이는 그녀의 태도는 마치 백작 부인이 손님을 맞아들이는 듯 우아했다. 잘 빗질해 어깨로 늘어뜨린 숱 많은 흑발은 이제 볼 양쪽에 커튼처럼 드리워 아름답게 빛나고 있었다. 검은 수도복 허리에 띠를 두른 채, 그녀는 다시 의자에 앉아 옷자락을 가다듬고는 침착한 얼굴로 그들을 마주 바라보았다. 지금껏 브롬필드에 들어온 수련사 중 가장 아름다운 사람이라 할 만했다. 젖은 옷은 불가의 의자에 걸쳐져 있었다.

"보좌관님, 원장님," 에르미나가 입을 열었다. "간단히 말씀드리겠습니다. 제가 일으킨 문제 때문에 여러분과 다른 많은 분들이 크나큰 수고를 치르셔야 했지요. 일부러 그런 것은 아닙니다만, 결과적으로 일이 그렇게 되고 말았습니다. 전 제가 저지른 문제를 해결하기 위해 여기 왔습니다. 그런데 이곳에서 당연히 만나게 되리라 기대했던 제 남동생이 간밤에 다시 사라져버렸다는 소식을 들었어요. 이 역시 제 잘못일 수밖에 없을 겁니다. 여러분들께는 정말 죄송스럽게 생각하고 있어요. 그 아이를 찾는 일에 조금이나마 도움이 될 수 있다면 저는……."

"당신이 할 수 있는 일은 단 하나뿐이오." 휴가 단호하게 말했다. "적어도 큰 걱정거리 하나를 덜어주는 일이기도 하지. 우리가 아가씨 남동생을 찾아 데려올 때까지 여기서 조용히 기다리는 거요. 이 수도원 담장 바깥으로는 한 걸음도 나가지 마시오. 그래야 우리도 당신의 안위를 걱정하지 않고 마음 놓고 수색에 나설 수 있소."

"저로서는 그 이상을 바라지만, 명령에 따르도록 하지요." 에르미나는 입술을 살짝 내밀며 마지막 말을 덧붙였다. "적어도 당분간은요."

"자, 그렇다면 이제 얘기를 좀 들어야겠소. 당신 일은 이곳에서 처리해야 하는 내 임무 중 일부일 뿐이오. 국왕 폐하의 평화를 지키는 일 역시 내 소관이지. 이 지역이 지금 안전하지 않다는 건 당신도 잘 알고 있을 거요. 이브에게 듣기로, 당신은 클레턴에서 캘롤리스에 있는 에브러드 보터레이에게 연락을 취해 이브와 힐라리아 수녀의 곁을 떠났다지. 그리고 우리는 캘롤리스가 어떤 지경이 되었는지 알고서 당신을 찾기 위해 레드위크에 갔다가, 보터레이로부터 당신이 그곳에 도착하긴 했지만 그 사람이 고열에 시달리는 사이 클레턴에 버려둔 사람들을 찾겠다고 떠났다는 얘기를 들었소. 캘롤리스에서 벌어진 일이 다른 곳에서도 벌어질 수 있으니 당신이 불안과 초조감에 시달렸던 것도 이상한 일이 아니지."

그녀는 아랫입술을 잘근잘근 깨물며 이마를 잔뜩 찌푸린 채 듣고 있다가 입을 열었다. "에브러드가 모두 얘기했으니 전 그 사람 몸이 다 나았는지만 확인하면 되겠군요. 그래요, 이브와 수녀님이 무사한지 궁금하고 불안했어요. 그럴 이유야 충분했죠."

"그곳을 떠난 뒤에는 무슨 일이 있었던 거요? 보터레이는 의식을 찾은 순간부터 줄곧 당신을 찾고 있소. 혼자 그렇게 떠나버리다니, 어리석은 짓이었소."

그녀는 입술을 비틀며 쓰디쓴 미소를 지었다. 이미 자신의 어리석음에 대해 인정하지 않았냐고 항변하는 듯한 태도였다. "그 사람이 저를 찾아 사방을 헤맸으리라는 거 알아요. 이젠 좀 마음

을 놓았으면 좋겠군요. 예, 제 행적을 말씀드리지요. 전 클레턴
에 도착하지 못했어요. 이곳 지리를 잘 모르는 데다 이내 어두워
지고 눈이 쏟아지기 시작해서…… 완전히 길을 잃고 말았죠. 눈
이 엄청나게 퍼부었어요. 말은 놀라 제멋대로 날뛰기 시작했고
요. 다행히 삼림 감독관과 그 사람의 아내가 저를 발견해 자기 집
으로 데려갔어요. 그 은혜는 평생 못 잊을 거예요. 제가 이브 얘
기를 하며 걱정하자 그 사람은 자기가 클레턴으로 사람을 보내
상황을 알아봐주겠다고 했고, 그 약속을 지켰죠. 그렇게 심부름
을 갔던 사람을 통해 알게 되었어요. 캘롤리스에서 그 일이 벌어
진 직후 존 드루얼의 집까지 완전히 파괴되어버린 것, 그리고 그
에 앞서, 그러니까 제가 어리석기 짝이 없는 실수를 저지른 바로
그날 밤 이브가 사라졌다는 것까지 전부요." 자신의 잘못에 대해
이야기하면서도 그녀는 등을 꼿꼿이 세운 채 고개를 당당히 들고
있었다. 그런 시선 앞에서는 누구라도 감히 비난의 말을 덧붙일
수 없으리라. "존 드루얼과 그 가족들이 무사하다는 건 정말 하
느님께 감사드릴 일이에요. 그분들이 입은 피해에 대해서는 제가
개인적으로 감당할 부채로 생각하고 있고, 머지않아 보상할 생각
입니다. 그리고 한 가지, 클레턴에서 온 소식 가운데 저를 안심시
킨 게 있었죠." 문득 그녀는 부드럽고 애정 어린 말투로 이야기
를 이어갔다. "침입자들이 오기 한참 전에 힐라리아 수녀님이 그
곳을 떠났다고 하더군요. 퍼쇼어에서 오신 선한 수사 한 분이 안
전한 곳으로 데리고 떠났다고요."

순간 실내에는 죽음과도 같은 침묵이 흘렀으나, 에르미나는 자신의 경솔함으로 촉발된 그 저주스러운 상황 속에서도 무고한 한 사람이나마 무사히 탈출할 수 있었다는 사실에 기뻐할 뿐 분위기가 일변한 것을 조금도 눈치채지 못했다.

"그 집에 머무는 내내 저는 이브의 소식을 알아보기 위해 갖은 노력을 다했어요. 동생이 어떻게 되었는지도 모르는 상태에서 제가 뭘 할 수 있었겠어요? 그러다 마침내 어제 아침에 그 아이가 이곳에 와 있다는 소식을 들었죠. 그래서 저도 곧장 여기로 왔고요."

"하지만 결국 동생이 다시 사라졌다는 걸 알게 되었군." 휴가 말했다. "자, 아이는 금방 찾을 수 있을 거요. 내가 충분히 예의를 갖추지 못한 채 이 자리를 뜬다 해도 당신은 이해하리라 믿소. 다 이브를 찾기 위해서니까."

"이곳에 오는 길은 혼자서 찾았소?" 캐드펠은 부드럽게 물었다. "당신 혼자 온 거요?"

그녀는 고개를 휙 돌리더니 까만 눈을 들어 도전적인 눈빛으로 캐드펠을 바라보았다. 그러나 그 얼굴은 여전히 고요할 따름이었다.

"로버트가 길을 안내해줬어요. 그 삼림 감독관의 아들이죠."

"캘롤리스와 드루얼의 집을 약탈한 범법자들을 찾아내는 일 역시 내 임무 중 하나요." 휴가 화제를 바꾸었다. "그자들은 고원지대 어딘가에 근거지를 마련해두었을 거요. 그 근방 여러 곳에 부하들을 배치해 수색을 계속할 작정이오. 하지만 그에 앞서 우리가 잃어버린 두 사람을 먼저 찾아야겠지." 그는 벌떡 일어서더니 캐드펠을 향해 눈썹을 올려 보였다. 잠시 따라 나오라는 뜻이었다.

"저 아가씨는 힐라리아 수녀와 엘리어스 수사에게 벌어진 일에 대해 전혀 모르는 것 같군요. 전 휘하의 병사들은 물론이고 디낭에게서도 최대한 많은 병사들을 차출해 수색에 나설 생각입니다. 수사님은 이곳에 남아, 에르미나가 다시 어디론가 가지 못하게 잘 살펴봐주시고…… 그 소식도 전해주시지요. 저 아가씨도 알아야죠. 우리가 더 많은 진실을 알고 공유할수록 그 악마들의 소탕에 한 발이라도 더 가까이 다가갈 수 있을 겁니다. 부탁드려요, 수사님. 크리스마스 땐 집으로 돌아가 갓 태어난 내 아들과 시간을 보내야 하지 않겠습니까!"

*

캐드펠은 에르미나가 원래 왕성한 식욕을 지녔으며, 지금 몹시 허기져 있을 것이라고 판단했다. 그녀가 어린 암사슴처럼 늘씬한 몸매를 유지할 수 있었던 것은 늘 몸을 부지런히 움직인 덕분일 터였다. 에르미나는 맛있게 음식을 먹었지만, 그러면서도 내내 어딘가 다른 곳에 정신을 둔 양 조심스러운 얼굴로 생각에 잠겨 있었다. 캐드펠은 그녀가 포만감의 한숨을 내쉬며 음식에서 물러

앉을 때까지 가만히 내버려두었다. 그녀의 이마는 여전히 찌푸려진 채였고, 시선 또한 바깥 세계보다는 내면을 향하고 있는 듯 보였다. 그러다 어느 순간 갑자기 그녀가 날카로운 눈으로 캐드펠을 바라보았다.

"이브를 찾아 이곳으로 데려온 분이 수사님이시라고요. 원장님께서 말씀해주셨어요."

"우연히 그렇게 되었소."

"우연만은 아니죠. 수사님은 그 아이를 찾으러 오셨으니까요." 캐드펠에 대한 제 나름의 평가를 마쳤는지 이제 그녀의 얼굴엔 온기가 어려 있었다. "어디서 찾으셨어요? 비참한 꼴로 추위에 떨고 있던가요?"

"어린 신사답게 전혀 흠잡을 데 없는 태도로 스스로를 잘 통제하고 있었소. 당신과 마찬가지로 그 아이도 평범한 시골 사람의 눈에 띄었지. 그들 역시 아무 대가도 바라지 않고 아이에게 거처와 편의를 제공해주었고."

"그때부터는 수사님과 제 동생이 함께 저를 찾아다녔겠군요. 아, 하느님! 이 모든 일이 저 때문에 시작되었어요. 너무나 큰 실수였죠! 내가 나 자신을 온전히 알지 못했으니…… 이제 전 그때의 그 사람이 아니에요."

"이제 에브러드 보터레이과 결혼하기를 원치 않는다는 뜻이오?" 캐드펠이 부드럽게 물었다.

"그래요. 끝났어요. 전 그이를 사랑한다고 생각했어요. 정말 그런 줄 알았죠! 하지만 그건 그저 아이들 장난에 불과했어요. 그리고 이 참혹한 겨울은 현실이죠. 저 하늘 높이 맴도는 매도 현실이고요. 죽음도 현실이고, 매순간 죽음이 다가오고 있다는 사실도 현실이에요. 전 너무도 어리석은 짓으로 제 남동생을 죽음의 위협 앞에 내몰았어요. 이제 제 동생이 에브러드보다 훨씬 더 소중한 존재라는 걸 확실히 알아요." 에르미나는 얼굴을 붉히며 말을 이었다. "하지만 그 아이가 돌아와도 제가 이런 소릴 하더라는 얘기는 전하지 말아주세요. 그 앤 벌써 꽤나 우쭐해 있을걸요. 제가 무슨 짓을 했는지 동생이 말씀드리던가요?"

"그랬소. 당신을 쫓아가느라 얼마나 애를 썼는지도 들었고, 그러다 길을 잃었다는 얘기도 들었지. 이브는 숲속에서 땅을 개간하여 살아가는 농부에게 발견되었소."

"그 애가 절 원망하던가요?"

"입장이 바뀌었다면 당신은 어땠겠소?"

"정말 오래전의 일처럼 느껴져요." 에르미나는 스스로도 놀랍다는 듯 말을 이었다. "제가 그사이 얼마나 많이 변했는지……어떻게 그처럼 큰 잘못을 저지를 수 있었을까요? 그래서 퍼쇼어에서 온 수사분이—처음부터 그분의 말씀을 따랐어야 했는데 말이에요!—힐라리아 수녀님을 데리고 갔다는 소식을 들었을 땐 정말 기뻤어요. 수사님이 처음 이곳에 도착하셨을 땐 그분들도 아직 여기 계셨나요? 힐라리아 수녀님은 슈루즈베리로 갔나요, 아니면 우스터로 돌아가셨나요?"

캐드펠이 미처 마음의 준비를 갖추기도 전에 에르미나는 그 단순한 질문에 도달해 있었다. 두 사람 사이에 갑자기 침묵이 자리 잡았다. 그녀는 이미 심상치 않은 분위기를 감지한 듯했다. 캐드펠이 대답을 궁리하느라 보낸 단 몇 초도 그녀에게는 충분히 긴 시간이었으리라. 에르미나는 몸을 꼿꼿이 세우고 사려 깊은 눈으로 캐드펠을 바라보았다.

"제가 모르는 무슨 일이 있군요?"

이젠 앞으로 나아가는 길밖에 다른 도리가 없었다. "기분 좋은 얘기는 아닐 거요." 캐드펠은 단도직입적으로 말했다. "나 역시 그 얘기를 하려니 기분이 썩 좋지 않소. 저 고원지대에서 드루얼의 집을 약탈하기 전에, 그 늑대 같은 자들은 이미 외따로 떨어진 다른 촌락들을 습격했더랬소. 러들로에서 겨우 3킬로미터쯤 떨어진 곳에서 같은 짓을 저질렀지. 그 두 지점 사이에서 근거지로 가던 중, 참혹한 불운에 의해 놈들은 당신이 말한 그 두 사람과 마주쳤던 것 같소. 두 사람이 드루얼의 거처에서 떠난 것은 저녁 무렵이었소. 곧 어둠이 내리고 거칠고 차가운 바람이 불기 시작하면서 눈까지 쏟아지기 시작했지. 아마 길을 잃었을 게요. 두 사람은 최악의 장소에서 어떻게든 피난처를 구하려 애썼던 듯하오. 그러다 그 강도들, 그 살인자들과 마주친 거요."

에르미나의 얼굴이 대리석처럼 창백해졌다. 비탄에 빠져 의자 팔걸이를 움켜쥔 그녀의 두 손에서도 핏기가 가셨다. "죽었나요?" 그녀가 실낱같이 가는 음성으로 물었다.

"엘리어스 형제는 간신히 목숨만 부지한 채 이곳으로 옮겨졌소. 그 뒤로 내내 여기 누워 있었지. 그러다 당신 남동생이 형제를 지켜보던 어젯밤 짧은 사이에 두 사람 모두 눈보라 속으로 사라진 거요. 그 이유는 짐작도 할 수가 없소만…… 그리고…… 힐라리아 자매는 시체로 발견되었소."

한참 동안 에르미나는 아무 말도 하지 않았다. 눈물도 비탄의 외침도 한숨도 없었다. 그 모든 슬픔과 죄의식, 절망으로 가득 찬 분노는 오로지 내면으로 향할 뿐이었다. 잠시 뒤에야 그녀는 입을 열어 조그맣고 메마른 음성으로 물었다. "지금 그분은 어디 있죠?"

"여기, 교회 안에 있소. 관에 안치되어 매장을 기다리는 중이오. 이런 매서운 날씨에는 땅을 팔 수도 없는 데다, 어쩌면 우스터의 자매들이 적당한 때를 보아 그곳으로 옮겨 가고자 할 수도 있으니까. 원장님도 그때까지는 교회를 자매의 무덤으로 허락하실 생각이오."

"수녀님께 무슨 일이 있었는지 다 얘기해주세요." 에르미나는 슬픔 어린 어조로 다그치듯 말했다. "추측하는 것보다는 정확히 아는 편이 나을 거예요."

캐드펠은 간단명료하게 죽음의 경위를 들려주었다. 그가 말을 마치자 에르미나는 다시 한동안 입을 다물고 있다가 마침내 이렇게 물었다. "저를 힐라리아 수녀님께 데려다주실 수 있을까요? 그분을 보고 싶어요."

캐드펠은 주저 없이 일어나 그녀를 안내했다. 그런 태도에 에르미나는 감사와 신뢰를 느끼는 듯했다. 하지만 에르미나가 어딘가에 갇힌 것도 아니요, 당연한 권리의 행사에 제약을 받아야 할 이유도 없지 않은가.

힐라리아 수녀는 수사들이 운영하는 목재소에서 만든, 납으로 띠를 두른 나무 관에 안치되어 있었다. 교회 내부도 바깥 못지않게 싸늘했다. 시신은 그 고요한 아름다움을 잃지 않은 채였다. 에르미나는 관대 앞에 오랫동안 꼼짝 않고 서 있다가, 마침내 흰 레이스 베일을 내려 죽은 수녀의 섬세한 얼굴을 다시 덮었다.

"전 이분을 정말 사랑했어요. 그런데 제가 이분을 죽였군요. 이건 제가 저지른 짓이에요."

"그것과는 하등 상관없는 일이오." 캐드펠은 단호하게 말했다. "해야 할 의무 이상의 책임을 스스로에게 지워서는 안 되지. 당신이 저지른 일에 대해서야 마음껏 후회하고 고백하고 참회할 수 있지만, 다른 사람의 죄를 스스로 짊어지는 건 다른 얘기요. 하느님의 평가만이 유일하고 정당한 것이라는 사실을 잊지 마시오. 이런 짓을 저지른 자는 어떤 사내요. 그가 자매를 범한 뒤 살인했으니, 그가 이 일에 책임이 있는 자이지. 우리의 자매가 그곳에 이르기까지 누가 어떤 계기를 제공했든, 자매의 피를 보상할 사람은 딱 하나, 바로 그자뿐이오."

처음으로 에르미나의 몸이 파르르 떨렸다. 그리고 다시 입을 열었을 때, 그녀의 음성은 더 이상 강한 의지의 통제 아래 있지 않았다. 명료하고 단정한 어조를 되찾기 위해 그녀는 한동안 감정을 억누르며 뜸을 들여야 했다.

"하지만 만일 제가 그 어리석은 결혼에 마음을 빼앗기지 않았더라면, 제가 엘리어스 수사님과 함께 이곳으로 오는 데 동의했더라면, 이분이 그런 일을 당하지는……."

"그걸 어찌 알겠소? 당신 역시 저런 지경이 되지 않았으리라고 누가 장담하겠소? 지난 다섯 세기 동안 누군가 특정 시기에 특정 행동을 하지 않았더라면 물론 세상은 달라졌겠지. 하지만 그 세상이 지금의 세상보다 낫다고 할 수 있을까? 만일이라는 가정은 아무리 해봐야 의미 없는 것이오. 그보다는 우리가 서 있는 현실에서 출발해야지. 우리 자신의 악한 행위에 대해서는 책임을 지되, 선은 오로지 하느님께 맡기고서 말이오."

갑자기 에르미나의 눈에서 걷잡을 수 없는 눈물이 쏟아져 나왔다. 우는 모습을 보이고 싶지 않은지 그녀는 재빨리 돌아서서 제대 앞에 무릎을 꿇고는 한참 동안 그대로 움직이지 않았다. 캐드펠은 다가가지 않고 그녀가 일어설 때까지 가만히 기다렸다. 마침내 다시 일어나 캐드펠 쪽으로 돌아섰을 때 온통 눈물 자국이 얼룩진 그 얼굴에는 이미 고요함이 돌아와 있었다. 몹시 지치고 연약한, 동시에 몹시 아름다운 얼굴이었다.

"난로가로 갑시다." 캐드펠이 말했다. "여기에 있다간 감기 걸리기 십상이오."

그녀는 고분고분 캐드펠의 말을 따랐다. 다시 벽난로 앞에 앉자 그제야 마음이 진정된 듯했다. 몸의 경련도 사라져 있었다. 에르미나는 의자에 기대앉은 채 눈을 반쯤 감고 있다가, 캐드펠이 자리를 떠나려 몸을 움직이자 재빨리 고개를 들었다. "캐드펠 수사님, 우스터에서 우리를 찾으러 사람을 보냈을 때 제 외숙의 소식도 전하던가요? 혹시 그분이 잉글랜드에 와 계신다는 말씀은 없었나요?"

"물론 있었지. 하지만 외숙께서는 황후와 함께 글로스터에 있다더군." 에둘러 물었지만 그녀가 진짜 알고자 한 것은 바로 그것일 터였다. 캐드펠은 말을 이었다. "물론 그분은 국왕의 영토로 들어와 아가씨 일행을 찾아보게 해달라고 공개적으로 청했소. 그러나 그 청은 거절당했지. 장관께서는 부하들에게 수색 지시를 내리겠다고 약속했을 뿐, 황후의 사람을 국왕의 영토에 들이는 것은 거부했소."

"황후의 사람이 우리를 찾으러 이곳에 왔다가 발각당하면 어떻게 될까요?"

"전쟁 포로로 취급될 거요. 국왕의 적이라면 그가 누구인지, 왜 왔는지에 상관없이 발견한 즉시 사로잡는 것이 장관의 임무요. 전투에 참여하는 사람이라면 당연한 일이니, 그에 대해서는 누구도 뭐라 할 수 없지. 황후가 기사 한 사람을 잃는다는 건 국왕이 기사 한 사람을 얻는 것과 같으니 말이오." 에르미나는 초조하기 그지없는 눈빛으로 열심히 그를 바라보고 있었다. 캐드펠은 미소를 지어 보였다. "하지만 그건 장관의 의무지, 내 의무는 아니오. 주님의 종으로 살아가는 내게 적이란 없소. 국왕의 진영에서건 황후의 진영에서건 마찬가지요. 나는 다른 법에 따라 움직이지. 오직 아이들을 구해 데려갈 목적으로 여기 온 사람이라면, 그가 누구든 다툴 생각은 전혀 없다오."

그녀는 '아이들'이라는 표현에 잠시 얼굴을 찌푸렸으나 곧 웃음을 터뜨렸다. 불쾌감을 그대로 드러내는 그 표정이야말로 자신의 어린아이 같은 면모를 입증한다는 사실을 금세 깨달은 것이다. "그렇다면 수사님은 친한 친구에게도 그 사람의 정체를 말하지 않으실 건가요?"

캐드펠은 편안히 자리를 잡았다. 이제 그녀에게서 무언가 중대한 이야기가 나오려는 참이었다. "말했듯이 나는 어느 진영의 편도 아니오. 휴 베링어 역시 내가 언제나 자신의 뜻에 따라 움직이리라는 기대는 하지 않지. 그는 그의 일을 하고, 나는 내 일을 할 따름이오. 그렇지만 이 얘긴 해야겠군. 휴 베링어도 이미 이 지역에 누군가 나타났다는 사실을 알고 있소. 낯선 이가 우스터를 떠난 당신네 세 사람을 찾기 위해 클레턴에 갔었다는 얘기를 들었거든. 젊고, 키가 크고, 시골 농부의 차림에, 매를 닮은 눈과 코를 지녔고, 머리칼도 피부도 검은 사람이라지." 그녀는 아랫입술을 잘근거리며 가만히 귀를 기울였다. 캐드펠이 한 마디 한 마디 이어갈 때마다, 그녀의 얼굴은 발갛게 상기되었다가 어두워지기를 반복했다. "그리고 그 사람은 망토 안에 검을 감추고 있었소."

그녀가 마음의 결정을 내리려는 듯 한동안 생각에 잠긴 사이,

캐드펠은 수도원 정문의 횃불 빛 아래 보았던 또 다른 얼굴을 생생히 떠올렸다. 문득 에르미나의 얼굴에 절박함 같은 것이 짙게 드리웠다. 아무래도 다시 어깨를 으쓱여 보이며 말을 얼버무릴 것 같았다. 그녀를 이곳에 데려다준 사람에 대해 물어도 삼림 감독관의 아들이었다고 발뺌하겠지…… 하지만 그런 생각과 달리, 에르미나는 갑자기 허리를 앞쪽으로 바짝 기울이며 열정적으로 말을 쏟아내기 시작했다.

"말씀드릴게요! 수사님께는 전부 말씀드리겠어요! 약속 같은 건 하지 않으셔도 상관없어요. 어차피 수사님은 그분을 저버리지 않으실 거니까요. 제가 말씀드렸던 내용은 모두 사실이에요. 전 삼림 감독관에게 발견되어 그들 부부의 도움을 받았죠. 하지만 한 가지 빼놓은 것이…… 실은 그 이튿날 한 젊은 남자가 그 집에 나타났었어요. 저와 우리 일행에 대해 아는 것이 없느냐고 묻더군요. 그땐 제가 이미 허름한 옷으로 바꾸어 입은 뒤였는데도 그 사람은 한눈에 제 출신을 알아봤고, 저 역시 그 사람의 출신을 짐작할 수 있었어요. 그는 프랑스어를 유창하게 구사했지만 잉글랜드어는 익숙지 않은 듯 조금 느릿한 말투로 제게 얘기했어요. 외숙이 귀국해서 지금 황후와 함께 글로스터에 있고, 그분이 저희를 찾기 위해 자기를 비밀리에 보냈다고요. 저희 남매를 찾아내어 무사히 데려가는 게 자기에게 맡겨진 임무라고 하더군요. 말이야 단순하지만, 그 사람으로서는 엄청난 위험을 무릅쓴 셈이에요. 언제라도 장관님 손에 붙잡힐 수 있으니 말이에요."

"하지만 지금까지는 장관과 그 부하들을 교묘히 따돌렸지." 캐드펠은 조용히 말했다. "그러니 누가 알겠소? 앞으로도 계속 우리 손가락 사이에서 능란하게 숨바꼭질을 하다가 끝내 당신을 글로스터로 데려갈지."

"하지만 이브 없이는 안 돼요. 전 그 아이 없이 떠나지 않을 거예요. 그건 그 사람도 알고 있고요. 사실 전 여기 오고 싶지 않았어요. 하지만 그 사람이 와야 한다고 고집했죠. 적어도 제가 안전한 곳에 머물러 있다는 걸 확인한 이후 자기가 남동생을 찾아다니겠다면서요. 전 그 사람이 원하는 대로 했고, 앞으로도 그럴 거예요. 하지만 그 사람이 저희 때문에 국왕의 병사에게 사로잡히는 것만은 감당할 수 없어요. 그런 일이 생겨서는 안 돼요. 그 사람을 감옥에 가게 할 수는 없어요."

"자, 일부러 재난을 찾아 나설 필요는 없소." 캐드펠은 유쾌하게 말했다. "최선을 기대합시다. 신중하게 최선을 다해야 하오. 그리고 다음 일은 하느님께 맡겨야지. 참, 아직 그 젊은이의 이름을 못 들었구려." 이름은 모르지만 그의 얼굴만큼은 여전히 선명했다.

에르미나는 젊고 낙천적이었다. 슬픔으로 가슴이 찢길지언정, 희망과 기쁨 역시 그 못지않게 강렬했다. 영웅에 대한 경외와 찬탄도 마찬가지였다. 자신의 기사에 대해 생각하는 것만으로도 죄의식과 죽음의 그늘이 마음에서 걷히는 듯했다. "올리비에 드 브르타뉴라는 사람이에요." 그녀는 발갛게 상기된 얼굴로 이야기를 이어갔다. "그이의 영지가 있는 곳을 따서 그렇게 부른대요. 혈통이 좀 특이하더라고요. 시리아에서 태어났고, 모친도 그곳 사람이래요. 부친은 잉글랜드 출신으로 십자군에 종군한 프랑크 족 기사였고요. 그이는 부친의 신앙을 좇아 예루살렘으로 갔고, 6년 전에는 제 외숙과 함께 성전에 참전했대요. 그는 외숙이 가장 아끼는 사람이에요. 그에 대한 신뢰가 워낙 깊기에 우리를 찾는 일도 그에게 맡긴 거고요."

"이곳에서 지낸 지 얼마 되지도 않은 사람이, 게다가 잉글랜드 어도 유창하게 하지 못하면서 이 폭설이 몰아치는 곳으로 들어와 적들 사이에서 아가씨 일행을 찾아 헤매고 있었단 말이오?" 캐드펠은 탄복했다.

"그이는 그 무엇도 두려워하지 않아요! 그야말로 용맹의 화신 이죠! 아, 캐드펠 수사님, 수사님은 그이가 얼마나 대단한 사람 인지 모르세요! 한 번만 만나보면 수사님도 틀림없이 그이의 친 구가 되실 거예요!"

이미 그 사람을 보았다는 말은 꺼내지 않을 생각이었다. 그 영웅의 얼굴을 캐드펠은 아직도 선명한 꿈처럼 기억하고 있었다. 저 황량한 눈벌판을 헤매는 한 십자군의 모습을 상상하니 아련한 향수와도 같은 호감이 밀려들었다. 그는 타오르는 태양과 모래와 바다의 나라를, 그가 사랑했던 여자를 떠올렸다. 만일 그녀가 아들을 낳아주었더라면, 캐드펠은 그 아이 역시 그녀 못지않게 열렬히 사랑했으리라. 동방은 영광스러운 사생아들로 가득했다. 그

중 하나가 부친의 신앙을 좇아 세례를 받고 부친의 고국으로 돌아온 것은 놀랄 일도 아니었다. 저 매혹적인 과실 너머에 어떤 사연이 있는지 굳이 넘겨다볼 필요도 없었다.

"약속해달라고 청하지 않아도 내 약속하지. 나와 함께라면 그 사람은 무사할 거요. 그의 신분을 노출시키는 어떤 일도 하지 않겠소. 아가씨나 그 사람이 나를 필요로 할 때면 언제든지 난 그대들의 친구로서 곁에 있을 거요."

9

이브는 저도 모르는 사이에 잠이 들었다가 인기척을 느끼고 눈을 떴다. 하지만 그 움직임도 소리도, 어쩌면 단순히 꿈의 자취인 듯 멀고 아득하게만 느껴졌다. 아이의 팔 안에서는 탈진한 엘리어스 수사가 꿈도 없는 깊은 잠에 빠져 있었다. 지친 육신에 주어진 일시적인 평화였다. 그의 호흡은 규칙적이고 고요했다. 그 호흡의 리듬을 들으며, 아니 듣는다기보다는 느낌으로써, 아이는 그가 지난밤의 고비를 얼마나 강인하게 버텨냈는지 짐작할 수 있었다. 이미 고문이 되어버린 삶을 엘리어스는 끈질기게 붙들고 있었다.

이브는 분명히 무슨 소리, 틀림없이 사람의 소리를 들었다는 생각을 놓을 수 없었다. 바람 소리는 아니었다. 바람은 이미 잦아들었고, 깊이 쌓인 눈 속에서 사위는 완전한 고요에 싸여 있었다. 이내 다시금 소리가 들려왔다. 멀리서 울려 오는 작은 소리. 환상은 아니었다. 사람들이 웅성거리는 소리가 틀림없었다. 긴장된 몇 초가 지나자 이번엔 금속과 마구가 서로 부딪는 소리가 이어졌다. 이브는 잠든 사람을 깨우지 않도록 조심조심 뻣뻣이 굳은 몸을 일으켜 더듬거리며 문 쪽으로 다가갔다. 새벽을 앞둔 시각이라 아직 캄캄했지만 눈으로 뒤덮인 황량한 벌판이 희미한 빛을 뿜고 있었다. 사람과 말 들이 있는 게 틀림없었다. 어젯밤 이브는 오두막의 문만 닫아놓고 빗장은 채우지 않은 터였다. 혹시 도움을 받을 기회를 놓칠까 싶어, 아이는 재빨리 눈보라 속으로 뛰쳐나갔다.

산아래 저편, 두텁게 쌓인 눈 더미와 노인의 백발인 양 새하얀 머리를 숙이고 있는 수풀 너머 아이의 시야가 미치지 않는 곳에서 누군가 웃음을 터뜨리는 소리가 들려오더니, 이내 안장의 장신구들이 덜거덕거리는 소리가 울렸다. 이브가 바랐던 대로 무리는 러들로와 브롬필드 방향에서 오고 있었다. 그들이 오두막을 알아보지 못한 채 그냥 지나쳐버릴지도 모른다는 생각에 아이는 조바심을 내며 산아래로 달려가기 시작했다. 눈밭에 빠져 데굴데굴 구르다시피 미끄러져 내려가다가, 바람이 어느 정도 눈을 쓸어낸 언덕마루에 이르자 다시금 맹렬히 내달렸다. 관목숲에서부터는 두 팔을 뻗어 나무들이 빽빽이 늘어선 캄캄한 어둠 속을 헤치고 나아갔다. 누군가의 노랫소리와 고함 소리, 그리고 웃음소리가 이어졌다. 이브의 마음속에 잠시 분노가 솟았다. 만일 저들이 실종자들을 찾는 무리라면 저토록 태평해도 되는 걸까? 혹시 휴 베링어의 병사들이 아닌 걸까? 하지만 무슨 상관이랴. 어찌 됐건 그들은 사람들이었고, 따라서 그를 도울 수 있을 터였다.

숲의 끝자락에 이를 무렵, 어둠에 적응한 아이의 눈에 나무들 사이로 움직이는 물체들이 조금씩 들어오기 시작했다. 이브는 달리던 기세 그대로 빈터로 뛰어나갔다. 사람들이 눈앞에 줄을 이루고 서 있었다. 생각보다 많은 수였다. 적어도 열 명, 아니 열두 명은 되어 보였다. 말 세 필과 짐을 잔뜩 실은 조랑말 네 마리가 추위 속에서 허연 입김을 뿜어냈다. 그 어둠 속에서도 이브는 그들의 칼이며 도끼며 활 따위를 알아볼 수 있었다. 밤이 끝나고 날이 밝아오는 이 시각에 그들은 중무장을 한 채 길을 가는 중이었다. 휴 베링어의 병사들이라 하기엔 지나치게 태평하고 분방한 데다 어딘가 너저분한 모습이었다. 희미한 악취도 감돌았다. 틀림없는 화재의 냄새였다. 조랑말의 등에는 곡식 자루와 술통, 항아리, 옷 무더기, 도살당한 양 따위가 가득 실려 있었다.

아이의 가슴이 공포로 오그라들었다. 황급히 뒷걸음을 쳤지만 이미 그들 눈에 띈 뒤였다. 일행 가운데 한 사람이 사냥 나팔을 불더니 이브에게로 달려와 퇴로를 막았다. 다른 한 사람이 큰 소리로 고함을 지르곤 두 팔을 벌린 채 다가들었다. 그리고 잠시 후, 이브는 여섯 남자에게 둘러싸여 있었다. 무슨 일이 벌어지더라도 엘리어스 수사를 위험에 빠뜨려서는 안 된다는 생각에, 아이는 그들 사이로 빠져나가 오두막 반대 방향으로 달아나려 했다. 그러나 한 사내가 긴 팔을 쭉 뻗어 아이의 두건과 머리칼을 한꺼번에 잡아채더니 빈터로 그를 끌고 갔다.

"요 녀석 보게!" 그가 머리칼을 쥔 채로 이브를 돌려세웠다. "이 아기 새가 한밤중에 이런 곳에서 뭘 하고 있었을까?"

아이는 그의 손아귀에서 빠져나오려 몸을 비틀었으나 이내 아무 소용 없으리라는 것을 깨달았다. 몸부림치며 애걸하는 것은 자존심이 허락하지 않았다. 그는 저항을 멈춘 채 최대한 신중하고 침착한 태도로 입을 열었다. "놔줘요! 아프잖아요. 난 아무 짓도 안 했어요."

"조심성 없는 밤새는 모가지가 비틀리기 마련이거든." 사내가 비쩍 마르고 더러운 손으로 모가지 비트는 시늉을 해 보였다. "특히 주둥이를 함부로 놀리는 경우엔 말이지."

말을 타고 그들을 이끌던 사내가 돌아서서 단호하고 높은 음성으로 물었다. "뭣들 하는 거야? 그놈을 이리 데려와. 첩자 놈이 마을로 돌아가 헛소리를 퍼뜨리게 둘 수는 없지."

그들은 일제히 손을 내밀어 이브를 붙잡더니 세 마리 말 중에서 가장 커다란 녀석 앞으로 끌고 갔다. 새하얀 말은 눈에 뚜렷이 들어왔지만 그 말에 탄 사람은 그저 꺼먼 그림자로만 보일 뿐이었다. 남자가 포로를 내려다보느라 자세를 바꾸자 희미한 빛이 갑옷의 미늘에 반사되어 번개처럼 번득였다. 말에서 내리면 키가 썩 클 성싶지 않았으나, 딱 벌어져 당당한 어깨와 가슴, 그리고 사자의 갈기처럼 가슴까지 내려온 검고 숱 많은 머리칼이 그를 엄청난 거인처럼 보이게 했다. 남자는 말과 한 몸이 된 듯 당당하게 안장에 앉아 있었다. 얼굴이 그림자로 덮여 표정을 읽을 수 없었고, 그래서 더욱 무시무시해 보였다.

"더 가까이. 이놈 얼굴을 봐야겠다." 사내가 성마르게 말했다.

누군가 이브의 머리칼을 쥐어 끌어당기더니 억세게 얼굴을 치올렸다. 아이는 등을 꼿꼿이 세우고 입을 꽉 다문 채 말을 탄 사내를 올려다보았다.

"넌 누구냐? 이름이 뭐지?" 평범한 시골 사람의 음성이었으나, 어조만큼은 명령을 내리는 데 익숙한 사람의 것이었다.

"제한이라고 합니다요." 이브는 원래의 말투를 감추려 애쓰며 대답했다.

"이런 시간에 여기에서 뭘 하고 있었지? 너 혼자냐?"

"그렇습니다요, 나리. 아버지가 양 떼를 저쪽에 풀어놓으셨거든요." 아이는 엘리어스가 아직도 깊은 잠에 빠져 있을 오두막 반대편을 가리켜 보인 뒤 말을 이었다. "어제 양 몇 마리가 길을 잃어서 일찍부터 녀석들을 찾으러 나왔습니다요. 아버지는 저쪽 다른 길로 가시고, 전 이쪽으로 왔지요. 전 첩자 같은 게 아닙니다요. 제가 무얼 염탐합니까? 저흰 그저 양 걱정뿐입니다요."

"그래, 양치기라?" 머리 위에서 메마른 음성이 들려왔다. "아주 귀여운 꼬마 양치기로구먼. 그 옷을 사려면 돈을 꽤 줘야 했을 텐데. 이렇게 비싼 옷을 입고 사는 양치기가 다 있나? 자, 심호흡한 번 하고, 사실대로 다시 말해봐. 넌 누구야?"

"나리, 전 사실을 말씀드렸습니다요! 저는 위트바크에서 온 양치기의 자식 제한입니다……." 그곳이 코브강 근처에 있는 것 중 그가 기억해낼 수 있는 유일한 장원의 이름이었다. 곧 왁자한 웃음이 터져 나왔으나 소년은 그들이 왜 웃는지 짐작도 할 수 없었다. 머리 위에서 들려오는 거칠고 날카로운 웃음소리에 온몸의 피가 얼어붙는 것 같았다. 하지만 곧 자신이 겁을 먹었다는 사실에 분노가 치밀었다. 아이는 이를 악물고 그림자로 뒤덮인 얼굴을 쏘아보았다. "전 아무 잘못도 저지른 적이 없는데 그런 질문을 하시는 건 정당하지 않습니다. 부하들에게 절 놓아주라고 하세요."

그러나 사내는 꿈쩍도 않고 흥미롭다는 듯한 목소리로 명령했다. "이놈이 허리띠에 매단 저 장난감 좀 가져와봐. 올해 우리 양치기가 늑대를 상대로 얼마나 재미를 봤는지 한번 알아봐야겠군."

거친 손들이 이브의 겉옷을 끌어올리더니 허리띠를 드러냈다. 허리띠에는 작은 단검이 매달려 있었다. 그들은 단검을 풀어 말을 탄 사람에게 내밀었다.

"그래, 놈들은 은을 좋아하지." 두목은 재미있다는 듯 말했다. "자루에는 보석까지 박아서 가지고 다니고. 그래그래, 아주 멋져!" 사내가 고개를 들어 하늘을 올려다보았다. 동쪽 하늘이 서서히 밝아지고 있었다. "이놈 헛소리를 듣고 있을 여유가 없군.

발도 얼기 시작하니 이쯤에서 놈을 데려가자! 산 채로 끌고 가! 좀 데리고 노는 건 괜찮지만 다치게 하지는 말고. 값이 꽤 나가는 놈일지도 모르니까."

사내가 돌아서서 앞으로 달려가자 양쪽에서 말에 탄 채 멈춰 있던 두 사람도 그를 뒤쫓아 달리기 시작했다. 이브의 안위는 이제 졸개들에게 맡겨진 셈이었다. 달아날 틈은 전혀 없었다. 두목의 명령에 따라 이들은 세 사람씩 번갈아가며 내내 그를 붙들고 있었다. 게다가 아이의 허리띠를 풀어 몸을 결박했는데, 어찌나 단단히 묶었는지 팔꿈치가 아플 지경이었다. 더하여 아이의 팔목도 밧줄로 묶였고, 목에는 올가미가 걸려 조랑말의 안장에 연결되었다. 걸음을 늦출 때마다 올가미가 목을 조여왔다. 올가미와 조랑말 사이에 늘어진 밧줄을 움켜잡으면 그나마 나을 텐데, 결박된 손을 그 정도 높이까지 들어 올릴 수가 없었다. 아이는 이리저리 머리를 굴려보았다. 만약 이대로 쓰러지면 졸개들이 말을 멈추고 그를 일으켜 세울 터였다. 산 채로 무사히 끌고 오라는 두목의 명령이 있지 않았던가. 하지만 동시에 두목은 이 포로를 데리고 놀아도 된다는 말도 했다. 졸개들에게 그럴 기회를 줄 필요는 없었다.

이브는 망토의 접힌 부위가 거슬려 옷자락이 올가미 안쪽으로 들어가도록 몸을 움직였다. 졸개 중 한 사람이 웃음을 터뜨리더니 아이의 귀를 잡아당기더니 망토를 가다듬어주었다. 이 순간 그는 망토 깃 안쪽에 동그란 브로치가 달려 있다는 것을 기억해냈다. 색슨식 골동품인 그 브로치에는 쓸 만한 핀이 하나 달려 있었다. 그것이 아이가 지닌 유일한 무기였다. 어떻게든 브로치를 눈에 띄게 해서는 안 될 것이었다.

"자, 꼬마 새야, 어디 한번 날아봐라!" 처음 이브를 붙잡았던 사내가 껄껄 웃으며 소리쳤다. "하지만 목에 올가미가 걸려 있다는 걸 잊어서는 안 될 거다." 이어 그는 계속 웃어대며 두목의 뒤를 따라 행진하는 대열로 돌아갔다. 졸음과 공포와 분노로 이브는 정신을 차릴 수 없을 지경이었다. 조랑말 안장에 매둔 올가미가 목을 잡아채었을 땐 하마터면 질식할 뻔했다. 아이는 숨을 헐떡거리며 밧줄을 조금이라도 느슨하게 유지하려고 허둥지둥 발을 내디뎠다. 그 모습을 본 사내들이 다시금 웃음을 터뜨렸다.

이브는 자신의 선택에 따라 그들을 즐겁게 할 수도, 지루하게 만들 수도 있다는 사실을 깨달았다. 무리는 무겁고 부피도 큰 전리품을 가지고 조심스레 이동하도 있는 데 반해 이브에게는 짐이라 해봐야 제 몸 하나뿐이니 뒤따라가는 데 큰 어려움은 없었다. 이를 깨닫자 그는 정신을 수습하고 민첩하게 움직이기 시작했다. 처음엔 얼마간 뒤쳐졌다가 올가미에 목을 졸려 허겁지겁 뛰기를 반복하며 그들의 웃음거리가 되었지만, 그러는 사이 조금씩 조랑말의 속도에 적응할 수 있게 되었다. 조랑말에는 엄청난 양의 곡식 자루와, 틀림없이 술이 채워져 있을 커다랗게 부푼 염소 가죽 주머니 두 개, 그리고 자루 뒤쪽으로 커다란 옷 보따리며 항아리들이 가득 실려 있었다. 말의 움직임에 따라 실룩거리는 커다란 염소 가죽 주머니에 가까이 다가붙으면, 행렬의 맨 뒤를 따르는 아이의 몸은 거대한 전리품 더미에 감춰져 앞쪽에서 가는 사람들의 눈에 보이지 않을 터였다. 그들은 사방에 덮인 흰 눈 속에서도 길을 잃지 않을 만큼 이곳 지리에 훤했지만 더없이 신중하게 걸음을 옮겼고, 오래지 않아 더는 아이를 돌아보지 않게 되었다.

실룩대는 짐 뒤에서 이브는 묶인 두 손을 힘겹게 들어 망토 깃 안쪽에 달린 브로치를 잡았다. 아무도 뒤를 돌아보지 않았다. 아이는 꾸준히 걸음을 옮기는 조랑말 곁에 붙어선 채 힘주어 핀을 밀어내기 시작했다. 두 팔이 단단히 결박된 탓에 그 자세를 유지하기가 몹시 고통스러웠다. 손가락 끝의 감각이 사라져갔지만 그는 악착같이 핀을 놓치지 않았다. 브로치를 완전히 떼낸 뒤 두 팔을 다시 늘어뜨리면 그때부터는 이 물건을 손쉽게 이용할 수 있을 것이었다.

핀이 고정 장치에서 풀리는 순간, 하마터면 아이는 둥근 브로치를 떨어뜨릴 뻔했다. 기겁해서 주먹을 꽉 쥐다가 핀 끝에 손가락을 찔리고 말았지만 그로서는 오히려 통증이 반가울 지경이었다. 상처에서 스며 나오는 핏방울도 개의치 않고, 아이는 침착하게 팔을 내렸다. 금세 손끝에 신경이 되돌아왔다. 이제 단검 못지않게 날카로운 귀중한 물건을 확보한 셈이었다. 그것을 사용하기 전에 관절이 민첩하고 원활하게 움직일 수 있게끔, 아이는 몇 분 동안 손가락을 구부려보았다.

술이 가득 담긴 염소 가죽 주머니가 얼굴 바로 옆에서 흔들리고 있었다. 오래되어 여기저기 털이 벗겨진 염소 가죽은 꽤 부드러웠긴 했지만 여전히 질겼고, 빵빵하게 차 있는 탓에 연신 손아귀에서 미끄러지듯 빠져나갔다. 그러나 아이는 주머니를 어깨로 힘껏 떠받쳐 고정한 다음 날카로운 핀을 깊숙이 찔러 넣었다.

핀을 빼내자 검붉은 액체가 주머니에서 흘러나오기 시작했다. 아이는 기대와 자부심이 가득한 눈으로 지켜보다가 새하얀 눈벌판 위에 피처럼 붉은 액체가 왈칵 쏟아지자 기쁨의 미소를 지었다. 조금 지나자 구멍이 조금 수축하긴 했으나 술의 무게 덕분에 완전히 막히지는 않을 것 같았다. 술은 연신 가늘게 새어 나와 눈위에 떨어져 내렸다. 이런 날씨라면 떨어지는 순간 그대로 얼어버릴 테니 눈 속으로 스며들어 사라질까 봐 걱정할 필요는 없었다. 목적지 전에 술이 다 없어지지 않기만을 바랄 뿐이었다. 종종술 방울이 너무 가늘어져 자국을 알아보기 힘들 지경이 되면 아이는 얼른 주머니를 두드렸고, 그러면 잠깐이나마 술이 왈칵 쏟아져 내렸다. 포도주가 눈 위에 남기는 자취는 끊기지 않고 이어졌다.

회색빛 정적 속에 새벽안개가 피어올라 사방이 이내 짙은 연무로 뒤덮였다. 차디찬 새벽이었다. 굶주린 새 몇 마리가 절망스럽게 하늘을 맴돌고 있었다. 무리는 날이 완전히 밝기 전에 근거지에 도착하도록 계획해둔 모양이었다. 일단 목적지에 도착하면 염소 가죽 주머니의 술이 샌 것 정도는 불가피한 손실로 여기고 그냥 넘겨버릴 것이다. 산을 타고 오른 지 얼마 되지 않아 티터스톤 클레에 자리 잡은 황량하고 험악한 고원이 그들을 맞았다. 짙은 안개 속에서도 그들은 거침없이 길을 나아갔다. 이제 은신처까지 얼마 남지 않은 듯했다. 음식과 휴식의 냄새를 맡았는지 이들은 짐승들에게 채찍질을 하며 마지막 걸음을 재촉했다.

이브는 그 소중한 브로치를 어떻게 처리할까 궁리하다가 짧은 상의의 옷단 안쪽에 찔러 넣어 감춘 뒤, 결박된 두 손으로 올가미의 밧줄을 쥐었다. 곧 저들의 보금자리에 도착할 것이었다.

안개로 뒤덮인 불모의 땅이었다. 아무리 둘러보아도 살아 있는 것이라곤 전혀 찾아볼 수 없었다. 오직 언덕과 산뿐이었다. 돌연 행렬이 야트막한 관목들 사이로 들어섰다. 저 너머 희미하게 솟아오른 바위가 눈에 띄었다. 이어 탁 트인 산마루에 이르렀나 싶더니, 마침내 눈앞에 거대한 방책이 나타났다. 한쪽에 작은 문이 나 있는 방책 위로 우뚝 선 감시탑이 보였다. 그들이 다가가자 감시탑을 지키던 파수들이 문을 열어주었다.

대강 지어 올린 야트막한 건물들과 그 사이로 움직이는 수많은 사람들이 눈에 들어왔다. 감시탑 아래쪽으로는 기다란 통로가 이어져 있었다. 여기저기서 소들과 양들의 애처로운 울음소리가 들려왔다. 건물들은 모두 나무로 되어 있는데 하나같이 새것인 듯했다. 거칠고 조잡하긴 해도 무척 견고해 보였고, 건물마다 경계가 삼엄했다. 그들이 자신들의 수적 우세를 과시하며 그토록 당당하고 거침없이 노략질을 해온 것도 당연했다. 다들 이 비밀스러운 요새의 힘을 확신하고 있었던 것이다.

그들을 따라 안으로 들어서기 직전, 이브는 올가미의 밧줄이 허용하는 만큼 술 주머니에서 최대한 멀찍이 떨어져 지치고 겁에 질린 사람처럼 고개를 푹 숙인 채 비틀거렸다. 눈앞에 방책이 나타나고부터는 주머니에 손을 대지 않은 터였다. 가죽 주머니가 새는 것이야 흔한 일이고, 게다가 행운이 이브의 편이었다. 누군가 붉은 술 방울이 떨어져 내리는 것을 눈치채기도 전에 처음 이브를 사로잡았던 자가 서둘러 다가와서는 목에 씌워진 올가미를 벗겨낸 뒤 그를 끌고 간 것이다.

이브는 옷깃을 붙잡힌 채 고분고분 계단을 올라갔다. 안은 따뜻하고 연기로 가득 차 있었다. 횃불이 벽을 따라 늘어서 있었고, 한가운데 마련된 돌 난로에서도 불이 이글거렸다. 적어도 스무 명은 될 성싶은 사람들이 여기저기 앉아 무사태평하게 떠들고 있었다. 가구랄 것은 거의 없었다. 나무를 베어 만든 의자 몇 개, 거친 나무토막으로 다리를 붙인 커다란 테이블. 꼬마 포로가 지나가자 사람들이 일제히 고개를 돌려 아이를 바라보며 히죽히죽 웃었다.

홀 안쪽 끝에 나직한 단이 놓여 있었다. 높다란 촛대에서 촛불이 타올랐다. 벽에 걸린 태피스트리, 음식과 술잔과 에일 항아리가 놓인 테이블, 근사한 의자들도 보였다. 남자 셋이 테이블에 둘러앉아 술을 마시고 있었다. 몸이 위로 번쩍 들리는가 싶더니, 어느새 이브는 단 위에 올라 테이블 끝에 앉은 사람을 향해 무릎을 꿇고 있었다. 얼굴을 처박고 고꾸라질 뻔했지만 그는 간신히 몸에 힘을 주어 자세를 가다듬었다.

"명령하신 대로 양치기 놈을 끌고 왔습니다." 그를 데려온 이가 말했다. "다친 데 없이 말짱합니다. 저희는 지금 짐을 내리는 중입니다. 다들 무사하고, 오는 동안 아무와도 마주치지 않았습니다."

이브는 자리에서 일어났다. 심호흡을 하며 떨리는 무릎을 진정시킨 뒤, 아이는 고개를 들어 우두머리의 얼굴을 쳐다보았다.

어둠 속에서 말에 우뚝 올라앉은 모습을 보았을 땐 더없이 거대하게 느껴졌는데, 이제 커다란 의자에 느른히 기대앉은 모습을 보니 그저 보통 체격에 불과한 듯했다. 그러나 떡 벌어진 어깨와 가슴이 무척이나 탄탄한 것이 힘깨나 쓸 것 같았고, 야만인이나 다를 바 없는 차림에도 불구하고 아주 잘생긴 외모였다. 촛불 아래 훤히 드러난 사내의 모습은 더욱더 사자 같아 보였다. 구불구불하고 숱 많은 머리칼, 손질하지 않아 멋대로 자란 황갈색 턱수염. 두터운 눈꺼풀 밑에서는 역시 황갈색의 커다란 눈동자가 고양이의 것처럼 예리하게 번득였고, 두툼한 입술은 오만하게 닫혀 있었다. 사내는 말없이 이브를 머리끝부터 발끝까지 훑어보았다. 이브 역시 대담하게 사내를 마주 보며 입을 꼭 다문 채 신중하게 머리를 굴렸다. 이제 여태껏 겪은 것보다 한층 더 위험한 순간이 닥쳐올 것이었다. 그러나 지금 이들은 또 한 차례의 성공적인 약탈을 끝내고 막 귀환한 참이다. 전리품이 가득하고, 먹을 것과 마실 것도 충분하며, 모두들 몹시 만족스러운 상태다. 저 사자 역시 기분이 좋은 모양이었다. 조롱일지는 몰라도 어쨌든 미소가 그의 입술에 떠올라 있었다.

"풀어줘."

사내의 명령이 떨어지기 무섭게 이브의 팔을 결박하고 있던 허리띠와 두 팔목을 옥죄던 밧줄이 풀렸다. 아이는 저린 팔을 주무르면서 사자의 얼굴에 시선을 고정한 채 잠자코 기다렸다. 홀에 있던 사내 몇몇이 뒤쪽으로 다가와 빙글빙글 웃으며 그들을 지켜보았다.

"오는 동안 혀를 깨물기라도 한 거냐?" 사자가 친근한 투로 물었다.

"아닙니다, 나리. 할 말이 있다면야 언제라도 말을 하지요."

"지금 당장 할 말을 생각해내야 할 텐데. 아까 한 거짓말이 아니라 진실에 가까운 얘기 말이다."

물론 신중히 행동해야겠지만 이 순간만큼은 조금 대담해지더라도 큰 해를 입지 않으리라는 생각이 들어, 이브는 덤덤하게 말했다. "나리, 전 배가 고픕니다. 적어도 지금 그보다 더 진실한 얘기는 없겠지요. 그리고 전 나리께서 손님에게 음식을 대접할 줄 아는 신사분이라고 생각합니다."

사자는 황갈색 머리를 뒤로 젖히며 웃음을 터뜨렸다. 그 소리가 홀을 가득 메우고 메아리쳤다. "그건 일종의 자백 같은데. 나더러 신사분이라니, 결국 네가 귀족 출신이라는 얘기 아니냐? 자, 더 얘기해봐라. 그러면 먹을 걸 주지. 하지만 잃어버린 양을 찾으러 나왔다는 얘기 따위는 꺼낼 생각도 마. 네놈은 누구지?"

사내는 기필코 알아낼 작정이었다. 지금이야 기분이 좋아 보이지만, 한번 하려고 마음먹은 일에 방해를 받으면 무슨 짓이라도 할 수 있는 사람이었다. 이브는 어떻게 대답해야 할지 고민에 빠졌다. 갑자기 기다란 팔이 뻗어 나와 이브의 손목을 쥐고 비틀었다. 그는 힘에 눌려 무릎을 꿇어야 했다. 이어 또 다른 한 손이 그의 머리칼을 움켜쥐더니 고개를 뒤로 잡아챘다. 이브는 사내의 미소 짓는 얼굴을 똑바로 쳐다보지 않을 수 없었다.

"내가 질문을 하면 현명한 사람은 대답을 하기 마련이지. 넌 누구냐?"

"일어나게 해주면 말하죠." 이브는 이를 악물고 대답했다.

"대답해, 꼬마야. 그러면 일어날 수 있게 해주마. 어쩌면 밥까지 줄지도 모르지. 그래, 제법 거들먹거릴 줄 아는 귀족 꼬마라 이거구먼. 하지만 수많은 수탉이 목청껏 울다가 목 졸려 죽었다는 걸 알아야지."

이브는 몸을 조금 움직여 통증을 누그러뜨리곤 숨을 깊이 들이쉬며 목청을 골랐다. 더는 영웅심을 발휘할 상황이 아니었다. 품위를 잃지 않겠다고 고집 피울 여유도 없었다.

"내 이름은 이브 위고냉이에요. 귀족 출신입니다."

마침내 아이를 붙잡았던 손들이 물러났다. 턱수염을 기른 사내는 의자에 편안히 기대앉았다. 그의 얼굴은 조금도 변하지 않았다. 심지어는 화가 난 표정도 아니었다. 아닌 게 아니라, 이 사내가 분노라는 감정에 휘둘리는 경우는 극히 드물었다. 오직 냉정함만이 그의 행위를 지배했다. 육식동물은 제 제물이 되는 동물들에 적의도 연민도 느끼지 않는 법이다.

"위고냉이라고? 그래, 이브 위고냉. 거기서 뭘 하고 있었지? 우리가 널 발견한 그 산속에서, 이 추운 겨울 꼭두새벽부터 뭘 하고 있었던 게냐?"

"러들로로 가는 길을 찾고 있었습니다." 이브는 고개를 흔들어 얼굴에 흘러내린 머리칼을 치웠다. 자기 신상에 관한 것 외에는 단 한 마디도 하지 않을 작정이었다. 진실과 거짓 사이에서 교묘하게 통로를 만들어내야 했다. "난 우스터의 수사님들에게서 교육을 받고 있었습니다. 우스터가 습격당하자 수사님들은 살인과 약탈로부터 보호하기 위해 나를 탈출시키기로 했죠. 어디든 안전한 마을에 피난할 생각으로 다른 사람들과 함께 길을 떠났지만 폭설 때문에 헤어지고 말았습니다. 시골 사람들이 내게 먹을 것과 잠자리를 내주었습니다. 난 어떻게 해서든 러들로로 갈 작정이었어요."

이 말이 그럴듯하게 들리기를, 그리하여 세세한 부분까지 말을 꾸며내야 하는 일은 벌어지지 않기를 바랄 뿐이었다. 위트바크 장원 이야기를 꺼냈을 때 이들이 왁자하게 웃음을 터뜨렸던 것을 잊지 않은 터였다. 아이는 여전히 그 이유를 알 수 없었다.

"그렇다면 간밤에는 어디에서 밤을 보냈지? 산속에서 잠을 자지는 않았을 테고!"

"들판에 있는 헛간에서 잤습니다. 밤이 오기 전에 러들로에 도착하고 싶었는데 눈이 내리는 바람에 길을 잃고 말았죠." 자세한 내용은 어물쩍 넘길 생각으로 아이는 얼른 말을 이었다. "그러다 바람이 잦아들고 눈도 그쳐서 다시 밖으로 나왔는데 사람들 소리가 들리더라고요. 길을 물어볼 수 있겠다는 생각에 여러분이 모여 있는 쪽으로 달려간 겁니다."

턱수염 사내는 온정이라곤 없이 오직 흥미만이 담겨 있는 일그러진 미소를 띤 채 위압적인 표정으로 이브를 내려다보았다. "그렇게 해서 여기까지 오게 되었군. 머리 위에는 든든한 지붕이 있고, 등 뒤에는 따뜻한 불이 있고, 게다가 처신만 잘하면 따뜻한 음식과 마실 것까지 누릴 수 있는 이곳으로 말이지. 물론 잠자리와 식사에 걸맞은 값을 치러야 할 거야. 우스터에서 온 위고냉이라…… 그렇다면 네가 몇 년 전에 죽은 제프리 위고냉의 아들이냐? 내 기억으로는 그 사람 영지의 대부분이 우스터에 있을 텐데."

"내가 과연 자유를 찾아 그걸 상속할 수 있을지는 모르겠지만, 맞습니다, 내가 그분의 아들이고 상속자입니다."

"아! 그렇다면 접대비쯤은 어려움 없이 지불할 수 있겠군." 턱수염 사내가 눈을 가늘게 뜨고 웃음을 지었다. "지금은 누가 널 보호하고 있지? 그는 어째서 이런 겨울날 아무 준비도 없이, 혼자서 떠나도록 널 방치했느냐?"

"보호자는 내 상황에 대해 전혀 모르고 있었습니다. 이제 막

성지에서 돌아왔거든요. 당신이 소식을 보내면 글로스터에서 답이 올 겁니다. 그분은 황후의 사람이죠." 사내는 무심하게 어깨를 으쓱였다. 그는 어느 편에도 속하지 않았고, 따라서 누가 누구의 사람이든 전혀 관심이 없었다. 그에게 중요한 건 자신의 편을 만드는 것뿐이었다. 그러나 아이의 보호자가 어느 편이든, 몸값만은 충분히 받아낼 작정이었다. 이브는 말을 이었다. "그분의 이름은 로랑스 당제입니다. 내 외숙이에요." 그들도 들어본 이름이었다. 유명한 사람의 이름이 나오자 다들 만족스러워하는 듯했다. "나를 돌려보내면 그분이 충분히 보상하실 겁니다."

턱수염 남자는 웃음을 터뜨렸다. "그렇게 자신 있게 말할 수 있나? 외숙이라고 모두 조카의 몸값을 기꺼이 지불하는 건 아니야. 더구나 그 조카가 언젠가 엄청난 유산을 상속하게 되어 있는 경우라면 더욱 모를 일이지. 이리저리 계산을 해본 뒤 자기가 유산을 받으려고 아예 모른 척하는 쪽을 택할 수도 있어."

"그분은 그럴 수 없습니다. 누이가 있으니까요. 게다가 누이는 이런 극한의 상황에 처해 있지도 않고요." 갑자기 새로운 절망감이 아이를 엄습했다. 이 순간 누나는 어디서 무엇을 하고 있을까? 어쩌면 누나 역시 위기에 빠져 있는지도 모른다. 하지만 이브는 어조와 안색을 그대로 유지하려 애쓰며 침착하게 말을 이었다. "또 내 외숙은 명예를 아는 분입니다. 그분은 아무런 망설임 없이 몸값을 지불하실 거예요. 나를 산 채로 무사히 그분께 돌려보내기만 하면 말이지요."

사자가 다시금 웃어젖혔다. "액수만 적당하다면야 머리카락 한 올 다치지 않은 상태로 보내줄 수 있지." 그는 이브의 어깨 너머에 서 있는 사내에게 손짓을 했다. "네가 이 녀석을 돌봐줘라. 음식을 먹이고 불가에서 따뜻이 지낼 수 있도록 해줘. 하지만 이 녀석을 놓치는 경우에는 네 모가지가 성치 못할 줄 알아라. 녀석이 음식을 다 먹으면 탑에 감금해둬. 우리가 위트바크에서 가져온 물건들을 모두 합친 것보다 훨씬 더 가치 있는 놈이니까."

*

엘리어스 수사는 꿈도 없는 깊은 잠에서 깨어나 고통스러운 현실의 세계로 되돌아왔다. 이미 날이 밝아 창백한 아침 햇살이 오두막 판자 틈으로 밀려들고 있었다. 그는 혼자였다. 하지만 분명 누군가 내내 곁에 있었는데…… 그는 틀림없이 기억하고 있었다. 남자아이 하나가 악착같이 따라왔었어. 그 아이가 내 몸 위에 건초를 덮어주고, 곁에 누워 따뜻하게 해줬지. 그런데 지금은 아무도 없었다. 엘리어스는 그 소년이 그리웠다. 그들 두 사람은 더없이 친밀하게 서로에게 매달려 눈보라 속을 걸었다. 그렇게 하여 그들이 이겨내고자 한 것은 추위나 비정한 바람만이 아니었다. 대체 무슨 일이 생겼는지 몰라도, 그는 그 소년을 찾아내야 했다. 소년에게 나쁜 일이 벌어지지 않았다는 것을 확인해야 했다. 아이들에겐 삶의 권리가 있다. 그러나 어른들은 실수로, 어리석음으로, 때로는 죄악으로, 너무도 간단히 그것을 빼앗고 짓밟는다. 죄 많은 자신은 추방당해 마땅하지만, 그 소년은 무고하고 순결했다. 그런 아이를 위험이나 죽음으로 내몰아서는 안 되었다.

엘리어스는 일어나 문으로 갔다. 처마 밑 얕게 쌓인 눈 위에 작은 발자국이 선명히 찍혀 있었고, 그 부근에는 마지막까지 내린 눈발만 간간이 흩뿌려져 있었다. 발자국은 오른쪽으로 방향을 틀어 산 아래쪽 깊은 눈 속으로 내려가다가 마치 몸을 던져 구르기라도 한 양 밭고랑처럼 깊은 자취를 남기며 관목숲을 끼고 돌아 나무들이 빽빽한 숲까지 이어졌다.

엘리어스는 소년이 남긴 흔적을 따라 내쳐 걸음을 옮겼다. 나무들이 줄지어 늘어선 곳 너머에 밟아 다져진 흔적이 나타났고, 거기서부터 평평한 자취가 동쪽으로 완만한 곡선을 그리며 이어졌다. 눈벌판이 다져질 정도로 많은 사람과 말이 지나간 듯했다. 그들이 온 방향은 서쪽이었다. 이들이 소년을 데리고 동쪽으로 간 것일까? 더 이상 아이의 흔적을 추적할 길이 없었다. 하지만 틀림없이 아이는 오두막에서 달려 내려와 그 사람들과 합류했을 터였다.

마치 꿈을 꾸는 듯했다. 추위도 고통도 그 꿈을 깨울 수는 없었다. 오직 한 소년에 대한 기억만이 그를 움직였다. 그 꿈속에서, 엘리어스는 동쪽으로 방향을 틀어 정체를 알 수 없는 무리의 흔적을 따라 계속 걸어갔다. 황무지의 눈벌판 위에 남겨진 그들의 흔적은 길고 완만한 곡선을 그리며 산 위로 이어졌다. 그렇게 300보쯤 갔을까, 문득 흰 눈벌판 위에 남겨진 붉은 얼룩이 그의 눈에 들어왔다.

누군가 피를 흘린 모양이었다. 적은 양의 피였다. 핏방울이 조금씩 줄어들며 이어지는가 싶다가 이윽고 또 하나의 커다란 얼룩이 나타났다. 이제 해가 떠오르고 있었다. 안개 속에서 창백한 태양이 고개를 내밀더니 시간이 흐를수록 선명해졌다. 눈 위에 떨어진 붉은 얼룩이 반짝였다. 바람이 불어 눈으로 덮어버린다면 모를까, 한낮의 햇빛도 그 붉은 얼룩을 녹여 없애지는 못할 것이었다. 엘리어스는 점점이 이어진 붉은 얼룩을 따라 걷고 또 걸었다. 피는 피로 갚아야 하는 법, 만일 누군가 아이를 죽이거나 다치게 했다면 이미 죽음과도 같은 절망에 휩싸인 한 남자가 모든 것을 각오하고 이를 되갚아줄 터였다.

그는 추위도 고통도 공포도 의식할 수 없었다. 샌들을 신은 발이 얼어가는 것도 느끼지 못했다. 엘리어스 수사는 이브를 찾아 끈질기게 걸음을 옮겼다.

10

대미사를 마친 뒤 캐드펠은 레너드 원장과 함께 나란히 정원으로 향했다. 둑처럼 쌓인 눈이 한낮의 짧고 강렬한 햇빛을 반사하고 있었다. 눈이 그친 사이 수도원의 수많은 소작인들이 사라진 두 사람을 찾는 수색 작업에 소집되었다. 레너드 원장은 그들 중 덩치가 크고 당당한 사내를 뽑아 지휘를 맡겼다. 이제 막 은빛으로 물들기 시작하는 붉은 머리칼, 세월에 풍화된 거친 얼굴, 산사람답게 시야가 넓은 푸른 눈의 사내였다.

"레이너 더턴이오. 엘리어스 형제를 처음 이곳으로 옮겨 온 사람이지. 저 사람이 기분이 어떨까 생각하니 죄책감이 느껴질 정도요. 그 불쌍한 형제가 다시 우리들 곁에서 사라져버렸으니."

"원장님이 비난받을 일이 아닙니다." 캐드펠이 침울하게 말했다. "비난을 받아야 할 사람이 있다면 오히려 저겠죠. 잘못은 제가 저질렀으니까요." 그는 잠시 생각에 잠겨 멀찌감치 선 탄탄한 몸집의 더턴을 살펴보다가 말을 이었다. "원장님, 엘리어스 형제와 이브가 사라진 정황에 대해 곰곰 생각해봤습니다. 참 이상한 일 아닙니까? 엘리어스 형제는 그냥 침대에서 빠져나와 이리저리 방황한 게 아니라, 꼭 무엇엔가 쫓겨 마음먹고 떠나버린 것 같단 말이죠. 겨우 15분 사이에 두 사람은 멀리 사라져버렸어요. 그 아이가 엘리어스 형제를 붙잡거나 설득할 수 없었다는 건 분명합니다. 그래서 형제가 어디로 가든 따라갈 작정을 했던 게지요. 형제에게는 뭔가 목표가 있었어요. 그 목표의 합리성 같은 건 중요하지 않습니다. 어쨌든 형제한테는 그게 아주 중대한 의미를 지니고 있었던 거죠. 형제가 갑자기 자기를 죽음으로 몰아넣을 뻔했던 습격 사건과 그 일이 일어난 장소를 떠올리고 무작정 그곳으로 가려 했던 건 아니었을까요? 어쩌면 혼미한 가운데 그곳으로 돌아가야 한다는 충동에 사로잡히게 되었는지도 모를 일입니다."

원장은 가만히 생각하다가 조심스럽게 입을 열었다. "그럴지도 모르지. 아니면 퍼쇼어를 떠날 때 자신에게 맡겨졌던 임무를 마저 수행해야 한다는 마음이 들었거나. 정신이 아직 온전치 못한 형편이니 돌연 그런 생각에 시달렸을 수도 있지 않겠소?"

"엘리어스 형제가 습격을 당한 장소에 가보지 않았다는 생각이 이제야 드는군요." 캐드펠이 말했다. "힐라리아 자매가 피살

된 지점에서 그다지 먼 곳도 아닐 텐데…… 그게 영 마음에 걸립니다." 하지만 그 사건의 미묘한 부분에 대해서는 더 이상 얘기하지 않기로 했다. 레너드 원장은 어린 시절부터 수도원에서 지내온 사람이었다. 완전한 순결을 진지하고도 만족스러운 목표로 삼고 살아가는 그에게 괜한 이야기를 할 필요는 없었다. 힐라리아 수녀가 피살된 날 밤은 눈보라와 추위가 혹독했고, 그러니 아무리 욕정에 눈먼 자라도 피난처부터 찾아야 했을 것이다. 하지만 그녀가 묻힌 얼음 무덤 근처에는 추위를 피할 만한 곳이 전혀 눈에 띄지 않았다. 눈과 얼음으로 된 침대, 더하여 찌를 듯한 바람의 포효…… 강간의 장소로는 너무나도 부적당했다. "식사가 끝나는 즉시 남은 사람 모두를 데리고 나가볼 생각입니다. 제게 레이너를 붙여주실 수 있겠습니까? 일단 엘리어스 형제를 찾아낸 장소까지 가보려고요. 그곳에서 수색을 시작하면 어떨까 싶군요."

"좋소. 하지만 그 아이의 누이가 내내 이곳에서 얌전히 기다려줄지, 그게 걱정이군."

"누이는 조용히 머물러 있을 겁니다." 캐드펠은 자신 있게 말했다. "원장님을 괴롭히는 일은 없을 거예요." 물론 에르미나는 조용히 기다릴 터였다. 캐드펠 때문이 아니라 자신의 영웅, 바로 올리비에가 그것을 원하기 때문이었다. "가시죠, 원장님. 레이너라는 사람에게 안내를 청해야겠습니다."

수도원장은 수색자들이 문을 나서기 전에 그 사내를 불러 캐드펠에게 소개했다. 레이너 더턴은 원장의 말이라면 무슨 일이든 기꺼이 응하겠다는 자세였다.

"기꺼이 안내해드려야지요. 죽다 살아나 간신히 기운을 회복하던 사람이 가엾게도 또다시 이런 날씨에 사라져버리다니…… 아마 정신이 나갔던 모양입니다요. 그게 아니고서야 그런 밤에 나갈 생각을 했을 리 없어요."

"우리 노새 두 마리를 데려가는 게 어떻겠소?" 원장이 물었다. "그곳은 그리 멀지 않을지 몰라도, 거기서부터 추적을 시작할 생각이라면 얼마나 더 가게 될지 알 수 없는 일 아니오? 게다가 형제의 말은 여기 와서도 계속 힘든 일을 겪었으니 말이오. 우리 노새는 아직 튼튼하고 힘도 세다오."

거절하기 힘든 제안이었다. 노새를 타든 걸어서 가든 어차피 속도는 느릴 테지만, 어쨌든 탈것이 있는 편이 나았다. 캐드펠은 서둘러 식사를 마치고 돌아와 레이너와 함께 노새에 안장을 얹은 뒤 대로를 따라 동쪽으로 출발했다. 그나마 괜찮은 날씨는 아마 네 시간쯤 지속될 터였다. 그 시간이 지나면 날이 저무는 가운데 눈보라를 피해 돌아올 준비를 해야 하리라. 그들은 오른쪽 멀리 러들로를 두고 잘 다져진 길을 따라 계속 걸음을 옮겼다. 머리 위 하늘에 먹구름이 무겁게 드리우기 시작했으나 아직 희미한 태양빛이 길을 비춰주고 있었다.

"형제를 큰길에서 발견하지는 않았을 텐데?" 더턴이 방향을 바꿀 생각도 않고 줄곧 앞으로만 나아가자 캐드펠이 물었다.

"큰길에서 아주 가까운 곳이었습니다. 수사님." 레이너는 자신 있게 대답했다. "길에서 북쪽으로 아주 약간 벗어난 곳이었지요. 레이시 숲 아래 언덕을 내려오던 중이었는데, 그분이 눈을 뒤집어쓴 채 벌거숭이가 되어 쓰러져 있지 뭡니까. 우리가 발견했을 땐 거의 죽어가고 있었어요. 전 희망이 없겠구나 생각했는데, 정말이지 기적처럼 살아났잖아요. 그 소식을 듣고 얼마나 기분이 좋았는지…… 착한 사람을 무덤에서 끌어내는 건 곧 악마를 속여넘기는 일이잖습니까? 그런데 이제 그분이 또다시 탈출하셨다니, 다시 한번 죽음의 문 앞까지 간 그분을 찾아 하느님을 기쁘게 해드려야지요. 그런데 듣자하니 이번에는 어떤 아이가 그분을 쫓아갔다면서요?" 레이너는 그 푸른 눈으로 캐드펠을 바라보며 말을 이었다. "그 아이도 잃어버렸다가 간신히 찾은 아이라 들었습니다. 아주 잘생긴 사내아이인데 그 수사님 곁에 꼭 붙어 따라갔을 거라고요. 그러니까 우리가 찾는 건 두 사람이라는 얘기죠…… 아무튼 샅샅이 뒤져볼밖에요. 이제 거의 다 왔습니다, 수사님. 여기서 왼쪽으로 빠지면 됩니다."

그리 먼 곳은 아니었다. 큰길에서 벗어나 몇 분쯤 가자 야트막한 분지가 나왔다. 북쪽으로는 관목과 산사나무 덤불이 낮게 웅크리고 있었다.

"바로 여기 그 수사님이 누워 있었습죠."

애써 찾아온 보람이 있었다. 캐드펠은 그 장소가 자신이 생각한 약탈자들의 패턴에 정확히 들어맞는다는 사실을 한눈에 알아보았다. 그들은 남쪽에서 최초의 약탈을 시작했고, 그곳 어디선가 길을 가로지른 뒤 익숙한 경로를 따라 티터스톤 클레의 황무지를 건너 어느 누구의 눈에도 띄지 않고서 근거지로 돌아갔다. 그러던 중 여기서 엘리어스 수사와 마주쳤을 테고, 그가 입고 있는 옷이나 재물 따위가 탐나서라기보다 그저 여흥 삼아 그를 공격한 뒤 죽었는지 살았는지 확인도 하지 않은 채 사라졌을 것이다. 여기까지는 기정사실로 보아도 무방했다. 하지만 힐라리아 수녀는? 그동안 그 자매는 어디 있었단 말인가.

캐드펠은 북쪽을 바라보았다. 얼마 전에 이브와 함께 말을 타고 지나왔던 완만한 고원이 눈에 들어왔다. 저 위쪽 개울 어딘가에 힐라리아 수녀가 누워 있었다. 큰길에서 상당히 떨어진 곳이다. 여기서 북동쪽으로, 캐드펠이 추측하기로는 적어도 1.5킬로미터가 넘는 거리였다.

"같이 고원으로 올라가보세. 다시 한번 살펴야 할 곳이 있어."

바람이 지난밤 쌓인 눈 더미를 얼마간 흩어놓은 덕에 노새들은 어렵지 않게 언덕을 올랐다. 캐드펠은 오로지 기억에 의존해 방향을 잡았으나 크게 빗나가지 않았다. 이내 말발굽이 작은 개울가에 이르렀다. 한쪽 관목숲과 나무들 아래 구덩이가 보였다. 큰길에서는 눈에 띄지 않는 곳이었다. 계속해서 위로 올라가자 머지않아 레드위크의 지류가 나타났다. 힐라리아 수녀를 발견한 지점의 하류였다. 지류를 따라 경사진 길을 천천히 오르다 보니 마침내 얼음이 네모지게 파인 자리가 나타났다. 그곳을 놓칠 수는 없었다. 칼날처럼 날카로운 모서리 부분이 어느 정도 무뎌지고 지난밤 내린 눈에 살짝 덮여 있긴 했지만, 그 자취는 여전히 또렷했다. 바로 살인자들이 그녀를 내던진 곳이었다.

하지만 엘리어스 수사가 약탈당하고 초주검이 된 채 버려진 곳에서 1.5킬로미터 넘게 떨어져 있었다!

이곳일 리가 없어. 울퉁불퉁한 민머리처럼 솟아 있는 클레의 봉우리들을 둘러보며 캐드펠은 생각했다. 이곳에서 벌어진 일이 아니야. 힐라리아 수녀는 나중에 이리로 옮겨진 거야. 하지만 왜? 그 약탈자들은 언제나 피살자를 현장에 버려두고 떠났다. 사체를 숨기려는 짓은 한 적이 없었다. 그리고 만일 이곳으로 그녀를 옮겼다면, 대체 어디에서 출발했을까? 시체를 이고 먼 길을 움직였을 리는 없다. 틀림없이 이곳에서 가까운 곳에 일종의 피난처가 있을 것이다.

"이곳에서는 소가 아니라 양을 놓아 기르겠구먼." 캐드펠은 머리 위쪽의 경사면을 둘러보며 말했다.

"그렇죠. 하지만 지금은 모두 우리 안으로 들였을 겁니다. 10년에 한 번 있을까 말까 한 저주스러운 날씨니까요."

"그렇다면 근처에 양치기들이 쓰는 오두막이 한둘은 있겠군. 가장 가까운 오두막이 어디쯤 있는지 아나?"

"이곳에서 브롬필드로 가는 길 쪽에 하나가 있습니다. 여기서 1킬로미터쯤 떨어져 있죠."

캐드펠이 서스턴의 집에서 이브를 데리고 갈 때 지나친 길이었다. 그날 그런 오두막을 본 기억은 없지만, 그때는 저녁이 다가올 무렵이라 꽤 어두웠다.

캐드펠은 노새의 방향을 틀었다. "그 길로 가보세."

1킬로미터는 족히 간 뒤에야 레이너가 길 왼쪽을 가리켰다. 아래쪽 낮은 분지에 눈으로 뒤덮인 지붕이 보였다. 처마 밑으로 직선을 이룬 그림자가 아니라면 그곳에 무엇인가 있다는 사실조차 알 수 없을 듯했다. 그들은 완만한 언덕을 내려가 오두막 남쪽으로 접근했다. 문은 활짝 열려 있었다. 문 바로 앞에는 간밤의 눈이 더미를 이루고 있었지만, 그 안쪽에는 판자 사이로 스며든 미세한 눈가루뿐이었다. 저 문은 열린 지 얼마나 되었을까? 어쨌든 지난밤 사이에는 닫혀 있었던 것이 분명했다.

캐드펠은 문간에 멈춰 섰다. 문이 닫힌 사이 쌓였을 눈 더미에 발자국 두 쌍이 찍혀 있었다. 오두막 문은 남쪽으로 나 있었고, 북쪽은 언덕으로 둘러싸여 있었다. 처마에는 매일 오후 몇 시간 동안 녹아 물방울이 되어 흘러내렸다가 저녁이 되면 다시 얼어붙곤 했을 고드름이 줄지어 매달려 있었다. 캐드펠이 바라보는 사이에도 고드름에는 작은 물방울이 맺혀 연신 아래로 떨어졌다. 그 아래쪽으로 시선을 돌리자 물방울이 만든 구멍 속에 갈색을 띤 둥근 물체가 보였다. 잡초도 흙도 아니었다. 캐드펠은 장화 앞부리로 눈을 치우고 자세히 살펴보았다.

물체를 잘 보존하는 데 얼음만 한 것이 있을까? 수많은 날들, 그 여러 시간의 햇살도 말이 떨어뜨린 이 작은 배설물 한 덩이를 뒤덮은 얼음을 완전히 녹일 수는 없었다. 얼음덩이에는 그저 아주 작은 구멍 하나만 뚫려 있었다. 이튿날이면 구멍은 다시 눈으로 둘러싸일 터였다. 얼음에 뚫린 구멍은 무척 깊었다. 그날 하루 고드름에서 떨어진 물방울로는 그렇게 될 수 없었다. 정확히는 모르지만 아마 닷새나 엿새쯤은 된 듯싶었다. 말이 이 자리에 매여 있었던 것일까? 오두막은 주변 나무를 베어내어 대충 지어 올린 듯, 여기저기 그루터기가 남아 있었다. 그중 아무 곳에라도 고삐를 매어둘 수 있었으리라.

우연이 캐드펠을 도왔다. 갑자기 불어온 미풍에, 그의 눈높이와 거의 수평을 이룬 오두막 모퉁이의 거친 목재에 달라붙어 있던, 거의 흰색에 가까운 털이 흔들린 것이다. 바람이 아니었다면 그저 나무에 눈이 묻었다가 얼어붙은 자국쯤으로 여기고 무심코 지나쳤으리라. 캐드펠은 나뭇결에서 조심스레 털을 떼어내 손바닥 위에 올려놓았다. 시든 앵초 꽃처럼 크림색이 도는 뻣뻣한 털이었다. 여기 묶였던 말이 어깨와 머리를 오두막 모퉁이에 대고 문지르다가 이런 증거를 남긴 모양이었다.

이곳은 힐라리아 수녀를 찾아낸 개울에서 가장 가까운 오두막이었다. 말이 있었다면 피살당한 여자의 시신을 운반하는 일도 그리 힘들지 않았을 것이다. 그러나 섣부른 추측은 금물이다. 미심쩍은 결론에 성급히 도달하기 전에 이곳의 상황을 더 자세히 살펴봐야 했다.

캐드펠은 말의 털을 수도복 주머니에 잘 넣은 뒤 오두막 안으로 들어갔다. 가득 쌓인 건초에서 풍기는 희미한 향기가 코끝을 자극했다. 레이너 더턴은 뒤쪽에서 조용히 그를 지켜보고 있었다.

누군가 겨울을 대비해 많은 품을 들여 마련한 듯 건초는 오두막 가득 쌓여 있었다. 이런 훌륭한 침상과 머리를 가려주는 지붕이라……. 피난처를 찾던 사람은 틀림없이 천우신조라 여기고 이곳에 들어왔을 것이다. 바로 지난밤에도 누군가 이곳을 이용한 듯했다. 건초에 기다란 자취가 남아 있었다. 아니, 그 이전에 남겨진 자국일지도 몰랐다. 어쩌면 두 사람이 몸을 눕혔던 자국일 수도……. 그래, 이 오두막이야말로 캐드펠이 찾던 바로 그곳인 듯했다. 하지만 여기에서 엘리어스 수사가 반죽음이 되어 버려진 곳까지는 적어도 1킬로미터 이상 떨어져 있지 않은가. 살인자들이 굳이 그곳으로 우회할 필요가 있었을까?

"우리가 찾는 그 두 사람이 간밤에 여기 있었던 걸까요?" 레이너가 물었다. "누군가 이 오두막에서 밤을 보낸 건 분명합니다. 여기, 문 앞에 난 발자국을 보세요."

"그럴지도 모르지." 캐드펠은 멍하니 대답했다. "그랬기를 바라세. 여기 묵은 사람이 누구였든 오늘 아침까지 살아 있었던 듯하니까. 자취가 남아 있으니 곧 추적할 수 있을 걸세. 하지만 그전에 이곳에서 찾아야 할 게 있어."

"더 뭐가 있단 말씀입니까?" 그러면서도 레이너는 집중하여 그곳을 살피는 캐드펠의 모습을 존중의 눈빛으로 지켜보았고, 이내 자신도 두 눈을 번쩍이며 오두막 안으로 들어와 거대한 건초 더미를 발로 휘젓기 시작했다. "이렇게 건초를 많이 깔았으니 잠자리는 제법 편안했겠군요." 그의 발놀림에 건초의 향기와 먼지가 가득 피어오르며 그 밑에 감춰져 있던 검은 옷자락이 비어져 나왔다. 허리를 굽혀 손으로 건초를 더 헤치니 먼지투성이에 쭈글쭈글하게 구겨진 검은 옷이 드러났다. 레이너는 놀라 그 옷을 집어 들었다. "이게 뭐죠? 이런 좋은 망토를 누가 버렸을까요?"

캐드펠이 옷을 받아 펼쳐 들었다. 낯익은 여행용 망토였다. 베네딕토 교단의 수도복, 수사의 옷이었다. 엘리어스의 것일까?

캐드펠은 말없이 망토를 내려놓고서 쥐를 쫓는 개처럼 두 팔을 건초 깊숙이 밀어 넣어 휘저었다. 검은 옷이 또 있었다. 일부러 숨겨놓은 것인지 건초 더미 깊숙이, 가장 밑바닥에 파묻혀 있었다. 돌돌 뭉쳐진 그 옷을 꺼내 흔들자, 안에서 하얀 공 비슷한 것이 떨어졌다. 캐드펠이 그것을 들어 펼쳐보았다. 수녀들이 쓰는 수수한 목면 머릿수건이었다. 온통 구겨지고 흙이 묻어 있었다. 캐드펠은 다시 검은 옷을 살폈다. 허리띠가 달린 가느다란 수녀복, 그리고 같은 주인이 입었음 직한 짧은 망토였다. 이 모든 것들이, 건초를 전부 소진하기 전까지는 누구도 알아챌 수 없을 만큼 깊숙한 곳에 감춰져 있었다.

캐드펠은 수녀복을 펼쳐 세밀히 더듬어보기 시작했다. 눈이 발견하지 못하는 것이라 할지라도 손길은 포착해낼 수 있을 터였다. 오른쪽 가슴께 딱딱하게 뭉쳐진 무언가가 만져졌다. 남자 손만 한 크기였다. 캐드펠의 손이 닿자 그것은 바스라지며 부패한 냄새를 풍겼다. 어깨와 소매가 이어지는 부분에서도 비슷한 흔적이 느껴졌다.

"핍니까?" 레이너가 놀라 물었다.

캐드펠은 대답 없이 침울한 표정으로 수녀복과 망토와 머릿수건을 둘둘 말아 옆구리에 끼웠다. "가세. 어젯밤 여기서 잔 사람들이 어디로 갔는지 알아봐야지."

오두막에서 마지막으로 밤을 보낸 이들이 어느 쪽으로 갔는지는 의심의 여지가 없었다. 문 앞에 찍힌 두 쌍의 발자국은 산 아래쪽으로 나란히 뻗어 있었다. 처음에는 두 발자국이 따로따로 나아가다가 눈 더미가 엉덩이께로 올라오는 곳에서 서로 만나 합쳐졌고, 거기서부터 언덕 아래쪽의 관목숲을 향해 쭉 이어졌다. 두 사람은 노새에 올라 좁고 굽이진 길을 따라 계속해서 발자국을 쫓았다. 하나가 된 발자국은 관목숲을 우회한 뒤 나무들이 띠처럼 늘어선 곳에서 다시 둘로 갈라졌다. 두 사람은 이내 그들이 쫓던 발자국과 수많은 사람과 말 들의 발자국이 뒤섞인 곳으로 나왔다. 발자국 무리는 서쪽에서 동쪽으로 이어져 있었다. 캐드펠은 동쪽 먼 곳을 한참이나 눈여겨 바라보며 개울들과 골짜기의 경로를 떠올려보았다. 이 발자국들을 따라가면 틀림없이 티터스톤 클레의 황무지에 이를 터였다.

"큰길에서 이곳까지 오는 동안 저런 자국을 본 기억이 있나? 이 방향을 보게. 아래쪽에서 올라오는 동안 우리도 분명 저런 자국을 가로질렀을 게야."

"글쎄요, 그땐 이런 걸 눈여겨보지 않아서요. 어쩌면 바람이 없애버렸을지도 모르고요."

"그래, 그랬을 수도 있겠군." 캐드펠 역시 얼음 속에 남겨진 빈관을 찾느라 땅바닥에 찍힌 자국에 대해서는 그다지 주의를 기울이지 않은 터였다. "자, 여기 남은 자취를 살펴보세. 그 정체는 모르지만, 어떤 무리가 여기서 가던 길을 멈추고 둥글게 둘러섰던 모양이야. 위에서 내려온 두 사람의 발자국이 멈춘 바로 이 자리에서 말이지."

"말도 여기 서서 방향을 바꿨네요." 레이너가 앞쪽을 가리키며 말했다. "그랬다가 다시 원래대로 몸을 돌려 앞으로 나아간 모양입니다. 그들 모두 같은 길로 간 것 같아요. 자취를 따라가보지요."

300걸음도 채 가기 전에 핏자국이 발밑에 나타났고, 루비처럼 붉은 조그마한 자국이 점처럼 이어졌다. 잠시 후에는 두 번째 핏자국이 보였다. 그 너머에도 작은 점은 끊임없이 이어져 있었다. 아주 작긴 하지만 얼룩은 얼어붙은 눈 위에 너무도 또렷이 남아 있었다. 아직 한낮의 햇빛이 힘을 잃기 전, 그렇게 나아가던 두 사람은 마침내 험상궂은 클레의 형상을 마주하게 되었다. 늑대들에게 어울릴 만한, 너무도 황량하고 쓸쓸한 곳이었다.

"이보게 친구, 자네랑은 여기서 헤어져야 할 것 같군." 캐드펠이 말했다. "보아하니 이 발자취는 바로 지난밤에 생긴 것 같네. 아마 머릿수가 꽤 될 테고, 말도 많이 데리고 있었던 모양이야.

그리고 무언가가 피를 흘렸어. 도살한 양이거나, 어쩌면 부상당한 사람일 수도 있겠지. 우리가 뿌리 뽑아야 할 도적의 무리는 틀림없이 저곳에서 내려왔네. 만일 어젯밤 그들이 끔찍한 도륙질을 하지 않았다면 이런 자국은 남지 않았을 걸세. 저 아래 어딘가에 부상당한 이들과 시체들이 있을 거야. 용케 살아남은 이들은 자기들이 잃어버린 것들을 생각하며 애통해하고 있겠지. 자넨 여기서 휴 베링어에게 돌아가 내 말을 전하게. 저자들의 발자취를 역으로 따라가다 보면 놈들이 어젯밤 일을 벌인 곳을 찾아낼 수 있을 거라고. 만일 휴 베링어가 아직 돌아오지 않았으면 러들로로 가서 조세 드 디낭에게 전해야 하네."

"수사님은 어쩌시려고요?" 레이너가 물었다.

"나는 이 발자취를 따라 계속 가보겠네. 그들이 우리가 찾는 두 사람을 데리고 갔는지 아닌지는 아직 확실치 않지만, 적어도 놈들의 은신처가 어디인지 알아낼 절호의 기회 아닌가. 저런, 그렇게 걱정할 것 없네!" 레이너가 망설이며 눈살을 찌푸리자 캐드펠은 얼른 말을 이었다. "나도 이런 일엔 제법 익숙해. 자, 이것들은 자네가 가져가게. 내가 돌아갈 때까지 레너드 원장님께 잘 맡겨두게나." 캐드펠은 그것이 얼마나 귀중한 증거인지 상기시키며, 앵초 꽃 빛깔의 털을 꺼내 오두막에서 찾은 옷 뭉치 속에 깊이 넣어 레이너에게 넘겨주었다. "어서 가게. 나는 오늘 밤이 지나기 전에 돌아가겠네."

*

    400미터도 채 못 가서 캐드펠은 레이너와 함께 개울로 올라갈 때 지났던 오솔길을 보았다. 바람에 날린 미세한 눈발들이 이미 길 위에 흩어져 있었다. 눈을 크게 뜨고 보았더라면 수많은 여행자들이 그곳을 지나갔다는 사실을 짐작할 수 있었을 텐데. 핏자국도 가느다란 눈발에 살짝 덮여 있었다. 이상하게도, 이 핏자국에서 무언가 불길한 의미를 읽어낼 필요는 없으리라는 생각이 들었다.

    그 지점에서부터 오솔길은 완만한 내리막을 이루었다가, 레드위크 개울과 도그디치 개울을 지나 다시 오르막으로 이어졌다. 오래된, 무척이나 오래된 길이었다. 지형에 따라 구불구불 이어지던 길은 갑자기 말이나 노새를 타고 오르기엔 힘들 정도로 급경사를 이루며 뻗어 올랐다. 능선이 가까워지고 있었다. 황량하고 쓸쓸한 바윗덩이가 눈에 들어왔다. 풀은 보이지 않고 이끼들만 얼어붙은 채 떨고 있었다.

    헐벗은 채 햇빛을 반사하는 클레의 전면이 눈앞에 나타났다. 더 이상 나아갈 수 없을 듯 보였지만 길은 화살처럼 바위의 벽을 향해 이어져 있었다. 머지않아 왼쪽이든 오른쪽이든 방향을 틀어 능선을 돌아가게 될 것이었다. 캐드펠은 존 드루얼의 농장이 약탈당했던 일을 떠올리며 길이 오른쪽으로 꺾이리라 추측했다. 그처럼 새벽이 가까운 시간에 여러 사람이 지키고 있던 클레턴의 마을을 한참 아래쪽에 둔 채 근거지로 돌아가려면 바로 그 길을 이용해야 했을 것이다.

그의 추측은 곧 사실로 드러났다. 길은 차츰 오른쪽으로 구부러지며 얼어붙은 개울을 따라 이어졌다. 이제 거대한 바위산은 그의 왼쪽에 서 있었지만 바로 곁에 솟은 언덕과 나지막한 나무들에 가려 잘 보이지 않았다. 굽이진 길을 따라 계속해서 산을 오르던 캐드펠은 마침내 약탈당한 드루얼의 집과 양 우리가 내려다보이는 곳에 이르렀다. 나선형의 길을 또 한 바퀴 돌아 올라가자 그 폐허는 이내 시야에서 사라졌다.

돌연 왼쪽 바위의 경사면에 갈라진 틈이 나타났다. 핏자국이 떨어져 있지 않았다면 그런 것이 있다는 사실조차 눈치채지 못할 만큼 좁은 틈이었다. 그 안의 계곡은 깊고 어두웠다. 빛과 바람의 위세마저 영향을 미치기 힘든, 훌륭한 피난처가 될 만한 곳이었다. 안에는 충분한 흙이 쌓여 목초가 자라나고 있었다. 정상에 가까워졌다는 생각이 들었다. 틀림없이 산 사면의 절반 이상을 올라왔으리라. 이 험한 길 끝, 오로지 새들만이 도달할 수 있을 법한 저 벼랑 위에 무엇이 있는지 곧 보게 될 것이었다.

대기가 희박한 고지대에서는 소리가 먼 곳까지 퍼져나가기 마련이다. 그 골짜기 깊은 곳에서 금속 부딪는 소리가 규칙적으로 들려오고 있었다. 캐드펠은 길을 멈추고 이제 어떻게 해야 할지 궁리해보았다. 저기 어디에선가 대장장이가 작업을 하는 듯했다. 이어 희미하지만 분명하게, 가축의 울음소리도 들려왔다.

만일 이곳이 도적 떼들이 지나는 길이라면 경비가 삼엄할 것이다. 들리는 소리로 미루어 그들의 요새는 멀지 않은 곳에 자리 잡고 있었다. 캐드펠은 노새에서 내려 덤불 사이로 들어간 뒤 나무에 노새를 매었다. 더 이상 의문의 여지가 없었다. 그곳은 러들로 코앞까지 침입하여 살인을 저지르고 약탈을 감행한 자들의 은신처였다. 그들이 아니라면 이처럼 접근하기 불가능하다시피 한 곳, 이렇게 은폐된 곳에 집을 짓고 살 이들이 있겠는가?

내놓고 들어가지는 못하지만 어떻게든 몰래 잠입할 수 있을 것 같았다. 캐드펠은 나무들 사이에 숨어 위쪽으로 올라갔다. 회색 하늘 아래 야트막하게 웅크린 검은 물체가 보였다. 나무로 만들어 세운 감시탑의 지붕이었다. 그는 이제 하류로 흘러내려 깊은 계곡을 이루는 개울의 발원지에 접근해 있었다. 수풀 너머 바위와 눈으로 뒤덮인 고원이 나타났다. 구불구불 길게 이어진 방책도 보였다. 그 안에는 건물들의 지붕이 비죽비죽 솟아 있었다. 긴 통로 저편에 또 하나의 감시탑이 서 있었다. 바람을 견뎌내게끔 견고하게 지어진 감시탑은 그리 높지 않으나 주변의 모든 것을 살피기에는 충분할 듯싶었다. 뒤쪽은 경계할 필요가 없을 것이다. 성채 뒤쪽, 깎아지른 듯한 벼랑을 넘어 공격해올 만한 것은 독수리들뿐일 테니까. 게다가 멀리서 보면 저 감시탑도 그저 검은 바위의 일부로 여겨질 터였다.

캐드펠은 한동안 거기 선 채 보이고 들리는 것들을 꼼꼼히 마음에 담았다. 휴 베링어에게 이 모든 것을 자세하게 설명해줘야 했다. 높은 방책 위에 촘촘하게 박힌 뾰족한 기둥에는 드문드문 발받침이 설치되어 있었다. 서서 주변을 관측하거나 경비병이 돌아다닐 수 있게끔 만들어둔 모양이었다. 방책 안에서 수많은 목소리가 들려왔다. 그 내용까지는 알 수 없지만 다들 고함을 지르고, 웃어대고, 심지어는 노래까지 불러대는 듯했다. 대장장이는 부지런히 작업을 이어갔고, 짐승들도 여전히 울고 있었다. 온갖 소음들이 분주하고 거침없이 돌아가는 그들의 생활을 생생히 전해주었다. 두려움 같은 것은 찾아볼 수 없었다. 그들은 이 고립된 세계, 족쇄가 채워진 자신들의 세계가 그들이 적대시하는 세계와 동등하다고 자신하고 있었다. 저 안에서 그들을 지도하는 자가 누구건, 그는 잉글랜드가 둘로 분열되어 그 틈으로 제 이빨을 끼워 넣을 수 있게 된 것에 그저 기뻐하며, 불만에 가득 차 법을 무시한 채 멋대로 살아가던 이들을 끌어모았으리라.

구름이 머리 위로 낮게 드리웠다. 캐드펠은 노새를 매어둔 곳으로 돌아갔다. 그는 덤불 속에 몸을 숨긴 채 한동안 노새를 끌고 내려가다가 잠시 서서 귀를 기울인 뒤에야 비로소 노새에 올랐다. 올라온 길을 따라 내려가 저지에 이르기까지 아무와도 마주치지 않았다. 갈림길이 나타났다. 왼쪽으로 꺾어 클레오버리에서 이어지는 큰길을 따라갈 수도 있겠지만, 그는 약탈자들이 이용한 길을 되짚어 내려가기로 했다. 그 경로를 잘 파악해둘 필요가 있었다. 눈이 쏟아져 온 세상이 묻혀버린다 해도 그 길을 찾아낼 수 있어야 했다.

사방에 어둠이 짙게 깔릴 무렵, 캐드펠은 브롬필드에서 1킬로미터쯤 떨어진 곳에 이르러 있었다. 그는 지친 몸으로, 그러나 감사의 마음을 품고서 수도원으로 향했다.

*

마지막 기도를 마친 뒤에야 휴 베링어를 만날 수 있었다. 휴는 피로와 허기와 추위에도 불구하고 땀을 뻘뻘 흘릴 정도로 맹렬히 말을 달려 온 터였다. 캐드펠은 교회에서 나오자마자 늦은 저녁 식사를 하고 있는 휴를 찾아갔다.

"그 장소는 확인했나? 간밤에 악마들이 어디로 움직였는지 레이너가 제대로 전해주었겠지?"

"수사님이 어디로 갔는지도 전해주었죠." 휴 베링어는 어두운 표정으로 대답했다. "수사님을 다시 만나지 못하게 될지도 모른다고 생각했습니다. 더구나 멀쩡한 모습으로는요! 도대체가, 벌집에 손을 넣어보지 않고는 견딜 수 없는 겁니까?"

"그자들이 어젯밤에 약탈하고 방화한 곳은 어디였나?"

"위트바크였어요. 러들로에서 겨우 3킬로미터 떨어진 곳이죠. 놈들은 마치 제집 안뜰 드나들듯 멋대로 들이닥쳐 휘저어댄 다음 멋대로 떠나가버렸죠." 캐드펠의 추측에 들어맞는 장소였다. 위트바크에서 근거지로 돌아가려면 오래된 길에 자리한 그 오두막을 지나야 했다. 휴가 이야기를 이어갔다. "제가 러들로로 돌아가 있을 때 수사님이 보낸 사람이 도착했어요. 디낭을 데리고 얼른 다시 뛰쳐나갔죠. 집이란 집은 모조리 불타고 사람이란 사람은 모조리 칼에 베여 쓰러져 있더군요. 아기를 데리고 숲속으로 달아난 여자가 둘 있는데, 추위와 공포 때문에 무척 고생했지만 목숨은 건졌어요. 나머지 사람들은…… 증언을 할 수 있을 만한 남자 하나에 어린아이 둘이 살아남기는 했는데, 그들 역시 부상을 입었어요. 나머지는 모두 죽었죠. 산 자도 죽은 자도 모두 시내로 데리고 갔습니다. 디낭의 주민들이니 거기서 보살핌을 받을 수 있겠죠. 디낭도 여간 화가 난 게 아니에요. 기회만 온다면 피로 보복할 겁니다."

"그 사람에게도 자네에게도 기회가 온 것 같군."캐드펠이 말했다. "내가 뭘 찾아냈거든."

피로에 지쳐 줄곧 벽에 머리를 기대고 있던 휴 베링어가 얼른 자세를 바로잡았다. 그의 눈이 예리하게 번쩍이기 시작했다. "그 늑대들의 소굴을 찾아내신 겁니까? 어서 말씀해보세요!"

캐드펠은 모든 것을 이야기했다. 최대한 상세히 설명할수록 최대한 적은 손실로 문제를 해결할 수 있는 가능성이 높아질 터였다. 물론 그렇다 해도 결코 쉽지 않은 일이었지만 말이다.

"내 보기에 그곳에 이르는 길은 딱 하나뿐이네. 성채 뒤는 깎아지른 벼랑이지. 방책이 어디까지 이어져 있는지는 확인하지 못했어. 하지만 아마 그자들은 뒤쪽까지 방책을 세울 필요는 없으리라 생각했을 걸세. 날씨가 좋은 시기라면 모를까, 눈과 얼음이

뒤덮인 이런 계절에는 누구도 감히 그 벼랑으로 기어오를 엄두를
못 낼 테니. 게다가 그자들도 만일의 경우에 대비해 돌과 바위를
충분히 준비해두었겠지."

"그토록 견고하다는 겁니까? 도대체 무슨 수로 그렇게 많은
건물을 몰래 지었을지 짐작도 못 하겠군요."

"그곳은 황량하고 자연조건이 엄혹하기 그지없는 곳이네. 그
런 곳에 누가 가볼 생각이나 했겠나? 산 아래쪽에야 주민이 몇
있지만 정직한 이들이 무엇 하러 그 높은 곳까지 올라가겠나? 그
것만이 아니네, 휴. 그자들은 방책 안에 군대를 갖고 있어. 중부
잉글랜드에서 얼마나 많은 사람들을 끌어모았는지는 하느님만이
아시겠지. 그들 발밑에는 클레의 삼림이 있고, 주변은 사방이 바
위야. 알다시피, 목재와 노동력만 있으면 요새는 순식간에 세울
수 있는 법이지."

"그러나 달아난 농노들은 기껏해야 좀도둑이 되어 도시에서
활동할 뿐이에요. 숲속에 오두막을 짓는다면 모를까, 그렇게 엄
청난 규모의 성채를 만들지는 않죠. 아마 막강한 영향력을 지닌
사람이 그곳을 지배하고 있을 겁니다. 그게 누군지 궁금하군요!
정말 궁금해요!"

"하느님이 허락하신다면 우린 내일쯤 그 사람의 정체를 알게
될 거야."

"우리라고요?" 휴 베링어는 깜짝 놀라 캐드펠을 쳐다보았다.
이어 미소가 천천히 그의 얼굴에 번졌다. "이런, 수사님이 다시

무기를 손에 쥐는 일은 없으리라 생각했는데요! 우리가 찾는 두 사람도 그 안에 잡혀 있는 겁니까?"

"남은 흔적으로 보아 아마 그럴 걸세. 물론 아직 확실하지는 않아. 전날 밤에 그 오두막에서 잠을 자고 산을 달려 내려가 그 말 탄 무리와 만난 이들이 과연 누구였는지…… 하지만 어른 하나와 아이 하나였다는 사실만큼은 분명하지. 이브와 엘리어스 형제 말고 쌍을 이루어 그 밤중에 길을 떠난 이들이 또 있을까? 그래, 난 그 두 사람이 놈들과 함께 그리로 갔다고 보고 있네. 그러니 휴, 나도 자네와 함께 가서 그들을 구출해야겠어."

휴는 한동안 캐드펠을 바라보다가 입을 열었다. "하지만 그자들이 왜 엘리어스 수사를 끌고 갔겠습니까? 그 소년이라면 입고 있는 옷이나 거동으로 보아 가치 있는 전리품이라 판단했겠지만, 돈 한 푼 없고 정신마저 온전치 못한 수사를 대체 무엇 때문에요? 그자들은 이미 엘리어스 수사를 반죽음으로 몰고 간 적이 있어요. 두 번째라 해서 망설였겠습니까?"

"만일 놈들이 엘리어스 형제를 죽여 없앴다면 내가 그 시체를 봤겠지." 캐드펠은 강경한 어조로 말을 이었다. "하지만 그런 건 못 봤네. 그래, 당장은 정확히 무슨 일이 벌어졌는지 알 길이 없네. 그러니 모든 정황을 아는 자를 찾아내 그에게서 얘기를 들어볼밖에."

"알겠습니다. 내일 해가 뜨자마자 러들로로 가서 국왕 폐하의 명령임을 주지시키고 조세 드 디낭이 동원할 수 있는 모든 병사들과 나의 병사들을 모아 함께 출발시키지요. 디낭도 국왕에게 충성을 다할 의무를 지닌 사람이니 기꺼이 도울 겁니다. 자기 영지 안에 국가를 거역하는 자들이 있다는 건 스티븐 폐하는 물론이거니와 디낭 자신에게도 모욕일 테니까요."

"지금 당장 그자들을 쓰러뜨릴 수 없다니 아쉽게 됐군. 자칫하다 낮 시간을 놓치지 않도록 서둘러야 할 걸세. 그리고 햇빛은 그들보다 우리에게 훨씬 더 필요할 거야. 그자들은 그곳 지형을 잘 아니까." 캐드펠은 이미 마음속으로 공격 계획을 세우는 중이었다. 오랫동안 그런 일과 하등 관련 없는 삶을 살아왔지만, 그의 내면에는 여전히 과거의 전의와 열정이 불타고 있었다. 캐드펠은 휴가 웃고 있다는 것을 깨닫고 얼굴을 붉혔다. "이런, 난 이미 새사람이 되었는데, 깜빡 잊었군." 그는 다시 자신의 영역으로, 길을 잃은 영혼에 관한 일로 되돌아갔다. "한 가지 더 보여줄 게 있네. 악마의 요새와는 직접적인 연관이 없는 물건이긴 하지만."

캐드펠은 검은 뭉치를 테이블에 올려 수녀복과 하얀 머릿수건을 펼치고, 그 옆에 말의 갈기털도 꺼내놓았다. "그 오두막의 건초 더미 밑에서 이걸 찾아냈네. 눈에 띄지 않는 깊숙한 곳에 숨겨져 있더군. 레이너가 건초를 발로 차 걷어내지 않았다면 찾을 수 없었을 거야. 그곳에 감춰져 있던 이것들을 살펴보게. 그리고 이 갈기털은 오두막 바깥쪽 모퉁이의 거친 외벽에 붙어 있었네. 그 밑에는 말의 배설물도 한 덩어리 떨어져 있었지."

캐드펠은 그 정황도 세세하고 정확하게 들려주었다. 이는 그야수들의 문제와 관련한 것과는 전혀 다른 종류의 사고가 필요한 일이었다. 휴 베링어는 얼굴을 찌푸리고 정신을 집중해 귀를 기울이며 그것들을 살펴보았다. 피로에 지쳐 있던 정신이 순식간에 민감하고 예리한 사고력을 되찾은 듯했다.

"그 수녀와 수사의 것인가요?" 그가 마침내 입을 열었다. "두 사람이 거기 같이 있었나 보군요."

"내 생각도 그래."

"엘리어스 수사가 발견된 장소는 오두막에서 상당히 떨어진 곳이었어요. 수도복도 없는 벌거숭이 몸이었죠. 그런데 오두막에 이 옷이 버려져 있었다니…… 수사님 생각이 옳다면, 엘리어스 수사는 여기 누워 있다가 무엇에 홀린 듯 다시 그 오두막으로 갔습니다. 하지만 무엇 때문이죠? 무언가에 쫓겨서? 아니면 이끌려서?"

"그건 나도 잘 모르겠네. 하지만 하느님이 도와주신다면 그 역시 알아낼 수 있겠지."

"게다가 옷이 감춰져 있었다…… 그것도 아주 감쪽같이. 수사님이 찾아내지 않았다면 이것들은 봄까지 그 자리에 있었을 테고, 다시 발견되었을 땐 이게 무슨 의미를 지닌 물건인지 누구도 짐작할 수 없었을 겁니다. 그 늑대들이 자기들 소행을 감추려 한 적이 있었나요, 수사님? 전혀 없었습니다. 그들은 무엇을 파괴하건 그 자리에 고스란히 버려두었어요."

"그랬지. 부끄러운 줄도 모르고."

"하지만 두려움마저 없지는 않았을 겁니다. 어쨌든, 이 모든 걸 종합해 생각해보면 아무래도 앞뒤가 맞지 않아요. 어떻게 이 해해야 할지 모르겠군요. 애써 생각을 해보려 하면 마음만 언짢 아지고요."

"나 역시 마찬가지야. 일단 기다려보세. 뭔가를 더 알게 되면 앞뒤가 들어맞겠지." 그러고서 캐드펠은 고집스레 덧붙였다. "어 쩌면 그렇게 언짢은 결론은 아닐지도 모르고. 선과 악이 서로 풀 려 나올 수 없을 만큼 참혹하게 뒤엉켜 있지는 않으리라고 나는 믿네."

*

두 사람 중 누구도 문이 여닫히는 소리를 듣지 못했다. 그러나 캐드펠이 옷 뭉치를 팔에 끼고 밖으로 나섰을 때, 바깥의 석조 통 로에 한 여자가 서 있었다. 잠들 줄 모르는 자궁에 가득 찬 열정 적인 눈, 창백한 낯빛, 어깨 위로 구름처럼 흘러내린 검은 머리 칼. 에르미나의 얼굴에는 긴장과 불안의 표정이 떠올라 있었다. 무심코 안으로 들어오려다가 두 사람의 목소리와 방 안의 광경에 놀라 얼른 돌아 나온 모양이었다. 그녀는 짙은 그림자 속에 숨어 캐드펠이 나오기만을 기다리고 있었다. 캐드펠이 팔을 잡자 몸의 미세한 떨림이 느껴졌다. 그는 난롯불이 미약하게나마 여전히 남 아 있는 방으로 서둘러 에르미나를 데려갔다. 호젓한 곳에 이르자 긴장이 풀리는 듯 그녀의 호흡이 차츰 누그러들었다. 캐드펠이 허리를 굽혀 부드럽게 불길을 휘젓자 이내 난로에서 발갛고 따뜻한 기운이 흘러나오기 시작했다.

"여기 앉아 몸을 덥혀요. 자, 두려워할 것 없으니 마음 가라앉히고. 바로 오늘 아침까지도 이브는 무사히 살아 있었소. 사람의 힘으로 이루어질 수 있는 일이라면, 내일은 그 아이를 이리 데리고 돌아올 거요."

캐드펠의 소매를 움켜잡고 있던 손이 천천히 풀렸다. 에르미나는 벽에 머리를 기대고 다리를 불 쪽으로 뻗었다. 수도원 정문으로 들어설 때 입고 있던 농부의 겉옷 차림에 맨발이었다.

"왜 잠을 못 이루고 있는 거요? 이 일을 그냥 우리에게, 아니 하느님의 손길에 맡겨둘 수 없겠소?"

"하느님이 힐라리아 수녀를 죽게 했잖아요." 에르미나가 몸을 부르르 떨며 불쑥 말했다. "그 옷…… 저도 알아요. 저도 그 머릿수건과 그 수녀복을 봤다고요! 그건 힐라리아 수녀의 옷이에요. 그분이 능욕당하고 살해당할 때 하느님은 어디 계셨죠?"

"하느님도 전부 보셨을 거요. 그리고 흠 한 점 없는 순결한 성자를 위해 바로 곁에 자리를 마련해두셨지. 힐라리아 자매가 그곳에서 돌아오기를 바라는 거요?"

캐드펠은 그녀 곁에 앉았다. 에르미나의 슬픔과 연민에 깊이 공감하지 않을 수 없었다. 더 이상 무슨 말을 하겠는가? 스스로를 파괴할 듯한 저 분노를 어떻게 진정시킬 수 있단 말인가?

"도무지 잠이 오지 않더라고요. 누가 새로운 소식이라도 알려 주지 않을까 하는 생각으로 밖에 나왔다가 수사님 목소리를 들었어요. 엿들을 마음은 없었어요. 그저 문을 열었는데, 그게 보여서……."

"그래, 당신은 아무 잘못도 없소." 캐드펠은 부드럽게 말했다. "내가 아는 것을 모두 얘기해주지. 당신도 들을 자격이 있으니까. 다만, 다시 한번 일러두겠소. 다른 사람이 저지른 악행에 대해 스스로를 책망해선 안 되오. 자신이 죄를 저질렀다면야 물론 책임을 져야 마땅하겠지. 하지만 이 죽음은 아니오. 누가 이런 짓을 저질렀는지 몰라도, 당신이 책망받을 일이 아니라는 건 분명하다는 말이오. 자, 이제 내 얘기를 듣겠소?"

"좋아요." 에르미나는 고분고분하게 대답하면서도 단호함을 잃지 않았다. "하지만 제가 책임을 질 일이 아니라면, 당당히 제 요구를 입 밖에 낼 수 있겠죠? 전 복수를 바라요."

"그것 역시 하느님께 속한 일이라고 우리는 배웠소."

"동시에 제 의무이기도 하고요. 저는 그렇게 배웠어요."

어느 모로 보나 전적으로 정당한 의견이었다. 그녀 또한 캐드펠만큼 진지했다. 에르미나의 복수심을 온몸으로 느끼면서, 캐드펠은 혹시 자신 역시 그녀와 같은 목표를 품고 있지는 않은지 자문해보았다. 사실상 두 사람의 생각과 목적은 큰 차이가 없었다. 그들은 정의에 대한 목마름을 공유하고 있었고, 그녀는 그것을 복수라 부를 뿐이었다. 캐드펠은 아무 말도 하지 않았다. 강렬한 열정은 끝내 목표를 달성한 뒤 사그라들거나, 아니면 스스로 그 광포한 기세를 누그러뜨리고 타협점을 찾기 마련이다. 그 스스로 길을 찾아가게 하는 수밖에 없었다. 그녀가 자신의 분노를 슬픔이라는 인간의 조건과 화해시키는 법을 터득하게 될지 누가 알겠는가.

"저에게 보여주실 수 없나요?" 그녀가 겸손한 어조로 물었다. "그분의 옷 말예요. 수사님이 그걸 가지고 계신다는 거 알아요." 그랬다. 자신이 원하는 바를 위해서는 무엇보다 침착하고 겸손한 태도가 필요하다는 사실을 알고 있는 것이다. 또한 어찌 되었든, 그녀가 잃어버린 친구를 온 마음으로 애도하고 있다는 사실만큼은 의심의 여지가 없었다.

"여기 있소." 캐드펠은 두 사람 사이에 힐라리아 수녀의 옷 뭉치를 놓고 엘리어스 수사의 수도복을 그 옆에 놓았다. 말의 갈기털이 살아 있는 물체처럼 꿈틀대며 바닥으로 떨어졌다. 에르미나는 그것을 집어 한동안 살피더니 의아한 눈초리로 캐드펠을 쳐다보았다.

"이건 뭐죠?"

"그 오두막 바깥쪽 처마 밑에 묶여 있던 말에게서 나온 털 같소. 눈 속에 배설물까지 남아 있더군. 이 털은 거친 나무 표면에 붙어 있었고."

"그날 밤에요?"

"그건 확실치 않소. 배설물이 눈 속에 묻힌 상태로 보아 며칠

된 것 같긴 한데…… 어쩌면 그날 밤이었을 수도 있겠지."

"힐라리아 수녀의 시신이 발견된 장소와 가까운 곳이었나요?"

"죄를 은폐하려는 의도가 있었다 하더라도 사람이 시신을 둘러메고 이동할 수 있을 정도로 가까운 거리는 아니었소. 물론 말이 있었다면 얘기가 달라지지만."

"그래요. 저도 그렇게 생각해요."

그녀는 갈기털을 놓고 힐라리아 수녀의 옷을 집었다. 캐드펠은 옷을 무릎 위에 올려 부드럽게 쓰다듬는 에르미나의 모습을 지켜보았다. 그녀의 손가락이 수녀복의 뻣뻣한 부분에 닿았다. 오른쪽 가슴 부위에서 머뭇거리던 손가락은 아래로 내려갔다가 다시 그곳으로 되돌아왔다.

"이건 핏자국인가요? 하지만 그분은 피를 흘리지 않았는데요. 그분이 어떻게 죽었는지 수사님이 말씀해주셨잖아요."

"그렇소, 이건 그 자매의 피가 아니오. 몸에 희미하게 혈흔이 남아 있긴 했지만 자매는 부상을 입지 않았소."

에르미나는 검은 눈을 들어 캐드펠의 얼굴을 쳐다보며 되뇌었다. "희미한 혈흔이라고요……." 그러곤 피가 굳어 뻣뻣해진 수녀복 표면 위에 손바닥을 펼쳤다. 안에서부터 흘러나온 것이 아니라 밖에서 묻은 핏자국. 그 자취는 결코 희미하다 할 수 없었다. "그분을 죽인 남자의 피일까요? 그분이 그 남자를 다치게 한 거라면 좋겠네요! 아, 전 정말이지 그자의 눈알을 뽑아버리고 싶어요. 그분이 어떻게 되었는지 보세요! 그처럼 작고 그처럼 착한 분이……."

에르미나는 힐라리아의 수녀복을 가슴에 댄 채 깊은 생각에 잠겼다. 그 얼굴과 눈에서 불빛이 붉게 반사되었다. 잠시 후, 그녀는 핏자국으로 뻣뻣한 수녀복의 가슴 부분을 문질러 주름을 편 뒤 끝자락을 단정히 맞추어 정성 들여 옷을 접었다.

"제가 이걸 간직해도 될까요?" 에르미나는 조용히 덧붙였다. "그분을 살해한 자에게 이 옷을 보여줄 때까지요."

11

날이 밝자마자 휴 베링어는 러들로로 떠날 채비를 했다. 캐드펠도 장화를 신고 수도복 자락을 끌어올린 뒤 말에 올랐다. 길잡이라는 역할로 동행하게 되었지만, 그는 붕대와 연고도 한 짐 챙겼다. 오늘 날이 저물 때까지 아마 수많은 부상자가 생길 것이었다.

에르미나의 모습은 보이지 않았다. 캐드펠은 그녀가 아직 평화로운 잠에 빠져 있으리라 생각하며 다소 마음을 놓았다. 지난밤 에르미나에게서는 어딘지 긴장과 체념의 기운이 느껴졌고, 그것이 줄곧 캐드펠의 마음을 불편하게 하던 터였다. 그녀를 짓누르는 것은 남동생에 대한 걱정이 아니었다. 그녀 자신이 이미 털어놓은 바 있는 슬픔과 죄의식도 아니었다. 지난밤 헤어질 때, 에르미나는 얼음처럼 침착한 태도로 힐라리아 수녀의 수도복을 쥐고 있었다. 그 모습이 캐드펠의 마음을 떠나지 않았다. 그것은 무장을 완전히 갖춘 채 최초의 전투를 앞두고 있는 기사의 결연한 태도였다.

에르미나의 마음에서 풋사랑의 환상을 몰아낸 올리비에 드 브르타뉴에게 축복이 있기를! 그녀가 성미를 누르고 다른 이들에게 자신의 짐을 맡긴 채 조용히 지내는 것은 다름 아닌 그 남자 때문이었다. 하지만 왜 캐드펠의 마음이 이토록 불안한 것일까? 그녀의 모습이 무장한 기사로 보이는 것은 대체 무엇 때문일까?

게다가 그 찝찝함을 마음에 담아둔 채로, 그는 이제 싸워서 이겨내야 할 진짜 전투에 임해야 했다.

조세 드 디낭은 휴 베링어가 요구한 병력을 거느리고 성에서 행군해 나왔다. 건장하고 살집이 많은 몸에 얼굴이 불그레한 이 중년의 남자는 능숙하게 말을 몰며 직접 군대를 지휘했다. 디낭의 병사 중에는 휴가 특별히 요청한 궁수들도 포함되어 있었다. 이 국경 지방에는 단궁에 능한 사람들이 많았다. 캐드펠이 협곡의 덤불숲에서 요새를 지켜본바, 그 정도 거리라면 단궁으로 공격이 가능할 것 같았다. 나뭇가지들을 은폐물 삼아 지켜보다가 말 탄 경비병을 발견하면 쓰러뜨리는 것이다. 탁 트인 고원의 4분의 1쯤 되는 면적에서만 나무들이 자라고 있다는 것이 안타까울 따름이었다. 바람도 문제였다. 올라가는 동안에는 협곡이 매서운 돌풍을 막아주겠지만, 정상 부근에 이르면 완전히 노출될 수밖에 없었다. 게다가 요새 안에도 궁수가 있을 것이다. 아마 총안 뒤에 숨어 몸을 드러내지 않은 채 훤히 노출된 그들에게 마음껏 활을 쏘아대리라. 캐드펠은 적의 용병술을 결코 얕보지 않았다. 이 황량한 곳에 요새를 세운 자가 누구인지는 몰라도, 그는 상당히 명민한 자임이 틀림없었다.

행군은 예상보다 수월했다. 지난 며칠 동안은 눈보라가 늦게 시작되어 일찍 그쳤고 바람도 심하지 않았다. 대기는 청명하기 그지없었다. 고지대에는 안개가 끼어 산봉우리들을 가리고 있었지만, 덕분에 목표 지점에 접근할 때의 움직임이 조금이나마 은폐될 테니 이 역시 그들에게는 유리한 조건이었다.

"밤새도록 밖에 나가 노략질을 했다면 이런 이른 시각에는 집 안에 편안히 틀어박혀 있을 걸세." 캐드펠이 말했다. "반대로 시골 사람들은 대개 이 시각에 활동을 시작하지. 저 올빼미 같은 자들이 좀처럼 다른 사람들 눈에 띄지 않는 건 그 때문이야. 우연히 누굴 마주친다 해도 죽여버리면 그만이고. 하지만 엊그제 약탈품을 충분히 챙겼으니 간밤에는 쉬었을 테고, 그렇다면 아마 저들도 깨어 있을 가능성이 높네. 게다가 약탈의 밤을 보낸 다음 날보다는 훨씬 멀쩡한 상태겠지. 우리에게는 유감스러운 일이야."

그의 한쪽 옆에서는 휴가, 다른 한쪽에서는 디낭이 말을 달렸다. 디낭은 자꾸만 앞서 나가려는 말을 고삐로 달래느라 애를 먹고 있었다. 보아하니 그는 자기보다 나이도 어리고 경험도 적은 사람의 지휘에 따라 움직여야 한다는 사실에 다소 화가 난 듯했고, 그래서 굳이 앞으로 나서지 않으려는 것 같았다. 그 심정도 이해할 만했다. 정치적 성향이 미심쩍다지만, 캐드펠이 보기엔 그는 충분히 가치 있는 사람이었다. 만일 그를 잃는다면 참으로 서글픈 일이 되리라.

"혹시 요새 전방에 전진기지를 구축하지는 않았을까요?" 휴가 말했다.

"아니, 요새 근처, 심지어는 요새 중간 지점까지도 괜찮을 걸세." 캐드펠이 대답했다. "무척이나 외지고 황량한 곳에 요새를 세웠으니 안전을 과신하고 있겠지. 그리로 이어지는 골짜기는 무척 좁아서 좀처럼 눈에 띄지 않거든. 하지만 내가 이미 가봤으니 그 길을 찾아내지 못할 리 없어. 골짜기까지만 가면 요새의 모습을 훤히 볼 수 있을 걸세. 그들은 자기들이 안전하다고, 설령 누군가 접근한다 해도 자기들 힘으로 막아낼 수 있다고 굳게 믿고 있을 테고."

그들의 눈앞에 사람 하나 없는 황량한 세계가 펼쳐졌다. 저 앞쪽, 구름을 터번처럼 두른 거대한 산이 견고한 푸른 그림자처럼 솟아 있었다. 캐드펠은 눈을 가늘게 뜨고 기억을 되살려가며 걸음을 옮겼다. 밤사이에 내린 눈이 어제의 발자국을 덮어버렸지만 여전히 표면에는 희미한 흔적이 남아 있었다. 거대한 바위 앞에 이르자 캐드펠은 걸음을 멈추곤 엷은 안개 속에 모습을 감춘 벼랑의 정상으로 시선을 옮겼다. 바위 위로 솟은 검은 산마루는 짙은 안개에 묻혀 보이지 않았다. 여기서 감시탑이 보이지 않는다면 감시탑에 있는 사람 역시 이쪽을 볼 수 없으리라. 그 틈을 타

최대한 빠른 속도로 이곳을 통과해 나선형 오솔길의 첫 굽이를 돌아가야 했다.

그들은 길고 긴 오르막을 올라 마침내 정상의 삭막한 황무지에 이르렀다. 바위가 갈라진 통로 앞에서 휴는 행군을 멈추고 척후병을 보냈다. 하늘에 원을 그리며 맴도는 몇 마리 새들뿐, 살아 움직이는 것이라곤 찾아볼 수 없었다. 바위 사이의 통로는 너무나 비좁았다.

"몇 발짝 들어가면 금세 막혀버릴 것 같은데요." 휴가 말했다. "어딘가로 이어진 길이라고는 도저히 생각할 수 없겠습니다."

"들어가면 점점 넓어지면서 개울의 원류로 이어지지. 고원지대를 흐르는 모든 개울이 나오는 곳이야. 안에 나무들이 자라고 있는 게 보일 걸세."

병사들은 일렬종대로 들어가 양쪽에 선 나무들 사이에 차례로 자리를 잡았다. 마침내 휴가 키 큰 나무를 찾아 몸을 숨길 즈음 안개가 서서히 이동하기 시작했다. 그는 요새까지 이어진 공간에 드문드문 돋아난 잡초와 바위들을 살펴보았다. 이제 누구라도 은폐물 밖으로 나서면 그 즉시 놈들이 눈치챌 터였다. 듬성듬성하게 자란 이 작은 나무들 앞쪽에는 몸을 가려줄 만한 것이 전혀 없었다. 캐드펠은 근심에 사로잡혔다. 생각보다 거리가 먼 듯했다. 요새 안에 믿을 만한 경비병과 훌륭한 궁수들이 있다면 여기 있는 아군 대다수가 공격당해 쓰러지고 말 것이 분명했다.

조세 드 디낭이 방책의 길이와 그 너머 감시탑의 높이를 가늠

하더니 입을 열었다. "먼저 항복하라는 권고를 보낼 필요는 없겠지. 그래서는 안 될 이유도 많고."

휴의 생각도 같았다. 이 빈약한 은폐물뿐인 지역에 어찌어찌 무장병력과 궁수들을 배치한 이상, 기습이라는 무기를 포기할 이유가 없었다. 만일 궁수들이 행동을 개시하기 전에 방책을 향해 절반쯤 전진할 수만 있다면 다들 목숨을 구할 수 있을 것이었다.

"그렇죠. 저놈들은 약탈을 하고 폭행을 저지르고 무자비한 살인까지 감행한 자들입니다. 그런 놈들에게는 어떤 권고도 할 생각이 없습니다. 최선을 다해 병력을 산개시킨 뒤 놈들이 알아채기 전에 공격을 개시하지요."

그는 모든 궁수들을 반원형으로 정렬시켰다. 보병들을 세 무리로 나누어 숲의 가장자리를 따라 배치하고, 소수의 기병들을 둘로 나누어 그들 사이에 위치시켰다. 그들의 임무는 성문을 향해 진군하여 공격로를 확보하고 보병들이 안으로 침투할 수 있도록 하는 것이었다.

모든 준비가 끝나자 정적이 엄습했다. 휴가 창끝 모양으로 늘어선 기병대의 최전방으로 나아가 팔을 높이 들어 공격 개시를 알렸다. 휴는 왼쪽에서, 디낭은 오른쪽에서 은폐물을 박차고 나와 성문을 향해 내달렸고, 보병들이 그 뒤를 따랐다. 나무 가장자리에 배치되어 있던 궁수들은 일제히 화살을 날리기 시작했다. 방책 위로 머리가 보이는 족족 화살이 날아갔다. 캐드펠은 궁수들과 함께 뒤쪽에 남아 있었다. 이토록 조용하게 공격이 시작될 수 있다는 사실이 그저 놀라울 뿐이었다. 들리는 것이라곤 말발굽 소리뿐이었고, 그나마도 눈 때문에 무뎌져 있었다. 방책 안에서는 대소동이 벌어졌다. 당황한 적들이 총안을 향해 몰려드는가 싶더니, 곧 안에서도 화살이 쏟아져 나오기 시작했다. 그러나 아군의 첫 공격은 성공적이라 할 만했다. 방책 문의 빗장이 벗겨져 나가 경비병들이 그리로 몰려갈 무렵에는 휴와 디낭이 이미 대여섯쯤 되는 병력을 이끌고 적군의 시야에서 벗어난 곳, 즉 방책 바로 아래 도달해 있었다. 그들은 있는 힘을 다해 방책 안으로 밀고 들어가기 시작했다.

안에 있던 적들이 문을 지키기 위해 한데 모여들었다. 고함 섞인 명령이며 이리저리 오가는 혼란스러운 발걸음이 침몰하는 배에 몰아치는 폭풍처럼 분주했다. 견고하던 문이 균열과 함께 뒤틀리기 시작했다. 나머지 보병들도 달려와 사람들이 뒤엉킨 곳으로 몸을 던졌다.

그때 저 위쪽에서 벼락같은 목소리가 들려왔다. "아래 있는 자들은 들어라! 너희들이 왕의 병사인지 뭔지는 모르지만, 당장 멈추고 이쪽을 봐야 할 거다! 공격을 중지하고 문에서 물러나지 않으면 이 어린 놈의 시체를 끌고 가게 될 줄 알아라!"

방책 안팎의 모든 사람들이 고개를 꺾어 감시탑을 쳐다보았다. 양편의 궁수들은 공격을 멈추었고, 창기병과 검사들도 무기를 내렸다. 두 총안 사이의 난간에 이브가 위태롭게 균형을 잡고 서 있었다. 옷 허리께는 뒤에서 나온 커다란 손에 붙잡힌 채였다.

곧 옆쪽 총안 너머에서 억세고 사나운 머리 하나가 나타났다. 아래쪽에서는 바람을 조금도 느낄 수 없으나 사내의 기다란 황갈색 머리칼과 턱수염은 변덕스레 휘날리고 있었다. 미늘 갑옷으로 덮인 손이 단검을 들어 아이의 목에 갖다 댔다.

"잘 보이느냐?" 사자가 불처럼 번득이는 분노를 담아 포효했다. "이놈을 원하느냐? 산 채로? 그렇다면 사라져라! 이곳에서, 내 눈앞에서 깨끗이 사라지지 않으면 지금 당장 이놈의 목을 베어 쓰러뜨리겠다."

휴는 성문 틈으로 밀어 넣었던 검을 거두고 나무토막처럼 뻣뻣이 서 있는 아이의 창백하고 고집스러운 얼굴을 올려다보았다. 아이는 아무 소리도 없이, 위쪽도 아래쪽도 보지 못한 채 그저 눈앞의 텅 빈 허공만을 응시하고 있었다.

"당신이 누구인지 알지 못하지만, 나는 국왕 폐하의 신하요." 휴가 신중한 음성으로 조용히 입을 열었다. "당신은 이제 이곳은 물론 그 어느 곳에서도 피난처를 찾지 못하오. 그 아이를 해치면 나는 당신을 죽일 거요. 내 충고에 귀를 기울이시오. 부하들을 데리고 이리로 내려와 항복하시오. 그 외에 자비를 구할 길은 없소."

"국왕의 신하에게 내 말하겠다. 논쟁은 필요 없다. 네놈의 오합지졸을 데리고 당장 눈앞에서 사라지지 않으면 이 돼지 새끼는 피를 흘리며 우리에게 먹힐 것이다. 자, 어서 돌아가!" 단검의 날 끝이 아이의 목을 찔렀다. 청명한 대기 속에서, 그들은 작은 핏방울이 차츰 커지다가 아이의 고운 목덜미를 따라 흘러내리는 모습을 지켜보았다.

휴는 한마디 대꾸 없이 검을 칼집에 넣고 말에 오른 뒤 병력을 모두 이끌어 방책 앞을 떠났다. 그들이 나무들 너머 보이지 않는 곳으로 물러나는 동안, 뒤에서는 사자의 굶주린 포효와도 같은 웃음소리가 울려 퍼졌다.

궁수들을 포함한 모든 병사들은 적이 보이지 않는 곳까지 후퇴한 뒤 얼어붙은 침묵 속에 덤불숲 밑에 바싹 엎드렸다. 그야말로 교착상태에 빠진 셈이었다. 그들은 감히 공격을 감행할 수 없다는 것을 잘 알고 있었고, 저 탑 속에 몸을 감춘 사나운 사자는 그들이 이대로 떠나지는 않으리라 짐작하고 있었다.

*

"보좌관은 잘 모르겠지만 나는 저놈을 좀 아오." 조세 드 디낭이 말했다. "레이시 가문 차남 쪽의 사생아지. 부친이 결혼한 다음 정식으로 얻은 자식, 즉 그의 아우가 바로 내 영지에서 살고 있소. 저자는 노르망디 반란군에 가담해 몇 년간 앙주에 맞서기도 했소. 왼손잡이 알랭이라 불리지."

새삼스레 기억을 더듬어볼 필요도 없었다. 소년의 목에 단검을 올린 손, 냉혹하게 살갗을 찌른 그 손은 바로 왼손이었다.

*

이브는 제 허리춤을 움켜쥔 커다란 손아귀가 몸을 들어 지붕의 목재 위에 떨어뜨리는 것을 느꼈다. 발바닥에서 머리까지 얼얼하게 올라오는 충격에 아이는 눈을 커다랗게 떴다. 그는 소리를 내지 않으려 입술을 꽉 물었다. 아랫입술에 피가 맺혔다. 아이는 피를 삼키며 판자 위에 선 채 덜덜 떨었다. 단검에 찔려 흘러나온 목덜미의 피는 이미 말라가고 있었다.

이렇게 겁에 질린 적은 없었다. 이렇게 거칠게 다루어진 적도 없었다. 돌연 목덜미를 붙잡혀 창문도 없는 감시탑의 캄캄한 어둠 속에서 계단을 올라 수직으로 선 사다리 위로 끌려가서는 무거운 뚜껑 문을 통과해 한낮의 눈부신 햇살이 가득한 지붕 위에 올라섰던 것이다. 사자의 음성이 귓전에서 울리는가 싶더니 어느새 그는 사자의 손아귀에 붙들린 채 허공에 매달려 있었다. 본능적으로 아이는 이를 악물고 아무 소리도 내지 않았다. 그리고 지금 갑자기 그 손아귀에서 풀려나자 무릎이 맥을 잃고 덜컥 꺾였다. 이브는 얼른 다시 무릎을 꼿꼿이 세웠다. 화가 치밀었다. 그 사이 말 한 마디, 비명 한 번 내지 않았다는 사실이 그나마 자존심을 지켜주었다. 아이는 당당히 버티고 서서 심장박동이 잠잠해지기를 기다렸다. 똑바로 서 있는 것만도 이브에게는 이미 크나큰 성취였다.

왼손잡이 알랭은 두 팔을 늘어뜨리고 선 채 공격자들이 협곡

속으로 사라져가는 모습을 험상궂은 눈길로 지켜보았다. 그를 따라 이곳으로 올라온 부하 셋이 명령을 기다리고 있었다.

"돈은 몰라도 이만한 가치는 있는 녀석이었군! 이 꼬마를 계속 붙들어둘 이유는 충분해. 같은 목적으로 또 이용해볼 수 있겠지. 저놈들은 아마 그리 멀리 가지 않을 거야. 아직은 아니지. 찾을 수 있는 모든 우회로를 찾아내 온갖 방법으로 공격을 시도할걸. 물론 그때마다 이 작은 돼지 새끼의 목덜미에 단검이 닿는 순간 철수할 테고. 우리 장단에 춤을 출 수밖에 없는 거지. 이 꼬마 도깨비 녀석아, 넌 군사 한 무리와도 같은 가치를 지니고 있구나."

이브는 그 말에서 아무런 위안도 찾을 수 없었다. 그들은 이브의 몸값을 요구할 생각이 없었다. 요새가 발각된 지금 그의 가치는 돈에 비할 바가 아니었다. 더는 요새를 은폐할 수도, 전처럼 모든 목격자들을 제거함으로써 비밀을 유지할 수도 없지만, 적어도 당분간은 포로를 살해하겠다는 위협을 반복할 수 있을 테고, 어쩌면 소년의 목숨을 자신들의 자유와 교환하는 것도 가능할 터였다. 그렇게만 된다면 어딘가 다른 곳에서 다시 같은 일을 시작할 수도 있으리라. 하지만 휴 베링어가 그렇게 고분고분 포기할 리 없었다. 그 지경에 이르도록 인질을 적의 손에 남겨둘 생각은 전혀 없을 것이다. 전면 공격이 불가능하다면 적의 소굴로 파고들 다른 방법을 강구해낼 것이다. 이브는 그것을 믿어야 한다고 스스로를 다독이며 안간힘을 다해 무표정을 유지했다.

"너, 개린," 사자가 부하를 불렀다. "너는 이놈과 함께 여기 있어라. 어두워지기 전에 교대할 사람을 보내주지. 이놈이 말썽을 일으키지는 않을 거다. 키가 작으니 총안으로 기어 올라가 아래로 몸을 던져버릴 일도 없고. 게다가 보아하니 그런 선택을 할 만큼 겁에 질려 있지도 않아. 누가 알겠어? 녀석도 우리와 함께 지내는 걸 즐기게 될지. 안 그러냐, 꼬마야?" 그는 단단한 손가락으로 이브의 갈비뼈를 쿡쿡 찌르며 웃음을 터뜨렸다. "단검 하나 준비해둬. 놈들이 은신처에서 나오거나 저들 중 하나라도 우회로를 통해 접근하려 할 경우엔 그 즉시 아까 내가 했던 말을 되풀이하고, 만일 그래도 놈들이 계속 같은 짓을 하면……" 마치 덫의 입구가 닫히듯 그의 커다란 치아가 위아래로 다물렸다. "이 꼬마의 피를 조금 보여주는 거지! 여차하면 내가 직접 칼질을 할 거야. 그러면 놈들도 몸을 사리지 않을 수 없을걸!"

개린이라 불린 남자는 고개를 끄덕이고는 히죽 웃으며 단검을 칼집에서 뽑아냈다.

"나머지는 전부 밑으로 내려가. 더 좋은 자리를 찾아 병력을 배치해야겠다. 우리 경계 안에 있는 모든 감시대에 사람을 세워라. 놈들은 온갖 방법을 동원해 부지런히 들쑤시고 다닐 거야. 물론 그것도 추위 때문에 포기하고 돌아가기 전까지겠지만. 이런 추운 날 저런 곳에서 야영을 할 만한 귀족 나리는 아예 태어난 적이 없으니 말이야."

감시탑 지붕의 뚜껑 문에는 고리가 하나 달려 있었다. 그는 손가락을 그 고리에 걸어 문을 들어 올리더니 옆에 떨어뜨렸다. 뚜껑 문 아래쪽에 설치된 금속 잠금장치가 지붕에 부딪치며 요란한 소리를 냈다.

"안전을 위해 문은 잠가두겠다. 걱정할 것 없어, 음식은 보내 줄 테니. 황혼 무렵이면 감시 임무도 끝날 거다. 그때까진 이 꼬마를 잘 지켜야 해. 아주 효과적인 무기니까."

그는 목덜미에 칼을 갖다 댈 때처럼 지극히 범상한 태도로 이브의 어깨를 철썩 후려친 뒤 통로 아래로 뛰어내려 흔들리는 사다리를 타고 사라졌다. 부하들도 빠른 동작으로 그 뒤를 따랐다. 개린이 뚜껑 문을 끌어당겨 제자리에 올려놓자 아래쪽에서 잠금장치 걸리는 소리가 들렸다.

위에 남겨진 두 사람은 서로를 쳐다보았다. 발아래에는 얼어붙은 눈이 쌓여 있고, 그들이 호흡하는 대기에도 얼음 가루가 섞여 있었다. 이브는 입술에 말라붙은 피를 핥으며 편한 자리를 찾아 주위를 두리번거렸다. 탑은 넓은 시야를 확보하고 병력을 지휘할 수 있게끔 높은 곳에 지어져 있었으나 주변에 솟은 바위 덕에 외부에서는 쉽사리 보이지 않았다. 가슴 높이쯤 오는 난간이 탑을 둘러싸고 있어 거기 기대면 어느 쪽이든 바라볼 수 있었다. 뒤편은 깎아지른 벼랑과 가파른 바위벽이었고, 그 너머로는 광막한 평원이 펼쳐져 있었다. 바람과 추위가 심했다면 더욱 힘들었겠지만 다행히 오늘은 어제보다 온화한 날씨였다.

곧 방책 안에서 부산한 움직임이 시작되었다. 감시병들의 위치가 조정되고 총안에 궁수들이 새롭게 배치되었다. 국왕의 부하들은 여전히 여우처럼 몸을 숨기고 있었다. 이브는 눈이 쌓이지 않은 바닥을 골라 바람을 등지고 몸을 잔뜩 웅크린 채 나무 벽에 기대앉았다. 두 팔로 무릎을 끌어안자 살과 살이 닿는 부분마다 온기가 되살아났다. 미약한 온기라도 모두 끌어모아야 했다. 그 점에서는 개린 역시 마찬가지였다.

이 개린이라는 자는 이곳의 늑대 무리 중 그나마 괜찮은 사람이었다. 이브는 두목 주위에서 서성이는 이들 하나하나를 눈여겨본 터였고, 그리하여 남을 해하며 기쁨을 느끼는 자는 누구이며 남을 모욕하며 기쁨을 느끼는 자는 누구인지, 또 남을 분노케 하고 굴욕을 주며 기쁨을 느끼는 자는 누구인지 낱낱이 알고 있었다. 그런 자들은 너무나도 많았다. 그러나 개린만큼은 달랐다. 이들이 어쩌다 이런 일에 끼어들게 되었는지까지 파악한 이브로서는 최악과 최선을 구분하기가 그리 어렵지 않았다. 이들 중 일부는 애초부터 노상강도나 살인, 도둑질을 일삼던 자들, 동족을 기꺼이 먹이로 삼는 그런 자들이었다. 다른 일부는 법의 심판을 피해 도망쳤다가 자기들의 보잘것없는 두뇌나마 써먹을 수 있는 피난처를 찾아온 도시 출신의 사기꾼들이었다. 또 원래 농노 출신으로 포악한 영주에 대항하여 반란을 일으켰다가 도망해 정의의 반대편에 몸을 의탁하기에 이른 이들도 있었다. 드물긴 하지만 꽤 괜찮은 집안의 출신도 없지 않았다. 차남으로 태어났거나 영지가 없는 기사, 스스로 행운을 찾아 떠나온 병사가 그들이었다. 더하여 줄곧 정직하게 먹고살았으나 쓸모를 잃고 버림받았다가 어찌어찌 이들의 포로가 된 사람들도 있었다. 전투 병력에는 포함되지 않는, 그렇다고 여기서 빠져나갈 수도 없는 이들이었다.

개린은 덩치가 크고 생각이 굼뜨며 잔인성이라고는 찾을 수 없는 태평한 사람이었다. 이브가 파악한바, 그는 무리와 더불어 행동하면서도 언제나 자기 편한 대로였다. 도둑질이나 약탈이나 방화나 다른 패거리들이 저지르는 살인 같은 것에 굳이 반대하고 나서지는 않지만, 그러면서도 직접 남의 피를 흘리는 일은 최대한 피하려 했다. 그러나 어떤 경우에도 명령에는 복종했으니, 그것만이 제 몫을, 필요한 음식을, 술을, 하늘을 가릴 지붕을, 그리고 몸을 덥힐 불을 분배받을 수 있는 단 하나의 길이기 때문이었다. 만일 두목이 직접 살인을 하라고 명령을 내린다면 그는 어쩔 수 없이 사람을 죽일 것이었다.

머리 위에서 태양이 밝게 빛났다. 지금은 그나마 견딜 만하지만 해가 지고 나면 가히 살인적인 추위가 찾아올 터였다. 정오가 지날 무렵, 누군가 뚜껑 문을 유쾌하게 두들기더니 잠금장치 풀리는 소리가 들려왔다. 나무 냄새가 떠도는 감시탑의 지붕으로 빵 한 보따리와 고기, 그리고 개린을 위한 뜨겁고 독한 에일 한 주전자가 올라왔다. 두 사람에겐 충분한 양이었다. 개린은 포로에게 음식을 나누어주었다. 이미 네 군데나 약탈해서인지 이들은 먹을 것에 인색하지 않았다.

음식과 술이 한동안 몸을 덥혀주었으나 시간이 지날수록 날씨는 점점 혹독해졌다. 개린은 체온을 유지하기 위해 줄곧 발을 움

직이며 협곡을 감시했다. 포로에 대해서는 별로 신경 쓰지 않는
눈치였다. 이따금 무거운 시선으로 이브를 바라보았는데, 그때마
다 아이가 너무도 무력한 존재이며 자신에게 아무런 해도 끼치지
못하리라는 사실을 새삼스레 확인할 뿐이었다. 이브는 깜박 잠이
들었다가 추위 때문에 깨어났다. 몸이 뻣뻣하게 굳어 있었다. 그
는 자리에서 일어나 발을 구르고 팔도 한껏 휘둘러보았다. 감시
자가 그 모습을 보고 웃어대면서, 춤을 추건 운동을 하건 좋을 대
로 하라고 말했다. 어리고 무력한 포로가 그 이상 무슨 짓을 할
수 있겠는가?

햇빛이 기운을 잃어가기 시작했다. 이브는 감시자 뒤 몇 발짝
떨어진 곳에서 서성이고 있었다. 총안 앞을 지날 때마다 그 너머
를 내려다보았으나 눈에 들어오는 것이라곤 이곳 사람들의 움직
임밖에 없었다. 뒤편은 여전히 깎아지른 절벽과 멀리 펼쳐진 평
원뿐이었다. 그러던 중, 감시탑 동쪽 난간의 나무가 거칠게 맞
물린 지점이 이브의 눈에 들어왔다. 개린이 등을 돌리고 있는 사
이 거기 발을 올려놓고 몸을 의지하자 좀 더 넓은 시야를 확보할
수 있었다. 발밑에 비어져 나온 바위들의 테두리가 보였다. 소년
은 위태로울 만큼 상체를 내뻗었고, 이내 방책이 요새 끝까지 완
벽하게 둘러싸고 있지 않다는 사실을 깨닫게 되었다. 방책은 절
벽과 마주치는 곳에서 끊겨 있었는데, 절벽의 그 지점은 그리 가
파르지 않았다. 벼랑 너머 들쭉날쭉하게 이를 드러낸 바위가 보
였다. 사람의 손길이 닿지 않은 눈이 부드럽게 그 위를 덮고 있었

다. 모든 것이 움직임 없이 텅 빈 채 고요하기만 했다. 의지하고 있던 친구로부터 버림받기라도 한 듯, 문득 쓸쓸한 느낌이 밀려왔다.

아니, 아니었다. 그 거대한 흰빛은 고요하지도, 비어 있지도 않았다. 풍경의 일부가 들썩이는가 싶더니 사람의 머리 같은 것이 잠깐 나타났다. 누군가 외롭고 끈질기게 바위를 타고 오르다 살짝 고개를 들어 위를 바라본 것이다. 다음 순간 풍경은 원래의 텅 비고 고요한 모습으로 감쪽같이 돌아갔다. 이브는 눈에 힘을 주고 열심히 그쪽을 바라봤지만 더는 아무런 움직임도 찾을 수 없었다.

그때 개린이 고함을 질러대 소년은 황급히 아래로 내려섰다. 개린이 얼른 달려와 이브를 낚아채고는 거칠게 흔들어댔다. "무슨 짓을 하려는 거야? 이 바보야, 저리로 내려갈 방법은 없어!" 그는 황당하다는 듯 마구 웃어댈 뿐, 다행히도 이브가 보던 방향을 내려다볼 생각은 없는 듯했다. "하긴, 목이 칼에 잘리나 저 밑에 떨어져 부러지나 마찬가지라고 생각한다면 또 모르지."

개린은 이브의 어깨를 움켜쥐고서 자기 앞으로 끌어당겼다. 포로가 자기 손가락 사이로 빠져나가기라도 하면 크나큰 대가를 치러야 하리라는 생각에 갑자기 걱정이 된 모양이었다. 이브는 그의 손길에 몸을 맡긴 채 우는소리를 하며 칭얼댔다. 그래야 그가 더욱 마음을 놓을 것이었다.

이제 소년은 확신하고 있었다. 저 아래 바위 사이에 틀림없이 누군가가 있었다. 검은 옷을 흰 리넨 천으로 감추고 살그머니 눈 속에서 움직이고 있었다. 위험을 무릅쓰고 벼랑을 타 오르고 있었다. 전면이 아니라 덤불에서부터 우회하여, 시야가 미치지 않는 바로 아래쪽 벼랑으로 올라와 방책 너머로 침투하는 것이 그의 목적일 것이다. 아무도 가능하지 않으리라 생각하는 방식이었다. 하지만 이 얼음 같은 추위 속에서, 그 사람은 철저히 훈련된 몸짓으로 천천히 다가오는 중이었다. 그 자신이 얼음인 듯, 저 바위와 겨울의 일부인 듯, 꼼짝하지 않고 기다릴 수 있는 사람이었다. 이제 그는 최후의 통로를 통과하기에 앞서 어둠이 내리기를 기다릴 터였다.

이브는 가슴을 진정시키려 애썼다. 그는 버림받지 않았다. 영웅들이 최선을 다해 움직이고 있었다. 그 역시 영웅이 되어야 했다. 결코 쉽사리 포기해서는 안 되었다.

*

어둠이 내리고 개린이 슬슬 불평을 늘어놓기 시작할 즈음, 지붕 아래서 사다리를 기어오르는 소리가 들리더니 곧 잠금장치의 금속성 소리가 울리며 뚜껑 문이 열렸다.

이번에 올라온 이는 가장 폭력적인 자들 중 하나였다. 빽빽한 구레나룻을 기르고 납작코에 얽은 얼굴을 한 소매치기로, 곧잘 심술궂게 주먹질을 해대는가 하면 더러운 손톱을 함부로 휘두르는 사내였다. 이미 여러 차례 그 손톱에 할퀸 이브는 어둠 속에서 나타나는 얼굴을 보고 저도 모르게 입술을 깨물었다. 이브는 그 사내의 이름을 알지 못했다. 어쩌면 그는 지금껏 이름이란 것을 가져본 적이 없을지도 몰랐다. 부모도 종교도 세례도 없이, 그저 별명 같은 것으로만 불렸으리라.

개린 역시 그 사내를 달가워하지 않는 듯했다. 그는 날이 어두워지기 전에 교대해주기로 약속해놓고 왜 이제야 왔느냐며 짜증을 냈다. 두 사람은 서로에게 욕설을 퍼부으며 한바탕 말다툼을 벌였다. 그 틈에 이브는 그들의 시야와 관심에서 벗어나 아까의 모퉁이로 다가갔다. 시간이 조금 더 걸릴지는 모르지만 이제 얼마 남지 않았다. 저 어둠 속 멀지 않은 곳에 분명 그를 도우러 온 누군가가 있었다.

개린은 투덜거리며 긴 사다리를 타고 사라졌다. 잠금장치가 채워지는 소리가 들렸다. 이제 소년은 무슨 짓을 벌일지 모를 흉악한 살인자와 단둘이 남아 있었다. 그의 행동을 저지하는 것은 오직 두목의 명령뿐이었다. 그는 감히 이브를 죽이거나 불구로 만들지는 못할 것이다. 그러나 상처를 입히는 정도야 얼마든지 멋대로 할 수 있었다.

이브는 단단한 나무 벽에 기대앉아 온몸을 웅크렸다. 새로운 감시자가 그에게 그리 호의적이지 않다는 사실은 금세 드러났다. 뼈마디가 얼어붙을 듯 추운 밤에 난롯가 대신 이런 곳에 올라와 있어야 하니 그로서는 욕설이 나올 만도 했다.

"이 귀찮은 놈의 새끼." 사내가 소년의 발목을 있는 힘껏 걷어 찼다. "그 길에서 처음 만났을 때 네놈의 모가지를 따버렸어야 했는데. 네놈의 시체가 길가에 나뒹굴고 있었으면 국왕의 부하들 이 널 찾겠다고 이렇게까지 수색을 벌어지는 않았을 거잖아. 우 리도 여기서 내내 편안하고 즐겁게 시간을 보냈을 테고."

맞는 말이다. 이브는 말없이 두 다리를 끌어안고 최대한 몸을 웅크렸다. 하지만 침묵은 감시자의 마음을 누그러뜨리기는커녕 오히려 분노에 불을 지피는 듯했다.

"내 마음대로 할 수만 있었다면 넌 벌써 저 총안에 매달려 연 처럼 대롱거리고 있었을 거다. 여기서 빠져나갈 수 있으리라고는 생각도 하지 마. 놈들이 너를 놓고 무슨 제안을 해오건, 탈출에 성공하기만 하면 그 즉시 거래는 끝이니까. 우리에게 길을 내준 다고 해서 네놈을 시체로 내보내지 못할 것 같아? 말해봐, 어느 멍청한 놈이 그러겠냐?"

사내는 엄청난 힘으로 이번에는 소년의 가랑이를 걷어찼지만, 그 공격은 큰 효과를 내지 못했다. 이브가 재빨리 몸을 피하자 그 는 분노로 이를 악물었다.

"어느 멍청한 놈이 그러겠냐고?" 이브가 대꾸했다. "네 두목 한테 손톱만 한 양심이라도 남아 있다면, 그가 자기 말에 먼지만 한 가치라도 부여한다면, 바로 네 두목이 그럴 거다. 넌 두목의 명령이나 고분고분 들어. 이용가치로 따지자면 내가 너보다 훨씬 중요한 사람이니까. 너 따위는 아무렇지도 않게 총안에 매달아놓을 수 있을걸. 그렇게 해도 네 두목은 잃을 것이 전혀 없잖아."

어리석은 짓인 줄은 알지만 이브로선 도저히 순진한 바보 흉내만 내고 있을 수가 없었다. 커다란 주먹이 다가오자 그는 잽싸게 몸을 낮추며 피했다. 공간이 한정되어 있으니 결국은 사로잡히고 말 터였다. 그러나 소년은 사내보다 몸이 가볍고 동작도 빨랐다. 게다가 몸을 덥히기 위해서라도 움직이는 편이 나았다. 사내는 낮은 음성으로 욕설을 내뱉으며 이브를 쫓았다. 그의 두 팔이 아이를 잡으려고 도리깨질을 해댔다. "이 병아리 새끼가 나한테 그런 건방진 소리를 해대? 어디 더 입을 놀려봐라. 너 정도는 내 한 손으로 비틀어 짜버릴 수도 있어. 어디서 감히 큰소리를 치는 거야? 네 모가지가 안전하다고 해서 살가죽까지 멀쩡할 줄 알아? 이빨 몇 개 부러뜨려 피 좀 보게 해줄까?"

억센 손아귀를 피해 달아나며 이브는 적의 어깨 너머로 바닥의 무거운 뚜껑 문이 슬며시 열리는 것을 보았다. 서로 쫓고 쫓기는 데 열중한 나머지 둘 다 잠금장치가 열리는 소리를 듣지 못했거나, 아니면 지금 올라오려는 사람이 극도의 조심성을 발휘한 모양이었다. 곧 뚜껑 문 아래서 머리 하나가 무척이나 조심스럽게 나타났다. 주변이 이미 어두워졌으니 그 아래는 훨씬 캄캄할 것이었다. 이브의 가슴은 안타까운 희망으로 두근대기 시작했다. 저 사람이 이 살인자 무리 중 하나가 아니라는 보장은 없었다. 그래도 감시자가 지금 돌아서서 그를 목격하면 안 될 것 같았다. 그는 이제 막 전망대 바닥에 발을 올려놓고 몸을 일으키는 참이었다. 이 미치광이 같은 악당이 돌아설 수 없게 만들어야 했다! 이 브가 다른 쪽으로 달아나면 이자는 뒤를 돌아보게 될 것이다.

이브는 얼어붙은 눈을 밟고 미끄러졌다. 아니, 미끄러진 척한 걸까? 어쨌든 그 순간 주먹이 가슴으로 날아왔고, 소년은 난간에 처박혔다. 감시자가 소년의 머리칼을 움켜쥐어 억지로 고개를 젖히더니 얼굴에 침을 뱉고는 승리감에 차서 웃어댔다. 이브는 모욕감을 애써 억눌렀다. 팔을 들어 침을 닦을 생각도 없이, 그는 그곳에 잠입한 낯선 이가 몸을 일으켜 세우곤 조용히 뚜껑 문을 덮는 모습을 지켜보았다. 그러는 내내 낯선 이의 시선은 벽 쪽에 달라붙은 그들 두 사람에게 고정되어 있었다. 경솔하게 서둘러 소년을 구하려는 기색은 없었다. 그야말로 찬사를 받아 마땅하리만치 놀라운 침착성이었다. 이브는 감사와 경탄으로 가슴이 벅찼다. 저 사람 또한 소년의 행동을 이해하고 찬사를 보내는 듯했다. 그는 이제 단순한 피해자가 아니라 저 낯선 이의 동지로 이 비밀스럽고 놀라운 전투를 치르고 있었다.

낯선 이는 재빠르지만 소리 없이 발을 옮겨 그들에게로 다가왔다. 그다음 순간, 아이의 머리가 맹렬한 주먹에 맞아 한쪽으로 돌아갔다. 이어 날아온 두 번째 주먹질에 그의 몸이 벽에 부딪쳤다. 정신을 잃을 듯한 현기증이 느껴졌다. 아이는 일부러 겁에 질린 척, 너무 크지는 않게, 그러나 이미 그들 곁에 다가온 사람의 움직임을 은폐할 수 있을 정도의 소리로 칭얼거렸다. "그만해요! 아프다고요! 내가 잘못했으니 그만 놔줘요! 잘못했다니까요…… 제발요…….” 그렇게 애원하는 동안에도 어딘지 의기양양한 기미가 느껴지는 음성에 아이의 기세 또한 조금도 수그러들지 않았지만, 짐승 같은 감시자는 이를 눈치채지 못한 채 키들키들 웃어댈 뿐이었다.

기다란 팔이 제 얼굴에 잠기는 순간에도 사내는 여전히 웃고 있었다. 그의 입이 막히고 몸뚱이가 벽에 눌렸다. 길고 날렵한 다리가 뻗어 나오는가 싶더니 사내의 배에 무릎을 꽂아 넣었다. 그의 몸이 꺾이며 머리에서 원뿔형 투구가 벗겨졌다. 사내의 뒤통수가 벽에 부딪치자 그는 마치 뭍으로 끌려 나온 물고기처럼 바닥에 널브러지고 말았다. 고함 한 번 내지를 짬도 없었다.

이브는 훈련된 매처럼 쏜살같이 그들 곁으로 다가가 몸을 굽히곤 감시자의 검과 단도가 걸린 허리띠의 매듭을 풀기 시작했다. 두 손이 덜덜 떨렸지만 아이는 재빨리 무기를 제거한 뒤 낯선 이에게 허리띠를 내밀었다. 낯선 이는 아이의 행동을 가만히 지켜보고 있다가 허리띠로 감시자의 양팔을 결박하고는 훌륭한 조수를 돌아보았다. 그는 미소 짓고 있었다. 별들이 흘리는 희미한 빛, 그러나 더없이 깨끗하고 맑은 빛 속에서 아이는 그의 미소를 똑똑히 보았다.

남자가 넓은 가슴에 손을 넣어 길고 하얀 리넨 조각을 꺼내더니, 그것을 이브에게 내밀며 낮고 침착한 목소리로 말했다.

“얼굴을 닦으시오.” 미소와 찬사가 담긴 음성이었다. “그런 다음 이걸로 이자의 입을 침묵시킵시다.”

12

뺨과 턱에 끈적끈적하게 흘러내리는 피를 닦아내면서도, 이브
는 쓰러진 사내 너머 이쪽을 주시하는 남자에게서 한순간도 경탄
의 시선을 뗄 수 없었다. 희미한 별빛 아래 새하얀 치아가 번득였
고, 밝은 눈동자는 마치 보석처럼 빛났다. 부드러운 물결 같은 검
은 머리칼이 두툼한 모자 밑으로 빠져나와 젖혀진 망토 옆에서
넘실거렸다. 단정하고 강인해 보이는 두상은 물론 몸의 모든 선
과 움직일 때의 동작 하나하나가 남자의 젊음과 대담성을 드러내
는 듯했다. 정신없이 그 모습을 바라보던 이브는 자기도 모르는
사이 그에게 매료되었다. 전에도 소년에게는 아버지를 비롯한 여
러 영웅들이 있었다. 그러나 이 영웅은 젊고 새로웠으며, 무엇보
다 지금 바로 여기, 그의 곁에 있었다.

"이리 주시오!" 남자가 짤막하게 말했다. 이브가 리넨 천을 내밀자 남자는 얼른 그것을 받아 한쪽 끝을 감시자의 벌어진 입안에 쑤셔 넣고 눈과 귀를 가리며 얼굴을 칭칭 동여맨 뒤 이미 사내의 두 팔을 결박하고 있는 허리띠에 연결했다. 그러곤 신속히 가죽조끼를 벗어 레이스를 뜯어내더니, 그것으로 포로의 두 발목과 발을 묶은 다음 바짝 끌어당겨 두 팔목에 다시 한 번 묶었다. 이제 포로는 마치 나귀 등에 싣기 위해 꽁꽁 포장한 꾸러미 같은 꼴이 되었다. 이브는 군더더기라고는 전혀 없는 남자의 움직임을 바라보며 그저 눈만 휘둥그레 뜬 채 감탄할 뿐이었다.

두 사람은 더없는 만족감을 느끼며 한동안 서로를 바라보았다. 이브가 무언가 말을 하려고 입을 열자 남자는 황급히 손가락을 입술로 올렸다. 이브는 얼른 입을 다물었다.

"기다리시오!" 깊고 고요한 음성이었다. 그 소리가 크지 않아도 속삭임이란 놀라우리만치 또렷하고 정확하게 전달되는 법이다. 소년은 남자가 말하고자 하는 바를 분명하게 이해할 수 있었다. "내가 들어온 길로 나갈 수 있는지 살펴봅시다."

이브는 몸을 웅크리고 두 귀를 잔뜩 세운 채 바들바들 떨며 가만히 기다렸다. 소년의 동지는 뚜껑 문 위에 납작하게 엎드려 한쪽 뺨을 판자에 대고 귀를 기울이다가, 잠시 후 조심스레 문 한쪽 귀퉁이를 열어 나무 냄새가 그득한 아래쪽 어둠을 내려다보았다. 감시탑 바깥, 벽과 방책을 따라 이어진 경비병들의 통로에서는 움직이는 소리와 말소리가 들려왔으나 감시탑 안의 어둠 속은 정적과 고요뿐이었다.

"해봅시다. 바짝 붙어 내가 하는 대로 따라 하시오."

남자가 뚜껑 문을 열더니 고양이처럼 민첩한 동작으로 사다리를 잡고 내려갔다. 이브도 재빨리 뒤를 따랐다. 아래쪽 공간에 이르자 두 사람은 가장 어두운 벽을 등진 채 다시금 조용히 서서 기다렸다. 하지만 그들을 위협하는 것은 없었다. 그곳에서부터 그들은 거칠지만 견고한 계단을 따라 내려가기 시작했다. 중간의 층계참에 이르자 통로 안쪽의 인기척이 느껴졌고, 일렁이는 횃불빛과 어른대는 그림자, 아래쪽 커다란 문 옆에 피워진 난로의 불빛도 보였다. 조금만 더 내려가면 감시탑의 제일 아래층에 도달하겠지만, 문과 그들 사이엔 왼손잡이 알랭과 그의 부하들이 자리 잡고 있을 터였다. 문득 기다란 팔이 뻗어 나와 이브를 끌어당겼다. 두 사람은 다시 가만히 귀를 기울이며 주위를 살폈다.

감시탑의 기저부는 바위와 다져진 흙으로 되어 있었다. 왠지 저 위쪽의 널찍한 공간보다 이곳이 더 추운 것 같았다. 두려움에 사로잡혀 밑을 내려다보고 있자니, 먼 구석 깊숙한 곳의 총안 아랫부분이 이브의 눈에 들어왔다. 그곳으로부터 강한 외풍이 불어들고 있었다. 밤에만 이용하는 작은 출입문도 보였다. 이브를 구하러 온 이 낯선 남자도 틀림없이 그곳을 통해 들어왔을 것이다. 발각당하지 않고 거기까지 가기만 하면 남자가 온 것과 같은 경로로 요새에서 빠져나갈 수 있을 듯했다. 이처럼 강인한 안내자가 버티고 있으니 어둠 속에서 얼음으로 뒤덮인 바위를 타는 것도 두려워할 필요가 없으리라. 한 사람이 해낸 일을 두 사람이 함께 해내지 못할 이유가 있겠는가.

그들이 발각된 것은 마지막 층계의 첫 번째 단에 발을 내디딘 순간이었다. 발 하나를 뒤틀린 나무 계단에 내려놓자 판자가 요란하게 삐걱대며 완벽한 고요를 깨뜨렸다. 그 소리는 감시탑의 꼭대기까지 긴 메아리를 남기며 퍼져나갔다. 홀에서 누군가의 고함 소리가 들리고 분주한 발소리가 이어지는가 싶더니, 이내 문이 활짝 열리며 불빛과 더불어 무장한 사람들이 쏟아져 나왔다.

"돌아가시오!" 낯선 구원자는 망설이지 않고 그들이 내려온 계단을 향해 소년을 돌려세웠다. "지붕으로! 어서!" 다른 퇴로는 없었다. 밝은 곳에서 들어온 이들의 눈이 층계참의 어둠에 익숙해지기까지는 그리 오랜 시간이 걸리지 않았다. 곧 첫 번째 적이 비상사태라고 소리치며 황소처럼 달려들었다. 다른 서너 명이 그 뒤를 따르고 있었다. 그 고함과 소란스러움만으로도 두 사람을 감시탑의 계단 너머로 날려버릴 듯했다.

긴 계단이 끝나자 사다리가 나타났다. 이브는 낯선 구원자가 자신의 몸을 들어 사다리 중간까지 올려주는 것을 느꼈다. 키 큰 어른의 머리에 달하는 높이였다. 아이는 두 손으로 사다리를 거머쥐고 올라가면서도 멈칫멈칫 어깨 너머로 낯선 구원자를 내려다보았다. "어서 올라가시오! 어서!" 사내의 날카로운 외침에 그는 허겁지겁 문을 넘어가 바닥에 배를 깔고 엎드렸다. 이제 아래쪽은 문 틈으로 새어 든 별빛과 그림자가 뒤섞여 한층 혼란스러웠다. 앞장서서 그들을 추격하던 사내가 그 커다란 덩치로 어떻게 단도를 휘두르며 저 좁은 나무 계단을 쫓아 올라왔는지, 거대한 그의 몸에 가려 다른 사람들의 모습은 보이지도 않았다.

그때까지도 이브는 자신의 구원자에게 검이 있다는 걸 모르고 있었다. 조금 전 쓰러진 감시자에게서 빼앗은 검은 여전히 감시탑 꼭대기 바닥에 놓여 있었고, 단도는 이미 자신의 허리춤에 자랑스레 걸려 있는 터였다. 아래층의 어둠 속에서 검이 별빛을 받아 짧은 섬광을 번득이는가 싶더니, 덩치 큰 사내가 들고 있던 단도를 떨어뜨리며 비명을 질렀다. 다음 순간 발이 그 사내의 가슴을 걷어찼다. 계단은 비좁았고 경비병도 없었다. 불한당이 균형을 잃고 나동그라지자 뒤에서 쫓아오던 두세 명의 적들이 뒷걸음질을 쳤고, 그중 하나는 계단의 난간 밖으로 밀려 바닥에 떨어지고 말았다.

젊은 구원자는 뒤도 돌아보지 않고 돌아서서는 지붕으로 이어진 사다리에 매달렸고, 다음 순간에는 이미 뚜껑 문을 통과해 이브 옆에 올라와 있었다. 칼집에서 빠져나온 검이 감시탑 지붕의 어둠 속에서 얼음처럼 번뜩였다. 이어 그는 단단한 두 손으로 사다리 끝을 움켜쥐고 위로 끌어올리기 시작했다. 이브도 얼른 정신을 차리고 남자를 도왔다. 숨을 헐떡이며 안간힘을 쓰는 와중에도 아이는 가슴 속에서 약동하는 기쁨을 느꼈다. 사다리는 가로대에 걸쳐져 있을 뿐 단단히 고정되어 있지는 않아 슬금슬금 끌려 올라왔다. 아래쪽에서 한 사내가 맹렬히 달려와 허공에 뜬 사다리를 거머쥐려고 훌쩍 뛰어올랐을 땐 사다리는 이미 위로 한참 올라와 있었다.

사다리의 아래쪽까지 완전히 문 위로 나오자, 그들은 사다리를 비스듬히 기울여 지붕 바닥에 떨어뜨렸다. 단단한 얼음에 부딪치는 소리와 동시에 열린 뚜껑 문 너머에서 분노의 고함이 들려왔다. 소년이 문을 닫으려고 몸을 기울였지만 사내가 한쪽으로 물러서라는 손짓을 해 보였다. 이브는 무언가에 홀린 듯 고분고분 뒤로 물러났다. 영웅이 하는 일이라면 무엇이건 옳고 현명한 처사일 터였다.

어둠 속에서도 영웅의 얼굴에 미소가 떠올라 있다는 건 너무도 분명하게 알 수 있었다. 그는 단단히 묶인 채 온 몸을 비틀어대는 포로를 보더니, 팔과 발목에 이어진 매듭을 움켜쥐고 뚜껑 문 쪽으로 끌고 가 그 아래로 떨어뜨렸다. 물론 머리부터 처박히지 않게끔 몸을 똑바로 세워주는 자비심도 잊지 않았다. 아래 있던 사람 두엇이 동료의 몸에 맞아 바닥에 쓰러졌다. 비명과 고함이 울려 퍼지기 시작했으나 그 요란한 소리도 뚜껑 문이 닫히는 순간 끊겼다.

"이제 빨리 움직여야 하오." 구원자는 타이르는 듯한 어조로 침착하게 말했다. "자, 여기 뚜껑 문 위에 사다리를 놓고 저 끝에 엎드리시오. 난 이쪽 끝을 깔고 엎드릴 테니."

이브는 그가 시키는 대로 사다리 끝에 엎드린 채 두 팔에 얼굴을 묻었다. 가슴이 두근거렸다. 사람 키 하나쯤 떨어진 저 밑에서는 화가 난 적들이 난리를 피우고 있었다. 그 외침과 소동에 배 밑의 마루판이 뒤흔들릴 지경이었다. 하지만 그들이 무언가를 받치고 뚜껑 문에 이른다 해도 문을 들어 올릴 방법은 없었다. 문이 바닥과 워낙 견고히 맞물려 있으니 어떤 창이나 검도 그 틈을 뚫지는 못할 것이었다. 또 어찌어찌 뚜껑 문에 구멍을 낸다 할지라도 한 번에 한 명씩 통과해 올라와야 할 텐데, 이곳에서는 무장한 두 사람이 그들을 기다리고 있었다. 이브는 제 몸무게가 두 배쯤 나갔으면 좋겠다는 생각을 하면서 두 팔과 두 다리에 힘을 주었다. 혹독한 추위가 무색하게도 온 몸에서 땀이 쏟아져 나왔다.

"이쪽을 보시오." 사다리 저편에서 구원자가 입을 열었다. 거의 유쾌하기까지 한 목소리였다. "상처 나고 땟국물이 흐르는 얼굴, 그 자랑스러운 얼굴을 다시 한번 보여주시오. 내가 어떤 보상을 받았는지 확인하고 싶소!"

이브는 두 팔에 묻고 있던 얼굴을 들어 뚜껑 문 너머 황금빛으로 번쩍이는 눈과 따뜻하게 빛나는 미소를 마주 바라보았다. 둥그스름한 젊은 얼굴, 모자 속에 감춰진 검고 숱 많은 머리칼, 높이 솟은 광대뼈, 날렵한 눈썹, 기다란 입술, 초승달처럼 가늘고 거만하게 솟아오른 콧날, 노르만인처럼 깨끗이 면도한 턱에 소녀의 살갗처럼 매끄럽게 빛나는 황갈색 얼굴.

"숨을 가다듬으시오. 저놈들의 헛짓거리에 신경 쓸 필요 없소. 어차피 곧 지치고 말 테니. 놈들을 지나쳐 탈출하려는 계획은 실패했지만, 저놈들 역시 우리를 잡을 수 없게 되었소. 우리에겐 생각할 시간이 있소. 이 문만 잘 지키고 있으면 되는 거요. 놈들은 아마 궁수들을 배치할 거요. 밖으로 머리가 비어져 나오면 그 즉시 날려버릴 생각이겠지."

"불을 지르면 어떻게 하죠?" 이브는 흥분과 공포에 몸을 떨었다. "이 감시탑과 함께 우리를 태워버리면요?"

"저놈들이 그 정도 바보는 아니오. 이 탑을 태우면 홀까지 타게 되어 있소. 게다가 우리가 탈출할 수 없을 게 뻔한데 무엇 때문에 서둘러 그런 짓을 하겠소? 여기 이 추위 속이건 아래쪽의 감방이건, 저놈들은 우리를 가둬둔 거나 마찬가지요. 그것만큼은 엄연한 사실이라 할 수 있지. 그대, 이브 위고냉 공과 나는 이제 어떻게 해야 할지 생각해내야 하오."

그는 갑자기 입을 다물라는 듯 한 손을 들어 보이더니 얼굴을 바닥에 붙이고 아래쪽에서 나는 소리에 귀를 기울였다. 이제 그들은 음모라도 꾸미는 듯 작은 목소리로 이야기를 나누고 있었다. "놈들도 마음을 놓은 모양이오. 우리가 여기 갇혔다 생각하는 거지. 아마 이곳에는 통로를 지키는 데 필요한 두 명 정도만 배치하고 다들 아래로 내려가 있어도 무방하다는 결론을 내릴 거요. 우리가 이대로 얼어 죽도록 내버려둘 생각이겠지."

그러나 남자의 얼굴에 낙심하는 기색은 전혀 없었다. 이제 밑에서는 소리를 죽인 대화마저 중단되고 정적이 자리 잡았다. 남자의 예측대로였다. 왼손잡이 알랭은 가장 긴급한 일, 즉 요새 방어에 모든 병력을 집중시켰을 것이다. 포로들이야, 그 귀족 나리들께서 얼마나 높은 곳에서 얼마나 많은 면적을 차지하든, 추위에 꽁꽁 얼어붙을 때까지 알아서 고귀하신 삶을 영위하라고 내버려두면 그만이라 생각하리라. 어떤 수를 써도 탈출은 불가능할 테니까.

조심스럽고도 미심쩍은 정적이 이어지는 사이, 혹독한 추위는 그들의 살을 한 입 한 입 베어 물며 더욱 깊숙이 파고들었다. 죽음 같은 캄캄한 밤이 시작되려는 참이었다.

젊은 구원자가 바닥에서 귀를 떼고 긴 팔을 소년에게로 뻗었다. "가까이 오시오. 체온으로 서로의 몸을 덥혀야 하오. 자, 어서! 그동안에도 지옥으로 이어지는 이 문은 잘 누르고 있어야 하오. 이제 어떤 행동을 취해야 할지 생각해봐야겠소."

이브는 사다리 위를 엉금엉금 기어가 사내의 따뜻한 품으로 파고들었다. 그들은 조금씩 움직여가며 편안한 자세를 찾아 서로에게 포근하게 몸을 맡겼다. 이브는 이 경탄스러운 영웅의 어깨에 뺨을 댄 채 숨을 한껏 들이쉬었다. 그의 어깨는 기꺼이 아이의 뺨을 맞아들였다.

"기사님, 나는 당신이 누군지도 모르는데요." 이브가 머뭇머뭇 말을 꺼냈다.

"아, 그럴 거요. 지금까지 나를 소개할 여유조차 없었군. 내 신분을 밝혀야겠지. 다른 이들에게 나는 클레 삼림 감독관의 아들 로버트로 알려져 있소. 하지만 그대에게는……." 그는 고개를 돌려 소년의 진지한 시선을 마주하며 미소 지었다. "그대에게는 진짜 내가 누구인지 기꺼이 밝힐 수 있소. 필요한 경우 그대가 시치미를 떼고 입을 굳게 다물어주겠다 약속한다면 말이오. 나는 최근 그대의 외숙인 로랑스 당제 님 휘하에 들어간 보잘것없는 사람이오. 이름은 올리비에 드 브르타뉴라 하오. 영주께서는 지금 글로스터에서 초조히 그대들의 소식을 기다리고 계시오. 나는 그대들을 찾으라는 명을 받아 그곳을 떠났고, 그리하여 그대들을 찾았소. 또한, 분명히 말하건대, 이제 다시는 그대들을 잃지 않을 거요."

이브는 흥분과 기쁨, 그리고 걱정으로 잠시 말을 잃었다가 간신히 입을 열었다. "정말이에요? 외숙께서 우리를 찾으라고 기사님을 보내셨다고요? 우리를 데려오라고요? 아, 그러고 보니 브롬필드에서 외숙이 누나와 나를 찾으려 하신다는 얘기를 듣긴 했어요." 에르미나를 떠올리자 갑자기 몸이 떨리며 말이 제대로 나오지 않았다. 누이가 여전히 실종된 상태에서 혼자 발견된들 무슨 소용이란 말인가? "그런데 누나…… 에르미나는…… 우리 곁을 떠났어요! 난 누나가 어디 있는지 몰라요!" 소년은 비참한 한탄으로 말을 맺었다.

"걱정 마시오. 나는 그대의 누이가 어디 있는지 알고 있으니까. 누이는 그대가 떠나온 바로 그곳, 브롬필드의 수도원에서 아무 탈 없이 잘 지내고 있소. 내 말 믿으시오. 내가 그대에게 거짓말을 할 리 없잖소. 그곳으로 누이를 데려간 사람이 바로 나요. 하지만 수도원의 문 앞에 이르러서야 그대가 스스로 그곳을 떠났다는 사실을 알게 되었지."

"어쩔 수 없었어요. 난 가야 했어요…….."

한꺼번에 너무도 많은 감정이 밀려들어 이브는 터져 나오려는 울먹임을 삼키려 애써야 했다. 이제 누이의 운명에 대해서는 더 이상 걱정하거나 슬퍼할 필요가 없었다. 그러자 자신에게 어떤 일이 닥쳐올지 모른다는 생각과 함께 이런 시련을 불러온 누이에 대한 원망이 다시금 되살아났다. "기사님은 에르미나를 몰라요!" 아이는 화가 나 말을 이었다. "누나는 도무지 명령 같은 걸 받아들이려 하지 않는다고요. 내가 떠난 걸 알았으니 이제 무슨 짓이든 할 거예요! 이 모든 문제를 불러일으킨 사람이 바로 누나란 말이에요! 기회만 생기면 또 어떤 어처구니없는 일을 저지를지…… 다시 달아날지도 몰라요!"

누나가 수도원에 얌전히 있으리라 생각하다니, 이 낯선 구원자는 얼마나 순진한가! 그러나 놀랍게도 올리비에의 얼굴에 웃음이 떠올랐다. 참으로 부드럽고 온화한 웃음이었다. "그대의 누이는 내 명령에 따를 거요. 얌전히 브롬필드에서 기다리고 있을 테니 걱정할 필요 없소." 그가 말을 이었다. "그나저나, 내 얘기를 하기 전에 먼저 그대에게 들을 얘기가 있을 듯한데. 자, 다 털어놓고 말해보시오! 어차피 우린 이 상태로 움직일 수도 없소. 지금 누군가 밑에서 꾸물거리는 소리가 들리거든." 하지만 이브에겐 아무 소리도 들리지 않았다. "내가 알기로 그대는 누이와 함께 난을 피해 우스터를 떠났소. 누이가 무슨 이유로 어떻게 그대

곁을 떠났는지도 알고 있소. 누이가 내게 숨김없이 전부 들려주었거든. 그리고 그대가 이걸 알면 기뻐할지 모르겠지만, 누이는 결혼을 하지 않았소. 앞으로도 그럴 것 같지는 않고. 그 일을 어리석은 실수였다고 생각하고 있더군. 자, 그럼 그대 얘기를 들어봅시다. 누이가 떠난 뒤 무슨 일이 있었소?"

이브는 거친 천으로 감싸인 어깨에 편안히 머리를 기댄 채 이야기를 시작했다. 처음 숲속을 방황하다가 친절한 농부에게 도움을 받은 일, 그러다 캐드펠 수사를 만나 브롬필드로 가게 된 경위, 캐드펠 수사와 레너드 원장의 환대, 힐라리아 수녀에게 벌어진 비극, 그리고 귀신 들린 듯 수도원을 뛰쳐나간 엘리어스 수사와 그를 뒤쫓은 과정까지 모든 일을 낱낱이 털어놓았다.

"그 오두막에서 나는 엘리어스 수사님을 떠났어요⋯⋯." 이브는 그날 밤 엘리어스의 입에서 나온 말들을 떠올리며 몸을 웅크렸다. 그것만은 이 구원자에게도 도저히 털어놓을 수 없었다. "그분께 무슨 일이 벌어졌을지 걱정이에요. 하지만 문을 잠그지 않았으니 사람들이 너무 늦기 전에 수사님을 찾아내지 않았을까요? 어떻게 생각하세요?"

"하느님의 시간에 따라 되었겠지." 올리비에는 망설임 없이 대답했다. "그분의 시간은 언제나 옳은 법이오. 그대의 하느님은 병든 자를 사랑하시고, 길을 잃은 자들을 보살피시는 분이니 말이오."

이브는 그가 쓴 표현이 어딘가 이상하다는 점을 놓치지 않았다. "'그대의 하느님'이라뇨?" 아이는 날카로운 호기심을 드러내며 낯선 구원자의 거무스레한 얼굴을 똑바로 올려다보았다.

"아, 또한 나의 하느님이기도 하지. 나는 전향하여 기독교도가 된 사람이오. 모친이 시리아의 회교도였거든. 부친은 바로 이곳 잉글랜드에서 노르망디 공 로베르 2세를 따라 원정 온 십자군이었는데, 내가 태어나기도 전에 다시 배를 타고 귀국하셨소. 나는 성인이 되자마자 그분의 신앙을 좇아 예루살렘으로 가서 개종했고, 바로 그곳에서 그대의 외숙을 만나 그 밑으로 들어갔소. 그리고 그분이 귀국하실 때 함께 잉글랜드로 오게 되었지. 비록 개종한 사람이기는 하지만 나 역시 그대와 마찬가지로 기독교도요. 이브, 나는 그대가 그 혹독한 겨울밤을 함께 보낸 엘리어스 수사를 틀림없이 다시 만나리라 생각하오. 내 타고난 예감이 그렇게 말하고 있소. 그러니 지금은 어떻게 이곳에서 무사히 탈출할지에 대해서만 생각하는 게 좋을 거요."

"여기까지는 어떻게 온 거죠?" 이브가 물었다. "내가 여기 있다는 걸 어떻게 알았어요?"

"그대를 사로잡은 불한당들의 두목이 그대를 저 꼭대기로 들어 올려 목에 칼을 들이대기 전까지는 몰랐소. 그저 저 악당들이 전리품을 분배하는 모습을 목격하고 소굴까지 저들을 추적해야 겠다 판단했지. 놈들은 늘 밤을 타 휩쓸고 다니고, 그대가 실종된 것 역시 밤이니까…… 만일 가치 있는 포로라 생각했다면 놈들이 인질 삼아 끌고 갔으리라 추측했던 거요."

이브는 문득 희망적인 생각에 얼굴을 환히 밝혔다. "그렇다면 기사님은 지금 이 가까운 곳에 아군이 있다는 것도 아시겠군요!"

"물론 그대에게는 아군일 거요. 하지만 나에게도 그럴지······ 나로선 그들을 피하는 편이 낫소. 그들을 비난하려는 건 아니오. 내가 그대 외숙의 부하라는 사실을 잊었소? 그대 외숙이 모드 황후께 충성을 맹세했다는 사실을 모르시오? 이곳 영주의 손에 내 몸을 맡겨 슈롭셔의 감옥에서 채찍질이나 당하며 앉아 있을 수는 없소. 물론 갑작스러운 공격에 저들이 문을 방어하느라 동분서주하는 사이 눈에 띄지 않고 바위 벼랑을 돌아 길을 개척할 수 있었으니 그 군대의 도움을 받은 셈이기는 하지. 만일 병사들이 적의 주의를 흩어놓지 않았다면 결코 성공할 수 없었을 거요. 일단 요새를 우회한 뒤에는 큰 어려움 없이 외벽을 타고 올라올 수 있더군. 게다가 나는 놈들이 그대를 어디에 감금해두었는지도 알고 있었소. 감시자들이 교대하는 것도 보았고."

"그럼 휴 베링어께서 부하들을 후퇴시킨 이유도 알겠군요. 그분이 물러난 건 놈들이 내 목숨을 위협했기 때문이에요. 하지만 멀리 철수하지는 않았을 거예요. 난 알아요. 그분은 그렇게 쉽게 포기할 분이 아니거든요. 그리고, 생각해보세요. 이제 여기엔 내 목에 칼을 대고 위협할 사람이 없잖아요. 그러니까 병사들이 공격을 못 할 이유도 없죠!"

올리비에는 놀라움과 즐거움이 섞인 표정으로 소년을 잠시 바라보았다. 이윽고 그의 시선이 천천히 이동해 벽 아래 나뒹구는 감시자의 검과 그 옆에 떨어진 일그러진 원뿔형 투구에 머물렀다. 호박색 눈동자가 그 기다란 속눈썹 너머에서 번뜩이더니 춤추듯 되돌아와 이브를 향했다.

"공격 개시를 알릴 나팔이 없는 것이 안타깝지만 그럴듯한 북을 하나 만들 수는 있을 거요. 내가 호위할 테니 여기서 그 북을 가지고 그대가 할 수 있는 일을 해보시오. 악당들이 우리를 잡으려고 소란을 피우겠지만 잠깐만 버티면, 그리고 그대의 아군이 재빠르기만 하다면, 아마 곧 그 군대를 막느라 눈코 뜰 새 없게 될 거요."

13

캐드펠은 기다란 호 모양으로 늘어선 나무들 사이를 오락가락
하며 거기서부터 요새까지의 모든 지형을 세밀히 살폈다. 지극히
보잘것없는 은폐물이라도 찾아내면 어둠이 내린 뒤 요새를 향해
접근하는 데 조금이나마 도움이 될 터였다. 휴는 모든 병력을 최
대한 광범위하게 산개시키고 누구도 모습을 드러내지 않도록 당
부한 뒤 고통스러운 모색에 잠겨 있었다. 왼손잡이 알랭은 요새
에서 빠져나올 수 없었고, 그의 병력 또한 요새 안으로 공격해 들
어갈 수 없었다. 완전한 교착상태에 빠진 셈이었다. 그는 좌절감
에 손마디를 물어뜯었다. 안에는 도둑질한 고기와 양식이 잔뜩
쌓여 있을 테니, 저들을 굶주리게 만들기까지는 오랜 시간을 들
여야 할 것이다. 게다가 그랬다가는 저 불운한 소년까지 굶게 되

지 않겠는가. 그렇다고 소년을 넘겨받는 조건으로 왼손잡이 알 랭 무리를 자유롭게 풀어준다면 그들은 또 다른 곳에 터를 잡고 똑같은 약탈 행위를 계속할 것이다. 어떤 일이 있더라도 그렇게 두어서는 안 되었다! 이 지방에서 질서를 회복하고 정의를 실현 하는 것이 그의 임무였으니, 그는 이를 완벽하게 수행할 작정이 었다.

휴는 병력 가운데 산을 잘 타는 병사들과 산간 지방에서 나고 자란 병사들을 골라내어 좁은 골짜기에 따로 모아놓고 봉우리 양 쪽으로 우회할 가능성이 있는지, 눈에 띄지 않는 경사면으로 절 벽을 타고 올라 뒤쪽에서 은밀히 침투할 수 있는 길이 있는지 알 아보았다. 한 군데 은폐물로 삼을 만한 지점이 있긴 했으나, 아래 쪽에서 보니 새나 겨우 쉬어 갈 수 있을 정도로 지형이 험했다. 이제는 다시금 소년의 목숨이 위협받는 상황을 감수하고서라도 요새 근처를 정찰해볼 수밖에 없었다. 요새 바로 앞이라면 명민 한 병사가 조금씩 길을 개척하며 접근할 만한 여지가 있을지 몰 랐다. 하지만 그러려면 은폐물이라고는 전혀 없는 평평한 바위가 널린 지역을 통과해야 했으니, 이는 이브의 목숨은 물론이요 그 병사의 목숨마저 보장할 수 없는 위험한 시도였다.

어둠 속에서라면 어떨까? 그래, 가능할 듯했다. 이동하기가 어 렵긴 해도 벌거숭이 바위가 튀어나와 하얗게 빛나는 눈을 가려주 는 지점이 있었다. 그러나 사위가 너무도 고요했다. 눈과 별이 뿜 어내는 은은한 빛, 구름 한 점 없는 하늘, 조용히 내려앉은 서리.

눈과 바람이 미친 듯 몰아쳐 저들의 시야를 흐리고 귀를 막아주면 좋으련만, 오늘 밤에는 돌풍도 눈도 없을 성싶었다. 밤의 정적과 고요가 너무나 완벽해 눈 속에 묻힌 나뭇가지가 발에 밟히는 소리마저 요새까지 들릴 것 같았다.

그때 갑자기 정적을 깨뜨리는 요란한 소리가 울렸다. 캐드펠은 놀라 벌떡 일어났다. 저 건너편에서 잘못 만든 종을 난타하는 듯한 금속성 소음이 울려 퍼지고 있었다. 고막을 찢어낼 것처럼 고통스럽고 강렬한 그 소리는 멈추지 않고 계속되었다. 나무들 사이에 몸을 숨기고 있던 병사들도 하나둘 일어나 앞으로 발을 떼어 방책과 그 너머의 요새를 넘겨다보았다. 방책 안에서도 고함과 아우성이 일고 있었다. 이에 캐드펠은 그것이 저들이 낸 소리가 아님을 알아챘다. 더욱이 그들이 반기거나 이해할 만한 소리도 아니었다. 저 안에서 무언가 잘못되었다면, 그것이 이쪽에는 유리한 점으로 작용할 수도 있지 않을까?

소음은 감시탑 꼭대기에서 들려오고 있었다. 저 위에서 누가 방패 혹은 일종의 종 같은 것을 마구 두들겨대는 것이다. 아무 공격 행위도 일어나지 않는 지금 저 도둑 무리 중 대체 누가, 그리고 무엇 때문에 이처럼 요란하게 경종을 울려대는 것일까? 그 소음이 적들의 요새 안에서 또 다른 소음을 불러일으키기 시작했다. 잔뜩 억눌려 알아들을 수 없었지만, 틀림없이 분노와 당혹감과 초조함이 뒤섞인 외침이었다. 큰 소리로 명령을 내리는 음성은 분명 왼손잡이 알랭의 것이리라. 외부의 적을 향해 집중되었던 주의력이 내부에서 발생한 문제로 산만해지고 있었다.

캐드펠은 더 생각할 것 없이 즉각 행동을 개시했다. 아군과 방책의 중간쯤 되는 지점에 바위 하나가 솟아 온통 흰색으로 뒤덮인 개활지에서 유일한 검은 점을 이루고 있었다. 캐드펠은 나무 뒤에서 뛰쳐나와 바위를 향해 달려가서는 그 뒤에 납작 엎드렸다. 감시병이 이쪽을 본다 해도 웅크린 채 꼼짝 않는 검은 수도복만으로는 상황을 파악할 수 없을 것이었다. 하지만 캐드펠이 생각하기엔 어차피 감시병도 더는 이쪽을 보고 있지 않을 듯했다. 그 요란한 소음은 끈질기게 이어지고 있었다. 누군지는 몰라도 지금쯤은 팔이 제법 아파오기 시작할 터였다. 캐드펠은 조심스럽게 고개를 들어 맑은 하늘 아래 선명한 톱니처럼 들쭉날쭉한 감시탑 난간을 살펴보았다. 엉터리 종을 난타하는 요란한 소음이 잠시 멎었다가 이내 리듬이 바뀌어 계속되었다. 소리가 멎은 잠깐 사이, 캐드펠은 사람의 머리 하나가 총안 사이로 불쑥 튀어나와 이쪽을 조심스럽게 살펴보는 것을 목격했다. 감시탑에서는 이제 누가 도끼질이라도 하는 양 쪼개지고 부딪는 소리가 탑의 두꺼운 목재에 울려 둔탁하게 들려오고 있었다. 사람의 머리가 다시 튀어나왔다. 캐드펠은 한 팔을 흔들었다. 흰 눈 속에서 검은 옷소매의 움직임이 선명하게 드러났다.

"이브!"

청명한 대기를 가르며 소리는 또렷하게 나아갔지만 캐드펠은 이브가 자신의 외침을 들었는지 확신할 수 없었다. 어쨌든 그를 본 건 분명했다. 이브가 난간 위로 겨우 고개를 내밀더니 초조히 이쪽을 바라보며 날카롭게 외쳤다. "공격하세요! 놈들을 쳐부수세요! 어서! 어서요! 저희가 탑을 장악하고 있어요! 저흰 두 사람이에요. 무기도 있어요!"

그 말을 남긴 채 이브는 총안 너머로 사라져버렸다. 바로 다음 순간 화살이 날아와 총안 끝에 박혔다. 방책 안의 궁수도 캐드펠과 같은 것을 목격한 모양이었다. 이어 감시탑 안에서 다시 그 요란한 소리가 도전적으로 울려 퍼지기 시작했다.

더 생각할 겨를이 없었다. 캐드펠은 바위 뒤에서 일어나 다시 나무를 향해 내달렸다. 화살 하나가 날아왔지만 캐드펠이 있는 곳까지 미치지 못하고 바닥에 떨어졌다. 화살이 떨어지는 소리를 듣고 캐드펠은 새삼 놀랐다. 여러 사람들의 목숨이 달려 있기 때문일까, 그는 평소라면 상상도 못 할 만큼 빠른 속도로 달리고 있었다. 캐드펠은 은폐물 뒤로, 이어 휴 베링어의 두 팔 안으로 뛰어들었다. 이미 정황을 파악한 휴는 지난 몇 분의 시간을 효율적으로 사용하여 나무들 뒤에 병력을 재배치한 뒤 즉각 행동에 나설 만반의 준비를 갖춘 터였다. 병사들도 명령이 떨어지기만을 기다리고 있었다.

"공격하게!" 캐드펠은 숨이 턱에 닿아 부르짖었다. "저건 이브가 내는 소리야. 이브와 다른 사람이 탑을 장악했네. 어떻게 했는지는 하느님만이 아시겠지만, 누군가 이브를 구하러 들어간 모양이야. 이제 위험은 없네. 더 이상 지체하면 안 돼."

지체 같은 건 없었다. 휴는 캐드펠의 말이 채 끝나기도 전에 이미 말에 올라 있었다. 왼쪽에는 휴가, 오른쪽에는 조세 드 디낭이 서서 왼손잡이 알랭의 성문을 향해 진군하기 시작했다. 보병들이 그들 뒤를 따랐고, 이내 횃불이 타오르기 시작했다. 그 불은 곧 방책 안의 건물들에 옮겨붙게 될 것이었다.

캐드펠은 그 자리에 남아 숨을 헐떡이고 있었다. 오래전의 서약, 무기를 사용하지 않겠다는 다짐을 떠올리니 화가 치밀 지경이었다. 그러나 그가 한 서약 중 무장하지 않은 채 무장한 병사들을 따르는 것을 금지하는 내용은 없었다. 캐드펠은 수많은 사람과 말의 발자국으로 뒤덮인 개활지를 성큼성큼 가로질렀다. 이제 병사들은 성문을 깨고 안으로 쇄도하기에 앞서 창끝 형태로 대형을 이루고 있었다.

*

잠시도 쉬지 않고 맹렬히 소리를 내는 와중에도 이브는 보좌관의 공격 명령을 들을 수 있었다. 병사들이 거대한 쇠망치로 난타하듯 성문에 공격을 가할 때마다 감시탑이 뒤흔들렸다. 성문의 나무판자들이 산산조각으로 흩어져 쏟아지는 모습이 눈앞에 보이는 듯했다. 외벽이 육박전을 벌이는 병사들로 가득했으나 소년이 할 수 있는 일은 없었다. 감시탑 지붕 바로 밑에서는 분노가 실린 도끼질이 한창이었다. 올리비에는 공격에 대비해 검을 꺼내

든 채 사다리와 뚜껑 문을 긴 두 다리로 한꺼번에 디디고 서 있었다. 도끼의 타격이 가해질 때마다 사다리가 마구 흔들렸지만 그가 버티고 있는 한 문이 열릴 염려는 없었다. 만일 열린다 하더라도 처음 나타나는 것은 손 하나나 머리 하나에 불과할 테고, 무엇이 나타나건 그것은 올리비에의 자비에 맡겨질 터였다. 그리고 올리비에는 자비심을 발휘할 생각이 추호도 없었으니, 머리끝부터 발끝까지 온 몸에 힘과 체중을 가득 실은 채 그는 다가올 최초의 살덩이를 찌르거나 베어낼 만반의 준비를 갖추고 있었다.

문득 팔에 통증이 느껴지는가 싶더니 힘이 풀리며 철제 투구가 아이의 두 다리 사이로 떨어져 굴러갔다. 그 순간 더 좋은 생각이 떠올랐다. 이브는 엉금엉금 기어가 투구를 머리에 썼다. 무엇으로든 몸을 보호할 기회를 마다할 이유가 있겠는가? 아이는 경련이 이는 손을 쥐었다 폈다 반복하며 조금씩 앞으로 움직였다. 총안 앞을 지날 땐 허리를 굽히는 것도 잊지 않았다. 곧 바닥에 떨어진 검에 손이 닿았다. 그는 손잡이를 거머쥐고 바닥을 가로질러 올리비에 곁으로 다가가, 두 발로 사다리를 딛고 섰다. 제 체중으로 보호막을 더 굳건히 하자는 생각이었다. 뚜껑 문의 나무 판자에는 이미 균열이 나타나 판자 조각들이 위아래로 튀고 있었다. 그러나 아직 칼이나 창 따위가 뚫고 올라올 정도의 크기는 아니었다.

"안 될 말이지." 올리비에의 목소리는 여전히 자신감에 차 있었다. "저 소리 들리오?" 왼손잡이 알랭의 벽력같은 고함 소리가 캄캄한 어둠 속에 메아리치고 있었다. "저자가 사냥개들을 불러 들이고 있소. 아래에 더욱 많은 인원이 필요해진 게지."

도끼가 다시 한번 공격을 감행했다. 강한 타격에 이미 균열이 생긴 뚜껑 문의 판자가 쪼개지는가 싶더니 사다리 밑으로 번쩍이는 도끼날이 파고들었다. 그러나 그것이 마지막이었다. 날이 뽑히지 않자 아래 있던 자가 욕설을 퍼부어대다가 이내 계단을 내려간 듯 조용해졌다. 방책으로 둘러싸인 은거지 전체가 육박전과 칼질과 아우성으로 가득한 가운데, 이 높은 감시탑 꼭대기에 갑작스러운 정적이 찾아들었다. 맑고 고요한 하늘 아래서 두 사람은 안도의 한숨을 내쉬며 서로를 바라보았다. 이제 위험은 사라진 셈이었다.

"만일 이들의 두목이 그대를 다시 붙잡는다 하더라도 아까와 똑같은 방법을 쓸 수는 없을 거요." 올리비에는 검을 칼집에 꽂으며 말했다. "오랜 시간을 들여 그대를 이 탑에서 끌어내봐야, 그땐 이미 그대의 목을 담보 삼아 구할 수 있는 대부분의 것을 상실한 다음이겠지. 이제 저자로서는 다른 방법을 찾아내야 할 거요."

"다른 방법도 못 찾을 거예요!" 이브가 외쳤다. "자, 들어보세요! 병사들이 방책 안으로 들어왔어요. 이번엔 결코 그냥 물러나지 않을 거예요. 그놈은 올가미에 걸린 꼴이에요." 이브는 아래서 벌어지는 혼란스러운 전투를 내려다보았다. 여전히 타오르는 횃불 빛 속에, 방책 안 공간을 가득 메운 사람들이 폭풍이 몰아치는 캄캄한 밤바다처럼 이리저리 휩쓸리며 육박전을 벌이고 있었다. "성문에 불을 붙이고 말과 가축들을 죄다 끌어내고 있어요. 방책에 있던 궁수들도 끌려 나오고…… 우리도 내려가서 도와야 하지 않을까요?"

"아니," 올리비에가 단호하게 말했다. "최악의 사태가 닥치지 않는 한 그건 절대 안 되오. 지금 그대가 적들의 손에 다시 떨어지면 이 모든 공격이 물거품으로 돌아가는 셈이요. 전부 처음부터 다시 시작해야 하지. 그대가 친구들을 위해 할 수 있는 최선의 일은 적들의 손길이 닿지 않는 곳에 안전히 머물러 있는 거요. 악당의 두목에게는 그대가 제 목숨을 구하기 위한 최고의 무기라는 사실을 절대로 잊지 마시오."

이 놀라운 일에 동참하지 못해 안달이 난 소년에게는 실망스러운 대답이었으나 한편 지극히 합당한 충고이기도 했다. 더욱이 올리비에의 말이었기에 이브는 고분고분 그 조언을 받아들였다.

"그대도 언젠가는 영웅적인 일에 직접 나설 수 있을 거요." 올리비에가 무뚝뚝하게 말을 이었다. "덜 위험할 때, 그리고 그대의 목이 아닌 다른 것이 위기에 빠졌을 때 말이오. 다만 지금은 인내심을 가지고 기다리는 것이 최선이오. 그것이 그대에게는 더 큰 희생이더라도 어쩔 수 없지. 자, 그리고 아직 여유가 있을 때 내 말을 주의 깊게 들으시오. 우리가 이곳에서 빠져나가는 즉시 나는 그대를 떠날 거요. 그대는 브롬필드로 가서 누이를 만나시오. 그대의 친구들은 두 사람의 재회에 기뻐하며, 약속대로 그대들에게 많은 병력을 붙여 글로스터에 계신 외숙께 보내줄 거요. 하지만 그보다는 내 손으로 직접 그대들을 호위하고 싶소. 내가 온 것은 그 때문이니까. 이 임무는 내 것이니 내가 끝마치겠소."

"하지만 어떻게…… 그게 가능할까요?" 이브가 초조한 기색으로 물었다.

"그대의 도움이 있으면 가능하지. 또 다른 것도 필요하지만, 그것을 어떻게 얻을 수 있는지는 이미 알고 있소. 내게 이틀만 여유를 주면 그사이 우리에게 필요한 말을 준비하고 여행 준비를 마쳐놓겠소. 모든 일이 잘 풀리면 오늘 밤으로부터 이틀 뒤 내가 브롬필드로 그대들을 찾아갈 거요. 누이에게도 그렇게 전해주시오. 마지막 기도가 끝난 뒤 수사들은 잠을 자러 갈 테고, 그대들 역시 잠자리에 들겠거니 생각할 거요. 바로 그때 내가 가겠소. 더이상 묻지 말고, 다만 누이에게 내가 찾아갈 거라고만 전하시오. 자, 이브, 만일 보좌관의 부하들이 나에 대해 물으면 그대는 어떻게 대답하겠소? 말해보시오. 이곳으로 그대를 찾아온 사람은 누구였소?"

이브는 그의 뜻을 이해하고 얼른 대답했다. "삼림 감독관의 아들 로버트였어요. 그 사람이 에르미나를 브롬필드로 데려갔고, 그다음엔 나를 찾아 헤매다가 우연히 내가 여기 있는 걸 알게 됐죠." 이어 아이는 자신 없는 목소리로 덧붙였다. "하지만 삼림 감독관의 아들이 왜 나를 찾아 나섰는지 의아해하지 않을까요? 물론……" 새삼스레 화가 나는 듯 아이의 입술이 비틀렸다. "물론 에르미나를 위해서라면 제 한 목숨 아깝지 않은 사람이 수도 없 겠지만요. 누나는 정말 예쁘잖아요. 하지만 누나 또한 그 사실을 잘 알고, 잘 이용하기도 해요. 당신은 절대 누나에게 넘어가지 말아요!"

올리비에는 총안 너머 전투 현장으로 눈길을 돌렸다. 문에서 불길이 높다랗게 치솟아 외양간의 지붕으로 옮겨붙고 있었다. 아주 잠시, 그의 얼굴에 어두운 미소가 떠올랐다. "그래, 병사들에게는 그렇게 말하면 되겠군. 내가 에르미나에게 반해 노예처럼 무슨 일이라도 다 할 작정이었다고 말이오. 그들을 납득시키기 위해 필요한 말이라면 뭐든 해도 괜찮소. 자, 그 약속 잊지 말고 내가 그대들 앞에 나타날 때를 대비하시오."

"네! 하라는 대로 할게요!" 이브는 진심을 다해 대답했다.

*

전투가 격렬하고 혼란스럽게 이어지는 가운데 불길은 요새의 지붕을 타고 번져나갔다. 약탈자 쪽에서는 끊임없이 사람들이 쏟아져 나왔다. 누구도 예상하지 못했을 만큼 엄청난 수효에, 그 대다수가 충분한 전투 경험을 갖춘 강한 병사들이었다. 이브와 올리비에는 새집처럼 높다란 곳에 선 채 전투의 양상을 지켜보았다. 이제 불길은 통로 모퉁이로 옮겨붙은 참이었다. 만일 불길이 감시탑 건물에 이르면, 들보로 이어진 홀 내부가 굴뚝의 역할을

해 그들은 엄청난 불길과 연기 속에 고립되고 말 것이었다. 이미 다른 건물들에서 시작된 폭발과 붕괴의 굉음이 전투의 소리를 삼키며 점점 가까이 다가오고 있었다.

"이곳도 차츰 뜨거워지는군." 올리비에가 얼굴을 찌푸렸다. "여기서 악마의 손길을 기다리느니 차라리 악마가 있는 곳으로 내려가는 편이 낫겠소."

그들은 사다리를 한쪽으로 치우고 엉망이 되어버린 뚜껑 문을 들어 올렸다. 판자 조각들이 우수수 소리를 내며 떨어졌다. 아직은 미약한 연기 한 줄기가 탑 어두운 곳으로부터 올라왔다. 올리비에는 사다리를 내리는 대신 두 손으로 입구를 잡고 몸을 늘어뜨리더니 가볍게 바닥으로 뛰어내렸다. 이브도 용감하게 그를 따라 했다. 올리비에가 두 손으로 허리를 잡아 소리 없이 바닥에 내린 뒤, 아이를 등 뒤에 바짝 붙여 세우고는 계단을 내려가기 시작했다. 그곳 공기는 아직 차가웠지만 어디에선가 연기가 흘러들고 있었다. 시야가 좋지 않아 그들은 발끝으로 계단을 조심스레 더듬으며 내려가야 했다. 두꺼운 벽 너머에서는 전투의 소란이 줄곧 이어졌다. 마침내 감시탑의 맨 아래 바위 바닥으로 내려서자 꺼져가는 횃불과 난로불의 희미한 빛을 통해 비스듬히 열린 커다란 문의 윤곽이 눈에 들어왔다. 건물 안은 고요했다. 모두 방책으로 나가 휴 베링어의 군사들을 막고 있거나, 아니면 이 기회를 틈타 무리에서 달아나버린 모양이었다.

올리비에는 이곳으로 침입할 때 이용한 바깥쪽 좁은 문을 향해

다가갔다. 무거운 빗장을 벗기고 앞으로 당겼지만 문은 꿈쩍도
하지 않았다. 한 발을 벽에 대고 힘껏 밀어보아도 마찬가지였다.

"악마들! 놈들이 바깥에서 빗장을 채웠군. 홀로 나가봅시다.
바짝 붙어 따라오시오."

그들은 홀 입구에 이르러 최대한 조심스럽게, 두 사람이 겨우
빠져나갈 만큼만 문을 열었다. 악당들 중 유독 신중한 자나 부상
당해 뒤처진 누군가가 거기 숨어 있을지도 모를 일이었다. 문이
열리자 홀 끝의 들보를 핥던 불길이 돌연 긴 혓바닥을 내밀어 지
붕을 타고 재빨리 퍼져나갔다. 불붙은 나뭇조각들이 왼손잡이 알
랭의 의자 위로 쏟아져 내리는가 싶더니, 서너 개의 불길이 새로
이 솟아올라 순식간에 거대한 화염으로 돌변했다. 이글대는 불길
과 함께 피어오른 연기가 눈앞을 가로막아, 이제 두 사람에겐 그
붉은 화염밖에 보이지 않았다. 그들은 나동그라진 의자들과 깨지
고 엎어진 접시들, 비스듬히 쓰러진 테이블, 바닥에 떨어진 액자
들, 다 타버린 횃대들이 엉망으로 뒤엉킨 자리를 헤치며 더듬더
듬 길을 찾아 나아갔다. 매운 연기가 눈을 찌르고 목구멍을 틀어
막았다. 발길을 막는 위험한 불길과 온통 난장판이 되어버린 홀
저 끝에 밖으로 통하는 커다란 문이 반쯤 열려 있었다. 그 너머는
전투와 피와 광란의 지옥이었다. 연기와 불길로 뒤덮인 아수라장
을 굽어보는 은빛 하늘에서는 별 하나가 믿을 수 없을 만큼 맑게
빛나고 있었다. 그들은 눈물을 줄줄 흘리며 입과 코를 막은 채 그
문을 향해 나아가기 시작했다.

문가에 거의 다다랐을 때, 갑자기 지붕의 들보를 따라 한 줄기 불길이 미끄러지듯 나오더니 바깥바람을 차단하느라 늘어뜨린 직물 커튼에 옮겨붙었다. 바싹 마른 데다 온통 먼지로 뒤덮여 있던 커튼은 순식간에 거대한 화염으로 변해 바닥에 떨어지며 그들의 앞을 가로막았다. 불길이 활활 높다랗게 치솟았다. 올리비에는 커튼을 황급히 걷어차 한쪽으로 치운 뒤 치솟는 불길을 우회해 이브를 앞으로 끌어 세웠다.

"나가요! 넓은 곳으로 나가서 얼른 몸을 숨겨요!"

그 말대로 했다면 이브는 발각되지 않고 탈출에 성공했을 것이다. 하지만 문 밖으로 떠밀려 광란의 전투 앞에 선 아이는 이내 뒤를 돌아보았다. 치솟은 불길 속에 갇혀버린 올리비에가 걱정되었던 것이다. 그 잠깐의 망설임이 소년과 다른 모든 이들이 힘겹게 이루어낸 모든 것을 앗아가고 말았다. 은거지의 절반 이상은 이미 휴 베링어의 수중에 들어가 있었고, 도적 떼들은 후퇴를 거듭하다가 이제 감시탑 건물 앞에서 뒤엉킨 채 전투를 벌이는 중이었다. 이브가 친구에게 돌아가야 할지 망설이는 사이 수세에 몰려 홀 계단 앞까지 물러나 있던 왼손잡이 알랭은 검을 휘두르며 목재 계단 위로 훌쩍 뛰어올랐고, 그렇게 이브와 왼손잡이는 서로 등을 부딪게 되었다. 이브가 얼른 돌아서서 달아나려 했지만 이미 늦었다. 커다란 손이 아이의 머리칼을 움켜쥐는가 싶더니 승리감에 찬 거만한 웃음소리가 터져 나왔다. 무기와 무기가 부딪는 소리는 물론 건물을 핥는 화염의 소리까지 삼킬 정도로 우렁찬 웃음이었다. 다음 순간 왼손잡이 알랭은 문가의 기둥을 등지고 선 채 소년의 몸을 제 앞으로 바짝 끌어당긴 뒤, 이미 피로 붉게 물든 검을 소년의 목덜미에 가져다 댔다.

"모두들 멈춰라! 무기를 내리고 물러서!" 사자의 황갈색 갈기가 타오르는 화염의 불빛을 받아 붉게 번쩍거렸다. "뒤로! 더 뒤로 물러서라니까! 내 앞을 깨끗이 비워라. 누구든 활을 들어 올리는 자가 있으면 이 꼬마 도깨비는 죽는다. 자, 마침내 내 담보물을 되찾았군! 국왕의 부하는 어디 있지? 내 말 듣고 있나? 이놈의 생명을 무엇으로 보장하겠나? 내가 먼저 제안하지. 말과 퇴로를 내주고, 추격하지 않겠다고 약속하라. 안 그러면 당장 이 녀석의 목이 잘리고 그 피가 네놈의 머리 위로 쏟아질 줄 알아!"

휴 베링어가 앞으로 몇 걸음 나아갔다. 그의 두 눈은 왼손잡이 알랭을 똑바로 쏘아보고 있었다. "하라는 대로 하겠다."

국왕의 병사들도, 도적 떼도, 모두 한 걸음씩 뒤로 물러나 홀 계단 앞에 널찍한 공간을 만들었다. 휴 또한 여전히 맨 앞의 자리를 지킨 채 뒤로 물러났다. 그가 무얼 할 수 있겠는가? 소년의 머리는 저 사자의 몸뚱이 쪽으로 기울고, 그 목에는 칼이 닿아 있었다. 잘못 움직였다가는 소년의 목숨이 위험할 것이다. 모두가 계단 위의 두 사람을 주목하고 있는 사이, 도적 떼 몇몇이 탈출할 길을 찾아 방책과 성문으로 향했다. 성문을 지키는 병사들이 그들을 처리할 터였다. 그러나 왼손잡이 알랭, 저 무자비하고 악에 받친 짐승은 누가 처리한단 말인가. 이 순간 그의 앞에서 뒷걸음질하지 않는 이는 없었다.

아니, 모두가 그런 것은 아니었다! 사람들이 빽빽이 몰려선 탓에 아무도 눈여겨보지 못했으나, 낯선 한 남자가 다리를 절룩이며 천천히, 하지만 조금의 망설임도 없이 계단을 향해 나아가고 있었다. 화염의 붉은 섬광이 그 남자를 비추었다. 큰 키에 비쩍 마른 얼굴, 검은 옷, 어깨에 늘어진 두건. 정수리를 삭발한 머리에는 상처 두 개가 주름처럼 길게 남아 있고, 샌들을 신은 발에서는 피가 스며 나와 걸음을 옮길 때마다 눈 위에 한 방울씩 떨어졌다. 바위에 부딪쳐 생긴 이마의 상처에서도 피가 흐르고 있었다. 창백한 납빛 얼굴 속의 커다랗고 퀭한 눈이 왼손잡이 알랭을 노려보았다. 남자는 비난하듯 한 손을 들어 그를 가리키더니 크고 당당한 음성으로 호통치듯 외쳤다. "나는 그 아이를 찾으러 왔다! 당장 아이를 놓아줘!"

휴 베링어에게 온 신경을 집중하고 있던 왼손잡이 알랭은 감히 자신이 만들어낸 침묵과 중립의 공간을 침범하는 자가 있다는 사실에 깜짝 놀라 목소리가 들리는 쪽으로 고개를 돌렸다.

충격이 그의 온 몸을 훑고 지나갔다. 지극히 짧은 순간이었지만 알랭은 평정을 완전히 잃고 말았다. 시체가 그를 향해 다가오고 있었다. 공포를 모르는, 결코 죽어 쓰러지지 않는 한 남자가, 창백한 얼굴에서 여전히 피를 흘리며 그에게 오고 있었다. 알랭은 인질을 잊었다. 검이 그의 손과 함께 불안하게 떨렸다. 잠시 후에야 시체가 부활할 리 없다는 사실을 깨닫고 정신을 수습해

격노한 고함을 내질렀지만, 다시금 상황을 장악하기에는 이미 늦은 시점이었다. 이미 이브는 뱀장어처럼 그의 손아귀에서 빠져나가 몸을 낮춘 채 계단을 뛰어 내려가고 있었다.

아이는 미친 듯 달려 따뜻하고 탄탄한 캐드펠 수사의 품에 안겼다. 기진맥진하여 눈을 감고 숨을 헐떡이는 아이의 귀에 캐드펠의 음성이 닿았다. "자, 됐다. 이제 안전해. 어서 나와 함께 엘리어스 형제를 돕자꾸나. 네가 움직이지 않으면 저 형제 역시 한 발짝도 옮기려 하지 않을 거야. 자, 어서. 우리 둘이서 저 형제를 데리고 빠져나가야 해."

이브는 여전히 몸을 떨고 숨을 헐떡거리면서도 눈을 크게 뜬 채 고개를 돌려 홀을 돌아보았다. "제 친구가 저기 있어요……제 친구, 절 도와준 사람이 저 안에 있다고요!"

곧 아이는 희망과 두려움이 가득한 한숨을 내쉬며 입을 다물었다. 인질이 빠져나오자마자 휴 베링어가 공격을 개시한 터였다. 그리고 이내 그들 앞에 또 다른 형체가 나타났다. 문가의 연기와 불길 한가운데서 모습을 드러낸 그것은, 온통 그을음과 먼지에 뒤덮인 올리비에의 실루엣이었다. 올리비에는 한 손에 검을 쥔 채 훌쩍 몸을 날려 왼손잡이 알랭 곁을 스치며 검의 옆면으로 그의 뺨을 쳤다. 자기를 돌아보라는 신호였다. 사자가 황갈색 갈기를 휘날리며 고개를 돌렸다. 엘리어스 수사가 유령같이 등장하며 빚어낸 침묵이 젊은 영웅의 묵직한 음성과 함께 깨어졌다. "비겁한 놈, 이제 어른을 상대해보시지!"

경멸 가득한 우렁찬 고함 소리가 모두의 귀에 똑똑히 울려 퍼졌다. 이브는 꼼짝도 할 수 없었다. 이 마지막 결투가 끝나기까지는 움직일 수 없을 것이었다. 캐드펠은 감사하는 마음으로 소년을 꼭 껴안았다. 소년 또한 결코 떨어지지 않겠다는 듯 그 작은 손을 수도복 소매 안으로 밀어 넣어 그를 붙잡고 있었다. 엘리어스는 더 이상 버틸 힘을 잃고 주위를 두리번거리다가 소년을 다독이기 위해, 또 그 자신 역시 위로받기 위해 다리를 절룩이며 이쪽으로 다가왔다. 이브는 엘리어스의 손을 꽉 움켜쥐면서도 단 한 순간도 자신의 영웅에게서 시선을 떼지 않았다. 그에겐 모든 것이 이 결투에 달려 있었다. 아이는 뜨거운 열정으로 올리비에를 응원하며 온몸을 부들부들 떨었다. 캐드펠도 엘리어스도 소년의 마음을 느꼈고, 더불어 그 열정에 휩쓸려 계단 꼭대기에 긴 두 다리를 벌리고 선 저 후리후리한 남자를 지켜보았다. 검댕으로 뒤덮인 얼굴에 시골 농부의 옷을 걸치고 있었으나, 캐드펠은 그가 누구인지 알아볼 수 있었다.

어느 누구도, 공권력을 이용해 싸움을 중단시킬 수 있는 휴마저도 그들 사이에 끼어들지 않았다. 병사들과 살인자들 사이의 전투도 이 싸움이 끝나기 전에는 시작될 수 없을 터였다. 올리비에의 도전에는 어떤 방해도 허용치 않는 결연함이 담겨 있었다.

그다지 공정한 싸움이 될 성싶지는 않았다. 팔의 길이나 민첩함에 있어서는 다소 떨어질지 모르나, 나이로도 체중으로도 경험으로도 왼손잡이 알랭이 한 수 위였다. 결투는 오래 지나지 않아

결판이 나는 듯했다. 왼손잡이가 먼저 도전자를 한번 훑어보고는 자신만만한 태도로 공격을 시작해 젊은이를 계단 아래로 물린 뒤 공격을 이어갔다. 하지만 그 풋내기 ─ 군사훈련도 온전히 받지 못한 시골 농부 나부랭이! ─ 의 균형은 좀처럼 무너지지 않았다. 왼손잡이가 아무리 칼을 휘두르며 사방에서 공격해 들어가도 그곳에는 이미 젊은이의 검이 기다리고 있었다. 적이 힘을 소모하는 동안 젊은이는 지극히 편안한 자세로 우뚝 서서 가볍게 칼을 막아낼 뿐이었다. 이브는 머리끝부터 발끝까지 긴장하여 경탄이 담긴 눈으로 그 광경을 지켜보았다. 소년의 손에 매달리다시피 한 엘리어스도 입을 굳게 다문 채 몸을 떨었다. 캐드펠은 젊은 올리비에를 바라보며 이미 까마득히 잊었다고 생각했던 것, 동방과 서방이 부딪치던 시절 그 양쪽으로부터 배운 검법을 새삼 떠올리고 있었다.

젊은이의 움직임은 거의 눈에 띄지 않았다. 한 걸음 물러났다 싶으면 어느새 제자리로 돌아가 있었고, 그다음 순간에는 한 걸음 전진해 있었다. 정신을 차려보니 이제 계단 가장자리까지 다 가붙은 쪽은 왼손잡이 알랭이었다.

사자는 다시 한번 온몸의 체중을 실어 앞으로 도약했다. 그러나 그의 발꿈치는 얼어붙은 계단 가장자리에 지나치게 가까웠고, 그 도약은 지나치게 무모했다. 뒤쪽에 있던 발이 체중을 지지하지 못해 삐끗하는 순간 그는 균형을 잃고 말았다. 그가 다시 중심을 잡으려고 안간힘을 쓰는 사이, 올리비에가 사냥에 나선 표범처럼 달려들었다. 이 젊은이는 모든 체중을 실어 적의 방어를 깨끗이 뚫고 들어가 훤히 드러난 가슴에 칼날을 꽂아 넣었다. 검의 절반이 그 가슴에 파묻혔다. 이어 올리비에는 두 발을 버팀대 삼아 뒤로 몸을 젖히며 검을 뽑아냈다.

칼날이 뽑히자 사자는 두 팔을 벌린 채 그대로 계단을 굴러 내려가기 시작했다. 위엄이라고는 찾을 길 없이 처참한 꼴로, 계단에서 계단으로, 다시 그다음 계단으로 구르던 그의 몸뚱이는 마침내 휴 베링어의 발치에 얼굴을 박고서야 멎었다. 시뻘건 피가 아직 남아 있던 생명의 기운과 함께 흘러나와 흰 눈을 적셨다.

14

　무리가 두목의 죽음을 목격하자 싸움은 맥없이 끝났다. 그들은 사방으로 흩어졌다. 탈출할 길을 찾아 발버둥 치는 자가 있는가 하면, 죽기를 각오하고 싸울 작정으로 덤벼드는 자가 있었고, 터무니없는 흥정을 하려는 자, 희망을 품고 항복하는 자도 있었다. 죽은 사람을 제외하고도 포로는 대략 예순 명에 달했다. 약탈품들은 불타기 전에 모두 밖으로 끌어내고, 사로잡힌 양과 가축은 먹이와 물을 준 뒤 산 아래쪽으로 데려가 보다 적당한 우리로 옮기기로 했다. 포로들의 신병은 그 지역을 관할하는 디닝에게 인계되었다. 자신의 권위가 침범당했으니 그의 법 집행이 철저하리라는 점에는 의심의 여지가 없었다.

　구해낼 만한 물건을 모두 구해낸 뒤 그들은 불을 옮겨붙였다.

주변에 나무도 없이 견고한 바위 위에 덩그러니 지어진 곳이니 철저히 불태우기만 하면 어떤 위협도 될 수 없을 것이었다. 비록 짧은 기간이나마 그 외진 산골의 오점이 되었던 이들의 은거지도 이제 제 생애를 다한 셈이었다.

혼란스러운 상황이라 눈치챈 사람은 많지 않았으나, 가장 기이한 일은 익명의 젊은 검객이 이곳 두목을 쓰러뜨린 직후 감쪽같이 사라져버렸다는 점이었다. 모두가 그 경이로운 솜씨를 지켜본 뒤 놀라움에서 빠져나와 주위를 살필 즈음에는 사방에서 도주와 추적이 시작된 참이었고, 그리하여 젊은이가 말 한마디 남기지 않은 채 어둠 속으로 사라지는 것을 눈치채지 못했던 것이다.

"그림자처럼 사라져버렸군요." 휴가 말했다. "영광스러운 국왕 폐하를 위해 큰 공로를 세운 셈이니 제법 넉넉한 보상을 받을 텐데, 어디 사는 누구인지 밝히지도 않은 채 가버렸어요. 그 사람과 얘기를 나누어본 사람은 너밖에 없구나, 이브. 그가 누구인지 아느냐?"

오랫동안 위험과 공포에 시달리다가 아슬아슬하게 풀려난 아이는 이제 탈진 상태에 빠져 있었다. 그는 지극히 순수하고 맑은 눈빛으로 휴를 마주 보며 젊은이와 연습했던 말을 고스란히 되풀이했다. "삼림 감독관의 아들이에요. 에르미나 누나를 보호하다가 브롬필드로 데리고 간 것도 바로 자기라고 했어요. 정말인가요? 누나가 브롬필드에 가 있나요?"

"그래, 에르미나는 거기 안전하게 잘 있단다." 휴가 다정하게 말했다. "그 삼림 감독관 아들의 이름은 뭐지? 그리고 이게 더 중요한 질문인데, 그 사람은 그런 검술을 도대체 어디에서 배웠다더냐?"

"이름은 로버트예요. 절 찾고 있었대요. 누나한테 절 찾아주겠다고 약속했다고 하더라고요. 병사들이 이곳으로 행군하는 걸 보고 그 뒤를 쫓아왔다고 했어요. 저도 그 이상은 몰라요." 이브는 거기까지 말하고 입을 다물었다. 아이의 얼굴이 달아올랐지만 어둠이 그 붉은빛을 가려주고 있었다.

"삼림 감독관의 아들이라…… 이 지역 삼림 감독관은 상당히 의심스러운 방식으로 자녀를 양육하는군." 그러나 휴는 더 이상 이브를 추궁하지 않았다.

"휴, 내게 쓸 만한 사람 넷과 튼튼한 말 몇 마리를 내줄 수 있겠나?" 캐드펠이 생각에 잠겨 있다가 불쑥 물었다. "내가 이 두 사람을 수도원으로 데려가지. 말들에게도 브롬필드의 마구간이 훨씬 나을 걸세. 이곳 마구간에는 이제 지붕도 남아 있지 않으니까. 내 짐은 일단 자네에게 맡기겠네. 들것을 만들어 엘리어스 형제를 눕히고 아직 타지 않은 담요를 찾아 몸을 덮으면 될 거야."

"필요한 게 있으면 뭐든 가져가세요." 휴가 대답했다. 마구간에는 약탈품을 옮길 때 쓰는 평범한 조랑말 외에도 건장한 말 일곱 필이 남아 있었다. "이 대부분이 훔쳐 온 것들이라니. 디닝에게 말해서 주인을 찾아 돌려주도록 해야겠습니다. 손실을 입은 사람들이 브롬필드로 와 자기 것이라는 걸 입증하도록 조처하면 되겠죠. 소나 양들은, 먼저 클레턴 주민들을 불러 돌려준 다음 러들로로 끌어가면 될 테고요. 하지만 수사님부터 최대한 빨리 가장 좋은 말을 골라 엘리어스 수사를 태우시지요. 그가 아직까지 살아 있다면 말이지만. 어떻게 그 몸을 이끌고 이 먼 곳까지 왔는지, 정말 놀라운 일입니다."

캐드펠은 병사들의 도움을 받아 불탄 건물 안에서 필요한 물건들을 끌어낸 뒤 엘리어스 수사를 담요에 싸서 말 두 필 사이에 설치한 들것에 태웠다. 무엇을 가지고 가야 하는지도 이미 생각해 둔 참이었다. 그는 약탈물로 가득한 창고에서 건초 두 덩이를 끌어내 말에 실었다. 브롬필드에 도착한 뒤 말들에게 먹일 것이었다. 가장 필요한 순간 엘리어스 수사를 경이로 빛나게 했던 힘과 권위는 소년이 안전한 이들의 손으로 인도되는 즉시 사라져, 이제 그는 탈진한 상태로 반죽음이 되어 자신을 남들의 손에 온순하게 내맡긴 채 무엇에도 관심을 기울이지 않았다. 캐드펠은 걱정스러운 눈길로 그를 지켜보았다. 내면에서 새로운 불길이 솟아나지 않는 한, 이브가 위협당하는 것을 목격했을 때처럼 생명의 불길이 단호히 지펴지지 않는 한, 엘리어스는 곧 숨을 거둘 것이었다.

캐드펠은 전에 그랬듯이 이브를 자신의 안장에 같이 태웠다. 소년 또한 걸을 수조차 없을 정도로 지친 상태였으니 혼자서 말에 태우면 안장에 앉아 그대로 잠들고 말 터였다. 좋은 웨일스산 담요로 아이의 몸을 따뜻하게 감싼 다음, 그들은 나선형의 통로를 따라 길을 떠났다. 컴컴한 어둠을 뚫고 신속히 산을 내려와 한결 수월한 길에 이르렀을 즈음 소년은 가슴에 턱을 묻고 깊은 잠에 빠져든 채 고른 호흡을 이어가고 있었다. 캐드펠이 자신의 어깨에 편안히 기댈 수 있도록 자세를 고쳐주자 소년은 기지개를 한 번 켜더니 고개를 돌려 캐드펠의 수도복 가슴에 얼굴을 묻었고, 그 상태로 브롬필드에 도착할 때까지 한 번도 깨어나지 않았다.

들판으로 나와 캐드펠은 뒤를 돌아보았다. 시커멓게 솟은 산봉우리 언저리에서 여전히 붉은 기운이 솟아오르고 있었다. 포로들을 모두 끌어오고 가축들을 클레턴으로 이동시키려면 베링어와 디낭은 밤을 꼬박 지새워야 할 터였다. 존 드루얼이 자기 소유의 것들을 추려낸 뒤에는 남은 가축들을 몰고 러들로까지 가야 했다. 하지만 공포는 이제 끝났다. 더구나 그들은 예상보다 한결 손쉽게 싸움을 마무리할 수 있었다. 적어도 이번에는 정말 끝났다고 캐드펠은 생각했다. 길버트 프레스코트와 휴 베링어가 앞으로도 확고한 지배력을 유지한다면 아마 이 지역에서는 끝났다고 해도 무방하리라. 그러나 왕가의 사람들이 권력을 차지하고자 서로 치고받는 곳에서는 저열하기 짝이 없는 또 다른 인간들이 제 이익만을 쫓아 조금의 망설임이나 자비도 없이 시류를 이용하리라.

캐드펠은 깊은 생각에 잠겼다. 저열한 인간들이 날뛰는 곳, 범죄가 만연하고 정의가 실종된 곳에서는 근방의 집집이 온갖 악행의 제물이 되는 법이다. 물론 악인이라 해도 자기가 범한 죄에 대해서만 처벌받아야 하겠지만, 이제 왼손잡이 알랭은 "이것, 이것, 이것은 내가 한 짓이지만 나머지는 내가 한 짓이 아니오"라고 스스로를 변호할 수 없게 되었다.

*

아침 첫 미사가 시작될 무렵, 일행은 브룸필드 수도원의 정문을 통과하여 깨끗이 청소된 정원에 이르렀다. 간밤에는 눈이 내리지 않았다. 서서히 계절의 변화가 시작되는 참이었다. 정오 무렵이면 짧은 시간이나마 해빙의 약속을 목격할 수 있을 것이다. 이브는 기지개를 켜며 하품을 하고 주위를 둘러보더니, 순식간에 잠에서 깨어나 담요를 벗어버리고는 얼른 안장에서 뛰어내려 엘리어스 수사를 도우러 갔다. 휴의 병사들은 말을 끌고 마구간으로 향했다. 캐드펠이 접객소를 넘겨다보니 활짝 열린 문 너머 여명에 물든 정원을 응시하는 에르미나의 모습이 보였다.

문가의 횃불이 바람에 일렁이며 희망과 절망으로 물든, 너무나 연약한 그 얼굴을 비추었다. 말발굽 소리를 듣고 머리도 매만지지 않은 채 맨발로 달려 나온 모양이었다. 엘리어스 수사를 들것에서 내리느라 바삐 움직이는 이브에게 시선이 닿는 순간, 그녀의 눈이 반짝이고 얼굴은 기쁨과 감사의 광채로 황홀하게 빛을 발했다. 그 모습을 바라보며 캐드펠은 순수한 기쁨에 잠겼다. 새가 잠에서 깨어나 날아가듯, 최악의 그림자가 그녀의 얼굴에서 걷히고 있었다. 그녀에게는 아직 남동생이 있었다.

그러나 이브는 제 피보호자이자 보호자인 부상자를 보살피느라 에르미나가 서 있는 쪽으로 시선을 옮길 여유가 없었다. 에르미나 역시 달려와 대뜸 포옹하며 반가움을 표하는 대신, 소리 없이 자리를 떠나 안으로 들어가서는 살며시 문을 닫았다.

엘리어스 수사를 진료소로 들인 뒤에도 캐드펠은 거기까지 따라온 이브를 서둘러 떼어내려 하지 않았다. 에르미나가 이곳에서 자기를 기다리고 있다는 것을 알면서도 이브는 얼른 누이에게 가볼 생각이 없는 것 같았다. 그들 두 남매가 서로를 만나기까지는 약간의 시간이 필요할 듯했다. 엘리어스 수사의 상처와 동상 걸린 발에 붕대를 감고, 그 위에 부드러운 모직 천을 덧대고, 얼굴과 손을 씻어주고, 향신료와 꿀을 섞은 포도주를 입에 넣어주고, 몸 위에 가장 가벼운 이불을 덮어준 다음에야, 캐드펠은 이브의 어깨를 꼭 잡고서 접객소로 데리고 들어갔다.

에르미나는 난롯가에 앉아 바느질을 하고 있었다. 러들로에서 가져온 가운을 몸에 맞게 고치는 중이었다. 캐드펠이 이브의 어깨에 손을 얹고 방 안으로 들어섰을 때 그녀의 얼굴은 잔뜩 찌푸려져 있었다. 그들을 보자마자 에르미나는 일감을 한쪽으로 밀어놓고 일어섰다. 남동생의 부풀어 오른 입술과 눈에 시선이 미치자 그녀는 재빨리 앞으로 걸어 나와, 그러나 다소 차갑고 냉정한 태도로 남동생의 뺨에 입을 맞추었다.

"너 때문에 수많은 사람들이 그 추위 속에서 얼마나 고생을 한

줄 알아? 한밤중에 말 한마디 없이 사라져버리다니."

"누나가 그런 말을 할 자격이 있는지 모르겠네." 이브도 즉시 되쏘았다. "누나야말로 이 모든 소동을 일으킨 장본인이잖아. 나는 내가 벌인 사건을 성공적으로 끝냈다고. 말 한마디 없이 한밤중에 사라져버린 사람은 바로 누나였어. 그러고도 아무 교훈도 깨우치지 못한 채 전보다 더 거만해져서 돌아오다니. 나랑 얘기하고 싶다면 목소리를 좀 낮춰야 할 거야. 우리끼리 의논할 더 급한 일도 있으니 말이지."

"할 얘기가 끝도 없이 많겠지." 그제야 캐드펠도 입을 열었다. "하지만 이브, 넌 일단 잠자리에 들어야 해. 어른도 탈진할 만큼 힘든 이틀을 보냈잖니. 푹 자야 할 게다. 이건 의사로서의 명령이야."

에르미나는 여전히 얼굴을 찌푸린 채였으나 그의 말에 얼른 반응해 즉시 동생을 잠자리로 데려갔다. 이미 침상을 손수 깔끔히 정리해둔 모양이었다. 병아리를 돌보는 암탉처럼 곰살맞게 동생을 눕히고, 잠이 들면 침대맡에서 동생을 지켜보고, 깨어나면 동생을 위해 음식을 준비하겠지만, 그녀는 자기가 이브 때문에 무척이나 슬퍼하며 속을 태우고 눈물을 흘리면서 그처럼 냉혹하게 떠났던 것을 고통스레 후회했다는 사실은 결코 인정하려 들지 않을 것이었다. 물론 그 편이 나았다. 에르미나가 고개를 숙이고 용서를 빈다면 이브는 분명 놀라고 실망하리라.

"그럼 오늘 밤 편안히 쉬어라." 캐드펠은 그렇게 말한 뒤 남매가 마음이 풀릴 때까지 실컷 말다툼을 하도록 내버려둔 채 그곳을 빠져나왔다. 그러곤 엘리어스 수사 곁으로 가 한동안 침대 옆에 앉아 있다가 그가 시체처럼 깊이 잠든 것을 확인한 뒤에야 침소에 들었다. 의사에게도 간단한 처방은 필요한 법이니, 바로 지금이 그런 순간이었다.

*

저녁기도 시간 전에 에르미나가 캐드펠을 찾아왔다. 휴 베링어는 아직 돌아오지 않았다. 포로들과 가축들, 그리고 갖가지 약탈물을 처리하느라 여전히 러들로에서 바쁜 시간을 보내고 있는 듯했다. 그날은 사라진 위험에 대한 감사의 날이자, 다른 일들을 위한 준비의 날이기도 했다.

"캐드펠 수사님," 에르미나는 진료소의 문가에 서서 아주 침착하고 진지한 태도로 조용히 입을 열었다. "이브가 수사님을 뵙고 싶대요. 아직 그 아이가 털어놓지 않은 것이 있는 듯한데, 보아하니 수사님이 아니면 다른 누구에게도, 심지어 제게도 얘기하지 않을 것 같아요. 저녁기도가 끝난 뒤에 그 아이를 만나러 와주시겠어요? 그때쯤이면 이브도 저녁 식사를 마치고 수사님을 맞을 준비를 할 수 있을 거예요."

"그렇게 하겠소."

"그리고 한 가지 궁금한 게 있는데……" 에르미나가 머뭇머뭇

다시 입을 열었다. "수사님이 아침에 데리고 온 저 말들 말예요, 도둑들의 소굴에서 가지고 오신 건가요?"

"그렇소. 그자들이 근처의 온갖 마을에서 약탈한 말들이지. 휴베링어가 손실을 입은 사람들에게 직접 찾아와 자기 물건이 있는지 확인하라는 얘기를 전하는 중이오. 소와 양들은 러들로로 데려갔으니, 존 드루얼은 벌써 자기 가축 일부를 찾아냈을 거요. 나는 저 말들 중에서 험한 길을 가기에 충분할 만큼 건장하고 기운 있는 말들을 빌려 타고 왔지. 한데, 말에 대해서는 왜 묻소?"

"그중 에브러드의 말 비슷한 녀석이 한 마리 있어서요." 너무 오랜만이라 그런지 그 이름은 낯선 어휘처럼 어색하게 그녀의 입에서 흘러나왔다. 마치 까마득한 과거 속의 인물, 한참 동안 잊고 지내던 사람을 떠올리는 듯한 태도였다. "그렇다면 그 사람에게도 소유물을 찾으러 오라는 얘기가 전해지겠군요?"

"물론이오. 캘롤리스 역시 철저히 약탈당했으니 회수된 물건들 중에는 그 사람 소유도 있겠지."

"그 사람이 제가 여기 와 있다는 걸 아직 모르고 있다면, 누구도 그런 얘길 전하지 말았으면 해요. 제가 안전하게 살아 있다는 걸 알리기 싫어서가 아녜요. 다만…… 그이가 저를 다시 만날 수 있으리라는 기대를 접은 이후에 소식을 전하고 싶어요."

이상할 것 없는 얘기였다. 그녀는 그 사건 전체를 이미 지나가 버린 실수로 정리하려는 것이다. 그러니 다시 그를 대면해 당혹감과 고통 속에서 이제는 사라져버린 감정에 대해 공허한 말을 늘어놓고 싶지 않은 것도 당연한 일이었다.

"그 사람 역시 다른 이들과 마찬가지로 와서 도난 당한 물건이 있는지 찾아보라는 전언만 받게 될 거요." 캐드펠이 말했다. "결코 회복하지 못할 손실이 생긴 건 안타깝지만 어쩔 수 없지."

"그래요, 정말 안된 일이죠. 그래도 가축이나마 돌려받을 수 있다니 다행이에요."

*

이브는 저 자신과 누이 에르미나에 관한 모든 불안을 씻어내고 오랜 잠에서 깨어났다. 아이의 마음은 올리비에에 대한 믿음으로 가득했다. 그는 곧 돌아올 것이고, 기적을 이루어 자신을 무사히 데려갈 것이었다. 소년은 추수감사절 축제라도 앞둔 양 몸을 깨끗이 씻고 머리도 단정히 빗었다. 자신이 잠든 사이 에르미나가 무릎이 찢긴 제 바지를 수선하고 한 벌밖에 없는 셔츠도 잘 빨아 불가에 말려두었다는 것을 알고 그는 무척이나 기분이 좋았다. 에르미나는 전에도 종종 차가운 말과 반대되는 행동을 하곤 했지만, 그 전까지 소년은 이를 한 번도 눈치챈 적이 없었다.

그때 문득 소년의 머릿속에 절망적인 사실이 되살아났다. 엘리어스 수사의 고백, 잊지는 않되 그동안 마음 한구석에 치워둔 그것이 이제 소년의 마음을 채우기 시작했다. 너무도 엄청나고 집요하게 마음을 지배하는 그 문제를 더 이상 담아둘 수만은 없었다. 하지만 누구한테 이야기해야 할까? 휴 베링어는 공정할 뿐 아니라 그와 가까운 인물이기도 하지만, 공직에 매인 몸이며 그 자신이 곧 법인 사람이었다. 그러나 캐드펠은 달랐다. 그라면 틀림없이 마음을 열어놓고 기꺼이 이브의 얘기를 들어줄 터였다.

이브가 저녁 식사를 마칠 즈음 캐드펠이 들어섰다. 에르미나는 현명하게도 두 사람만 남겨둔 채 바느질감을 들고 밝은 곳을 찾아 밖으로 나갔다.

추위와 공포의 기억 속으로 뛰어들어 있는 그대로 털어놓는 것밖에는 다른 방법을 찾아낼 수 없었다. 이브는 침울한 어조로 불쑥 말을 꺼냈다. "캐드펠 수사님, 전 엘리어스 수사님이 너무 걱정돼요. 뭘 어떻게 해야 할지도 모르겠고요. 다른 사람한테는 한 마디도 하지 않았어요. 그분이 제게 어떤 얘기를 해줬는데…… 아니, 얘기를 해준 건 아녜요. 하지만 전 들었어요. 듣지 않을 수 없었다고요!"

"그래, 그날 밤 엘리어스 형제와 함께 사라졌을 때 벌어진 일에 대해서는 아직 얘기할 시간이 없었지." 캐드펠은 침착하게 말을 이었다. "지금 하고 싶다면 해도 된다. 한데, 아직 네게 알리지 않은 일이 몇 가지 있어. 내가 먼저 그 얘기를 해주면 도움이 될지도 모르겠구나. 엘리어스 형제가 널 어디로 데려갔는지는 나도 알고 있단다. 네가 형제를 오두막에 남겨두고 도움을 청하러 나갔다가 도둑이자 살인자 무리에 붙잡혔다는 것도 알지. 지금 네 마음을 그토록 무겁게 하는 얘기를 들은 게 그 오두막에서였느냐?"

"잠꼬대였어요." 이브는 참담한 심정으로 대답했다. "남의 잠
꼬대를 엿듣는 게 떳떳한 일은 아니지만, 저로선 달리 어쩔 수가
없었어요. 그저 수사님을 도울 방법이 있는지 알고 싶어서……
실은 이곳을 떠나기 전 수사님의 병상 옆에 앉아 있을 때, 제가
그분께 힐라리아 수녀님 얘기를 했어요. 그분이 돌아가셨다고요.
그런데 어떤 말에도 꿈쩍 않던 수사님이 수녀님의 이름을 듣자마
자…… 아, 정말 무서웠어요! 수사님은 그때까지도 수녀님이 죽
었다는 걸 모르고 계셨어요. 하지만 제 말을 듣고는 그 죽음이 자
기 책임이라고 생각하는 것 같더라고요. 갑자기 건물이 들썩일
정도로 비명을 지르더니 그 자리에 엎드려 몸부림치다가 어느 순
간 벌떡 일어나서…… 저로선 붙잡거나 막을 도리가 없었어요.
캐드펠 수사님을 찾아 뛰쳐나갔는데 수사님들은 모두 마지막 기
도에 들어가 계셨죠."

"그래, 다시 엘리어스 형제에게 돌아갔을 땐 형제가 이미 사라
진 뒤였겠구나. 그래서 너는 형제를 뒤쫓아 갔고."

"다른 방법이 없었어요. 그 수사님을 돌보는 것은 제 책임이었
잖아요. 수사님이 금방 지칠 거라고, 그때 수사님을 설득해 돌아
오면 된다고 생각했어요. 하지만 생각대로 되지 않았죠. 그러니
계속 그분을 따라가는 것 말고 달리 어떻게 할 수 있었겠어요?"

"그리고 엘리어스 형제는 그 오두막으로 널 이끌었고." 캐드
펠이 말을 이었다. "그래, 우리도 그러리라 추측했지. 자, 그러면

널 그토록 고통스럽게 하는 그 잠꼬대가 뭔지 들어보자. 두려워할 것 없어. 네가 한 모든 일은 그 형제를 위한 거였으니까. 내 말 믿어라. 지금 하는 일도 마찬가지야."

"수사님은…… 스스로를 책망했어요." 이브는 기억을 떠올리며 몸을 떨었다. "그러니까…… 힐라리아 수녀를 죽인 사람이 바로 자기라면서요!"

그 말을 들은 캐드펠의 태도가 너무나도 태연해 소년은 오히려 마음의 격동을 느끼며 눈물을 쏟기 시작했다. "그분은 크나큰 번민에 빠져 있었어요. 너무나 고통스러워했다고요…… 그런 분을 살인자라고 고발해야 할까요? 하지만 진실을 어떻게 감출 수 있겠어요? 엘리어스 수사님이 직접 그렇게 말했는데…… 전 그분이 악한 사람이 아니라고 확신해요. 그분은 착한 분이에요. 아, 캐드펠 수사님, 이제 어떻게 해야 하죠?"

"날 봐라, 이브." 캐드펠은 좁은 가대에 몸을 기댄 채 소년의 두 주먹을 쥔 자신의 손에 힘을 주었다. "이제 어떻게 해야 하는지 얘기해주마. 네가 해야 할 일은 모든 두려움을 지우고 엘리어스 형제의 잠꼬대를 문자 그대로 고스란히 기억해내는 거야. 할 수 있는 한 전부 말이다. 조금 전에 넌 힐라리아 수녀를 죽인 사람이 그 형제라고 했지. 그건 그 형제가 그렇게 말했다는 뜻이냐, 아니면 그 형제가 한 말을 통해 네가 그렇게 이해했다는 뜻이냐? 형제가 한 이야기를 낱낱이 내게 알려주면 내가 오직 그 말에만 귀를 기울여 진정한 의미를 파악해보마. 자, 그 오두막에 누워 있던 그날 밤으로 돌아가보자. 엘리어스 형제가 잠꼬대를 하는 데서부터 시작하는 거야. 서두를 거 없으니 천천히 떠올려보렴."

이브는 젖은 뺨을 캐드펠의 어깨에 문지르더니 신뢰 가득한 눈으로 캐드펠의 얼굴을 올려다보았다. 그가 시키는 대로 그날 밤의 일을 하나씩 되짚어가며, 아이는 아직 다 낫지 않은 입술을 깨문 채 머뭇거렸다.

"전 잠들지 않으려고 노력했지만 어느새 잠들어 있었던 것 같아요. 엘리어스 수사님은 엎드려 있었고요. 하지만 목소리가 똑똑히 들렸어요. 수사님은 말했어요. '수녀님…… 나의 수녀님…… 나의 나약함을 용서해줘요. 나의 대죄를 용서해줘요…… 내가…… 당신의 죽음이었군요!' 그래요, 바로 이렇게 말했어요. 틀림없이 수사님이 한 말 그대로예요." 이브는 거기서 얘기를 중단하고 두려움에 떨며 고개를 흔들었다. 이것으로 충분하지 않은가. 그러나 캐드펠이 두 손으로 아이를 붙들었다.

"그래, 그다음에는?" 그는 이해한다는 듯 고개를 끄덕이며 다음 말을 기다렸다.

"그다음은…… 엘리어스 수사님이 병석에 누워 히니드라는 사람을 불렀던 것 기억하시죠? 그분의 아내인데 아마 죽은 모양이라고 하셨잖아요. 아무튼 엘리어스 수사님이 그다음에 한 말은 이랬어요. '히니드……히니드도 그랬어요. 내 팔에 안으면 그토록 따뜻하고 편안했는데…… 그녀가 떠나버린 지 여섯 달이나 되어서…… 갑자기 그런 욕망에 사로잡히는 바람에…… 아, 불타오르는 몸과 영혼을 나로서는 도저히 감당할 수가 없었어요!'"

이제까지 잊어버리려 그토록 애를 써왔건만, 정신을 집중하자 그 말들은 마치 이브의 의식 속에 각인되어 있었던 듯 고스란히 되살아났다.

"계속해봐라. 더 있을 거야."

"맞아요. 그러더니 엘리어스 수사님의 어조가 바뀌었어요. '아뇨, 날 용서하지 마세요! 어떻게 내가 감히 용서를 빌겠습니까? 흙이 내 몸을 덮어버리도록, 내가 정신을 잃을 수 있도록 제발 놔두세요…… 이 비겁하고 신의 없고 무가치한 자를…….'" 그날 밤, 엘리어스 수사가 자신의 나약함을 큰 소리로 자백하기 직전에 그랬던 것처럼 기나긴 침묵이 내려앉았다. 곧 이브가 다시 입을 열었다. "그리고 이렇게 얘기했어요. '아, 그렇게 날 의지했는데…… 내게 아무 두려움도 느끼지 않았는데! 은총의 하느님이시여, 저는 인간입니다. 피로 가득 찬, 남자의 몸과 남자의 욕정을 가진 인간입니다! 그녀는 죽었어요. 날 믿은 그녀는…….'"

말을 마친 아이의 창백한 얼굴에 놀라움이 떠올랐다. 캐드펠이 조금의 동요도 없이 침착한 모습으로, 심지어 미소까지 지으며 탁자 너머 아이를 건너다보고 있었던 것이다.

"제 말을 못 믿으시는 거예요? 전 있는 그대로 말씀드렸어요. 모두가 엘리어스 수사님이 했던 말 그대로라고요."

"네 말 믿는다. 물론 형제가 그렇게 말했겠지. 하지만 생각해봐라. 형제의 여행용 망토는 힐라리아 자매의 수녀복과 함께 그 오두막 안에 감춰져 있었어. 또 힐라리아 자매는 그곳에서 끌려나와 개울에 던져졌고, 엘리어스 형제도 오두막으로부터 상당히 먼 곳에서 발견되었지. 형제가 널 데리고 그 오두막까지 가지 않았더라면 우리는 이 일의 진상을 절반도 이해할 수 없었을 게다. 그래, 물론 네가 들려준 얘기를 모두 믿는다. 하지만 이젠 내 말을 들으면서 그 일에 대해 다시 이해하고 생각해봐야 해. 사실의 한 토막만을 가지고 어떤 사태를 판단해서는 안 되는 법이거든. 비록 그 한 토막의 사실이 자백처럼 명명백백한 것이라 해도 말이지. 다른 사실에 대해서는 아직 아무것도 밝혀진 바가 없지 않느냐. 삶과 죽음에 대한 문제의 해답을 찾는 일에 있어서는 특히 신중해야 해."

이브는 멍하니 캐드펠을 바라보았다. 그 말의 의미는 이해했으나, 거기서 어떤 위안이나 희망을 끌어내야 할지 알 수 없는 모양이었다. "그러면 우린 어떻게 해답을 찾죠? 찾아낸다 해도 만약 그게 잘못된 해답이라면……." 아이는 말을 맺지 못하고 고개를 흔들었다.

"진실은 결코 잘못된 해답일 수 없단다. 우리가 그걸 찾아내자꾸나, 이브. 그 진실을 아는 사람에게 질문을 던지는 것으로 말이다." 캐드펠은 자리에서 일어나 소년을 일으켜 세웠다. "기운 내라, 이브. 세상 그 무엇도 겉으로만 보아서는 제대로 알 수 없는 법이야. 나와 함께 가서 엘리어스 형제와 얘기를 좀 나눠보자."

*

엘리어스 수사는 전처럼 앓아누운 채 입을 열지 않았지만, 그렇다고 전과 완전히 같다고는 할 수 없었다. 그는 눈을 뜨고 있었다. 망상에 침윤되지 않은 이지적인 눈, 그러나 결코 치유되지 않을 거대하고 압도적인 슬픔을 드러내는 창문과도 같은 눈이었다. 그는 기억을 되찾았고, 그 기억은 그에게 오직 고통만을 가져왔다. 캐드펠과 이브가 침대 양쪽에 걸터앉자 엘리어스는 곧바로 그들을 알아보았다. 소년은 이제 직면하게 될 일이 두려워 길을 잃은 듯 절망스러운 표정이었지만, 캐드펠은 동요 없이 침착한 얼굴로 물을 마시겠는지 묻고 동상 걸린 다리에 붕대를 새로 감아주었다. 강인하고 젊은 기운이 맹렬히 솟구치는 덕에 적어도 그의 육체는 훌륭히 버텨내고 있었다. 발꿈치는 잘라내지 않아도 될 터였다. 가슴도 깨끗했다 그의 음울한 마음만이 치료를 거부할 뿐이었다.

"여기 있는 이 아이가 말하기를, 형제가 잃었던 기억 일부를 되찾았다는군." 캐드펠은 편안한 태도로 입을 열었다. "참 잘된 일이오. 사람은 자신의 과거를 전부 지니고 살아야 하는 법이니까. 과거를 잘못 간수해서는 안 되지. 쓰러진 날 밤의 일을 마침내 기억해냈으니, 형제는 죽은 사람이나 다름없는 처지에서 되살아난 셈이오. 자, 지난밤 세상 무엇보다 형제를 필요로 하던 아이가 여기 있소. 그리고 이 아이에겐 여전히 형제가 필요한 모양이야."

엘리어스는 베개에 누운 채 퀭한 눈으로 캐드펠을 올려다보았다. 그의 얼굴은 쓰디쓴 거부와 고통으로 일그러졌다.

"형제가 묵었던 그 오두막에 가봤소." 캐드펠은 말을 이었다. "눈보라가 가장 지독했던 날 밤 형제가 힐라리아 자매와 함께 그곳에서 눈보라를 피했다는 것도 알고 있소. 끔찍한 12월의 날들 중에서도 최악의 밤이었지. 이젠 날씨가 차츰 온화해지고 머지않아 해빙이 시작될 테지만, 그날 밤은 그야말로 얼음덩이나 다름없었소. 눈보라에 사로잡힌 불쌍한 이들은 추위를 견뎌내기 위해 서로를 껴안아 체온을 유지해야 했을 거요. 형제와 힐라리아 자매도 그렇게 했겠지. 살기 위해서 말이오." 엘리어스의 어두운 눈동자가 타오를 듯 강렬한 빛을 발하기 시작했다. 캐드펠은 단호히 마음을 먹고 의도적으로 이렇게 덧붙였다. "나 역시 한때는 여자들을 알고 지냈소. 하지만 감정 없이 그랬던 건 아니오. 내 마음엔 늘 사랑이 있었지. 내 말 무슨 뜻인지 형제도 알 거요."

오랫동안 사용하지 않아 쇳소리가 나는 음성, 그러나 이지적이고 빈틈없는 음성이 조그맣게 새어 나왔다. "자매는 죽었습니다. 이 아이가 알려주었죠. 바로 내가 그 죽음의 원인입니다. 죽은 자매를 뒤쫓아 가 그 발치에 쓰러지도록 절 내버려두십시오…… 아, 너무도 아름다운 여자였습니다. 나를 너무도 깊이 신뢰했고요. 품속의 그녀는 너무나 작고 너무 부드러웠습니다. 깊은 믿음으로 내게 매달려왔지요…… 아아, 하느님!" 엘리어스는 부르짖더니 애원하듯 말을 이었다. "나를 그렇게 시험하시다니요! 굶주림은 얼마든지 견딜 수 있었습니다. 하지만…… 마음의 불길만큼은……."

"이해하오." 캐드펠이 말했다. "나 같아도 참기 힘들었을 거요. 나 역시 형제와 마찬가지로 도리 없이 욕망에 이끌린 경험이 있소. 여인과 함께 머물러 있는 것이 얼마나 두렵던지! 그녀를 위해서, 또 나 자신의 영혼을 위해서도 방법을 찾아내야 했지. 아니, 반드시 그런 고귀한 동기 때문이라고만은 할 수 없을지 모르지만, 어쨌든 난 여자가 잠드는 즉시 밖으로 나가버렸소. 눈보라와 추위 속에서 밤을 지새우다가 새벽녘이 되어서야 여자 곁으로 돌아왔지. 그런 뒤 우리는 같이 여행을 끝마쳤소. 마치 오누이처럼 말이오."

이브는 그제야 일이 어떻게 되어가는지 알아차리고 숨을 멈춘 채 안타깝게 대답을 기다렸다. 엘리어스 수사는 베개 위에 놓인 머리를 고통스럽게 흔들며 큰 소리로 울부짖었다. "아, 하느님, 나도 바로 그렇게 그녀 곁에서 떠났습니다! 욕망을 견뎌낼 만한 신앙심도, 침착함도 없었으니까요…… 내게 약속된 마음의 평화 같은 건 도무지 찾을 길이 없었죠. 그래서 그녀를 버려두고 달아났습니다. 그래서 그녀가 죽고 말았어요!"

"죽은 이들은 하느님 곁에서 쉬고 있소." 캐드펠이 말했다. "히니드도 힐라리아도 마찬가지. 그들이 돌아오기를 기대해서

321

는 안 되오. 그들은 그곳에서 형제를 변호할 거요. 형제가 힐라리아 자매의 체온이 떨어지지 않도록 망토까지 벗어주고 수도복만 입은 채 달아났을 때, 새벽까지 그 혹독한 겨울 날씨를 견뎌낼 각오로 걸어 나갔을 때, 자매가 그 사실을 몰랐으리라 생각하오? 그날 밤 날씨는 가히 살인적이었소."

침대에서 쉰 목소리가 흘러나왔다. "그것만으로는 부족했습니다. 그 모든 유혹을 견뎌낼 정도로 깊은 신앙심을 지녔어야 했어요. 아무리 몸이 달아올라도 그녀 곁에 남을 수 있을 만큼 깊은 신앙심을 가졌더라면……."

"건강을 회복해 퍼쇼어로 돌아가면 그곳 고해사제께 그렇게 이야기하시오." 캐드펠은 단호히 말을 이었다. "하지만 그분이 형제의 몫이라 상정하는 것 이상으로 스스로를 학대하거나 비난해서는 안 되오. 형제가 한 일은 모두 힐라리아 자매를 보살피기 위해서였소. 잘못한 일은 비판받아야겠지. 마찬가지로 잘한 일은 상찬을 받아야 하오. 설령 형제가 자매와 함께 머물러 있었다 하더라도 그 자리에서 벌어진 일을 막을 수 있었으리라는 보장은 어디에도 없잖소."

"최악의 경우 그녀와 함께 죽을 수는 있었겠지요."

"본질적으로 형제는 이미 그녀와 함께 죽은 것이나 마찬가지요. 폭행으로 한 사람이 죽어간 바로 그 밤에 형제는 외로움 속에서, 형제 스스로 선택한 죽음과도 같은 추위 속에서 죽어가고 있었소. 형제가 그 외로움과 추위에도 죽지 않고 살아나 앞으로 오랜 세월 그 일을 떠올리며 고통스러워해야 한다면, 그 역시 하느님의 뜻이오. 형제의 권한을 넘어서는 성스러운 뜻에 의문을 품어서는 안 되오. 자, 이제 하느님 앞에 말해보시오. 힐라리아 자매를 오두막에 남겨두고 떠난 것이 맞소? 아침에 되돌아올 생각이었소? 그날 밤을 무사히 넘긴 뒤 그녀가 있는 곳으로 돌아가려고 했소? 형제에게 요구되는 질문은 이것뿐이오."

"그 질문에 답하려면 보다 큰 용기를 내야겠군요." 베개 위의 수척한 얼굴에 고통스러운 미소가 떠올랐다. "모든 게 형제가 말씀하신 대로 이루어졌고, 또 이루어지지 않았습니다. 선의에서 나온 행동이었어요. 일이 어긋난 것에 대해서는…… 하느님께서 용서해주시길 바랄 뿐입니다."

얼굴 깊이 자리 잡고 있던 주름들이 부드럽게 펴지며 엘리어스의 표정에 평온이 깃들었다. 음성에 줄곧 붙박여 있던 긴장감도 어느새 사라져 있었다. 그에겐 더 이상 기억해낼 일도, 고해할 일도 없었다. 감춰져 있던 모든 내용을 이야기하고 이해받은 터였다. 엘리어스는 머리끝부터 발끝까지 긴 몸을 한껏 펴고는 평화 속으로 침잠해 들어갔다. 육체의 취약한 상태가 그를 편안한 잠으로 이끌었다. 커다란 눈꺼풀이 내려앉고 이마와 입가와 눈가에 잡힌 주름들이 차츰 희미해졌다. 엘리어스는 경이롭고 신비로운 참회와 용서의 바다를 항해하기 시작했다.

*

"그게 사실인가요?" 잠든 엘리어스를 두고 나와 문을 닫자마자 이브가 캐드펠에게 속삭여 물었다.

"물론 사실이고말고. 스스로에 대한 요구는 지나치게 높고, 정작 스스로가 행한 일은 과소평가하는 열정적인 영혼이야. 힐라리아 자매의 명예를 더럽히느니, 차라리 망토도 입지 않은 채 한치 앞도 보이지 않을 만큼 눈보라가 몰아치는 곳, 얼어붙은 어둠 속으로 나서는 게 낫겠다고 판단한 거지. 욕망을 느낀다는 것만으로도 자기가 자매를 더럽히고 있다고 느꼈을 거야. 하지만 형제는 곧 살아나 제 육신과 정신을 화해시킬 수 있을 게다. 비록 시간은 걸리겠지만."

이제 겨우 열세 살 된 아이가 그 말을 완전히 이해할 수 있을까? 교육으로 예술을 알듯 원론적인 방식으로만 이해하는 것은 아닐까? 어쨌든 이브는 별다른 내색을 하지 않았다. 캐드펠의 얼굴에 붙박인 소년의 시선은 맑고 예리하고 이지적이었다. 이제 마지막 짐이 사라져 감사와 행복에 사로잡힌 듯했다.

"그러니까, 엘리어스 수사님이 떠나고 힐라리아 수녀님 혼자 있을 때 그 약탈자들이 수녀님을 찾아낸 거군요."

캐드펠은 고개를 저었다. "엘리어스 형제를 쓰러뜨린 건 놈들이 맞아. 약탈하는 도중 우연히 마주치는 사람들은 모조리 죽이는 자들이지. 목격자를 남겨두면 안 되니 말이야. 하지만 힐라리아 자매는…… 아니, 난 그놈들이 그랬다고 생각하지 않는다. 놈들은 그날 새벽이 오기 전에 드루얼의 농장을 습격했어. 1킬로미터나 돌아가서 그 오두막에 들렀을까? 거기 누가 있는지 없는지조차 모르는데? 게다가 만일 그자들이 힐라리아 자매를 죽였다면 시신을 굳이 옮기지 않았을 테고, 그 좋은 옷은 가지고 갔을 게다. 그래, 다른 누군가 길을 가다가 그 오두막을 보고 들어갔던 거야. 내 생각은 그렇단다. 눈보라가 엄청났으니 오두막에서 잠시 쉬려 했겠지."

"그렇다면 아무나 그럴 수 있었다는 얘기가 되잖아요." 이브는 정의를 구할 수 없다는 사실에 실망하고 화가 치밀어 말했다. "우린 범인이 누구인지 결코 알아낼 수 없을 거고요."

그 순간 캐드펠은 범인의 정체를 아는 사람이 적어도 하나는 있으리라는 사실을 깨달았다. 바로 내일이면 입증될 터였다. 그러나 일단은 말을 아껴야 했다. "자, 적어도 엘리어스 형제 일로 걱정할 필요는 없게 되었잖니. 형제는 선한 사람이니 살아서 훌륭한 삶을 영위하며 우리 교단의 명예를 높여줄 거다. 아직 잠이 오지 않으면 가서 그 형제 곁에 앉아 잠시 시간을 보내도 괜찮다. 절체절명의 순간에 널 구해낸 사람 아니냐. 여기서 지내는 동안너도 그 형제를 위해 해줄 일이 있을 거야."

에르미나는 접객소의 난롯가에 앉아 여전히 바느질을 하고 있었다. 이렇게 늦은 시간에 할 만한 일은 아니었다. 그녀는 고개를 들어 잠깐 그를 쳐다보았다가 이내 익숙하지도 않고 성미에도 맞지 않는 일로 돌아갔다. 캐드펠을 향해 지어 보인 미소는 음울하고 그늘져 있었다.

"이브는 괜찮소." 캐드펠이 입을 열었다. "엘리어스 형제가 잠꼬대로 살인을 고백하는 듯한 말을 했는데, 그걸로 내내 마음을 태운 모양이오. 이제야 전부 오해라는 게 확인되었지." 그는 모든 자초지종을 들려주었다. 그러지 말아야 할 이유가 뭐겠는가? 그녀도 갑자기 자신에게 떨어진 무거운 책임을 기꺼이 받아들이며 어른이 되어가고 있는 중이었다. "이제 이브의 마음에 부담이 될 일은 없소. 아직 진짜 살인범이 나타나지 않았다는 점을 제외하고는."

"그 아이가 두려워할 필요는 없겠죠." 에르미나는 고개를 들어 미소를 지었다. 아까와는 다른 미소, 비밀스러우면서도 다른 한편으로는 확신에 찬 미소였다. "하느님의 정의는 결코 실수를 범하는 법이 없으니까요. 그걸 의심하는 것은 죄악일 거예요."

"마침내 이브는 당신과 함께 돌아갈 마음의 준비가 되었소." 캐드펠은 별다른 내색 없이 말을 이었다. "어쩌면 돌아가고 싶어 안달을 할지도 모르지. 아가씨의 올리비에에게 세상 끝까지라도 쫓아다닐 숭배자가 한 사람 생긴 것 같군."

에르미나의 맑은 눈이 캐드펠을 향했다. 난로의 불빛이 그 눈동자 깊은 곳에 검붉은 불꽃을 일으켰다. "그이에게는 숭배자가 둘 있어요." 에르미나가 말했다.

"언제 오기로 했소?"

"어떻게 아셨죠?" 호기심 어린 목소리였으나 그리 놀라는 기색은 아니었다.

"그런 사람이 다른 이들에게 그대들을 맡겨 집으로 데리고 가도록 내버려두겠소? 틀림없이 제 힘으로 임무를 완수하려 하겠지."

"그분을 방해하려는 건 아니시겠죠?" 그러나 에르미나는 바늘을 쥔 손을 휘저어 캐드펠의 대답을 막고 말을 이었다. "물론 그럴 리 없겠죠. 수사님은 그분을 보셨으니까요. 사람을 제대로 보실 줄 아는 분이시잖아요. 그래요, 그분이 이브를 통해 소식을 보냈어요. 내일 밤 마지막 기도가 끝나고 사람들이 모두 잠자리에 들 무렵 이곳에 올 거예요."

캐드펠은 가만히 생각에 잠겼다가 입을 열었다. "나는 아마 새벽까지 깨어 있을 것 같소. 그 시간이면 정문에 문지기도 없겠지. 아침 첫 미사 때까지는 조용할 거요. 당신과 이브는 떠나기에 앞서 몇 시간쯤 눈을 붙이는 게 좋겠군. 그가 이곳에 오면 내가 직접 안으로 데리고 들어오겠소. 나를 믿어주겠소?"

"그런 수고를 해주시겠다니 정말 감사합니다." 에르미나는 망설임 없이 대답했다. "수사님 말씀대로 할게요."

캐드펠 수사는 한없이 길어지는 바느질감의 솔기에 시선을 던졌다. "그런데, 당신도 이곳을 떠날 준비가 되어 있는 거요?"

그녀는 고개를 들어 다시 캐드펠을 쳐다보았다. 초조함이나 비밀의 기색은 없으나 어쩐지 석연찮은 표정이었다. 다시 한번 난

롯불이 타오르며 그녀의 눈동자 깊은 곳에 붉은빛을 비추었다. 그녀의 얼굴은 마치 새하얀 가면 같았다. "그래요. 준비를 해야겠죠." 이어 그녀는 고개를 숙여 무릎 위의 바느질감을 내려다보고는 한마디 덧붙였다. "저도 제 일을 끝낼 거예요."

15

청명하고 별들이 총총한 밤, 사방이 고요했다. 끔찍한 추위는 거의 물러가 있었다. 해가 얼굴을 내밀며 날이 밝아왔다. 눈이 내리지 않은 이틀째 밤이 지나갔다. 서서히, 소리 없이, 해빙기가 찾아들기도 전에 쌓인 눈은 차츰 줄어들었다. 눈에 띄지 않을 정도로 아주 조금씩 길 위의 눈을 녹이는 해빙, 홍수 같은 건 염려하지 않아도 될 만큼 느릿한 해빙이었다.

휴 베링어는 화재 뒤에 남은 잔해마저 모조리 파괴하고 어마어마한 양의 약탈물을 모아 처리한 뒤 밤늦게야 돌아왔다. 놈들이 방책에 덧대어 세운 참혹한 감옥 안에는 어떤 연유인지 끔찍한 고문 끝에 피살당한 두 사람의 시신과, 같은 고문을 당하고도 아직 살아남아 있던 세 사람이 갇혀 있었다. 그들은 러들로로 옮겨져 치료를 받았다. 조세 드 디낭은 무리 중 살아남은 이들을 감금했다. 공격한 쪽에서는 열여덟 명의 부상자가 나왔으나 대다수가 사소한 경상이었고, 사망자는 전혀 없었다. 훨씬 큰 대가를 감수한 작전이었으니 그 정도면 성공적이라 할 만했다.

레너드 원장은 여전히 차갑지만 눈부신 햇빛을 받으며 정원을 거닐었다. 그의 얼굴은 안도감으로 더욱 빛났다. 교구 안에서 날뛰던 무시무시한 약탈자들이 깨끗이 청소되었고, 잃어버렸던 남매도 이곳에서 안전하게 지내고 있으며, 병상에 누운 엘리어스 수사는 경이와 영광에 사로잡혀 차츰 생기를 회복하는 중이었다. 그 젊은 수사는 이제 맑고 침착한 정신을 되찾아 겸손과 기쁨이라 할 만한 마음으로 자신에게 주어진 칭찬과 책망을 모두 받아들이기에 이르렀다. 그의 정신은 온전했으니, 육체 역시 머지않아 그 뒤를 따를 것이었다.

대미사가 끝난 지 얼마 지나지 않아 러들로에서 그랬듯 잃어버린 가축을 찾으러 온 주민들이 하나둘 나타나기 시작했다. 서로 제 것이라 주장하는 이들이 몰려 다툼이 벌어지고 심지어 이웃 사람까지 증인으로 불러야 할 상황이 벌어질 법도 했지만, 이곳에는 그저 말 몇 마리뿐이라 탐욕스러운 기회주의자들이 끼어들 여지가 없었다. 주인이 제 말을 알아보듯 말들도 제 주인을 알아보았다. 러들로에서는 심지어는 소가 주인을 알아보는 경우도 있었다.

존 드루얼도 클레턴에서부터 먼 길을 걸어와 수도원 경내에 나

타났다. 그로서는 소유권을 주장할 틈도 없었다. 마구간에 나타
난 주인을 보자마자 탄탄한 갈색 말이 발버둥 치고 울부짖으며
그에게 달려갔으니 말이다. 말은 그의 귀에 대고 신나게 콧김을
내뿜었고, 존은 말의 목을 껴안아 머리부터 발굽까지 세밀히 살
펴보며 뺨을 눈물로 적셨다. 녀석은 그가 가진 단 한 필의 말이었
으니, 그야말로 소중한 재산이었다. 이브는 존이 들어서는 순간
얼른 에르미나에게 달려가 그 사실을 알렸고, 곧 두 남매는 날듯
이 달려와 열렬히 그를 맞았다. 그들은 여전히 서로에게 깊은 호
의를 품고 있었다.

위트바크 장원에서는 한 아낙이 죽은 남편의 암말을 찾으러 왔
다. 함께 온 호리호리한 몸집의 의젓한 소년이 수줍은 듯 어눌한
음성으로 경작지에서 부리던 든든한 암말을 부르자, 말은 종마를
찾아 두리번거리면서도 소년에게 다가오며 인간의 한숨과 조금
도 다를 바 없는 안도의 숨을 내쉬었다.

식사를 마친 캐드펠이 눈부신 한낮의 햇빛이 쏟아지는 눈벌판
위로 나섰을 때, 에브러드 보터레이의 모습이 정문에 나타났다.
시중들 사람이라도 찾는 듯 그는 말에서 내리며 주위를 둘러보았
다. 아직 열병의 후유증에서 완전히 회복하지 못했는지 창백한
안색에 홀쭉한 얼굴이었지만, 움직임에 활기가 엿보였고 눈에서
는 명석함이 빛나고 있었다. 고개를 한껏 젖힌 채 기다려봐도 달
려와 말고삐를 받아 쥐는 이가 없자, 그는 얼굴을 찌푸리며 위엄
있는 눈길로 이곳저곳을 두리번거렸다. 더없이 곱고 훌륭한 자태

의 이 젊은이는 제 잘생긴 용모와 귀한 출신이 어떠한 효과를 발휘하는지 너무도 잘 알고 있었다. 어떤 여자가 이런 젊은이를 거부할 수 있을까? 과연 무엇이 여인의 마음을 이런 젊은이에게서 멀어지게 할 수 있을까? 현실. 현실이 자신의 목가적인 환상을 무자비하게 침범했다고 에르미나는 말했다. 하지만 그게 전부일까?

레너드 원장은 얼굴 가득 웃음을 띤 채 잰걸음으로 정원을 가로질러 예의 바르게 방문객을 맞아들였다. 휴의 병사 중 하나가 쉬고 있다가 그의 말을 보고 다가와 고삐를 받았다. 보터레이는 마치 종복에게 하듯 시선 한 번 건네지 않은 채 그에게 말을 맡기고는 원장과 함께 걸어갔다.

그는 혼자였다. 만일 이곳에 그의 말이 있다면 되찾은 말은 저 말의 고삐에 나란히 묶어 집으로 데려가야 할 터였다.

캐드펠은 접객소 쪽을 주의 깊게 바라보았다. 에르미나가 농부의 겉옷 차림으로 문을 빠져나와 둥글게 말린 무언가를 옆구리에 낀 채 가볍고 빠른 걸음으로 교회를 향해 걷고 있었다. 한때의 구혼자가 마구간 입구로 사라지는 순간, 그녀 또한 둥글고 어두운 교회의 아치문 너머로 모습을 감추었다. 지금쯤 이브는 엘리어스 수사 곁에 앉아 있을 것이다. 마치 독점적인 권리라도 되는 양, 아이는 제 피보호자이자 환자인 엘리어스 수사를 보살피는 일에 온 정성을 기울였다. 위험도 시야에서 사라지면 잊히는 법이니, 이곳에서는 어떤 화살도 그를 겨눌 수 없을 터였다.

캐드펠은 깨끗이 청소된 정원으로 나가 교회를 향해 천천히 걸음을 옮겼다. 에브러드 보터레이와 휴가 나란히 마구간에서 나와 문지기실로 가는 모습이 보이자, 그는 그들과 마주칠 수 있게끔 신중하게 속도를 조절했다. 그들 또한 느긋하게 걸어오는 중이었다. 에브러드의 얼굴엔 활기찬 미소가 걸려 있었고, 보좌관은 무언가 생각에 잠긴 표정이었다. 마부 하나가 크림색 갈기가 달린 암말 한 필을 끌고 그 뒤를 따르고 있었다.

캐드펠은 활짝 열린 교회 문 앞에 이르러 걸음을 멈추었다. 이쪽으로 다가오던 이들도 자연스럽게 그를 마주하고 섰다. 보터레이가 레드위크의 장원에서 자신의 상처에 붕대를 묶어준 수사를 알아보고 정중하게 인사를 건넸다.

"보아하니 건강을 거의 회복한 모양이오." 정중히 인사를 받고 말을 건네면서도 캐드펠은 휴에게 시선을 붙박고 있었다. 에브러드 보터레이가 타고 온 말이 저쪽에서 제 주인을 기다리고 있다는 것을 휴도 눈치챘을까? 지금은 무기를 든 병사가 말을 정원 이쪽저쪽으로 몰고 다니면서 그 걸음걸이에 경탄한 눈으로 한 손을 들어 녀석의 목덜미를 쓰다듬고 있었다. 베링어가 보지 못하고 놓치는 것은 그리 많지 않지만, 표정만으로는 생각을 짚어내기가 힘들었다. 캐드펠은 신경을 곤두세웠다. 물론 지금 이 자리에서, 바로 이 앞에서 일을 벌일 생각은 없었다. 하지만 그의 본능이 아직은 온전히 밝혀지지 않은 복잡한 사건 쪽으로 그를 몰아가고 있었다.

"고맙습니다, 수사님." 에브러드는 활기 있게 말했다. "예, 거의 회복했어요. 벌써 다 나은 기분입니다."

"내게 고마워할 것 없소. 하지만 하느님께는 감사를 드려야겠지. 목숨을 구한 데다 이 암말처럼 귀중한 재산을 되찾았으니 말이오. 게다가 그토록 많은 사람들이, 정직하고 무고한 남자와 여자들이 죽어간 흉악하고 잔인한 사건이 끝난 것에도 감사드려야 할 거요." 그는 교회의 열린 문을 마주하고 섰다. 그 안쪽의 어둠 속에 사람의 움직임이 언뜻 보이는 듯하다가 곧 사라지고 정적이 자리 잡았다. 캐드펠은 말을 이었다. "교회로 들어가 운이 좋지 않았던 이들을 위해 몇 마디 기도를 올리시지요. 여기에도 그런 이들 중 하나가 관에 안치되어 매장을 기다리고 있소."

문득 너무 많은 말을 했나 싶어 걱정이 일었다. 그러나 보터레이는 여전히 조금의 동요도 없이, 선의를 가진 수사 하나 만족시키는 일이야 해가 될 것도 없다는 듯 미소까지 지으며 자신만만하게 문을 향해 돌아섰다.

"기꺼이 그래야지요, 수사님!" 거절할 이유가 무엇이랴? 저 악당의 무리가 휩쓸고 지나간 클레의 모든 자리마다 돌볼 이 없는 시신들이 나뒹굴고 있었다. 그들 중 가장 최근에 목숨을 잃은 누군가 이곳 관에 안치되어 있다 해서 이상할 것은 없었다. 에브러드는 자신 있게 돌계단을 올라 어슴푸레하고 차디찬 본당으로 들어갔고, 캐드펠이 바로 그 곁을 따랐다. 휴 베링어는 짙은 눈썹을 찌푸린 채 따라오다가 문간에 두 다리를 벌리고 멈춰 서서 길을 막았다.

눈부신 햇살 속을 거닐다 교회로 들어서자 잠시 앞이 보이지 않았다. 거대하고 차디찬 어둠이 그들을 뒤덮었다. 높은 제단에 밝혀진 등불을 제외하면, 빛이라고는 작은 창문에서 흘러들어 교회 바닥에 철창 무늬를 그려놓는 한 줄기 광선이 전부였다.

제단의 붉은 등이 갑자기 꺼졌다. 그 짧은 사이 누군가 그들 사이로 신속히 다가섰지만 이 어둠 속에서는 어떤 소리도 움직임도 느껴지지 않았다. 한 여자가 마치 간청하듯 손을 내민 채 에브러드 보터레이 쪽으로 재빨리 다가드는가 싶더니, 돌연 손가락을 들어 비난조로 그를 가리켰다. 보터레이는 주변 공기를 진동시키는 것이 무엇인지조차 깨닫지 못하고 있다가 문득 창에서 스며든 작은 빛 속으로 들어선 모습을 보았다. 머리칼을 감춘 머릿수건, 얼굴에 드리운 베일, 오두막의 지푸라기가 뒤엉킨 구깃구깃한 베네딕토회의 수녀복. 수녀복의 오른쪽 가슴과 어깨 부분에는 피가 말라붙은 흔적이 그대로 남아 있었다. 희미하고 뿌연 광선이 그녀를 비추어 피로 얼룩진 옷소매의 솔기까지 남김없이 드러냈다. 격렬히 저항하다가 마침내 몸 아래 깔린 여자가 상대의 몸에 난 상처를 찢어 피를 흘리게 했던 흔적이었다. 여자는 타일이 깔린 바닥을 따라 조용히 그를 향해 다가들었다.

에브러드는 이 믿지 못할 광경에 깜짝 놀라 뒷걸음질하다가 캐드펠의 어깨에 부딪치자 공포에 질린 신음을 내지르며 한 손을 들어 성호를 그었다. 그러는 동안에도 여자는 베일 너머 커다란 눈으로 그를 쏘아보며 점점 가까이 다가오고 있었다.

"아니, 안 돼! 오지 마! 넌 이미 죽었잖아…….."

그의 손에 목이 졸렸을 때 그녀가 내질렀던 음성과 다를 바 없는 작은 속삭임에 지나지 않았다. 에브러드는 곧바로 정신을 가다듬어 안간힘을 다해 여유를 되찾았지만 캐드펠은 그가 뱉어낸 말을 똑똑히 알아들었다. 이제 여자는 그의 가슴에 맞닿을 정도로 가까이 다가섰고, 그리하여 그녀가 유령이 아니라 살아 있는 사람, 만질 수도 있고 죽을 수도 있는 사람이라는 사실이 드러났다.

"이게 무슨 바보 같은 장난입니까? 이 수도원에서는 미친 여자를 위한 피난소라도 운영하는 모양이죠? 이 괴물은 도대체 누굽니까?"

여자가 베일과 머릿수건을 벗어 피로 더럽혀진 수녀복 위로 검은 머리칼을 내려뜨렸다. 마침내 대리석처럼 희고 사나운 얼굴이, 에르미나 위고냉의 불타는 눈동자가 드러났다.

그로서는 상상도 하지 못한 광경이었다. 에르미나에 관한 소식을 어디에서도 듣지 못했기에 그는 그녀가 죽어 저 숲속 어딘가의 눈 속에 깊이 파묻혔겠거니 생각했을 터였다. 적어도 이승에서는 그녀에게 추궁이나 비난을 당할 일이 없는 셈이니, 더는 그녀나 다른 일에 대해 걱정할 필요가 없다고 여겼으리라. 에브러드는 황급히 뒤로 물러났지만 더 이상 갈 곳이 없었다. 그와 열린 문 사이에 캐드펠과 휴가 우뚝 서 있었다. 그는 정신을 차리고 용기를 내어 이 터무니없는 장난에 항의하듯 당혹스러운 표정으로 그녀를 마주 보았다.

"에르미나! 대체 이게 무슨 짓이에요? 살아 있으면서 어째서 소식을 주지 않았죠? 내가 무슨 잘못을 했다고! 나는 물론 집안의 하인들까지 전부 나서서 당신을 찾아 헤맸다는 거 몰라요?"

"알아요." 아주 작고 단호한, 힐라리아 수녀의 시신을 가두었던 얼음처럼 차디찬 음성이었다. "만일 당신이 날 찾아냈고 그 자리에 우리 둘뿐이었다면, 나 역시 나의 가장 사랑하는 친구와 똑같은 길로 떠나고 말았겠죠. 그때쯤엔 당신도 내가 결코 당신과 결혼하지 않으리라는 걸 알았을 테니까요. 결혼하거나, 땅에 파묻히거나. 그 외의 다른 길을 찾자니 딱 하나뿐이더군요. 입을 열어 당신의 평화와 명예를 무너뜨리는 것. 하지만 여기서 나는 당신에 대해 한마디도 하지 않았어요. 나 자신을 변호하지도 않았고요. 왜냐하면 나 자신이 그런 일을 초래한 장본인이었으니까요. 당신 못지않게 나 역시 비난받아야 할 처지라는 걸 알고 있었으니까요. 하지만 진실을 알게 된 이상, 그녀가 어찌 되었는지 알게 된 이상, 그래요, 그렇고말고요, 이젠 백번이라도 당신을 고발할 수 있어요. 이 살인자! 강간범! 난 당신을 나의 친구 힐라리아의 살인범으로 선언하겠어요."

"정신 나갔군!" 에브러드가 분개해 부르짖기 시작했다. "당신이 말하는 그 여자가 대체 누구요? 그 여자를 내가 어떻게 했다는 거지? 당신이 떠난 뒤부터 난 내내 열병에 시달렸어요. 집에서 일하는 사람들 모두가 그렇게 증언할─"

"아, 아니요! 그렇지 않아요! 그날 밤은 아니죠! 물론 당신은
나를 찾아 헤맸겠죠. 날 붙잡지 않으면 당신의 명예가 손상되니
까요. 결혼을 통해서건 살인을 통해서건 내 입을 막아야 했겠죠.
부정하려 들지 말아요! 그날 나는 당신을 봤어요! 두 발로 달리
는 내가 당신보다 빨리 달아날 수 있으리라 생각할 줄 알았나요?
내가 그런 바보로 보였어요? 아니면 공포에 질려 이성을 잃고 자
취를 남기며 무작정 달리기만 할 거라고 생각했어요? 난 나무들
이 있는 곳까지만 내 발자취를 남겼어요. 러들로로 이어지는 길
쪽으로요. 당신은 내가 그쪽으로 달아났으리라 생각했겠죠. 하지
만 난 우회로를 통해 돌아와 당신이 그 비겁한 방어를 위해 쌓아
놓은 목재 더미 곁에서 그날 밤의 절반을 보냈어요. 거기서 당신
이 나가는 모습을 똑똑히 보았죠, 에브러드. 물론 부상을 입고 피
를 흘리며 돌아오는 것도 보았고요. 당신이 사람들의 도움을 받
아 집 안으로 들어가 침대에 누울 때까지 난 꼼짝도 하지 않았어
요. 그러고 나서도 그날 밤 불어닥친 최악의 눈보라가 지나간 다
음에야 다시 일어나 달리기 시작했죠. 더는 서두를 필요가 없었
어요. 한 시간만 지나면 새벽이 밝아올 시간이었으니까. 그래요,
그렇게 내가 숨어 있던 동안 당신은 그녀를 죽인 거예요!" 그녀
는 괴로움에 뒤틀린 음성으로, 불타는 가시처럼 뜨겁고 날카롭
게 쏘아붙였다. "나를 찾지 못하고 빈손으로 돌아오는 길에 당신
은 혼자 숨어 있던 그녀를 발견했죠. 복수심을 품고 내게 저지르
려 했으나 하지 못한 짓을, 당신은 그녀를 상대로 저질렀어요. 우

리가 그녀를 죽인 거예요! 당신과 내가 그녀를 죽였다고요! 나도 당신 못지않은 죄인이에요!"

"도대체 무슨 소리를 하는 거예요?" 에브러드는 약간의 용기와 자신감을 그러모았다. 에르미나의 말을 헛소리로 만들기 위해서라도 자신은 더욱 자신만만해야 했고, 진실하고 믿음직해 보여야 했다. 그 냉혹한 진실 앞에서도 자신을 정당화하기 위한 발판을 마련해야 했다. "물론 내가 당신을 찾느라 말을 타고 달려간 건 사실이에요. 당신이 얼어붙은 숲속에서 죽어갈 수도 있는 마당에 어떻게 가만있을 수 있었겠어요? 그렇게 부상당해 쇠약해진 상태에서 말을 타다가 그만 말에서 떨어졌고, 상처가 도지는 바람에 다시 피를 흘리기 시작한 거예요. 그래요, 피를 흘린 것도 맞죠. 하지만 그 나머지 얘기는 뭐죠? 나는 그날 밤 내내 당신을 찾아 헤맸어요. 내 체력이 견뎌낼 수 있는 한 오래도록 헤매고 다녔다고요. 결국 아무 소득 없이 피를 흘리며 돌아왔다는 이유로 지금 당신은 나를 비난하는 건가요? 당신이 말한 그 여자에 대해 난 정말 아무것도─"

"아무것도라고 했소?" 캐드펠이 그의 어깨 너머에서 입을 열었다. "그러면 러들로에서 레드위크를 향해 돌아오는 길 중간에 있는 양치기들의 오두막에 대해서도 모르오? 난 잘 아는데. 반대 방향으로 같은 길을 가면서 그 오두막을 봤거든. 그리고, 그곳 건초 더미 속에서 자고 있던 젊은 수녀에 대해서도 아는 바가 없소? 선한 이의 옷을 덮고 잠들어 있던 여자 말이오. 또, 그 일을 저지른 다음 돌아오는 길에 마주친 얼어붙은 개울에 대해서도 모르오? 당신의 상처가 도진 건 말에서 떨어졌기 때문이 아니라 그 차디찬 밤 그녀가 자신의 몸과 명예를 더럽히지 않으려고 악착스럽게 저항했기 때문이오. 당신은 욕망을 채워줄 다른 희생자 대신 그녀를 대상으로 삼아 분노와 욕정을 해소했소. 오두막의 건초 더미 깊숙이 감춰진 옷과 수도복에 대해서도 전혀 모르겠소? 이 지역 사람들을 고통에 빠뜨린 다른 범죄자들에게 당신의 죄를 뒤집어씌우기 위해 그것들을 거기 감춰둔 것 아니오? 이 모든 것에 대해 당신은 정말 아무것도 모른단 말이오?"

차갑고 희미한 광선이 그림자를 짙게 드리우며 모든 형체를 대리석처럼 뚜렷이 부각시켰다. 햇살이 쨍쨍한 정오가 지난 지 얼마 지나지 않은 시각이었으나 교회 안은 여전히 차가운 달빛으로 하얗게 물들어 있는 듯했다. 에르미나는 석상처럼 꼼짝도 않고 서서 눈앞의 세 남자를 말없이 바라보았다. 이제 그녀가 할 일은 모두 마친 셈이었다.

"말도 안 되는 소립니다." 에브러드 보터레이는 끈질기게 변명을 이어갔다. "난 캘롤리스가 약탈당했을 때 부상을 입었어요. 말에서 떨어지는 바람에 출혈이 심해져 붕대 위로 피가 흘러내렸고요. 그게 어쨌다는 겁니까? 눈보라와 폭풍이 몰아치는 한밤중에 낙마한 것뿐이에요. 그 수녀라는 여자, 양치기들이 쓴다는 오두막, 그런 것들이 나랑 무슨 상관이 있단 말입니까? 나는 그런 곳에 간 적도 없고, 그것이 어디 있는지조차 알지 못하는데—"

"난 거기 가봤소." 캐드펠이 말했다. "눈 위에 말똥이 떨어져 있더군. 키가 큰 말의 것이었소. 그리고 오두막 처마 밑으로 튀어 나온 거친 재목 표면에서 암말의 갈기털도 발견했지. 이게 바로 그 털이오!" 캐드펠은 구불거리는 크림색 털 뭉치를 꺼내놓았다. "이걸 당신 말의 털과 비교해봐야겠소? 저 수녀복을 펼쳐 가슴에 묻은 핏자국과 당신이 부상을 입은 자리를 맞춰봐야겠소? 힐라리아 자매는 피를 흘린 적이 없소. 난 당신의 상처를 보았고, 그래서 짐작할 수 있었지."

한 여자와 두 남자 사이에서, 에브러드는 줄 끝에 매달린 꼭두각시처럼 꼿꼿이 선 채 한동안 움직이지 않았다. 마침내 그의 어깨가 축 늘어지며 입에서 절망적인 신음 소리가 길게 새어 나왔다. 에브러드는 바닥에 무릎을 꿇고 주저앉아 주먹으로 마구 가슴을 치기 시작했다. 창문을 통해 새어 든 희미한 햇살 속에서 아름다운 머리칼이 그의 얼굴로 흘러내렸다.

"아아, 하느님, 용서해주세요. 제발 용서하세요, 하느님…… 난 그저 그녀의 입을 막으려던 것뿐인데…… 죽일 생각은 없었는데…… 죽일 생각 같은 건 하지도 않았는데……."

*

에르미나는 접객소 난롯가에 웅크리고 앉은 채 꼼짝도 하지 않았다. 한바탕 눈물을 쏟은 지금 그녀에게 남은 감정이라곤 크나

큰 피로감뿐이었다.

"그건 아마 사실이었을 거예요. 죽일 생각은 없었다는 얘기 말이에요."

에브러드가 절망에서 깨어나 목숨이라도 구할 요량으로 안간힘을 다해 털어놓은 얘기는 이러했다. 수색을 포기하고 집으로 돌아가기 위해 방향을 돌렸지만 눈보라가 너무 심해지는 바람에 피난처를 찾아야 했고, 그때 그 오두막을 발견하게 되었다. 다른 사람이 있으리라고는 상상도 하지 못했는데 놀랍게도 오두막 안에는 한 여자가 잠들어 있었다. 그는 에르미나를 향한 앙심과 분노를 그 여자에게 풀어놓기에 이르렀다. 여자가 잠에서 깨어나 저항하기 시작했을 때도 그녀를 죽이려는 생각은 결코 없었다! 그저 입을 다물게 할 요량으로 치맛자락을 걷어 올려 얼굴을 가리고 짓눌렀는데, 잠시 후 살펴보니 그녀는 그대로 죽어 있었다. 그는 여자의 옷을 모두 벗겨 건초 속에 감춘 뒤 시신을 끌고 나와 개울가에 이르렀다. 그렇게 하면 캘롤리스를 습격했던 도둑 떼가 죽인 또 한 사람의 피해자로 여겨지리라 생각했던 것이다.

"그 사람이 처음 부상을 입었다는 곳은……." 캐드펠이 입을 열자마자 에르미나의 창백한 얼굴에 경련과도 같은 쓰디쓴 미소가 떠올랐다.

"알아요. 그런 거짓말쯤이야 그냥 넘어갈 수 있어요! 그 사람은 자기가 장원과 부하들을 지켜내기 위해 용감하게 싸우다가 부상을 입었다고 했겠죠! 하지만 아니에요. 그는 검을 뽑은 적도 없어요. 부하들과 일꾼들이 피살당하도록 내버려둔 채 쥐새끼처럼 달아났을 뿐이죠. 저한테도 같이 달아나자고 강요했고요. 부하들을 버려두고 달아나다니, 우리 집안에서는 상상도 할 수 없는 일인데! 그런 짓을 내게 강요했다는 게 도무지 용서가 안 되더라고요. 맙소사, 내가 그런 사람을 사랑한다고 생각했다니!"

그녀가 한숨을 내쉬고는 말을 이었다. "이것도 말씀드려야겠네요. 결과적으로는 그 사람의 유죄를 입증한 그 부상을 입게 된 경위 말이에요. 레드위크로 옮겨 간 첫날 그는 부하들을 모두 모아서는 울타리의 목재를 잘라내 방책을 쌓으라고 지시했어요. 그때까지는 몸에 긁힌 상처 하나 입지 않은 상태였죠. 그날 온종일 저는 수치심에 사로잡혀 깊은 생각에 잠겨 있었어요. 그러다 저녁이 되어 에브러드가 돌아오자 그에게 결혼하지 않겠다고 했죠. 그런 겁쟁이에게 어울리는 짝은 될 수 없다고요. 그때껏 그 사람은 제 몸에 손도 대지 않았어요. 지극히 정중하고 온유했죠. 하지만 바로 그때, 나 자신은 물론 내가 소유한 토지까지 사라지게 되리라는 것을 깨닫자 완전히 다른 사람으로 변했어요."

캐드펠은 금세 알아들었다. 강간으로 시작되는 결혼. 일단 일이 벌어지면 대개의 가문에서는 흉한 소문과 불화를 초래하느니 차라리 둘을 결혼시키는 편이 낫겠다고 여기기 마련이다. 먼저 여자를 취한 뒤 결혼에 이르는 일은 실제로 흔히 벌어지고 있었다.

"전 단검을 가지고 있었어요." 에르미나는 음울하게 말했다.

"아직도 가지고 있고요. 그 사람에게 부상을 입힌 건 바로 저예요. 그의 가슴을 노렸는데 검이 빗나가 어깨에서 팔까지 길게 상처를 냈죠. 수사님도 보셨겠지만요……." 그녀는 말을 멈추고 의자 위에 놓인 접힌 수녀복을 내려다보다가 다시 입을 열었다. "그 사람은 피를 철철 흘리며 미친 듯 욕설을 퍼붓고 고함을 질러댔어요. 사람들이 몰려와 지혈하고 붕대를 감느라 분주한 사이 전 캄캄한 어둠 속으로 빠져나와 달아나기 시작했죠. 그가 절 추적해 오리라는 건 알고 있었어요. 자기로서는 그 치욕과 불명예를 감당할 수 없었을 테니까요. 저와 결혼하거나, 절 땅에 파묻어버리거나. 그 외에는 선택할 길이 없다 생각했겠죠. 그는 내가 큰길로 달아나 도시를 향해 가리라 짐작했을 거예요. 그래서 전 그방향으로 달리다가 숲이 발자국을 가려주는 지점에 이르러 빙 둘러 다시 돌아왔어요. 그렇게 집 앞에 몸을 숨긴 채 그 사람이 말을 타고 달려 나가는 걸 보았죠. 자기 말마따나, 부상 때문에 약해질 대로 약해진 몸으로 분노에 휩싸여 말을 달리더군요. 제가 짐작했던 바로 그 길로요."

"그는 혼자였소?"

"물론 혼자였죠. 살인이건 강간이건 누군가 목격하는 걸 원치 않았을 테니까요. 전 그 사람이 말을 타고 돌아오는 것도 목격했어요. 붕대 밖으로 다시 피가 흐르고 있었죠. 그땐 그런 일이 있었으리라 생각도 못 했지만요…… 아, 그토록 무모한 짓을 저지르다니!" 그 일을 떠올리며 그녀는 몸서리쳤다. "제게 거절당한 뒤 만난 첫 번째 여자에게 화풀이를 한 거예요. 어쩌면 제겐 그를 비난할 자격이 없는지도 몰라요. 하지만 힐라리아 수녀는, 그녀가 도대체 무슨 잘못을 했죠?"

영원한 질문, 영원히 대답이 있을 수 없는 질문이었다. 어째서 무고한 사람이 고통을 겪어야 한단 말인가?

"하지만 그 사람 말은 아마 사실일 거예요." 에르미나가 다시 말했다. "거절당하는 일에는 익숙지 않은 사람이니 저 때문에 몹시 화가 났겠죠…… 악마만큼이나 성질이 급하거든요. 하느님, 절 용서하세요…… 전 한때 그 사람의 그런 성품에 경탄을 느끼기까지 했어요……."

그랬다. 의도치 않게 살인을 저지르고 공포에 질려 범행을 은폐하려 했다는 그의 말이 사실일지도 몰랐다. 하지만 반대로 그녀의 침묵을 영원한 것으로 만들어야 한다는 냉정한 계산하에 의도적으로 힐라리아를 죽였을 가능성도 여전히 남아 있었다. 어찌되었든 판단은 그런 일을 맡아 하는 이들에게 넘겨야 하리라.

"이브에게는 아무 말씀 마세요!" 에르미나는 말했다. "이 얘기는 때가 되면 제가 직접 들려줄 생각이에요. 다만 지금은, 여기서는 안 돼요!"

이미 끝난 싸움에 대해 소년에게 이야기할 필요가 뭐 있겠는가. 에브러드 보터레이는 무장한 병사들의 감시 아래 러들로로 떠났고, 수도원 정원에는 그곳에서 살인범이 발각되었다는 사실이 드러날 만한 어떤 흔적도 남아 있지 않았다. 브롬필드에 다시 평화가 조용히, 밤도둑처럼 아주 은밀하게 찾아들고 있었다. 이제 30분쯤 지나면 저녁기도가 시작될 것이었다.

"저녁 식사가 끝나면 가서 잠자리에 들도록 하시오." 캐드펠은 말했다. "몇 시간은 편히 눈을 붙여야 하오. 이브도 마찬가지고. 내가 잘 지켜보고 있다가 당신들의 기사를 무사히 이곳으로 들이겠소."

이보다 적절한 조언이 있을까. 그녀에겐 마치 저 밖에서 다가오는 해빙기와도 같은 말이리라. 에르미나는 꽃이 피어나듯 환한 얼굴을 들어 그를 바라보았다. 죄의식과 어리석은 행동으로 인한 모든 슬픔이 녹아 사라지면서 캐드펠의 눈을 황홀하게 했던 광휘가 되살아났다. 죽음과 과거를 등진 채, 그녀는 삶과 미래를 향해 열렬히 돌아서는 참이었다. 이번만큼은 실수가 아니라고, 캐드펠은 생각했다. 어떠한 권력도 그녀를 이 헌신적인 사랑으로부터 등 돌리게 할 수는 없을 터였다.

*

마지막 기도 시간, 예배당의 회중석에 작은 무리가 모여 있었다. 인근에 사는 선량한 주민 십수 명이 공포로부터 해방된 것을 감사하기 위해 늦은 시각에도 불구하고 수도원 예배에 참석한 터였다. 날씨도 이들을 축복하는 듯 이제 눈발은 보이지 않았고, 청명한 하늘엔 무수한 별들이 반짝거렸다. 길을 떠나기에 나쁘지 않은 밤이었다.

캐드펠은 찾아야 할 사람이 누구인지 잘 알고 있었지만, 고개 숙인 검은 머리를 발견하기까지는 약간 시간이 걸렸다. 그토록 출중한 용모를 지닌 사람이 상황에 따라 제 모습을 눈에 띄지 않게 만들 수 있다니 참으로 놀라울 뿐이었다. 마지막 기도가 끝난 뒤 교회를 떠난 사람의 수는 들어온 사람의 수보다 하나 적었지만 아무도 이를 눈치채지 못했다. 올리비에는 자신이 원할 경우 평범한 시골 청년의 모습으로 사람들 사이에 숨어들 수 있을 뿐 아니라 그림자처럼 소리 없이 사라질 수도 있었고, 심지어 배경의 돌처럼 꼼짝 않고 서 있을 수도 있었다.

모두들 떠났다. 마을 사람들은 집으로 돌아갔고, 수사들은 잠자리에 들기 전 잠시 휴식을 취하기 위해 따뜻한 방으로 향했다. 교회는 어두운 정적에 잠겼다.

"올리비에, 안심하고 나오시오." 캐드펠이 말했다. "당신 친구들은 자정에나 깨어날 거요. 그들이 내게 당신을 맡겼소."

그림자 하나가 꾸물거리는가 싶더니 늘씬하고 민첩하고 젊은 몸뚱이로 되살아나 앞으로 나서며 모습을 드러냈다. 올리비에는 무장하지 않은 상태였다. 성스러운 장소로 검을 가지고 들어오는 것이 현명한 일도 온당한 일도 못 된다고 생각했으리라. 그는 소리 하나 내지 않고, 마치 고양이처럼 가볍게 걸음을 옮겼다.

"날 아십니까?"

"에르미나에게 들었소. 이브는 비밀을 지키겠다고 약속했겠지. 그 아이는 약속을 지켰으니 염려 마시오. 당신을 내게 맡긴 사람은 에르미나요."

"그렇다면 수사님을 믿겠습니다." 젊은이가 가까이 다가서며 말을 이었다. "수사님은 이곳에서 특권을 지니신 분입니까? 어디든 원하는 대로 출입하실 수 있는 것 같은데요."

"나는 슈루즈베리의 수사요. 이곳에 환자가 있어서 돌보러 왔소. 그걸 빌미로 수도원의 일상에서 조금 벗어나 지내고 있지. 그 환자가 누구인지는 당신도 알 거요. 저 산꼭대기의 전투 때 그도 있었으니까. 정신을 잃은 듯한 사람, 목숨을 위험에 내맡긴 채 앞으로 나서서 이브에게 탈출할 틈을 만들어준 그 사람 말이오."

"그분께 큰 빚을 졌지요." 나직하고 단호한 목소리였다. "수사님께도 마찬가지입니다. 그 틈에 이브가 달아나 자기 몸을 던진 곳이 바로 수사의 품이었으니까요. 또 처음 이브를 발견해 이곳으로 안전하게 데려오신 분도 아마 수사님이신 듯하군요. 이브가 성함을 얘기해주었는데, 제가 그만 잊고 말았습니다."

"내 이름은 캐드펠이오. 잠깐만 기다리시오. 나가서 모두 안으로 들어갔는지 확인해야겠군……." 잦아드는 횃불의 희미한 불빛 속에, 텅 빈 수도원 정원은 한가운데 뚫린 통로의 희고 검은 얼룩만을 고요하게 드러내고 있었다. "자, 이리 오시오! 더 성스러운 곳은 못 되지만 더 따뜻한 곳으로 가서 기다립시다. 수도원의 형제들이 새벽기도를 드리며 찬양을 바치는 사이에 떠나는 게 좋을 것 같소. 그 자리에는 일꾼들도 모두 참석하니까 내가 당신들을 협문으로 조용히 내보내주겠소. 한데, 말은 가져왔소?"

"예, 말은 안전한 곳에서 쉬고 있습니다." 올리비에는 목소리를 낮춰 대답했다. "고아 아이 하나도 동행하고 있어요. 위트바크 약탈 때 부모를 잃은 아이인데, 그 아이가 말들을 돌보며 기다리고 있습니다. 캐드펠 수사님 말씀을 따르겠습니다."

올리비에는 부정확한 발음으로 시험하듯 신중하게 캐드펠의 이름을 입 밖에 내었다. 그의 혀로 발음하기에는 낯선 이름이었다. 그는 부드럽게 미소 짓더니, 앞을 잘 볼 수 없는 사람이 안내자에게 의탁하듯 그에게 손을 맡겼다. 두 사람은 손을 잡고 진료소의 문 앞에 이르렀다.

*

방 안에서는 엘리어스 수사가 온몸을 느른히 펴고 가느다란 손을 가슴에 얹은 채 깊고 편안한 잠에 빠져 있었다. 그의 얼굴은 고요하고 아름다웠다. 마치 무덤에 누운 듯한 모습이었으나 그는 살아서 평온하게 호흡했으며, 둥글고 큰 눈꺼풀은 아이의 것처럼 그의 잠든 눈을 차분하게 덮고 있었다. 이제 엘리어스는 스스로를 괴롭히기를 중단하고 은총으로써 육체와 영혼을 치유하는 중이었다.

더 이상 엘리어스 수사 문제로 걱정할 필요는 없었다. 캐드펠은 병실 문을 닫고 손님과 함께 대기실로 들어가 앉았다. 자정까지는 두 시간쯤 남아 있었다.

돌로 된 그 작은 방에는 가구랄 것은 전혀 없이 촛불 하나만 어둠을 밝히고 있었다. 밤늦은 시각 그곳에 자리 잡고 앉은 두 사람 사이에 특별한 친밀감이 싹트기 시작했다. 그들은 이유 모를 동질감을 느끼며 친근한 호기심으로 서로를 바라보았다. 기나긴 침묵도 불편하지 않았고, 대화를 나눌 땐 두 사람 모두 나직하고 평화로운 음성으로 입을 열었다. 마치 평생 서로를 알고 지내온 것만 같았다. 어떻게 그럴 수 있을까? 이 사내는 기껏해야 스물대여섯을 넘지 않은 나이에, 낯선 나라에서 건너온 낯선 사람일 뿐인데.

"아직도 당신들에게는 위험한 여정이 남아 있소." 캐드펠이 말했다. "내가 당신들 입장이라면 레민스터를 지난 뒤에는 큰길을 택하지 않을 거요. 헤리퍼드도 피할 테고." 그는 이야기에 열중하여 어떤 길을 택해야 할지 세밀하게 짚어주기 시작했다. 숯 막대를 사용해 기억나는 대로 돌바닥 위에 길을 그려 보이기까지 했다. 젊은이는 허리를 굽힌 채 열심히 듣다가 이따금씩 고개를 들어 영리해 보이는 미소를 지으며 캐드펠의 얼굴을 응시했다. 올리비에의 모든 면면이 낯설기 그지없었지만, 그럼에도 불구하고 종종 캐드펠은 그에게서 익숙한 무언가를 발견하고 놀라 숨을 들이쉬곤 했다. 까마득한 과거의 것, 그리하여 그 정체를 파악하기 전에 번번이 사라져버리고 마는 무엇이었다. 캐드펠은 그것이 속한 과거의 시간과 장소를 떠올리기 위해 기억을 뒤지고 또 뒤져보았다.

"수사님께서는 오직 선의로 이런 일을 하고 계시는군요." 올리비에가 도전적이면서도 재미있다는 미소를 띠고 입을 열었다. "저에 대해서는 아무것도 알지 못하시면서 말입니다! 제가 이 임무를 충실히 행할 만한 사람이라고 어떻게 확신하십니까? 이를 기회 삼아 내 영주와 황후에게서 사적인 이익을 취하려 하지 않을 사람이라고 어떻게 확신하시죠?"

"아, 나는 당신이 생각하는 것보다 당신에 대해 많은 걸 알고 있소. 당신 이름이 올리비에 드 브르타뉴이고, 트리폴리에서 로랑스 당제와 함께 이곳에 왔다는 사실을 알지. 당신이 여섯 해 동안 로랑스 당제 밑에서 일했다는 것, 그분이 가장 신임하는 기사라는 것도 알고 있소. 당신이 시리아 출신이며 시리아인 어머니와 프랑크족 기사 사이에서 태어났다는 것, 부친의 신앙을 따라 부친의 민족 사람들과 살기 위해 예루살렘으로 갔다는 것도 나는 알고 있소." 여기서 말을 멈춘 뒤, 캐드펠은 에르미나의 황홀한 얼굴과 헌신적인 음성을 상기하며 마음속으로 생각했다. 나는 에르미나 위고냉이, 누구든 자신의 여인으로 삼고 싶어 할 만한 그 귀한 여인이 당신에게 모든 사랑을 바치고 있으며, 결코 그 사랑을 포기하지 않으리라는 것을 알고 있소. 당신의 호박색 눈을 통해, 또 당신의 이마를 붉게 물들이는 열정을 통해, 당신 역시 그녀에게 모든 사랑을 바치고 있다는 것도 알고 있소. 그녀의 가치에 견주어 자신의 가치를 결코 과소평가하지 않으며, 누구도 당신들 사이를 가로막지 못하게 하리라는 것 역시 알고 있소. 아마

도 그 장애물은 저 용맹스러운 에르미나의 외숙이 되리라는 것
도…….

"에르미나가 수사님을 진심으로 믿고 있군요!" 올리비에가 진
지한 얼굴로 말했다.

"당신 역시 날 믿어도 무방하오. 당신은 영예로운 임무를 수행
하기 위해 이곳에 왔고, 훌륭히 그 임무를 수행했소. 나는 당신
편이오. 또한 저들 두 남매의 편이기도 하고. 난 남매의 용기와
당신의 용기를 모두 목격했소."

"하지만 그 모든 신뢰에도 불구하고 에르미나는 수사님을, 그
리고 그녀 자신마저 어느 정도 속인 셈이지요." 올리비에의 얼굴
에 근심 섞인 미소가 떠올랐다. "그녀에게 십자군에 종군한 모든
프랑크족 병사들은 귀족 출신의 기사 못지않은 이들입니다. 그
러나 그들 대부분은 가출한 차남들, 낭만적인 꿈을 좇아 외양간
이나 농토를 버리고 떠나온 사람들, 도둑질이나 노상강도질이나
교회에 침입해 자선함을 훔쳐내는 일에 능한 건달들에 불과하지
요. 보통의 사람들보다 천하지도 않지만 크게 나을 것도 없는 사
람들입니다. 말과 창을 가졌다 해도 그들이 모두 고드프루아 드
부용[9]이나 기마르 드 마사르는 아닙니다. 제 부친도 기사가 아니
라 그저 무기를 들고 노르망디 공 로베르 2세의 병력에 가담한
평민에 불과했습니다. 제 모친은 안티오크의 시장에서 작은 가
게를 하던 가난한 과부였고요. 저는 그들 사이에서 태어난 사생
아일 뿐입니다. 게다가 인종이 다르고 종교도 다른 부모 사이에

서 태어난 혼혈아지요. 에르미나는 아름답고 사랑스러울 뿐 아니라 매우 용감하고 친절한 사람입니다. 그렇지만 나는 나 역시 훌륭한 양친에게서 태어나 성장했으며, 세상 어느 누구와 견주어도 결코 뒤지는 사람은 아니라 생각합니다. 나는 에르미나의 친척들 앞에서 그것을 입증해 보일 것이고, 그들이 날 인정하여 기꺼이 내게 그녀를 내주도록 할 작정입니다!" 깊은 곳에서 울려 나오는 음성이 차츰 격렬해지고 매처럼 예리한 얼굴은 열정과 진지함으로 번득였다. 마침내 그는 길게 한숨을 내쉬며 미소 지었다. "제가 왜 이런 말을 하고 있는지 모르겠습니다. 수사님이 에르미나를 위해 애쓰신다는 것, 그리고 그녀에게 합당한 앞날이 보장되기를 바라신다는 것을 알아서겠죠. 아마 제가 수사님께 좋은 인상을 남기고 싶은 모양입니다."

"나 역시 평민에 불과하오." 캐드펠은 편안한 어조로 말했다. "선술집에서도 수도원에서만큼이나 가치 있는 깨달음을 얻을 수 있다는 걸 알지. 모친은 돌아가셨소?"

"돌아가시지 않았다면 그곳을 떠나오지 않았겠지요. 제가 열네 살 때 돌아가셨습니다."

"부친은?"

"나는 그분을 만나본 적도 없습니다." 올리비에는 생각에 잠겨 대답했다. "그분 역시 나를 모르지요. 마지막으로 어머니를 만난 뒤 세인트시메온을 떠나 잉글랜드로 돌아가셨거든요. 아마 당신에게 아들이 있다는 것도 모르실 겁니다. 그분이 시리아에 계셨

353

을 때 두 분은 오랫동안 연인으로 지내셨어요. 아버지의 이름을 언급한 적은 없지만 어머니는 그분을 여러 차례 칭찬하셨지요. 그런 사랑과 자긍심을 남겨주신 걸 보면, 틀림없이 그에 합당한 분일 겁니다."

순간 캐드펠은 마음속에서 고개를 내미는 생각에 기겁했지만 침착하게 입을 열었다. "인류의 절반은 적절한 예식 없이 혼인 생활을 하고 있소. 그게 나쁘다고는 할 수 없겠지. 적어도 돈이 오가지는 않고, 토지를 여인보다 귀히 여길 일도 없으니."

올리비에가 웃음을 터뜨렸다. 나직한 웃음, 이웃한 방에서 잠든 사람을 방해하지 않을 정도의 웃음이었다. "수사님, 이 방의 벽은 참으로 은밀한 이야기를 듣고 있군요. 베네딕토 교단이 얼마나 많은 사람들을 품는지 새삼 놀랍습니다. 수사님께서 하시는 말씀은 아마도 수사님 자신의 경험에서 나온 것 같은데요."

"나는 바깥세상에서 마흔 해를 보냈소." 그는 간단하게 대답했다. "지금은 엄격한 교단의 규율에 복종하며 나 자신을 치유하고 있지만 한때는 군인이었고, 뱃사람이었으며, 죄인이었지. 십자군 전쟁에 참전한 적도 있다오! 그 대의라는 것의 정당성은 모르겠으나, 적어도 내 동기만큼은 아주 순수했소. 참 젊은 시절이었지. 내가 알던 트리폴리도, 안티오크도, 예루살렘도 이제 모두 많이 변했을 거요. 까마득한 과거의 일이니."

까마득한 과거의 일. 그랬다, 캐드펠이 저 도시의 해안을 떠나온 지 벌써 27년이었다!

세상을 두루 아는 대화 상대를 만나자 젊은이는 점점 더 말이 많아졌다. 기사로서의 야심에도 불구하고, 새로운 신앙에 대한 깊은 헌신에도 불구하고, 그 내면의 일부는 여전히 고향 땅을 그리워하고 있었다. 그는 왕궁이 있는 도시들과 과거의 전투에 대해 이야기했다. 자신이 태어나기도 전에 벌어졌던 여러 사건에 대해 열렬히 질문을 던지고, 잊을 수 없는 장소들이 화제에 오를 때마다 향수 어린 탄성을 내뱉었다.

"하지만 이해가 잘 안 되는군……." 캐드펠은 지난날 대의라는 것이 얼마나 자주 보잘것없이 여겨지곤 했는지, 적군인 이교도들이 자신들보다 고귀하고 용감해 보인 적이 얼마나 많았는지 상기하며 얼굴을 찌푸렸다. "부친을 찾기 위해서였다고는 하지만, 그런 신앙을 지니고 살던 젊은이가 그토록 쉽게 종교를 떠나오다니 말이오." 그러면서 캐드펠은 자리에서 일어났다. 생각보다 오랜 시간이 흐른 듯했다. "남매를 깨워야겠군. 머지않아 새벽기도를 알리는 종이 울릴 거요."

"전혀 쉽지 않았습니다." 올리비에는 캐드펠의 말이 오히려 놀랍다는 듯 그를 바라보았다. "오랫동안 마음이 찢기는 것 같았죠. 사실 제가 눈을 뜨게 된 것은 어머니 덕분이었어요. 어머니는 고향에서 쓰는 이름과는 조금 다른, 특이한 이름을 가지고 있었습니다. 수사님네들의 성모마리아와 비슷한……."

등 뒤에서 방문이 가만히 열렸다. 캐드펠은 고개를 돌렸다. 에르미나가 잠에서 막 깨어난 듯 홍조 어린 얼굴로 문가에 서 있었다.

"어머니의 이름은 마리암이었습니다." 동시에 올리비에가 말을 맺었다.

"이브를 깨웠어요." 에르미나가 속삭이듯 말했다. "저도 모든 준비를 마쳤고요."

그녀를 괴롭히던 싸움과 고통의 자취는 깊은 잠에 모두 씻겨 더 이상 보이지 않았다. 이제 그녀의 크고 맑은 눈은 올리비에의 얼굴에 매달릴 뿐이었다. 에르미나의 목소리에 올리비에도 얼른 고개를 돌려 그녀를 바라보았다. 두 사람의 표정에는 절절한 그리움이 그대로 담겨 있었다. 캐드펠은 놀라운 깨달음에 경이를 느끼며 우두커니 서 있었다. 올리비에가 말한 어머니의 이름 때문이 아니라, 그의 머릿속에 거칠게 솟아오른 하나의 얼굴 때문이었다. 부드러운 빛 아래 사랑을 감출 생각조차 하지 않는 올리비에의 얼굴, 자부심에 찬 그 뺨과 이마를 통해 캐드펠은 스물일곱 해라는 긴 세월을 되건너 한 여자의 얼굴을 보고 있었다.

그는 꿈을 꾸는 사람처럼 돌아서서 그들 둘을 남겨둔 채 그곳을 떠났다. 이브를 도와 옷을 입히고 속히 여행 준비를 마쳐야 했다.

*

수사들이 새벽기도에 참례하는 사이 캐드펠은 협문을 통해 그들을 밖으로 내보냈다. 소녀는 우아하고 위엄 있게 그의 축복 기도를 청했고, 소년은 여전히 반쯤 잠든 채로 고개를 들어 키스를 받았다. 아무것도 알지 못하는 젊은이 역시 이것이 영원한 작별이라 생각한 듯 소년을 따라 얼굴을 내밀어 캐드펠의 키스를 받았다. 그는 캐드펠의 침묵을 이상하게 여기지 않았다. 무엇보다 그들의 출발은 소리 없이, 지극히 신중히 이루어져야 했으니까.

그들이 떠나자 캐드펠은 이내 협문을 닫고 곧장 진료소로 돌아가 엘리어스 수사의 침대 옆에 앉았다. 경이감과 승리감이 파도처럼 연이어 온몸에 부딪쳐왔다. 눈크 디미티스[10]! 올리비에가 스스로 선택한 길에 대해 무슨 말, 어떤 요구를 하겠는가. 이제 와서 자신이 그의 아비라는 사실을 알릴 필요가 무엇이겠는가. 캐드펠은 기쁨에 잠겨 생각했다. 내 아들을 만났다. 그 아이와 나란히 앉아 지난날에 대해 얘기했다. 그 아이에게 키스도 했다. 그 아이를 위해 기뻐할 만한 이유도 있다. 평생 동안 기뻐할 만한 이유가⋯⋯. 내 혈관에 흐르는 피와 마리암의 피를 받아 태어난 아이가 저렇게 훌륭하게 자라 이 세상에 살고 있다⋯⋯. 내가 이 두 눈으로 저 아이를 다시 볼 수 있을지 없을지가 뭐 그리 큰 문제일까. 그리고⋯⋯. 누가 알겠는가, 어쩌면 정말로 다시 그 아이를 만나게 될지⋯⋯.

어둠이 더없이 달콤했다. 그는 앉은 채로 잠들어 아침기도 시간이 될 때까지, 그야말로 상상도 할 수 없는, 그로서는 감히 받아들일 엄두조차 나지 않는 자비로운 꿈을 꾸었다.

*

숙고 끝에 캐드펠은 자신이 이 남매의 부재를 처음으로 발견하고 경보를 발령하는 것이 좋겠다고 결론 내렸다. 잠시 소동이 일었지만 두 어린 손님은 이미 떠난 뒤였고, 수사들에겐 그들을 추적하고 감금할 의무가 없었다. 레너드 원장 또한 그저 그들이 무사히 목적지에 도달하여 합당한 보호자의 손에 맡겨지기만을 바라는 듯 크게 안달하지 않았고, 심지어는 희미하게나마 만족스러운 기색을 띤 것 같기도 했다. 혹시 원장도 이 모든 사정을 짐작하고 있는 걸까? 아니면 에르미나가 힐라리아 수녀의 관 위에 그녀의 수녀복과 자신의 반지들을 봉헌물로 남겨두고 떠나갔기 때문일까?

"하지만 보좌관이 뭐라고 할지 모르겠군." 원장은 그저 고개를 설레설레 저으며 그렇게만 말했다.

휴는 대미사 시간이 되어서야 모습을 드러냈다. 그 역시 두 남매가 사라졌다는 소식을 듣고도 공직자로서의 불만을 표하며 어깨만 한 번 으쓱이고 말 뿐이었다. 어쨌든 그보다 훨씬 더 중요한 문제를 성공적으로 해결해낸 터였다.

"우리로선 호위병을 배치해야 하는 부담을 덜게 되었군요. 당제 측에서 사람을 보내 그들을 안전히 데려간 거라면 오히려 다행이지요." 그는 말했다. "어쨌든 늑대들의 소굴을 초토화하고 살인범을 잡아 오늘 아침 슈루즈베리로 보냈습니다. 이곳에서의 제 임무를 완수한 셈이지요. 이제 곧 부하들을 데리고 이곳을 떠날 생각입니다. 캐드펠 수사님, 저와 같이 가시죠. 보아하니 수사님의 임무도 이젠 마무리 된 것 같으니까요."

캐드펠의 생각도 같았다. 엘리어스에게는 더 이상 그가 필요치 않았다. 게다가 떠나간 세 사람이 머물던 자리에서 서성거리는 것도 무의미한 일이었다. 정오 무렵, 캐드펠은 안장을 얹은 말 위에 올라앉아 레너드 원장과 작별하고 휴 베링어와 함께 슈루즈베리로 향했다.

*

하늘에는 구름이 가득했으나 눈도 비도 내리지 않았고, 차가운 대기는 맑고 상쾌했다. 만족스러운 기분으로 집에 돌아가기에 더할 나위 없는 날씨였다. 그들은 나란히 말을 달리며 느긋하고 평화롭게 슈루즈베리로 향했다. 이야기를 나눌 때도 침묵을 지킬 때도, 두 사람은 더없이 편안한 서로의 동반자였다.

"그래, 그 아이들을 아무 문제 없이 잘 빼돌리셨군요." 휴가 악의 없는 말투로 입을 열었다. "수사님이면 알아서 잘 처리하시리라 생각은 했습니다."

캐드펠은 짐짓 분하다는 표정으로 휴를 돌아보았다. "내가 그랬을 리가 있나? 자네야말로 밤새도록 눈에 띄지 않던데, 혹시 다른 꿍꿍이가 있었던 것 아니고? 자네쯤 되는 사람이 인질들이 그처럼 조용히 빠져나가는 걸 모르고 있었을 리 없잖나."그 아이들을 데려간 안내인은 말할 것도 없고. 캐드펠은 소리 없이 마지막 말을 삼켰다. 휴 역시 삼림 감독관의 아들이라는 그 젊은이와 그의 목적에 대해 깊이 생각했을 것이다. 그는 그 젊은이의 이름도 혈통도 알지 못했다. 언젠가 전쟁이 끝나 잉글랜드가 다시 하나가 되면, 그땐 지금 캐드펠의 마음속에 은밀히 감춰져 있는 비밀을 이야기해도 괜찮으리라. 하지만 아직은 안 된다! 그는 이 기적적이고 경이로운 은총을 아직 친구에게 털어놓을 수 없었다. "하긴, 러들로에서 한밤중에 브롬필드의 협문이 열렸다 닫히는 소리까지 들을 수는 없었겠지. 그나저나, 보터레이는 어떻게 되는 건가?"

"전부 자백했습니다. 디낭의 주민이긴 하지만 전 그자를 슈루즈베리의 성에 감금하는 편이 안전하다 판단했고요."

"교수형을 당하게 되는 건가?"

"아마 아닐 겁니다. 처벌은 재판의 임무를 담당하는 이들의 판단에 맡기는 수밖에요. 제 일은 정직한 남녀노소가 자유롭게 다닐 수 있도록 안전하게 길을 지키고 살인자들을 체포하는 것까지고요."

슈루즈베리까지 절반쯤 오자, 아직 어두워지려면 한참 남았는데도 휴가 길을 재촉하기 시작했다. 언덕 꼭대기의 성벽을 한시라도 빨리 보고 싶어 안달이 난 듯 그의 눈은 저 앞을 맹렬히 쏘아보고 있었다. 얼라인이 크리스마스 파티를 준비해놓고 자랑스러운 마음으로 그를 기다리고 있을 터였다.

"여기 떠나와 있는 동안 내 아들은 날 까맣게 잊었을 겁니다. 다들 잘 지내고 있겠죠. 혹시 무슨 일이라도 있었다면 콘스턴스가 사람들을 보냈을 테니까요. 아, 그러고 보니 수사님은 아직 제 아들 얼굴도 못 보셨군요!"

하지만 당신은 내 아들의 얼굴을 보았지, 캐드펠은 마음속으로 생각했다. 비록 그 아이가 내 아들이라는 사실조차 몰랐겠지만.

"뼈대가 길고 강한 걸 보면 아마 저보다 머리 하나 정도는 더 클 것 같습니다." 휴가 말을 이었다.

그 녀석도 제 아비보다 머리 하나 정도는 더 컸어, 캐드펠은 생각을 이어갔다. 머리 하나만 더 큰 게 아니라, 다른 면에서도 아비보다 나았지. 게다가 그 아이와 그 훌륭한 여인이 결합한다면 그들 사이에서 태어날 아이는 또 얼마나 아름답고 출중할까!

"돌아가면 제 아들 녀석을 보러 오세요! 제가 왜 이렇게 자랑스러워하는지 이해하실 겁니다!"

경이와 충격, 겸손과 기쁨에 가득한 마음으로 캐드펠은 조용히 말을 달렸다. 크리스마스까지 열하루가 남아 있었다. 어떠한 그림자도 그 축제를 어둡게 만들지 못할 것이요, 오직 위대한 빛만이 비칠 터였다. 탄생의 계절, 아비가 자식을 얻는 계절. 올해는 얼마나 큰 축복을 받았는가. 우스터 출신의 젊은 여인이 아들을 얻었고, 얼라인과 휴가 아들을 얻었다. 그리고 마리암의 아들……

그래, 캐드펠 자신 또한 자랑하기에 부족함 없는 아들을 얻지 않았는가! 아멘!

주

1 스티븐 왕 King Stephen(1092 또는 1096~1154)

정복왕 윌리엄 1세의 외손자이며 잉글랜드 노르만 왕조의 네 번째 국왕. 외숙부이자 잉글랜드 왕인 헨리 1세가 살아 있을 때 헨리 1세의 딸인 모드 황후의 왕위 계승을 돕겠다고 서약했으나 1135년에 헨리 1세가 죽자 약속을 깨고 잉글랜드 군주의 자리를 차지했다.

2 레이시 가문 the Lacy

윌리엄 1세의 정복과 더불어 잉글랜드에 들어온 월터 드 레이시는 이후 웨일스 경계 지방의 영토를 봉토로 수여받는다. 월터 사망 이후에는 그의 아들 로저가 영지를 상속받았으며, 둠스데이 토지대장이 제작될 무렵에는 노르망디의 영지를 포함해 버크셔에 100여 곳에 달하는 장원을 보유하였다.

3 조세 드 디낭 Josce de Dinan

러들로의 영주.『피츠워린 연대기』에 따르면 헨리 1세에게 러들로 성을 하사받아 이 지역을 다스린 것으로 전하는 반면, 스티븐 왕이 디낭을 러들로의 성주로 임명하고 레이시 영토의 일부를 주었다는 기록도 있다. 이후 디낭은 왕에게 반대하여 모드 황후 쪽으로 마음을 돌린다.

4 모드 황후 Empress Maud(1102~1167)

마틸다(Matilda of England)라고도 불린다. 정복왕 윌리엄의 아들인 헨리 1세의 딸로, 신성로마제국 황제 하인리히 5세와 결혼했다가 그가 죽은 뒤 앙주 백작 조프루아 5세와 재혼해 헨리 2세를 낳았다.

5 베네딕토회 Benedictine

베네딕토 규칙을 바탕으로 공동생활을 하는 가톨릭 공동체. 6세기 '누르시아의 베네딕토(성 베네딕토)'가 몬테 카시노에 창설하여 전 유럽에 퍼진 수도회의 일파다. 청빈, 순결, 복종을 맹세하고 규율이 매우 엄격한 삶을 강조했다. 집단적인 예배도 중요시하여, 수사들은 하루에 일곱 번씩 모여 찬송하고 기도하는 성무일도를 수행했다.

6 슈루즈베리 성 베드로 성 바오로 수도원 the Shrewsbury abbey of Saint Peter and Saint Paul

잉글랜드 슈롭셔주에 위치한 수도원으로, 원래 성 베드로에게 헌정된 작은 목조 교회였으나 11세기 후반 성 베드로와 성 바오로 두 사도에게 헌정한 석조 건물로 개축되었다.

7 라둘푸스 수도원장 Abbot Radulfus(?~1148)

헤리버트 원장의 뒤를 이어 1138년부터 1148년까지 슈루즈베리 수도원장을 지냈다.

8 로버트 페넌트 부수도원장 Prior Robert Pennant(?~1168)

12세기 전반에 슈루즈베리 수도원의 부수도원장을 지냈고, 1148년부터 1168년까지 슈루즈베리 수도원장을 지냈다. 귀더린으로의 순례를 담은 『성 위니프리드의 생애』를 남겼다.

9 고드프루아 드 부용 Godfrey de Bouillon(1060~1100)

블론느 백작 유스타스 2세의 차남으로 태어나 1082년 공작 칭호를 수
여받았으며, 1096년 제1차 십자군전쟁에 형제들과 더불어 참전하여
성지를 점령하였다. 예루살렘의 첫 번째 통치자가 되었으나 스스로를
왕이라 칭하지 않고 성묘의 수호자로 자처했다. 그가 사망한 뒤에는
동생인 볼드윈 1세가 예루살렘의 왕이 되었다.

10 눈크 디미티스 Nunc dimittis

누가복음 2장 29절에서 32절에 이르는 시므온의 노래 첫 소절로, '이
제 주의 종을 편안히 가게 하소서'라는 뜻이다. 시므온이라는 인물이
태어날 때 예언자들이 나타나 이 아이는 구세주를 만나게 될 것이라고
예언한다. 시므온은 평생 구세주를 기다리지만 구세주는 오지 않는다.
마침내 그가 아주 늙어 죽음을 앞둔 때에 그는 아기 예수를 알현하기
에 이르고, 그때에 신의 섭리를 찬양하며 '눈크 디미티스'로 시작하는
노래를 부른다.

캐드펠 수사 시리즈 06
얼음 속의 여인

초판 1쇄 발행. 1997년 11월 10일
개정판 1쇄 발행. 2024년 10월 30일

지은이. 엘리스 피터스
옮긴이. 최인석
펴낸이. 김정순
편집. 홍상희 허영수
마케팅. 이보민 양혜림 손아영

펴낸곳. (주)북하우스 퍼블리셔스
출판등록. 1997년 9월 23일 제406-2003-055호
주소. 04043 서울시 마포구 양화로 12길 16-9(서교동 북앤빌딩)
전자우편. editor@bookhouse.co.kr
홈페이지. www.bookhouse.co.kr
전화번호. 02-3144-3123
팩스. 02-3144-3121

ISBN. 979-11-6405-276-9   04840

옮긴이. 최인석
소설가, 희곡 작가. 1979년 「연극평론」에 희곡 「내가 잃어버린 당나귀」를 발표하면서
희곡 작가로 등단했으며, 대한민국문학상, 백상예술상, 영희연극상 등을 수상했다.
1986년 「소설문학」 장편소설 공모에 『구경꾼』이 당선되면서 본격적으로 소설가의 길을
걷게 되었다. 소설집 『내 영혼의 우물』로 제3회 대산문학상, 제18회 박영준문학상을
수상했다. 소설집 『혼돈을 향하여 한걸음』 『구렁이들의 집』 『목숨의 기억』 등이 있고,
장편소설 『잠과 늪』 『새떼』 『내 마음에는 악어가 산다』 『이상한 나라에서 온 스파이』
『그대를 잃은 날부터』 『연애, 하는 날』 『투기꾼들을 위한 멤버십 트레이닝』
『강철 무지개』 등이 있다.